全本新注

聊斋志异

书名题字／沈尹默

插图本

中国古典小说藏本

全本新注聊斋志异（四）

蒲松龄 著
朱其铠 主编
朱其铠 李茂肃 李伯齐 牟通 校注

人民文学出版社

卷 十

王货郎

济南业酒人某翁[1],遣子小二如齐河索赊价[2]。出西门,见兄阿大。——时大死已久。二惊问:"哥那得来?"答云:"冥府一疑案,须弟一证之。"二作色怨讪[3]。大指后一人如皂状者[4],曰:"官役在此,我岂自由耶!"但引手招之,不觉从去,尽夜狂奔,至泰山下[5]。忽见官廨,方将并入,见群众纷出。皂拱问:"事何如矣?"一人曰:"勿须复入,结矣[6]。"皂乃释令归。大忧弟无资斧。皂思良久,即引二去,走二三十里,入村,至一家檐下,嘱云:"如有人出,便使相送;如其不肯,便道王货郎言之矣。"遂去。二冥然而僵。既晓,第主出[7],见人死门外,大骇。守移时,微苏;扶入饵之,始言里居,即求资送。主人难之。二如皂言。主人惊绝,急赁骑送之归[8]。偿之,不受;问其故,亦不言,别而去。

据《聊斋志异》手稿本

------

[1] 业酒人:以卖酒为业之人,即酒店主人。
[2] 小二:山东方言指称次子。如:往。索赊(shì 士)价:追讨酒债。索,讨还。赊价,赊酒钱。赊,赊欠。
[3] 作色怨讪:变脸怨骂。作色,脸上变色,指生气恼恨。讪,骂詈。
[4] 如皂状者:像是衙役样子的人。皂,皂隶,衙门的差役。明洪武四年(1371)规定,皂隶公使人服制,穿皂色盘领衫,戴平顶巾,结白搭

膊,带牌。参见俞汝楫《礼部志稿·士庶巾服》。
〔5〕　泰山:此据铸雪斋抄本,原作"太山"。
〔6〕　结:结案。
〔7〕　第主:宅院主人。第,宅第,宅舍。
〔8〕　急赁骑送之归:此从铸雪斋抄本,原衍一"之"字。

罢　龙[1]

胶州王侍御[2],出使琉球[3]。舟行海中,忽自云际堕一巨龙,激水高数丈。龙半浮半沉,仰其首,以舟承颔;睛半含,嗒然若丧[4]。阖舟大恐,停桡不敢少动。舟人曰:"此天上行雨之疲龙也。"王悬敕于上[5],焚香共祝之。移时,悠然遂逝。舟方行,又一龙堕,如前状。日凡三四。又逾日,舟人命多备白米,戒曰[6]:"去清水潭不远矣。如有所见,但糁米于水[7],寂无哗。"俄至一处,水清澈底。下有群龙,五色,如盆如瓮,条条尽伏。有蜿蜒者,鳞鬣爪牙,历历可数。众神魂俱丧,闭息含眸,不惟不敢窥,并不能动。惟舟人握米自撒。久之,见海波深黑,始有呻者。因问掷米之故,答曰:"龙畏蛆,恐入其甲。白米类蛆,故龙见辄伏,舟行其上,可无害也。"

据《聊斋志异》手稿本

---

[1] 罢龙:疲惫之龙。罢,通"疲"。
[2] 胶州:州名,明初置,治所在今山东省胶县。侍御:清代指称御史。详《丁前溪》注。
[3] 琉球:古国名。在我国台湾省东北,今称琉球群岛。清末为日本侵占,改为冲绳县。
[4] 嗒(tà 踏)然若丧:本为茫然自失之意,见《庄子·齐物论》,此处形容极度疲惫之状。

〔5〕 敕:皇帝的诏书,即圣旨。
〔6〕 戒:告戒,警告。
〔7〕 糁(sǎn伞)米于水:把米撒入水中。糁,纷散,撒。

真　生

　　长安士人贾子龙[1],偶过邻巷,见一客风度洒如[2]。问之则真生,咸阳侨寓者也[3]。心慕之。明日,往投刺[4],适值其亡[5];凡三谒,皆不遇。乃阴使人窥其在舍而后过之,真走避不出;贾搜之始出。促膝倾谈,大相知悦。贾就逆旅,遣僮行沽[6]。真又善饮,能雅谑[7],乐甚。酒欲尽,真搜箧出饮器,玉卮无当[8],注杯酒其中,盈然已满;以小盏挹取入壶,并无少减。贾异之,坚求其术。真曰:"我不愿相见者,君无他短,但贪心未静耳[9]。此乃仙家隐术,何能相授。"贾曰:"冤哉!我何贪。间萌奢想者,徒以贫耳。"一笑而散。由是往来无间,形骸尽忘[10]。每值乏窘,真辄出黑石一块,吹咒其上,以磨瓦砾,立刻化为白金,便以赠生;仅足所用,未尝赢馀。贾每求益,真曰[11]:"我言君贪,如何,如何!"贾思明告必不可得,将乘其醉睡,窃石而要之[12]。一日,饮既卧,贾潜起,搜诸衣底。真觉之,曰:"子真丧心[13],不可处矣!"遂辞别,移居而去。

　　后年馀,贾游河干,见一石莹洁,绝类真生物。拾之,珍藏若宝。过数日,真忽至,滕然若有所失[14]。贾慰问之。真曰:"君前所见,乃仙人点金石也。曩从抱真子游[15],彼怜我介[16],以此相贻。醉后失去,隐卜当在君所。如有还带之恩[17],不敢忘报。"贾笑曰:"仆生平不敢欺友朋,诚如所卜。但知管仲之贫者,莫如鲍叔[18],君且奈何？"真请以百金为赠。贾曰："百金非少，但授我口诀，一亲试之，无憾矣。"真恐其寡信。贾曰："君自仙人，岂不知贾某宁失信于朋友者哉！"真授其诀。贾顾砌上有巨石[19]，将试之。真掣其肘，不听前。贾乃俯掬甄半置砧上曰[20]："若此者，非多耶？"真乃听之。贾不磨甄而磨砧；真变色欲与争，而砧已化为浑金。反石于真。真叹曰："业如此，复何言。然妄以福禄加人，必遭天谴。如谊我罪[21]，施材百具[22]、絮衣百领，肯之乎？"贾曰："仆所以欲得钱者，原非欲窖藏之也。君尚视我为守财卤耶[23]？"真喜而去。

贾得金，且施且贾[24]；不三年，施数已满。真忽至，握手曰："君信义人也！别后被福神奏帝，削去仙籍；蒙君博施，今幸以功德消罪。愿勉之，勿替也[25]。"贾问真："系天上何曹？"曰："我乃有道之狐耳。出身綦微[26]，不堪孽累[27]，故生平自爱，一毫不敢妄作。"贾为设酒，遂与欢饮如初。贾至九十馀，狐犹时至其家。

长山某，卖解信药[28]，即垂危，灌之无不活；然秘其方，即戚好不传也。一日，以株累被逮[29]。妻弟饷食狱中，隐置信焉。坐待食已，而后告之。甲不信。少顷，腹中溃动，始大惊，骂曰："畜产速行！家中虽有药末，恐道远难俟；急于城中物色薜荔为末[30]，清水一盏，速将来[31]！"妻弟如其教。迨觅至，某已呕泻欲死，急投之，立刻而安。其方自此遂传。此亦犹狐之秘其石也。

据《聊斋志异》手稿本

〔1〕 长安:地名,即今陕西西安市。
〔2〕 风度洒如:风度潇洒。如,然。
〔3〕 咸阳僦寓者:在咸阳赁屋而居者。咸阳,地名,即今陕西咸阳市。僦,租赁。
〔4〕 投刺:投递名片,请求谒见。刺,名片。
〔5〕 亡:外出。《论语·阳货》:"孔子时其亡也,而往拜之。"
〔6〕 遣僮行沽:打发仆人买酒。
〔7〕 雅谑:雅言戏谑。
〔8〕 玉卮无当:无底的玉酒杯。卮,酒器。无当,无底。当,底。《韩非子·外储》右上:"堂谿公见昭侯曰:'今有白玉之卮而无当,有瓦卮而有当,君渴将何以饮?'君曰:'以瓦卮。'堂谿公曰:'白玉之卮美,而君不以饮者,以其无当耶?'君曰:'然。'"
〔9〕 静:通"净"。《诗·大雅·既醉》:"其告维何,笾豆静嘉。"
〔10〕 形骸尽忘:谓彼此亲密无间,如同一人。形骸,人的形体,躯壳。《庄子·德充符》:"今子与我游于形骸之内,而子索我于形骸之外,不亦过乎?"
〔11〕 真曰:此据铸雪斋抄本,原作"贾曰"。
〔12〕 要:强迫,要挟。
〔13〕 丧心:精神失常,犹今言"疯了"。此指行为不端。语出《左传·昭公二十五年》。
〔14〕 瞲(tī 体)然:失意相视的样子。左思《魏都赋》:"吴蜀二客矅然相顾,瞲然失所。"瞲,或作"睉",见《说文解字系传》。
〔15〕 抱真子:未详。《抱朴子》一书内有关于炼金术的载闻。抱朴子,晋葛洪号,亦其所著书名。书分内、外两篇,内篇二十卷,论神仙、炼丹及符箓等事,为"神仙"家言。
〔16〕 介:有节操。
〔17〕 还带之恩:归还珍贵失物之恩。《芝田录》:"裴晋侯(度)质状眇小,相者曰:'君不至贵,即当饿死。'一日,游香山寺,有妇人以父被罪,假得玉带三、犀带一,以赂要津,置于栏楯,忘收而去。度得而还之。后相者曰:'君必有阴德及物,前途万里,非某所知也。'"

〔18〕 知管仲之贫者，莫如鲍叔：管仲，名夷吾，字仲；鲍叔，字叔牙，皆春秋齐国人。管仲深为鲍叔所知。《史记·管晏列传》："管仲曰：'吾始困时，尝与鲍叔贾，分财利多自与，鲍叔不以我为贪，知我贫也。'"
〔19〕 砌上：阶上。
〔20〕 甎：同"砖"。砧：捣衣石。此指垫在砖下的石头。
〔21〕 逭（huàn 换）：逃避，躲过。
〔22〕 材：棺材。
〔23〕 守财卤：即守财奴。卤，通"虏"，奴。讥讽富有钱财而十分吝啬的人。《后汉书·马援传》：马援"尝叹曰：'凡殖货财产，贵其能施赈也，否则守钱虏耳。'"
〔24〕 且施且贾：一边施舍，一边经商。
〔25〕 替：懈怠。
〔26〕 綦微：甚为低微。綦，甚。
〔27〕 不堪孽累：担当不起罪孽牵累。
〔28〕 解信药：即解砒药。信，信石，砒石的别称。为中药的一种，有剧毒，呈粉末状。生者称砒黄，俗称黄信；经炼制者称砒霜，俗称白信。因砒石性猛如貔（pí 皮），故名，又因信州所产最佳，又称信石。见《本草纲目·石·砒石》。
〔29〕 株累：别人有罪而受到牵连。
〔30〕 薜荔：又名木莲，木本植物，果实形似莲房，可入药。
〔31〕 将来：犹言拿来。

布　商

　　布商某,至青州境,偶入废寺,见其院宇零落,叹悼不已。僧在侧曰:"今如有善信[1],暂起山门[2],亦佛面之光。"客慨然自任。僧喜,邀入方丈[3],款待殷勤。既而举内外殿阁[4],并请装修;客辞以不能。僧固强之,词色悍怒。客惧,请即倾囊,于是倒装而出,悉授僧。将行,僧止之曰:"君竭资实非所愿,得毋甘心于我乎[5]？不如先之。"遂握刀相向。客哀之切,弗听;请自经,许之。逼置暗室而迫促之。适有防海将军经寺外[6],遥自缺墙外望见一红裳女子入僧舍,疑之。下马入寺,前后冥搜[7],竟不得。至暗室所,严扃双扉,僧不肯开,托以妖异。将军怒,斩关入[8],则见客缢梁上。救之,片时复苏,诘得其情。又械问女子所在,实则乌有,盖神佛现化也[9]。杀僧,财物仍以归客。客益募修庙宇,由此香火大盛。赵孝廉丰原言之最悉[10]。

据《聊斋志异》手稿本

----

　[1]　善信:做善事的诚意。
　[2]　山门:佛寺的大门。
　[3]　方丈:佛寺长老和住持说法之处。
　[4]　举:列举。

〔5〕 得毋甘心于我乎：意谓该不是想报复我以快心意吧。甘心，称心，快意。《左传·庄公九年》："管（仲）、召（忽）雠也，请受而甘心焉。"注："言欲快意戮杀之。"
〔6〕 防海将军：未详。康熙年间，曾设"山东青州海防道"（见《碑传集》十）；疑指此类官员。
〔7〕 冥搜：到处搜索。
〔8〕 关：指门扇。
〔9〕 现化：现身变化。佛教称佛力广大，能现种种化身于世间。
〔10〕 赵孝廉丰原：赵丰原，字于京，号香坡，又号客亭，历城（今山东济南市历城县）人，康熙三十二年（1693）由举人选任城武教谕。官至河南府知府。生平详《山东通志·人物志》。

彭二挣

禹城韩公甫自言[1]:"与邑人彭二挣并行于途,忽回首不见之,惟空蹇随行[2]。但闻号救甚急,细听则在被囊中[3]。近视囊内累然,虽则偏重,亦不得堕。欲出之,则囊口缝纫甚密;以刀断线,始见彭犬卧其中[4]。既出,问何以入,亦茫不自知。盖其家有狐为祟,事如此类甚多云。"

据《聊斋志异》手稿本

------

[1] 禹城:县名,今属山东省。
[2] 空蹇(jiǎn 简):无人骑坐的驴。蹇,跛,一般指驴,亦指驽劣之马。
[3] 被囊:即被袋,今称行李袋,俗以之搭于驴背。
[4] 犬卧:像犬一样伏卧。

何　仙

长山王公子瑞亭[1]，能以乩卜[2]。乩神自称何仙，乃纯阳弟子[3]，或谓是吕祖所跨鹤云。每降，辄与人论文作诗。李太史质君师事之[4]，丹黄课艺[5]，理绪明切；太史揣摩成[6]，赖何仙力居多焉，因之文学士多皈依之[7]。然为人决疑难事，多凭理，不甚言休咎。

辛未[8]，朱文宗案临济南[9]，试后，诸友请决等第[10]。何仙索试艺[11]，悉月旦之[12]。座中有与乐陵李忭相善者[13]，李固好学深思之士，众属望之[14]，因出其文，代为之请。乩注云："一等[15]。"少间，又书云："适评李生，据文为断。然此生运数大晦[16]，应犯夏楚[17]。异哉！文与数适不相符，岂文宗不论文耶？诸公少待，试一往探之。"少顷，又书云："我适至提学署中，见文宗公事旁午[18]，所焦虑者殊不在文也。一切置付幕客六七人，粟生、例监[19]，都在其中，前世全无根气[20]，大半饿鬼道中游魂[21]，乞食于四方者也。曾在黑暗狱中八百年[22]，损其目之精气，如人久在洞中，乍出则天地异色，无正明也。中有一二为人身所化者，阅卷分曹[23]，恐不能适相值耳。"众问挽回之术，书云："其术至实，人所共晓，何必问？"众会其意，以告李。李惧，以文质孙太史子未[24]，且诉以兆[25]。太史赞其文，因解其惑。李以太史海内宗匠[26]，心益壮，乩语不复置怀。后案发〔27〕，竟居四等。太史大骇，取其文复阅之，殊无疵摘〔28〕。评云："石门公祖〔29〕，素有文名，必不悠谬至此〔30〕。是必幕中醉汉，不识句读者所为。"于是众益服何仙之神，共焚香祝谢之。乩书曰："李生勿以暂时之屈，遂怀惭怍。当多写试卷，益暴之〔31〕，明岁可得优等。"李如其教。久之署中颇闻，悬牌特慰之。次岁果列优等，其灵应如此。

异史氏曰："幕中多此辈客，无怪京都丑妇巷中，至夕无闲床也。呜呼！"

据《聊斋志异》手稿本

----

〔1〕 长山：旧县名，在今山东邹平县境。
〔2〕 乩（jī鸡）卜：扶乩问卜。扶乩为旧时迷信问卜的一种方术。由二人扶一丁字架，下设沙盘，谓神降临时木架划出字迹，能为人决疑，预言祸福。
〔3〕 纯阳：吕纯阳，即吕洞宾，唐末道士，名嵒，或名岩，以字行，号纯阳子，自称回道人。全真道奉为北五祖之一。通称"吕祖"。又相传为八仙之一。
〔4〕 李太史质君：李质君，名斯义，康熙二十七年（1688）进士，改庶吉士，擢御史，官至福建巡抚。生平详《山东通志·人物志》。
〔5〕 丹黄课艺：谓评改其习作文章。丹黄，古时校点书籍时所用的两种颜色；点校时用朱笔书写，改错时则用雌黄涂抹。此指评改作文，圈赞用朱，删改用黄。艺，文艺，指八股文。详《陆判》注。
〔6〕 揣摩成：指考中进士，入翰林。揣摩，此谓研习艺业，考虑时务之急需，以迎合君主与当权者所好。《战国策·秦策》一："苏秦得太公《阴符》之谋，伏而通之，简练以为揣摩。"注："揣，量度。摩，研究。以我学之精熟者，揣摩时务之切，而用之世主之情，而中之。"

〔7〕 皈（guī归）依：佛教本称身心归向佛、法，此指信仰、依赖。
〔8〕 辛未岁：当指清圣祖康熙三十年（1691）。
〔9〕 朱文宗：指朱雯，浙江石门人。进士。康熙三十年（1691）出任山东提学使。见《山东通志·职官志》四。文宗，文章宗匠。此指主考的提学使。详《考城隍》注。
〔10〕 等第：指生员岁、科试的等第。清初沿明制，顺治九年（1652）题准岁考生员有六等黜陟法，四等以下有罚或黜革。
〔11〕 试艺：考试时所作文章。据"朱文宗案临济南"一语，知此指岁试。清制，学政到任第一年为岁考。
〔12〕 月旦：品评。详《阿宝》注。
〔13〕 乐陵：县名，今属山东省。
〔14〕 众属望之：谓众人寄望于他，众望所归之意。
〔15〕 一等：据清初岁考生员六等黜陟法，文理平通者列为一等。
〔16〕 运数大晦：运气很坏。运数，命运、运气。晦，倒霉。
〔17〕 夏（jiǎ甲）楚：皆木名，古用作刑具。夏，即"榎"，同"槚"，楸树。按清初岁考六等黜陟法，考四等者，廪免责停饩，增、附、青、社俱扑责，不许科考，乡试年只准录遗。犯夏楚，指岁考四等。
〔18〕 旁午：繁杂。
〔19〕 粟生、例监：粟生，指廪生。详《考城隍》注。例监，科举制度中监生名目之一。明清时代，以捐纳取得监生资格者曰例监。
〔20〕 根气：犹根器，指禀赋。
〔21〕 饿鬼道：佛教迷信谓人生死轮回的六道之一，详《自志》注。
〔22〕 黑暗狱：传说中的地狱之一。
〔23〕 阅卷分曹：清制，乡试负责考务的官员分为内帘官和外帘官。头场考毕，其试卷由外帘封送内帘后，正、副主考按房签、卷签分送各房官案前，然后依例主考同考官校阅试卷，是谓"分曹"。房官取其当意者加以圈评，向主考推荐。
〔24〕 孙太史子未：孙子未，名勒，字子未，一字予未，号莪山，又号诚斋。本长洲（今江苏苏州市）人，李姓，德州（今山东德州市）孙继领以为己子，遂改姓孙。康熙二十四年（1685）进士，改庶吉士，授检讨。官至大理寺少卿，终于通政司参议。著有《鹤侣斋集》。生平详

《山东通志·人物志》孙继传附。
- [25] 且诉以兆:且将文章与运数不相符的预兆告知。
- [26] 宗匠:文宗巨匠,指学问文章为海内所宗仰的人。
- [27] 案发:公布岁考判定的名次。
- [28] 疵摘:缺点,毛病。
- [29] 公祖:明清时代士绅对知府以上官员的尊称。王士禛《池北偶谈·曾祖父母》:"今乡官称州县官为父母,抚按司道府曰公祖,沿明世之旧也。"提学为省级官员,因亦尊称为公祖。
- [30] 悠谬:犹荒谬,荒诞无稽。
- [31] 益暴之:谓将试官错判的试卷多写而广传,就更加暴露出试官的荒唐混账了。

牛 同 人

(上缺)牛过父室[1],则翁卧床上未醒,以此知为狐。怒曰:"狐可忍也,胡败我伦[2]!关圣号为'伏魔'[3],今何在,而任此类横行!"因作表上玉帝[4],内微诉关帝之不职[5]。

久之,(关帝)[6]忽闻空中喊嘶声,则关帝也。怒叱曰:"书生何得无礼!我岂耑掌为汝家驱狐耶[7]?若禀诉不行,咎怨何辞矣。"即令杖牛二十,股肉几脱。少间,有黑面将军缚一狐至[8],牵之而去,其怪遂绝。

后三年,济南游击女为狐所惑[9],百术不能遣。狐语女曰:"我生平所畏,惟牛同人而已。"游击亦不知牛何里,无可物色[10]。适提学按临,牛赴试,在省偶被营兵迮辱[11],忿诉游击之门。游击一闻其名,不胜惊喜,伛偻甚恭。立捉兵至,捆责尽法。已,乃实告以情。牛不得已,为之呈告关帝。俄顷,见金甲神降于其家,狐方在室,颜猝变,现形如犬,绕屋嚎窜。旋出,自投阶下。神言:"前帝不忍诛,今再犯,不赦矣!"縶系马颈而去。

据《聊斋志异》手稿本

----

[1] 牛过父室:此句以上残缺。稿本存目有《牛同人》,恰与文中人名相

合,因据以补录篇名。
〔2〕 胡败我伦:为什么败坏我家人伦? 胡,何。伦,伦常,封建时代的伦理道德。即所谓父子有亲,君臣有义,夫妇有别,长幼有序,朋友有信。见《孟子·滕文公》上。
〔3〕 关圣号为"伏魔":明万历三十三年(1605),关羽被加封为"三界伏魔大帝神威远震天尊关圣帝君"。
〔4〕 玉帝:亦称"玉皇",为"昊天金阙至尊玉皇大帝"的简称。
〔5〕 不职:不尽职。
〔6〕 关帝:二字为衍文,或二字后有脱文。括号为注者所加。
〔7〕 耑:专。
〔8〕 黑面将军:当指关羽部将周仓。
〔9〕 游击:官名。清代绿营兵统兵官,职位次于参将。详《夜叉国》注。
〔10〕 物色:此谓寻访。
〔11〕 迕(wǔ 午,又读 wù 务)辱:触犯、凌辱。

神　女

米生者闽人[1],传者忘其名字、郡邑。偶入郡,醉过市廛,闻高门中箫鼓如雷。问之居人,云是开寿筵者,然门庭殊清寂。听之笙歌繁响,醉中雅爱乐之,并不问其何家,即街头市祝仪[2],投晚生刺焉[3]。或见其衣冠朴陋,便问:"君系此翁何亲?"答言:"无之。"或言:"此流寓者侨居于此,不审何官,甚贵倨也[4]。既非亲属,将何求?"生闻而悔之,而刺已入矣。无何,两少年出逆客,华裳炫目,丰采都雅,揖生入。见一叟南向坐,东西列数筵,客六七人,皆似贵胄[5];见生至,尽起为礼,叟亦杖而起[6]。生久立,待与周旋[7],而叟殊不离席。两少年致词曰:"家君衰迈,起拜良艰,予兄弟代谢高贤之见枉也[8]。"生逊谢而罢。遂增一筵于上,与叟接席。未几,女乐作于下。座后设琉璃屏,以幛内眷。鼓吹大作,座客不复可以倾谈。筵将终,两少年起,各以巨杯劝客,杯可容三斗;生有难色,然见客受,亦受。顷刻四顾,主客尽釂,生不得已,亦强尽之。少年复斟;生觉惫甚,起而告退。少年强挽其裾。生大醉逿地[9],但觉有人以冷水洒面,恍然若寤。起视,宾客尽散,惟一少年捉臂送之,遂别而归。后再过其门,则已迁去矣。

自郡归,偶适市,一人自肆中出,招之饮。视之不识;姑从之入,则座上先有里人鲍庄在焉。问其人,乃诸姓,市中磨镜者也[10]。

问:"何相识?"曰:"前日上寿者,君识之否?"生言:"不识。"诸言:"予出入其门最稔[11]。翁,傅姓,不知其何省、何官。先生上寿时,我方在墀下,故识之也。"日暮,饮散。鲍庄夜死于途。鲍父不识诸,执名讼生[12]。检得鲍庄体有重伤,生以谋杀论死,备历械梏;以诸未获,罪无申证[13],颂系之[14]。年馀,直指巡方[15],廉知其冤[16],出之。

家中田产荡尽,衣巾革裯[17],冀其可以辨复[18],于是携囊入郡。日将暮,步履颇殆,休于路侧。遥见小车来,二青衣夹随之。既过,忽命停舆。车中不知何言,俄一青衣问生:"君非米姓乎?"生惊起诺之。问:"何贫窭若此?"生告以故。又问:"安之?"又告之。青衣去,向车中语;俄复返,请生至车前。车中以纤手搴帘,微睇之,绝代佳人也。谓生曰:"君不幸得无妄之祸[19],闻之太息[20]。今日学使署中,非白手可以出入者[21],途中无可解赠,……"乃于髻上摘珠花一朵,授生曰:"此物可鬻百金,请缄藏之。"生下拜,欲问官阀,车行甚疾,其去已远,不解何人。执花悬想,上缀明珠,非凡物也。珍藏而行。至郡,投状,上下勒索甚苦;出花展视,不忍置去[22],遂归。归而无家,依于兄嫂。幸兄贤,为之经纪,贫不废读。

过岁,赴郡应童子试[23],误入深山。会清明节,游人甚众。有数女骑来,内一女郎,即曩年车中人也。见生停骖[24],问其所往。生具以对。女惊曰:"君衣顶尚未复耶[25]?"生惨然于衣下出珠花,曰:"不忍弃此,故犹童子也[26]。"女郎晕红上颊,既嘱坐待路隅。款段而去[27]。久之,一婢驰马来,以裹物授生,曰:"娘子言:今日学使之门如市;赠白金二百,为进取之资[28]。"生辞曰:"娘子惠我多矣!自分掇芹非难[29],重金所不敢受。但告以姓名,绘一小像,焚香供之,足矣。"婢不顾,委地下而去。生由此用度颇充,然终不屑夤缘[30]。后入邑庠第一。以金授兄;兄善居积,三年旧业尽复。

适闽中巡抚为生祖门人,优恤甚厚,兄弟称巨家矣。然生素清鲠[31],虽属大僚通家,而未尝有所干谒[32]。一日,有客裘马至门[33],都无识者。出视,则傅公子也。揖而入,各道间阔[34]。治具相款,客辞以冗,然亦不竟言去。已而肴酒既陈,公子起而请间[35];相将入内,拜伏于地。生惊问何事。怆然曰:"家君适罹大祸,欲有求于抚台[36],非兄不可。"生辞曰:"渠虽世谊,而以私干人,生平所不为也。"公子伏地哀泣。生厉色曰:"小生与公子,一饮之知交耳,何遽以丧节强人[37]!"公子大惭,起而别去。越日,方独坐,有青衣人入,视之,即山中赠金者。生方惊起,青衣曰:"君忘珠花耶?"生曰:"唯唯,不敢忘。"曰:"昨公子,即娘子胞兄也。"生闻之,窃喜,伪曰:"此难相信。若得娘子亲见一言,则油鼎可蹈耳[38];不然,不敢奉命。"青衣出,驰马而去。更半复返,扣扉入曰:"娘子来矣。"言未几,女郎惨然入,向壁而哭,不作一语。生拜曰:"小生非卿,无以有今日。但有驱策,敢不惟命!"女曰:"受人求者常骄人,求人者常畏人。中夜奔波,生平何解此苦,只以畏人故耳,亦复何言!"生慰之曰:"小生所以不遽诺者[39],恐过此一见为难耳。使卿风夜蒙露,吾知罪矣!"因挽其袪[40],隐抑搔之。女怒曰:"子诚敝人也[41]!不念畴昔之义,而欲乘人之厄[42]。予过矣[43]!予过矣!"忿然而出,登车欲去。生追出谢过,长跪而要遮之。青衣亦为缓颊。女意稍解,就车中谓生曰:"实告君:妾非人,乃神女也。家君为南岳都理司[44],偶失礼于地官[45],将达帝听[46];非本地都人官印信[47],不可解也。君如不忘旧义,以黄纸一幅,为妾求之。"言已,车发遂去。生归,悚惧不已。乃假驱祟,言于巡抚。巡抚谓其事近巫蛊[48],不许。生以厚金赂其心腹,诺之,而未得其便。既归,青衣候门,生具告之,默然遂去,意似怨其不忠。生追送之曰:"归语娘子,如事不谐,我以身命殉之!"既归,终夜辗转,不知计之所出。适院署有宠姬购珠[49],生乃以珠花献之。姬大悦,窃印为之嵌之[50]。怀归,青衣适至。笑曰:"幸不辱命。但数年来贫贱乞食所不忍鬻者,今还为主人弃之矣!"因告以情。且曰:"黄金抛置,我都不惜。寄语娘子:珠花须要偿也。"

逾数日,傅公子登堂申谢,纳黄金百两。生作色曰:"所以然者,为令妹之惠我无私耳;不然,即万金岂足以易名节哉!"再强之,声色益厉。公子惭而去,曰:"此事殊未了!"翼日,青衣奉女郎命,进明珠百颗,曰:"此足以偿珠花否耶?"生曰:"重花者,非贵珠也。设当日赠我万镒之宝[51],直须卖作富家翁耳;什袭而甘贫贱[52],何为乎?娘子神人,小生何敢他望,幸得报洪恩于万一,死无憾矣!"青衣置珠案间[53],生朝拜而后却之。越数日,公子又至。生命治肴酒。公子使从人入厨下,自行烹调,相对纵饮,欢若一家。有客馈苦糯[54],公子饮而美之,引尽百盏,面颊微赪[55],乃谓生曰:"君贞介士[56],愚兄弟不能早知君,有愧裙钗多矣[57]。家君感大德,无以相报,欲以妹子附为婚姻,恐以幽明见嫌也[58]。"生喜惧非常,不知所对。公子辞而出,曰:"明夜七月初九,新月钩辰[59],天孙有少女下嫁[60],吉期也,可备青庐[61]。"次夕,果送女郎至,一切无异常人。三日后,女自兄嫂以及婢仆大小,皆有馈赏。又最贤,事嫂如姑。

数年不育,劝纳副室,生不肯。适兄贾于江淮,为买少姬而归。姬,顾姓,小字博士,貌亦清婉,夫妇皆喜。见髻上插珠花,甚似当年故物;摘视,果然。异而诘之,答云:"昔有巡抚爱妾死,其婢盗出鬻于市,先人廉其值,买而归。妾爱之。先父无子,生妾一人,故所求无不得。后父死家落,妾寄养于顾媪之家。顾,妾姨行,见珠,屡欲售去,妾投井觅死,故至今犹存也。"夫妇叹曰:"十年之物,复归故主,岂非数哉。"女另出珠花一朵,曰:"此物久无偶矣!"因并赐之,亲为簪于髻上。姬退,问女郎家世甚悉,家人皆讳言之。阴语生曰:"妾视娘子,非人间人也;其眉目间有神气,昨簪花时得近视,其美丽出于肌里,非若凡人以黑白位置中见长耳。"生笑之。姬曰:"君勿言,妾将试之。如其神,但有所须,无人处焚香以求,彼当自知。"女郎绣袜精工,博士爱之,而未敢言,乃即闺中焚香祝之。女早起,忽检箧中,出袜,遣婢赠博士。生见而笑。女问故,以实告。女曰:"黠哉婢乎!"因其慧,益怜爱之;然博士益恭,昧爽时,必薰沐以朝[62]。后博士一举两男,两人分字之[63]。生年八十,女貌犹如处子。生抱病,女鸠匠为材[64],令宽大倍于寻常。既死,女不哭;男女他适,女已入材中死矣。因并葬之。至今传为"大材冢"云。

异史氏曰:"女则神矣,博士而能知之,是遵何术欤?乃知人之慧,固有灵于神者矣!"

据《聊斋志异》手稿本

----

〔1〕 闽:福建省的简称。因秦设闽中郡而得名。
〔2〕 市:买。祝仪:贺礼。
〔3〕 晚生刺:自称晚生的名帖。晚生,旧时后辈对前辈的谦称。
〔4〕 贵倨:自贵傲人。
〔5〕 贵胄:指贵族子弟。胄,后代。
〔6〕 杖而起:扶着拐杖站起为礼。
〔7〕 周旋:揖让应酬。
〔8〕 枉:枉驾;光临。
〔9〕 逿(dàng 荡)地:倒地。逿,跌倒。
〔10〕 磨镜者:磨镜人。古时用铜镜。镜用久发黯,需磨洗使之发亮。
〔11〕 稔:熟悉。
〔12〕 执名:犹言"指名"。
〔13〕 申证:明证。申,明白。
〔14〕 颂(róng 容)系:关押在狱,不加刑具。颂,宽容。
〔15〕 直指:汉代官名。朝廷直接派往地方检查吏治及司法的官员,也称直指使者或"绣衣直指"。明清时,则有巡按御使分至各地巡察。巡方:巡行地方考察。
〔16〕 廉:考察,查访。
〔17〕 衣巾革褫:褫夺衣冠;指革除功名。旧时生员犯罪,须先由学官报请革除功名,然后才能逮捕动刑。
〔18〕 辨复:革除功名的生员,经辨明无罪,恢复功名,称"辨复"。
〔19〕 无妄之祸:此据铸雪斋抄本;无妄,原作"无望"。意外的灾祸。
〔20〕 太息:叹息。
〔21〕 白手:空手。
〔22〕 置去:指卖掉。置,弃置。
〔23〕 应童子试:参加初级考试。这里指米生放弃"辨复",欲重新考取

生员资格。
- 〔24〕停骖(cān 餐)：此谓停马。骖，本指一车三马中的边马。
- 〔25〕衣顶：此指生员冠服，代指生员资格。
- 〔26〕童子：即"童生"。明清时代，未取得生员资格的读书人，不论年龄大小，都称"童生"或"儒童"。
- 〔27〕款段：马走得很慢。
- 〔28〕如市：如同贸易的场所，隐指学使之门贿赂公行。进取：努力争取；此指"辨复"功名，努力上进。
- 〔29〕掇芹：科举时代称考取秀才为掇芹。语出《诗·鲁颂·泮水》："思乐泮水，薄采其芹。"因而也称"入泮"。
- 〔30〕夤(yín 银)缘：攀附以升，喻攀附权要，以求仕进。此指贿赂学使，准予辨复。
- 〔31〕清鲠：清正梗直，不苟随俗。
- 〔32〕干谒：干求拜见；指请托。
- 〔33〕裘马：衣轻裘，策肥马，形容阔绰。
- 〔34〕间(jiàn 建)阔：远隔。指久别之情。
- 〔35〕请间：请避开他人，单独谈话。间，隙。
- 〔36〕抚台：对巡抚的敬称。
- 〔37〕丧节：丧失品节。强人：逼人。
- 〔38〕油鼎可蹈：烹人的油锅也可以下去；喻不计生死。
- 〔39〕遽诺：立即应允。
- 〔40〕袪(qū 区)：袖。
- 〔41〕憸人：薄德之人，心术不正的人。
- 〔42〕乘人之厄：犹言乘人之危。厄，危难。
- 〔43〕过：错。
- 〔44〕南岳都理司：道教神名。道教崇奉五岳，谓每岳皆有岳神，各领仙官、玉女几万人治理其地。南岳衡山岳神，叫司天王。都理司，当系司天王的属官。
- 〔45〕地官：道教所信奉的神。道教以天官、地官、水官为三官。传说天官赐福，地官赦罪，水官解厄。
- 〔46〕帝：指天帝。

〔47〕 本地都人官：此指该省巡抚。都，总领。印信：官印。
〔48〕 巫蛊（gǔ 古）：巫师使用邪术加害于人。
〔49〕 院署：指巡抚衙门。院，抚院。巡抚例兼都察院右副都御史衔，故称"抚院"。
〔50〕 嵌：盖印。
〔51〕 万镒（yì义）之宝：价值万金的宝物。镒，古时一镒为一金，一金为二十四两。
〔52〕 "什袭"句：意谓珍藏珠花，甘心贫贱，而不忍变卖。什袭，层层包裹，指珍藏。
〔53〕 案间：据铸雪斋抄本，原作"案"。
〔54〕 苦糯：一种米酒。
〔55〕 赪（chēng 撑）：赤色。
〔56〕 贞介士：坚贞耿介的读书人。
〔57〕 裙钗：代指女子。此谓神女。
〔58〕 幽明：幽为阴，明为阳。这里指人神隔绝。
〔59〕 新月钩辰：谓新月与钩辰星同现；为佳期之兆。钩辰，星名，在河汉之中。《西厢记》三本二折："似这等辰勾（钩），空把佳期盼。"谓盼佳期如等待辰钩星出，故以之隐指佳期。
〔60〕 天孙：星名，即织女星。《史记·天官书》："织女，天女孙。"《索隐》："织女，天孙也。"
〔61〕 青庐：古时婚俗，以青布幔为屋，于此交拜迎妇，称"青庐"。
〔62〕 薰沐：薰香沐浴，清除浊秽，表示虔敬。朝：拜见。
〔63〕 字：养育。
〔64〕 鸠匠：召集工匠。鸠，集。材：棺材。

湘 裙

晏仲,陕西延安人[1]。与兄伯同居,友爱敦笃[2]。伯三十而卒,无嗣;妻亦继亡。仲痛悼之,每思生二子,则以一子为兄后。甫举一男,而仲妻又死。仲恐继室不恤其子,将购一妾。邻村有货婢者,仲往相之,略不称意[3],情绪无聊,被友人留酌,醺醉而归。途中遇故窗友梁生[4],握手殷殷,邀过其家。醉中忘其已死,从之而去。入其门,并非旧第,疑而问之。答云:"新移此耳。"入而谋酒,则家酿已竭[5],嘱仲坐待,挈瓶往沽。仲出立门外以俟之。见一妇人控驴而过,有童子随之,年可八九岁[6],面目神色,绝类其兄。心恻然动,急委缀之,便问:"童子何姓?"答言:"姓晏。"仲益惊,又问:"汝父何名?"答言:"不知。"言次,已至其门,妇人下驴入。仲执童子曰:"汝父在家否?"童诺而入。顷之,一媪出窥,真其嫂也。讶叔何来。仲大悲,随之而入。见庐落亦复整顿,因问:"兄何在?"曰:"责负未归[7]。"问:"跨驴何人?"曰:"此汝兄妾甘氏,生两男矣。长阿大,赴市未返;汝所见者阿小。"坐久,酒渐解,始悟所见皆鬼。以兄弟情切,即亦不惧。嫂温酒治具。仲急欲见兄,促阿小觅之。良久,哭而归曰:"李家负欠不还,反与父闹。"仲闻之,与阿小奔而去,见有两人方捽兄地上。仲怒,奋拳直入,当者尽踣。急救兄起,敌已俱奔。追捉一人,捶楚无算,始起。执兄手[8],顿足哀泣;兄亦泣。既归,举家慰问,乃具酒食,兄弟相庆。居无何,一少年入,年约十六七。伯呼阿大,令拜叔。仲挽之,哭向兄曰:"大哥地下有两男子,而坟墓不扫;弟又子少而鳏,奈何?"伯亦凄恻。嫂谓伯曰:"遣阿小从叔去,亦得。"阿小闻之,依叔肘下,眷恋不去。仲抚之,倍益酸辛。问:"汝乐从否?"答云:"乐从。"仲念鬼虽非人,慰情亦胜无也,因为解颜。伯曰:"从去,但勿娇惯,宜啖以血肉,驱向日中曝之,午过乃已。六七岁儿,历春及夏,骨肉更生,可以娶妻育子;但恐不寿耳[9]。"言间,门外有少女窥听,意致温婉。仲疑为兄女,便以问兄。兄曰:"此名湘裙,吾妾妹也。孤而无归,寄养十年矣。"问:"已字否?"伯云:"尚未。近有媒议东村田家。"女在窗外小语曰:"我不嫁田家牧牛子。"仲颇有动于中,而未便明言。既而伯起,设榻于斋,止弟宿。

仲雅不欲留,而意恋湘裙,将设法以窥兄意,遂别兄就榻。时方初春,气候犹寒,斋中夐无烟火,森然起栗。对烛冷坐,思得小饮,俄而阿小推扉入,以杯箸斗酒置案上。仲喜极,问:"谁之为?"答云:"湘姨。"酒将尽,又以灰覆盆火,掷床下。仲问:"爷娘寝乎?"曰:"睡已久矣。""汝寝何所?"曰:"与湘姨共榻耳。"阿小俟叔眠,乃掩门去。仲念湘裙惠而解意[10],益爱慕之;又以其能抚阿小,欲得之心益坚,辗转床头,终夜不寝。早起,告兄曰:"弟孑然无偶,烦大哥留意也。"伯曰:"吾家非一瓢一担者[11],物色当自有人。地下即有佳丽,恐于弟无所利益。"仲曰:"古人亦有鬼妻,何害?"伯似会意,便言:"湘裙亦佳。但以巨针刺人迎[12],血出不止者,便可为生人妻,何得草草。"仲曰:"得湘裙抚阿小,亦得。"伯但摇首。仲求之不已,嫂曰:

"试捉湘裙强刺验之,不可乃已。"遂握针出门外,遇湘裙,急捉其腕,则血痕犹湿。盖闻伯言时,早自试之矣。嫂释手而笑,反告伯曰:"渠作有意乔才久矣[13],尚为之代虑耶?"妾闻之怒,趋近湘裙,以指刺匡而骂曰[14]:"淫婢不羞! 欲从阿叔奔去耶[15]? 我定不如其愿!"湘裙愧愤,哭欲觅死,举家腾沸。仲乃大惭,别兄嫂,率阿小而出。兄曰:"弟姑去;阿小勿使复来,恐损其生气也。"仲诺之。

既归,伪增其年,托言兄卖婢之遗腹子。众以其貌酷类,亦信为伯遗体[16]。仲教之读,辄遣抱一卷就日中诵之。初以为苦,久而渐安。六月中,几案灼人,而儿戏且读,殊无少怨。儿甚惠[17],日尽半卷,夜与叔抵足,恒背诵之。叔甚慰。又以不忘湘裙,故不复作"燕楼"想矣[18]。

一日,双媒来为阿小议姻,中馈无人[19],心甚燥急[20]。忽甘嫂自外入曰:"阿叔勿怪,吾送湘裙至矣。缘婢子不识羞,我故挫辱之。叔如此表表[21],而不相从,更欲从何人者?"见湘裙立其后,心甚欢悦。肃嫂坐[22];具述有客在堂,乃趋出。少间复入,则甘氏已去。湘裙卸妆入厨下,刀砧盈耳矣[23]。俄而肴藏罗列,烹饪得宜。客去,仲入,见湘裙凝妆坐室中,遂与交拜成礼。至晚,女仍欲与阿小共宿。仲曰:"我欲以阳气温之,不可离也。"因置女别室,惟晚间杯酒一往欢会而已。湘裙抚前子如己出,仲益贤之。

一夕,夫妻款洽,仲戏问:"阴世有佳人否?"女思良久,答言:"未见。惟邻女葳灵仙,群以为美;顾貌亦犹人,要善修饰耳[24]。与妾往还最久,心中窃鄙其荡也。如欲见之,顷刻可致。但此等人,未可招惹。"仲急欲一见。女把笔似欲作书,既而掷管曰:"不可,不可!"强之再四,乃曰:"勿为所惑。"仲诺之。遂裂纸作数画若符,于门外焚之。少时,帘动钩鸣,吃吃作笑声。女起曳入,高髻云翘,殆类画图。扶坐床头,酌酒相叙间阔。初见仲,犹以红袖掩口,不甚纵谈;数盏后,嬉狎无忌,渐伸一足压仲衣。仲心迷乱,不知魂之所舍。目前唯碍湘裙;湘裙又故防之,顷刻不离于侧。葳灵仙忽起,搴帘而出;湘裙从之,仲亦从之。葳灵仙握仲,趋入他室。湘裙甚恨,而无可如何,愤然归室,听其所为而已。既而仲入,湘裙责之曰:"不听我言,后恐却之不得耳。"仲疑其妒,不乐而散。次夕,葳灵仙不召自来。湘裙甚厌见之,傲不为礼;仙竟与仲相将而去。如此数夕。女望其来,则诟辱之,而亦不能却也。月馀,仲病不起,始大悔,唤湘裙与共寝处,冀可避之;昼夜防稍懈,则人鬼已在阳台[25]。湘裙操杖逐之,鬼忿与争,湘裙荏弱,手足皆为所伤。仲寖以沉困。湘裙泣曰:"吾何以见吾姊矣!"又数日,仲冥然遂死。

初见二隶执牒入,不觉从去。至途患无资斧,邀隶便道过兄所。兄见之,惊骇失色,问:"弟近何作?"仲曰:"无他,但有鬼病耳。"实告之。兄曰:"是矣。"乃出白金一裹,谓隶曰:"姑笑纳之。吾弟罪不应死,请释归,我使豚儿从去[26],或无不谐。"便唤阿大陪隶饮。反身入家,遍告以故。乃令甘氏隔壁唤葳灵仙。俄至,见仲欲遁。伯揪返骂曰:"淫婢!生为荡妇,死为贱鬼,不齿群众久矣[27];又祟吾弟耶!"立批之,云鬓蓬飞,妖容顿减。久之,一妪来,伏地哀恳。伯又责妪纵女宣淫,呵詈移时,始令与女俱去。伯乃送仲出,飘忽间已抵家门,直抵卧室,豁然若寤,始知适间之已死也。伯责湘裙曰:"我与若姊,谓汝贤能,故使从吾弟;反欲促吾弟死耶!设非名分之嫌[28],便当挞楚!"湘裙惭惧啜泣,望伯伏谢。伯顾阿小喜曰:"儿居然生人矣!"湘裙欲出作黍,伯辞曰:"弟事未办,我不遑暇。"阿小年十三,渐知恋父;见父出,零涕从之。父曰:"从叔最乐,我行复来耳。"转身遂逝,自此不复通闻问矣。后阿小娶妇,生一子,亦年三十而卒。仲抚其孤,如侄生时。仲年八十,其子二十馀矣,乃析之[29]。湘裙无所出。一日,谓仲曰:"我先驱狐狸于地下可乎[30]?"盛妆上床而殁。仲亦不哀,半年亦殁。

异史氏曰:"天下之友爱如仲,几人哉!宜其不死而益之以年也。阳绝阴嗣,此皆不忍死兄之诚心所格[31];在人无此理,在天宁有此数乎?地下生子,愿承前业者,想亦不少;恐承绝产之贤兄贤弟,不肯收恤耳[32]!"

据《聊斋志异》手稿本

---

〔1〕 陕西延安:清代府名,治所即今陕西延安市。
〔2〕 敦笃:淳厚,诚挚。
〔3〕 略:颇。
〔4〕 窗友:同窗学友。
〔5〕 家酿已竭:自家酿制的酒已经喝完。竭,尽。
〔6〕 可:约,大概。
〔7〕 责负:索债。责,索取。负,欠债。
〔8〕 执兄手:此据铸雪斋抄本,原无"手"字。
〔9〕 不寿:不能长寿。

〔10〕 惠:通"慧"。聪明。
〔11〕 一瓢一担:家当一担可装,食具唯有一瓢,极言贫苦之状,因指贫寒人家。
〔12〕 人迎:中医切脉部位。在左手寸部。见《灵枢·终始》马莳注。
〔13〕 乔才:坏坯子。此为戏骂语。《琵琶记·激怒当朝》:"乔才堪笑,故阻佯推不肯从。"
〔14〕 匡:通"眶",眼眶。
〔15〕 奔:私奔。旧指女子无媒妁而往就所爱男子。
〔16〕 遗体:旧称自身为父母遗体。《礼记·祭义》:"身也者,父母之遗体也。"因借指儿女。
〔17〕 惠:通"慧"。
〔18〕 不复作"燕楼"想:意谓不再作蓄妓娶妾之想。燕楼,即燕子楼,在江苏徐州市。唐代贞元年间,镇守徐州的张建封,为家妓关盼盼筑楼于此。见白居易《〈燕子楼诗三首〉序》。
〔19〕 中馈无人:谓无妻子。
〔20〕 燥急:焦急。燥,焦。
〔21〕 表表:品德卓异。
〔22〕 肃:敬,敬请。
〔23〕 刀砧盈耳:耳中充满切菜剁肉的声音。砧,案板。盈,满。
〔24〕 要:主要。
〔25〕 阳台:传说中的台名,此指二人合欢之处。详《犬奸》"云雨台"注。
〔26〕 豚儿:谦称自己的儿子。
〔27〕 不齿群众:被众人鄙视,瞧不起。
〔28〕 名分(fèn奋)之嫌:依封建礼教,大伯不得过问弟媳之事。名分,名义地位及所应守之本分。
〔29〕 析:分家产,俗谓分家。
〔30〕 先驱狐狸于地下:首先死去的委婉说法。狐狸居荒坟之中,为其驱狐清圹,即先进入坟墓。
〔31〕 "阳绝"二句:谓在阳间绝后而至阴间生子,这都是乃弟对死去的兄长友爱之诚感通了上天所致。绝,绝嗣,无子接代。嗣,后嗣,子息。

〔32〕"恐承"二句：恐怕继承绝后产业的兄弟，不肯收留顾恤。绝产，绝嗣之人的产业。按封建宗法制度，无子绝嗣者，当由兄弟之子承继其产业。

三　生

湖南某,能记前生三世。一世为令尹[1],闱场入帘[2]。有名士兴于唐被黜落[3],愤懑而卒,至阴司执卷讼之。此状一投,其同病死者以千万计[4],推兴为首,聚散成群。某被摄去,相与对质。阎王便问:"某既衡文[5],何得黜佳士而进凡庸?"某辨言:"上有总裁[6],某不过奉行之耳。"阎罗即发一签,往拘主司。久之,勾至。阎罗即述某言。主司曰:"某不过总其大成;虽有佳章,而房官不荐[7],吾何由而见之也?"阎罗曰:"此不得相诿[8],其失职均也,例合答[9]。"方将施刑,兴不满志,戛然大号[10];两墀诸鬼,万声鸣和。阎罗问故,兴抗言曰[11]:"答罪太轻,是必掘其双睛,以为不识文之报。"阎罗不肯,众呼益厉。阎罗曰:"彼非不欲得佳文,特其所见鄙耳。"众又请剖其心。阎罗不得已,使人褫去袍服,以白刃劀胸[12],两人沥血鸣嘶。众始大快,皆曰:"吾辈抑郁泉下,未有能一伸此气者;今得兴先生,怨气都消矣。"哄然遂散。

某受剖已,押投陕西为庶人子。年二十馀,值土寇大作,陷入贼中。有兵巡道往平贼[13],俘掳甚众,某亦在中。心犹自揣非贼,冀可辨释。及见堂上官,亦年二十馀,细视,乃兴生也。惊曰:"吾合尽矣!"既而俘者尽释,惟某后至,不容置辨,竟斩之。某至阴司投状讼兴。阎罗不即拘,待其禄尽[14]。迟之三十年,兴始至,面质之。兴以草菅人命[15],罚作畜。稽某所为,曾挞其父母,其罪维均。某恐来生再报,请为大畜。阎罗判为大犬,兴为小犬。

某生于北顺天府市肆中[16]。一日,卧街头,有客自南中来[17],携金毛犬,大如狸。某视之,兴也。心易其小,龁之。小犬咬其喉下,系缀如铃;大犬摆扑嗥窜。市人解之不得,俄顷俱毙。并至冥司,互有争论。阎罗曰:"冤冤相报,何时可已?今为若解之。"乃判兴来世为某婿。某生庆云[18],二十八举于乡[19]。生一女,娴静娟好,世族争委禽焉[20]。某皆弗许。偶过临郡[21],值学使发落诸生[22],其第一卷李姓——实兴也。遂挽至旅舍,优厚之。问其家,适无偶,遂订姻好。人皆谓某怜才,而不知有夙因也[23]。既而娶女去,相得甚欢。然婿恃才辄侮翁,恒隔岁不一至其门。翁亦耐之。后婿中岁淹蹇[24],苦不得售[25],翁为百计营谋,始得志于名场[26]。由此和好如父子焉。

异史氏曰:"一被黜而三世不解,怨毒之甚至此哉[27]!阎罗之调停固善;然墀下千万众,如此纷纷,勿亦天下之爱婿,皆冥中之悲鸣号动者耶[28]?"

据《聊斋志异》手稿本

----

[1] 令尹:明清指知县。秦汉后一县长官称县令,元代改称县尹,后因以令尹作为知县的别称。

[2] 闱场入帘:做乡试同考官。宋以后科举制度,凡乡会试同考官名帘官。见《明史·选举志》。闱场,指乡试,详《陆判》"秋闱"注。入

帘,指任负责阅卷的内帘官。
〔3〕 黜落:除其名使其落榜。黜,免去。
〔4〕 其同病死者:谓同因黜落冤愤而死者。
〔5〕 衡文:审阅评定文章优劣。
〔6〕 总裁:官名。明代直省主考、清代会试主司(主试官),均称"总裁"。见梁章钜《称谓录·总裁主考》。
〔7〕 房官不荐:清科举制度,乡试分三场考试。头场考毕,其试卷由外帘封送内帘后,监试请主考官升堂分卷。正主考挈房签,副主考挈第几束卷签,分送各房官案前。然后分头校阅试卷。房官可取其当意者向主考推荐,正副主考就各房荐卷批阅,再合观二三场,互阅商校,确定取中名额。因此,房官不荐,则不能取中。房官,为乡会试的同考官。因分房批阅考卷,故称房考官,简称房官。
〔8〕 相诿:互相推诿。
〔9〕 例合笞:依例应受笞刑。
〔10〕 戛然大号:指声屈鸣冤。戛然,象声词。大号,大叫。
〔11〕 抗言:高声而言。
〔12〕 劙(lí离)胸:剖胸剜心。劙,浅割。
〔13〕 兵巡道:官名。明代各省下均分为数道,由按察司副使、按察佥事等官员分别巡察,称作按察分司,有分巡道、兵巡道、兵备道等。清废副使、佥事等官,仍设分巡诸道,简称巡道。详《续通志·职官·按察分司诸道》。
〔14〕 禄:禄命。古指人一生应享禄食(俸禄)的运数。古时迷信认为人一生兴衰贵贱,都是命中注定的。
〔15〕 草菅(jiān尖)人命:谓轻易杀人。草菅,草茅,喻轻贱。《汉书·贾谊传》:"其视杀人若艾草菅然。"
〔16〕 顺天府:府名,治所在今北京市。
〔17〕 南中:泛指我国南部,即今川黔滇一带,也指岭南地区。见《三国志·蜀志·刘璋传》。
〔18〕 庆云:县名,今属山东省。
〔19〕 举于乡:即乡试中举。详《陆判》"乡科"注。
〔20〕 委禽:致送订婚采礼,谓求婚。详《阿宝》注。

〔21〕 临郡：即邻郡。临，借作"邻"。
〔22〕 学使发落诸生：此指学使到任第一年，对生员进行的岁考。发落诸生，即指岁考毕，学使为试卷定等拆发，分别赏罚。诸生，明清指生员。下文"第一卷"，即一等卷中的第一名。
〔23〕 夙因：即"宿因"，前世因缘。
〔24〕 中岁淹蹇：中年困顿。
〔25〕 不得售：不得售其才，意即考试不得中。售，卖，引申为考试得中。
〔26〕 名场：争逐功名之场，即科举时代的考场。
〔27〕 怨毒：怨恨。毒，痛恨。
〔28〕 "然墀下"四句：谓天下士人因试官失职而被黜落者甚多，只有申冤冥间，阎罗使士子成为试官之爱婿而为之营谋，才能得志于名场。这是对当世岳丈为子婿营谋科举功名的讥讪。墀下，丹墀之下。墀，丹墀，古时宫殿台阶。

长　亭

　　石太璞，泰山人[1]，好厌禳之术。有道士遇之，赏其慧[2]，纳为弟子。启牙签[3]，出二卷——上卷驱狐，下卷驱鬼。乃以下卷授之，曰："虔奉此书，衣食佳丽皆有之。"问其姓名，曰："吾汴城北村元帝观王赤城也[4]。"留数日，尽传其诀。石由此精于符箓[5]，委贽者踵接于门[6]。

　　一日，有叟来，自称翁姓，炫陈币帛[7]，谓其女鬼病已殆，必求亲诣。石闻病危，辞不受贽，姑与俱往。十馀里，入山村，至其家，廊舍华好。入室，见少女卧縠幛中[8]，婢以钩挂幛。望之，年十四五许，支缀于床[9]，形容已槁。近临之，忽开目云："良医至矣。"举家皆喜，谓其不语已数日矣。石乃出，因诘病状。叟曰："白昼见少年来，与共寝处，捉之已杳；少间复至，意其为鬼。"石曰："其鬼也，驱之匪难[10]；恐其是狐，则非余所敢知矣。"叟云："必非必非。"石授以符，是夕宿于其家。夜分，有少年入，衣冠整肃。石疑是主人眷属，起而问之。曰："我鬼也。翁家尽狐。偶悦其女红亭，姑止焉。鬼为狐祟，阴鸷无伤[11]，君何必离人之缘而护之也[12]？女之姊长亭，光艳尤绝。敬留全璧[13]，以待高贤。彼如许字[14]，方可为之施治；尔时我当自去。"石诺之。是夜，少年不复至，女顿醒。天明，叟喜，以告石，请石入视。石焚旧符，乃坐诊之。见绣幕有女郎，丽若天人，心知其长亭也。诊已,索水洒幛。女郎急以碗水付之,蹀躞之间[15],意动神流。石生此际,心殊不在鬼矣。出辞叟,托制药去,数日不返。鬼益肆,除长亭外,子妇婢女,俱被淫惑。又以仆马招石,石托疾不赴。明日,叟自至。石故作病股状,扶杖而出。叟拜已,问故,曰:"此鳏之难也!曩夜婢子登榻,倾跌,堕汤夫人泡两足耳[16]。"叟问:"何久不续?"石曰:"恨不得清门如翁者[17]。"叟默而出。石走送曰:"病瘥当自至,无烦玉趾也[18]。"又数日,叟复来,石跛而见之。叟慰问三数语,便曰:"顷与荆人言[19],君如驱鬼去,使举家安枕,小女长亭,年十七矣,愿遣奉事君子。"石喜,顿首于地。乃谓叟:"雅意若此,病躯何敢复爱。"立刻出门,并骑而去。入视祟者既毕,石恐背约,请与媪盟。媪遽出曰:"先生何见疑也?"即以长亭所插金簪,授石为信。石朝拜之,乃遍集家人,悉为祓除[20]。惟长亭深匿无迹;遂写一佩符,使人持赠之。是夜寂然,鬼影尽灭,惟红亭呻吟未已,投以法水,所患若失。石欲辞去,叟挽止殷恳。至晚,肴核罗列,劝酬殊切。漏二下,主人乃辞客去。石方就枕,闻叩扉甚急;起视,则长亭掩入,辞气仓皇[21],言:"吾家欲以白刃相仇[22],可急遁!"言已,径返身去。石战惧无色,越垣急窜。遥见火光,疾奔而往,则里人夜猎者也。喜。待猎毕,乃与俱归。心怀怨愤,无之可伸,思欲之汴寻赤城。而家有老父,病废已久,日夜筹思,莫决进止。

忽一日,双舆至门,则翁媪送长亭至,谓石曰:"曩夜之归,胡再不谋[23]?"石见长亭,怨恨都消,故亦隐而不发。媪促两人庭拜讫。石将设筵,辞曰:"我非闲人,不能坐享甘旨[24]。我家老子昏髦[25],倘有不悉[26],郎肯为长亭一念老身,为幸多矣。"登车遂去。盖杀婿之谋,媪不之闻;及追之不得而返,媪始知之,颇不能平,与叟日相诟谇[27]。长亭亦饮泣不食。媪强送女来,非翁意也。长亭入门,诘之,始知其故。

过两三月,翁家取女归宁。石料其不返,禁止之。女自此时一涕零。年馀,生一子,名慧儿,买乳媪哺之。然儿善啼,夜必归母。一日,翁家又以舆来,言媪思女甚。长亭益悲,石不忍复留之。欲抱子去,石不可,长亭乃自归。别时,以一月为期,既而半载无耗。遣人往探之,则向所僦宅久空。又二年馀,望想都绝;而儿啼终夜,寸心如割。既而石父病卒,倍益哀伤;因而病瘥,苦次弥留[28],不能受宾朋之吊。方昏愦间,忽闻妇人哭入。视之,则缞绖者长亭也。石大悲,一恸遂绝。婢惊呼,女始辍泣,抚之良久,始渐苏。自疑已死,谓相聚于冥中。女曰:"非也。妾不孝,不能得严父心,尼归三载[29],诚所负心。适家人由海东经此,得翁凶问[30]。妾遵严命而绝儿女之情[31],不敢循乱命而失翁媳之礼[32]。妾来时,母知而父不知也。"言间,儿投怀中。言已,始抚之,泣曰:"我有父,儿无母矣!"儿亦噭咷[33],一室掩泣。女起,经理家政,柩前牲盛洁备[34],石乃大慰。而病久,急切不能起。女乃请石外兄款洽吊客[35]。丧既闭,石始杖而能起,相与营谋斋葬[36]。葬已,女欲辞归,以受背父之谴。夫挽儿号,隐忍而止。未几,有人来告母病,乃谓石曰:"妾为君父来,君不为妾母放令去耶?"石许之。女使乳媪抱儿他适,涕洟出门而去[37]。去后,数年不返。石父子渐亦忘之。

一日，昧爽启扉，则长亭飘入。石方骇问，女戚然坐榻上，叹曰："生长闺阁，视一里为遥；今一日夜而奔千里，殆矣！"细诘之，女欲言复止。请之不已，哭曰："今为君言，恐妾之所悲，而君之所快也。迩年徙居晋界，僦居赵缙绅之第。主客交最善，以红亭妻其公子。公子数逋荡[38]，家庭颇不相安。妹归告父；父留之，半年不令还。公子忿恨，不知何处聘一恶人来，遣神缁锁，缚老父去。一门大骇，顷刻四散矣。"石闻之，笑不自禁。女怒曰："彼虽不仁，妾之父也。妾与君琴瑟数年，止有相好而无相尤。今日人亡家败，百口流离，即不为父伤，宁不为妾吊乎[39]！闻之忭舞[40]，更无片语相慰藉，何不义也！"拂袖而出。石追谢之，亦已渺矣。怅然自悔，拚已决绝[41]。过二三日，媪与女俱来，石喜慰问。母子俱伏。惊而询之，母子俱哭。女曰："妾负气而去，今不能自坚，又欲求人，复何颜矣！"石曰："岳固非人；母之惠，卿之情，所不忘也。然闻祸而乐，亦犹人情，卿何不能暂忍？"女曰："顷于途中遇母，始知絷吾父者，盖君师也。"石曰："果尔，亦大易。然翁不归，则卿之父子离散；恐翁归，则卿之夫泣儿悲也。"媪矢以自明，女亦誓以相报。石乃即刻治任如汴，询至元帝观，则赤城归未久。入而参之[42]，便问："何来？"石视厨下一老狐，孔前股而系之[43]，笑曰："弟子之来，为此老魅。"赤城诘之，曰："是吾岳也。"因以实告。道士谓其狡诈，不肯轻释。固请，乃许之。石因备述其诈，狐闻之，塞身入灶，似有惭状。道士笑曰："彼羞恶之心，未尽亡也。"石起，牵之而出，以刀断索抽之。狐痛极，齿龈龈然[44]。石不遽抽，而顿挫之，笑问曰："翁痛之，勿抽可耶？"狐睛睒闪[45]，似有愠色。既释,摇尾出观而去。

石辞归。三日前,已有人报叟信,媪先去,留女待石。石至,女逆而伏。石挽之曰:"卿如不忘琴瑟之情,不在感激也。"女曰:"今复迁还故居矣,村舍邻迩,音问可以不梗。妾欲归省,三日可旋。君信之否?"曰:"儿生而无母,未便殇折。我日日鳏居,习已成惯。今不似赵公子,而反德报之,所以为卿者尽矣。如其不还,在卿为负义,道里虽近,当亦不复过问,何不信之与有?"女次日去,二日即返。问:"何速?"曰:"父以君在汴曾相戏弄,未能忘怀,言之絮絮;妾不欲复闻,故早来也。"自此闺中之往来无间,而翁婿间尚不通吊庆云[46]。

异史氏曰:"狐情反复,谲诈已甚。悔婚之事,两女而一辙[47],诡可知矣。然要而婚之,是启其悔者已在初也[48]。且婿既爱女而救其父,止宜置昔怨而仁化之[49];乃复狎弄于危急之中[50],何怪其没齿不忘也[51]!天下有冰玉之不相能者[52],类如此。"

据《聊斋志异》手稿本

----

〔1〕 泰山:汉置郡名。此指泰安府,治所在今泰安市。此从铸雪斋抄本,原作"太山"。

〔2〕 赏:赏识。

〔3〕 牙签:指图书函套上的牙签。因以象牙制作,故称。

〔4〕 汴城:汴州城,即今河南开封市。元:本作"玄",为避康熙帝玄烨名讳,改作"元"。

〔5〕 符箓:也称"符字"、"丹书"、"墨箓"。道家秘密使用的文书,为一

种笔画屈曲、似字非字的图形。道教谓可用来"驱鬼"、"镇邪"、"治病"。

〔6〕委贽:古人始相见,必执贽为礼;"贽"因地位不同而有别。语出《左传·僖公二十三年》。此泛指致送礼品。

〔7〕炫:夸耀。

〔8〕縠(hú斛)幛:薄纱帐。縠,绉纱。幛,通"帐"。

〔9〕支缀:气息微弱之状,言卧于床上,仅有气息。

〔10〕匪:通"非"。

〔11〕阴骘(zhì至):犹阴德。

〔12〕离人之缘:谓破坏别人情缘。

〔13〕全璧:完璧。此谓不予玷污,保其贞洁。

〔14〕许字:许嫁。字,古指女子出嫁。

〔15〕蹀躞之间:谓往来之间。蹀躞,小步行走之状。

〔16〕汤夫人:也称"汤婆子",铜制或锡制的一种扁壶,冬日充以热水放入被中暖足用。泡两足:烫得两足起泡。

〔17〕清门:高雅寒素之家。

〔18〕无烦玉趾:犹言不劳前来。玉趾,敬词,脚步之意。

〔19〕荆人:谦称其妻。详《狐嫁女》注。

〔20〕祓(fú弗)除:本为古时除凶去秽的一种仪式,见《周礼·春官·女巫》,此指道家驱邪去灾的迷信行为。

〔21〕辞气仓皇:言辞慌促,声调反常。

〔22〕欲以白刃相仇:谓欲加害于他。

〔23〕胡再不谋:为什么不商量一下。胡,何。

〔24〕甘旨:香甜可口的美味。

〔25〕老子:犹言老头子,指其丈夫。昏眊:犹惛耄,年老糊涂。

〔26〕不悉:不全,不周到之处。

〔27〕诟讁:消责、埋怨。

〔28〕苫次弥留:居丧病重。苫次,居丧期间。详《胡四娘》"苫块"注。弥留,病危。

〔29〕尼归:受阻不归。尼,受外力阻止。《孟子·梁惠王》下:"行,或使之;止,或尼之。行止,非人所能也。"

〔30〕 凶问：凶信。即死亡的消息。问，音信。
〔31〕 严命：古代尊称父亲为严君，故称父命为严命。
〔32〕 乱命：本指父亲将死神志昏乱时的遗命，见《左传·宣公十五年》，此借指不合事理的父命。
〔33〕 嗷啕（jiào táo 叫桃）：啼哭不止。
〔34〕 柩前牲盛（chéng 成）洁备：摆在灵柩前面肉食祭品洁净而周全。牲盛，牲祭、供设。牲，指三牲（牛、羊、猪）祭品。盛，盛器，碗、盘之类。
〔35〕 外兄：表兄。见《后汉书·来歙传》。
〔36〕 斋葬：祭祀殡葬。斋，祭。
〔37〕 涕洟（yí 夷）：一把眼泪，一把鼻涕。《礼记·檀弓》上："待于庙，垂涕洟。"《释文》："自目曰涕，自鼻曰洟。"
〔38〕 数（shuò 朔）逋荡：犹言常外出嫖赌放荡，不顾家室。数，屡屡。逋荡，游荡（放纵）。《汉书·丙吉传》"数逋荡"注："逋，亡也。荡，放也。谓亡其所职而游放也。"
〔39〕 吊：此谓对受灾祸的人表示慰问。
〔40〕 忭（biàn 卞）舞：欢欣鼓舞。
〔41〕 拚（pàn 盼）：舍弃，抛却。
〔42〕 参：参拜。
〔43〕 孔前股而系之：把他的小腿穿透，用绳拴着。前股，俗称"小腿"，于狐为后肢。
〔44〕 龈龈然：咬牙出声，表示愤恨的样子。龈，牙根。
〔45〕 狐睛睒（shǎn 闪）闪：谓狐睛闪闪发亮。形容愤怒的眼神。睒闪，山东方言，闪闪。
〔46〕 不通吊庆：谓不相往来。吊，吊死问疾。庆，贺喜祝福。
〔47〕 一辙：如出一辙。谓前后作法一样。
〔48〕 "然要"二句：谓要胁而与其女婚配，是使其在嫁女之初已怀悔恨之心。要，要胁，以不正当手段相胁迫。
〔49〕 止宜置昔怨而仁化之：言只应放弃昔日的怨恨而以仁爱之心感化他。
〔50〕 狎弄：戏弄，耍弄。

〔51〕 没齿不忘：犹言终身不忘。
〔52〕 冰玉之不相能：谓翁婿感情不相投合。冰玉，冰清玉润的略语，为岳父和女婿的代称。《晋书·卫玠传》载，玠为名士，而其岳父乐广亦名著海内，人谓"妇公冰清，女婿玉润"。

席 方 平

席方平,东安人[1]。其父名廉,性戆拙[2]。因与里中富室羊姓有郤[3],羊先死;数年,廉病垂危,谓人曰:"羊某今贿嘱冥使搒我矣[4]。"俄而身赤肿,号呼遂死。席惨怛不食,曰:"我父朴讷[5],今见陵于强鬼,我将赴地下,代伸冤气耳。"自此不复言,时坐时立,状类痴,盖魂已离舍矣[6]。

席觉初出门,莫知所往,但见路有行人,便问城邑。少选[7],入城。其父已收狱中。至狱门,遥见父卧檐下,似甚狼狈。举目见子,潸然流涕,便谓:"狱吏悉受赇嘱[8],日夜搒掠,胫股摧残甚矣!"席怒,大骂狱吏:"父如有罪,自有王章,岂汝等死魅所能操耶!"遂出,抽笔为词[9]。值城隍早衙[10],喊冤以投。羊惧,内外贿通,始出质理。城隍以所告无据,颇不直席[11]。席忿气无所复伸,冥行百馀里,至郡,以官役私状,告之郡司[12]。迟之半月,始得理。郡司扑席,仍批城隍复案[13]。席至邑,备受械梏,惨冤不能自舒[14]。城隍恐其再讼,遣役押送归家。役至门辞去。席不肯入,遁赴冥府,诉郡邑之酷贪。冥王立拘质对[15]。二官密遣腹心与席关说[16],许以千金。席不听。过数日,逆旅主人告曰:"君负气已甚,官府求和而执不从,今闻于王前各有函进,恐事殆矣。"席以道路之口[17],犹未深信。俄有皂衣人唤入。升堂,见冥王有怒色,不容置词[18],命答二十。席厉声问:"小人何罪?"冥王漠若不闻。席受笞,喊曰:"受笞允当[19],谁教我无钱也!"冥王益怒,命置火床。两鬼捽席下,见东墀有铁床,炽火其下,床面通赤。鬼脱席衣,掬置其上,反复揉捺之。痛极,骨肉焦黑,苦不得死。约一时许,鬼曰:"可矣。"遂扶起,促使下床着衣,犹幸跛而能行。复至堂上,冥王问:"敢再讼乎?"席曰:"大怨未伸,寸心不死,若言不讼,是欺王也。必讼!"王曰:"讼何词?"席曰:"身所受者,皆言之耳。"冥王又怒,命以锯解其体。二鬼拉去,见立木高八九尺许,有木板二,仰置其下,上下凝血模糊。方将就缚,忽堂上大呼"席某",二鬼即复押回。冥王又问:"尚敢讼否?"答曰:"必讼!"冥王命捉去速解。既下,鬼乃以二板夹席,缚木上。锯方下,觉顶脑渐阚,痛不可禁,顾亦忍而不号。闻鬼曰:"壮哉此汉!"锯隆隆然寻至胸下。又闻一鬼云:"此人大孝无辜,锯令稍偏,勿损其心。"遂觉锯锋曲折而下,其痛倍苦。俄顷,半身阚矣。板解,两身俱仆。鬼上堂大声以报。堂上传呼,令合身来见。二鬼即推令复合,曳使行。席觉锯缝一道,痛欲复裂,半步而踣。一鬼于腰间出丝带一条授之,曰:"赠此以报汝孝。"受而束之,一身顿健,殊无少苦。遂升堂而伏。冥王复问如前;席恐再罹酷毒,便答:"不讼矣。"冥王立命送还阳界。

隶率出北门,指示归途,反身遂去。席念阴曹之暗昧尤甚于阳间,奈无路可达帝听。世传灌口二郎为帝勋戚[20],其神聪明正直,诉之当有灵异。窃喜两隶已去,遂转身南向。奔驰间,有二人追至,曰:"王疑汝不归,今果然矣。"捽回复见冥王。窃意冥王益怒,祸必更惨;而王殊无厉容,谓席曰:"汝志诚孝。但汝父冤,我已为若雪之矣。今已往生富贵家,何用汝鸣呼为[21]。今送汝归,予以千金之产、期颐之寿[22],于愿足乎[23]?"乃注籍中,嵌以巨印,使亲视之。席谢而下。鬼与俱出,至途,驱而骂曰:"奸猾贼!频频翻复,使人奔波欲死!再犯,当捉入大磨中,细细研之!"席张目叱曰:"鬼子胡为者!我性耐刀锯,不耐挞楚。请反见王,王如令我自归,亦复何劳相送。"乃返奔。二鬼惧,温语劝回。席故蹇缓[24],行数步,辄憩路侧。鬼含怒不敢复言。约半日,至一村,一门半阖,鬼引与共坐;席便据门阈[25]。二鬼乘其不备,推入门中。惊定自视,身已生为婴儿。愤啼不乳,三日遂殇[26]。魂摇摇不忘灌口,约奔数十里,忽见羽葆来[27],旌戟横路[28]。越道避之,因犯卤簿[29],为前马所执[30],絷送车前。仰见车中一少年,丰仪瑰玮[31]。问席:"何人?"席冤愤正无所出,且意是必巨官,或当能作威福[32],因缅诉毒痛[33]。车中人命释其缚,使随车行。俄至一处,官府十馀员,迎谒道左,车中人各有问讯。已而指席谓一官曰:"此下方人,正欲往愬[34],宜即为之剖决。"席询之从者,始知车中即上帝殿下九王,所嘱即二郎也。席视二郎,修躯多髯[35],不类世间所传。

九王既去,席从二郎至一官廨,则其父与羊姓并衙隶俱在。少顷,槛车中有囚人出[36],则冥王及郡司、城隍也。当堂对勘[37],席所言皆不妄。三官战栗,状若伏鼠。二郎援笔立判;顷之,传下判词,令案中人共视之。判云:"勘得冥王者:职膺王爵,身受帝恩。自应贞洁以率臣僚,不当贪墨以速官谤[38]。而乃繁缨棨戟[39],徒夸品秩之尊[40]；羊狠狼贪[41]，竟玷人臣之节。斧敲斲，斲入木，妇子之皮骨皆空[42]；鲸吞鱼，鱼食虾，蝼蚁之微生可悯[43]。当掬西江之水，为尔湔肠[44]；即烧东壁之床，请君入瓮[45]。城隍、郡司，为小民父母之官[46]，司上帝牛羊之牧[47]。虽则职居下列，而尽瘁者不辞折腰[48]；即或势逼大僚，而有志者亦应强项[49]。乃上下其鹰鸷之手[50]，既罔念夫民贫；且飞扬其狙狯之奸[51]，更不嫌乎鬼瘦。惟受赃而枉法，真人面而兽心[52]！是宜剔髓伐毛[53]，暂罚冥死；所当脱皮换革，仍令胎生[54]。隶役者：既在鬼曹，便非人类。只宜公门修行，庶还落蓐之身[55]；何得苦海生波，益造弥天之孽[56]？飞扬跋扈，狗脸生六月之霜[57]；隳突叫号，虎威断九衢之路[58]。肆淫威于冥界[59]，咸知狱吏为尊；助酷虐于昏官，共以屠伯是惧[60]。当以法场之内[61]，剁其四肢；更向汤镬之中[62]，捞其筋骨。羊某：富而不仁，狡而多诈。金光盖地，因使阎摩殿上尽是阴霾[63]；铜臭熏天，遂教枉死城中全无日月[64]。馀腥犹能役鬼，大力直可通神[65]。宜籍羊氏之家[66]，以偿席生之孝。即押赴东岳施行[67]。"又谓席廉："念汝子孝义，汝性良懦，可再赐阳寿三纪[68]。"因使两人送之归里。

席乃抄其判词，途中父子共读之。既至家，席先苏，令家人启棺视父，僵尸犹冰，俟之终日，渐温而活。及索抄词，则已无矣。自此，家道日丰，三年间良沃遍野；而羊氏子孙微矣[69]，楼阁田产，尽为席有。里人或有买其田者，夜梦神人叱之曰："此席家物，汝乌得有之！"初未深信；既而种作，则终年升斗无所获，于是复鬻于席。席父九十馀岁而卒。

异史氏曰："人人言净土[70]，而不知生死隔世，意念都迷，且不知其所以来，又乌知其所以去；而况死而又死，生而复生者乎？忠孝志定，万劫不移，异哉席生，何其伟也！"

据《聊斋志异》手稿本

----

[1] 东安：旧府县名"东安"者甚多，此或指山东沂水县南旧东安城。
[2] 戆（zhuàng状）拙：心直口快而不识利害顾忌。
[3] 郤（xì隙）：嫌隙；仇恨。
[4] 冥使：阴间的官吏。掠：掠掠、拷打。
[5] 朴讷（nè呐）：老实巴交，不会说话。朴，质木无文。讷，口笨。
[6] 舍：指躯体。迷信认为肉身是灵魂的宅舍。
[7] 少选：同"少旋"；一会儿。
[8] 赇（qiú求）嘱：同"贿嘱"。赇，贿赂。
[9] 抽笔为词：提笔撰写讼状。词，指讼词。
[10] 城隍：迷信传说的守护城池的主神；这里指县邑城隍。早衙：旧时官府的主官，每天上下午坐堂两次，处理政务或案件，叫作"坐衙"。早衙，指上午坐堂问事。
[11] 不直席：认为席方平投诉无理。
[12] 郡司：府的长官。
[13] 复案：重审。案，考察。
[14] 不能自舒：谓冤屈无处可伸。舒，伸。
[15] 冥王：迷信传说中的阎王。
[16] 腹心：心腹之人，贴身的亲信。
[17] 道路之口：道路上的传闻。
[18] 置词：说话；申辩。
[19] 允当：公允、恰当。这里是反语。
[20] 灌口二郎：宋朱熹《朱子语录》谓蜀中灌口二郎庙所祀者，当是秦蜀郡守李冰之次子。《西游记》、《封神演义》称二郎神为杨戬，疑

从李冰次子故事演变而来。为帝勋戚：传说杨戬是玉帝的外甥。勋戚，有功于王业的亲戚。

〔21〕何用汝鸣呼为：哪里用得着你去喊冤。

〔22〕期(jī 机)颐之寿：百岁的寿数。《礼记·曲礼》上："百年曰期颐。"

〔23〕足：据铸雪斋抄本补，原阙。

〔24〕蹇(jiǎn 简)缓：行路艰难迟缓。

〔25〕门阈(yú 愉)：门槛。

〔26〕殇：夭亡。

〔27〕羽葆：以鸟羽为饰的仪仗。《礼记·杂记》："匠人执羽葆御柩。"《疏》："羽葆者，以鸟羽注于柄头，如盖。"

〔28〕旞戟：长旞、棨戟等仪仗。旞，长幅下垂的旌旗。戟，即后文所说的"棨戟"，附有套衣的木戟，用作仪仗。横路：遮路。

〔29〕卤(lǔ 鲁)簿：古时帝王或贵官出行时的仪仗队。封演《封氏闻见记》卷五："舆驾行幸，羽仪导从谓之卤簿，自秦汉以来始有其名。……按字书：'卤，大盾也。'……卤以甲为之，所以扞敌，……甲盾有先后部伍之次，著之簿籍，天子出，则案次导从，故谓之卤簿耳。"

〔30〕前马：仪仗队的前驱。《国语·越语》谓勾践"亲为夫差前马"。注："前马，前驱，在马前也。"

〔31〕丰仪瑰玮：丰姿仪态奇伟不凡。

〔32〕作威福：指当权者专行赏罚，独揽威权。语出《尚书·洪范》："惟辟作福，惟辟作威。"

〔33〕缅诉：追诉。

〔34〕愬(sù 素)：同"诉"，诉冤。

〔35〕修躯多髯：身材高大，胡须很多。修，长。髯，络腮胡。

〔36〕槛车：囚车。

〔37〕对勘：对质审讯。勘，审问。

〔38〕贪墨：同"贪冒"，谓贪以败官。《说文通训定声》："墨，又借为冒，左昭十四年传，贪以败官为墨。按，犯而取也；注，不洁之称，失之。"以速官谤：《左传·庄公二十二年》："敢辱高位，以速官谤。"速，招致。官谤，居官不称职而受到责难。

〔39〕 **繁(pán 盘)缨**:古时天子、诸侯的马饰,语出《左传·成公二年》。繁,通"鞶",马腹带。缨,马颈饰。棨戟:有缯衣或涂漆的木戟,用为仪仗。唐制,三品以上官员,得门列棨戟。

〔40〕 品秩:官阶品级。

〔41〕 羊狠狼贪:比喻冥王的凶狠与贪婪。语出《史记·项羽本纪》:"因下令军中曰:猛如虎,很如羊,贪如狼,强不可使者皆斩之。"很,通"狠"。

〔42〕 "斧敲"三句:意谓层层敲剥、勒索,妇孺的脂膏、骨髓被压榨一空。斲(zhuó 啄),砍削,此借作名词之"凿"。

〔43〕 "鲸吞"三句:意谓鲸吞、鱼食,以强凌弱,细弱小民受害最烈,实堪怜悯。鲸,鲸鲵,喻凶恶之人。《左传·宣公十二年》:"古者明王伐不敬,取其鲸鲵而封之,以为大戮。"杜预注:"鲸鲵,大鱼名,以喻不义之人,吞食小国。"

〔44〕 "当掬"二句:意谓当用长江之水,清洗冥王之污肠。指涤刷其罪。西江,西来之江,指长江,语出《庄子·外物》。湔(jiān 煎),清洗。《新五代史·王仁裕传》:"尝梦剖其胃肠,以西江水涤之。"

〔45〕 "即烧"二句:意谓以其人之道还治其人之身,叫冥王也受酷刑。东壁之床,指上文"东墀有铁床"而言,即火床。请君入瓮,比喻以其人之道还治其人之身。唐武则天时,酷吏周兴犯罪,武后命来俊臣审理。来俊臣与周兴推事对食,问曰:"囚多不承,当为何法?"兴曰:"此甚易耳!取大瓮,以炭四周炙之,令囚入中,何事不承?"俊臣即索瓮,起谓兴曰:"有内状推老兄,请兄入此瓮。"兴叩头伏罪。见《新唐书·周兴传》。

〔46〕 父母之官:封建时代称地方官为"父母官"。指县令。

〔47〕 司上帝牛羊之牧:职掌代替天帝管理人民之事。《孟子·公孙丑》下:"今有受人之牛羊而牧之者,则必为之求牧与刍矣。"此用其意,喻地方官应解除民困。

〔48〕 "尽瘁"句:意谓应当尽瘁事国,屈己奉公。尽瘁,竭尽心力,《诗·小雅·北山》:"或尽瘁事国。"不辞折腰,指委屈奉公。晋人陶渊明为彭泽令,叹曰:"吾不能为五斗米折腰,向乡里小人。"见《晋书·陶渊明传》。此化用其意,谓应该屈身奉公。

〔49〕强项:不低头,喻刚直不阿。东汉董宣为洛阳令,杀湖阳公主恶奴,光武帝大怒,令小黄门挟持董宣向公主叩头谢罪。董宣两手据地,终不肯俯首。光武帝称之为"强项令"。见《后汉书·董宣传》。
〔50〕上下其鹰鸷之手:意谓枉法作弊,颠倒是非。春秋时,楚国攻郑,穿封戍生俘郑国守将皇颉,而王子围与之争功,请伯州犁裁处。伯州犁叫俘虏本人作证,但却有意偏袒王子围。伯州犁审问皇颉时"上其手"(高举其手)向他暗示王子围地位尊贵;"下其手"(下垂其手)向他暗示穿封戍地位低微。皇颉会意,竟承认自己是被王子围所俘。伯州犁就这样上下其手,使贱者之功被贵者所占。见《左传·襄公二十六年》。鹰鸷,鹰和鸷,都是猛禽,比喻凶狠。
〔51〕飞扬:意谓任意施展。狙(jú局)狯之奸:狡猾的奸谋。
〔52〕人面而兽心:语出《汉书·匈奴传》。此指品质恶劣,外貌像人,内心狠毒,有如恶兽。
〔53〕剔髓伐毛:犹言脱胎换骨,涤除污垢,使之改恶从善。原为修道者之言,见《太平广记》卷六引《洞冥记》。此指致死的酷刑。
〔54〕"所当"二句:意谓罚其转世胎生,但不得为人。
〔55〕"只宜公门"二句:意谓只有在衙门内洁身向善,或可转世为人。公门,衙门。修行,修身行善,指不枉法害民。落蓐之身,指人身。落蓐,指人的降生。蓐,产蓐。
〔56〕"何得苦海"二句:意谓怎能在苦深如海的世俗之中,兴风作浪,作孽多端。苦海,佛家语,谓人间烦恼,苦深如海。弥天之孽,天大的罪孽。弥,满,广大。
〔57〕"飞扬"二句:意谓隶役恣肆蛮横,满面杀气,迫害无辜。狗脸:指隶役的面孔。生六月之霜,谓狗脸布满杀气,将使无辜受冤。相传战国时,邹衍事燕惠王,被人陷害下狱。邹衍在狱仰天而哭,时正炎夏,忽然降霜。见《初学记》二引《淮南子》。
〔58〕"虺(huī恢)突"二句:谓隶役狐假虎威,骚扰百姓,使道路侧目。柳宗元《捕蛇者说》:"悍吏之来吾乡,叫嚣乎东西,虺突乎南北,哗然而骇者,虽鸡狗不得宁焉。"虺突,冲撞毁坏。九衢,指四通八达的道路。衢,大路。
〔59〕肆:滥施。淫威:无节制的威权。

[60] 屠伯:宰牲的能手,喻指滥杀的酷吏。《汉书·严延年传》谓严为河南太守,酷刑滥杀,每"冬月传属县囚,会论府上,流血数里,河南号曰屠伯"。伯,长也。
[61] 法场:刑场。
[62] 汤镬:汤锅,古代烹囚的刑具。
[63] "金光"二句:意谓贿赂公行,致使官府昏暗不明,公理不彰。金光,喻金钱的魔力。阎摩殿,阎王殿。阴霾,昏暗的浊雾。
[64] "铜臭"二句:意同上句。谓收买官府,遂使阴间世界,暗无天日。铜臭,《释常谈·铜臭》:"将钱买官,谓之铜臭。"枉死城,指地狱。
[65] "馀腥"二句:谓小额金钱可以役使鬼吏;而巨额金钱则可买通神灵。馀腥,钱的馀臭。大力,指巨额金钱的威力。《太平广记》卷二四三引《幽闲鼓吹》,谓唐张延曾欲平冤狱,"召狱吏严诫之,且曰:'此狱已久,旬日须了。'明旦视事,案上有一小帖子曰:'钱三万贯,乞不问此狱。'公大怒,更促之。明日,复见一帖来曰:'钱五万贯。'公益怒,令两日须毕。明旦,案上复见帖子曰:'钱十万贯。'公遂止不问。弟子承间侦之。公曰:'钱至十万贯,通神矣,无不可回之事。吾恐祸及,不得不受也。'"
[66] 籍:没收。
[67] 东岳:泰山。迷信传说,东岳泰山之神总管天地人间的生死祸福,并施行赏罚。
[68] 纪:古代以十二年为一纪。
[69] 微:衰微,败落。
[70] 净土:佛教认为西天佛土清净自然,是"极乐世界",因称为"净土"。

素　秋

俞慎，字谨庵，顺天旧家子[1]。赴试入都，舍于郊郭。时见对户一少年，美如冠玉[2]。心好之，渐近与语，风雅尤绝。大悦，捉臂邀至寓所，相与款宴。问其姓氏，自言金陵人，姓俞名士忱，字恂九。公子闻与同姓，又益亲洽，因订为昆仲[3]；少年遂以名减字为忱[4]。明日，过其家，书舍光洁；然门庭踧落[5]，更无厮仆。引公子入内，呼妹出拜，年约十三四，肌肤莹澈，粉玉无其白也。少顷，托茗献客，家中亦无婢媪。公子异之，数语遂出。由是友爱如胞。恂九无日不来寓所，或留共宿，则以弱妹无伴为辞。公子曰："吾弟留寓千里，曾无应门之僮，兄妹纤弱，何以为生矣？计不如从我去，有斗舍可共栖止，如何？"恂九喜，约以闱后。试毕，恂九邀公子去，曰："中秋月明如昼，妹子素秋，具有蔬酒，勿违其意。"竟挽入内。素秋出，略道温凉，便入复室，下帘治具。少间，自出行炙[6]。公子起曰："妹子奔波，情何以忍！"素秋笑入。顷之，搴帘出，则一青衣婢捧壶；又一媪托桦进烹鱼。公子讶曰："此辈何来？不早从事，而烦妹子？"恂九微哂曰："素秋又弄怪矣。"但闻帘内吃吃作笑声，公子不解其故。既而筵终，婢媪撤器，公子适嗽，误堕婢衣；婢随唾而倒，碎碗流炙。视婢，则帛剪小人，仅四寸许。恂九大笑。素秋笑出，拾之而去。俄而婢复出，奔走如故。公子大异之。恂九曰："此不过妹子幼时，卜紫姑之小技耳[7]。"公子因问:"弟妹都已长成,何未婚姻?"答云:"先人即世[8],去留尚无定所,故此迟迟。"遂与商定行期,鬻宅,携妹与公子俱西。

既归,除舍舍之;又遣一婢为之服役。公子妻,韩侍郎之犹女也[9],尤怜爱素秋,饮食共之。公子与恂九亦然。而恂九又最慧,目下十行,试作一艺[10],老宿不能及之[11]。公子劝赴童试。恂九曰:"姑为此业者,聊与君分苦耳。自审福薄,不堪仕进;且一入此途,遂不能不戚戚于得失,故不为也。"居三年,公子又下第[12]。恂九大为扼腕,奋然曰:"榜上一名,何遂艰难若此!我初不欲为成败所惑,故宁寂寂耳。今见大哥不能发舒,不觉中热[13],十九岁老童,当效驹驰也。"公子喜,试期送入场[14],邑、郡、道皆第一[15]。益与公子下帷攻苦。逾年科试,并为郡、邑冠军。恂九名大噪,远近争婚之,恂九悉却去。公子力劝之,乃以场后为解[16]。无何,试毕,倾慕者争录其文,相与传颂;恂九亦自觉第二人不屑居也。榜既放,兄弟皆黜。时方对酌,公子尚强作噱[17];恂九失色,酒盏倾堕,身仆案下。扶置榻上,病已困殆。急呼妹至,张目谓公子曰:"吾两人情最如胞,实非同族。弟自分已登鬼箓[18]。衔恩无可相报,素秋已长成,既蒙嫂氏抚爱,媵之可也[19]。"公子作色曰:"是真吾弟之乱命也[20]!其将谓我人头畜鸣者耶[21]!"恂九泣下。公子即以重金为购良材[22]。恂九命舁至,力疾而入[23],嘱妹曰:"我没后,即阖棺,无令一人开视。"公子尚欲有言,而目已瞑矣。公子哀伤,如丧手足。然窃疑其嘱异,俟素秋他出,启而视之,则棺中袍服如蜕[24];揭之,有蠹鱼径尺[25]，僵卧其中。骇异间，素秋促入，惨然曰："兄弟何所隔阂？所以然者，非避兄也；但恐传布飞扬[26]，妾亦不能久居耳。"公子曰："礼缘情制[27]，情之所在，异族何殊焉？妹宁不知我心乎？即中馈当无漏言，请勿虑。"遂速卜吉期，厚葬之。

初，公子欲以素秋论婚于世家，恂九不欲。既殁，公子以商素秋，素秋不应。公子曰："妹子年已二十矣，长而不嫁，人其谓我何？"对曰："若然，但惟兄命。然自顾无福相，不愿入侯门，寒士而可。"公子曰："诺。"不数日，冰媒相属，卒无所可[28]。先是，公子之妻弟韩荃来吊，得窥素秋，心爱悦之，欲购作小妻[29]。谋之姊，姊急戒勿言，恐公子知。韩去，终不能释，托媒风示公子，许为买乡场关节[30]。公子闻之，大怒诟骂，将致意者批逐出门[31]，自此交往遂绝。适有故尚书之孙某甲，将娶而妇忽卒，亦遣冰来。其甲第云连[32]，公子之所素识，然欲一见其人，因与媒约，使甲躬谒[33]。及期，垂帘于内，令素秋自相之。甲至，裘马驺从，炫耀闾里；人又秀雅如处子。公子大悦，见者咸赞美之，而素秋殊不乐。公子不听，竟许之，盛备奁装[34]，计费不赀，素秋固止之，但讨一老大婢，供给使而已。公子亦不之听，卒厚赠焉。既嫁，琴瑟甚敦。然兄嫂常系念之，每月辄一归宁。来时，奁中珠绣，必携数事，付嫂收贮。嫂未知其意，亦姑从之。甲少孤，有寡母溺爱过于寻常，日近匪人[35]，渐诱淫赌，家传书画鼎彝[36]，皆以鬻偿戏债[37]。而韩荃与有瓜葛，因招饮而窃探之，愿以两妾及五百金易素秋。甲初不肯；韩固求之，甲意似摇，然恐公子不甘。韩曰："我与彼至戚，此又非其支系[38]，若事已成，彼亦无如何；

万一有他，我身任之。有家君在，何畏一俞谨庵哉！"遂盛妆两姬出行酒，且曰："果如所约，此即君家人矣。"甲惑之，约期而去。至日，虑韩诈谖[39]，夜候于途，果有舆来，启帘照验不虚，乃导去，姑置斋中。韩仆以五百金交兑俱明。甲奔入，伪告素秋，言："公子暴病相呼。"素秋未遑理妆，草草遂出。舆既发，夜迷不知何所，遄行良远[40]，殊不可到。忽见二巨烛来，众窃喜其可以问途。无何，至前，则巨蟒两目如灯。众大骇，人马俱窜，委舆路侧。将曙复集，则空舆存焉。意必葬于蛇腹，归告主人，垂首丧气而已。

数日后，公子遣人诣妹，始知为恶人赚去，初不疑其婿之伪也。取婢归，细诘情迹[41]，微窥其变。忿甚，遍愬郡邑[42]。某甲惧，求救于韩。韩以金妾两亡，正复懊丧，斥绝不为力。甲呆憨无所复计，各处勾牒至，俱以赂嘱免行。月馀，金珠服饰，典货一空。公子于宪府究理甚急[43]，邑官皆奉严令，甲知不可复匿，始出，至公堂实情尽吐。蒙宪票拘韩对质。韩惧，以情告父。父时已休致[44]，怒其所为不法，执付隶。既见诸官府，言及遇蟒之变，悉谓其词枝[45]；家人搒掠殆遍，甲亦屡被敲楚[46]。幸母日鬻田产，上下营救，刑轻得不死，而韩仆已瘐毙矣[47]。韩久困囹圄，愿助甲赂公子千金，哀求罢讼。公子不许。甲母又请益以二姬，但求姑存疑案，以待寻访；妻又承叔母命，朝夕解免，公子乃许之。甲家綦贫，货宅办金，而急切不能得售，因先送姬来，乞其延缓。

逾数日，公子夜坐斋头，素秋偕一媪，蓦然忽入。公子骇问："妹固无恙耶？"笑曰："蟒变乃妹之小术耳。当夜窜入一秀才家，依于其母。彼自言识兄,今在门外。请入之也。"公子倒屣而出[48],烛之,非他,乃周生,宛平之名士也[49],素以声气相善。把臂入斋,款洽臻至。倾谈既久,始知颠末[50]。初,素秋昧爽款生门,母纳入,诘之,知为公子妹,便欲驰报。素秋止之,因与母居。慧能解意,母悦之。以子无妇,窃属意素秋,微言之[51]。素秋以未奉兄命为辞。生亦以公子交契[52],故不肯作无媒之合,但频频侦听。知讼事已有关说[53],素秋乃告母欲归。母遣生率一媪送之,即嘱媪媒焉。公子以素秋居生家久,窃有心而未言也;及闻媪言,大喜,即与生面订为好。先是,素秋夜归,将使公子得金而后宣之。公子不可,曰:"向愤无所泄,故索金以败之耳。今复见妹,万金何能易哉!"即遣人告诸两家,顿罢之[54]。又念生家故不甚丰,道赊远[55],亲迎殊艰,因移生母来,居以恂九旧第;生亦备币帛鼓乐[56],婚嫁成礼。一日,嫂戏素秋:"今得新婿,曩年枕席之爱,犹忆之否?"素秋笑,因顾婢曰:"忆之否?"嫂不解,研问之,盖三年床笫,皆以婢代。每夕,以笔画其两眉,驱之去,即对烛独坐,婿亦不之辨也。益奇之,求其术,但笑不言。

次年大比[57],生将与公子偕往。素秋曰:"不必。"公子强挽之而去。是科,公子中式,生落第归,隐有退志。逾年,母卒,遂不复言进取矣。一日,素秋告嫂曰:"向问我术,固未肯以此骇物听也。今远别,行有日矣,请秘授之,亦可以避兵燹。"惊而问之。答曰:"三年后,此处当无人烟。妾荏弱不堪惊恐,将蹈海滨而隐。大哥富贵中人,不可以偕,故言别也。"乃以术悉授嫂。数日,又告公子。留之不得,至于泣下,问:"往何所?"即亦不言。鸡鸣早起,携一白须奴,控双卫而去[58]。公子阴使人尾送之[59],至胶莱之界[60],尘雾幛天,既晴,已迷所往。三年后,闯寇犯顺[61],村舍为墟。韩夫人剪帛置门内,寇至,见云绕韦驮高丈馀[62],遂骇走,以是得保无恙焉。

后村中有贾客至海上,遇一叟似老奴,而髭发尽黑,猝不能认[63]。叟停足笑曰:"我家公子尚健耶?借口寄语:秋姑亦甚安乐。"问其居何里,曰:"远矣,远矣!"匆匆遂去。公子闻之,使人于所在遍访之,竟无踪迹。

异史氏曰:"管城子无食肉相[64],其来旧矣。初念甚明,而乃持之不坚。宁知糊眼主司[65],固衡命不衡文耶?一击不中[66],冥然遂死,蠹鱼之痴,一何可怜!伤哉雄飞,不如雌伏[67]。"

据《聊斋志异》手稿本
缺文据铸雪斋抄本补

------

〔1〕 旧家:犹言世家。
〔2〕 冠玉:装饰于帽上之玉。此用以比喻美男子。
〔3〕 订为昆仲:结为兄弟。
〔4〕 以名减字为忱:指减去原名的"士"字,单名为忱。
〔5〕 蹴(cù促)落:犹言冷落。
〔6〕 行炙:端送菜肴。
〔7〕 卜紫姑之小技:紫姑,详见《花姑子》注。自唐以来有祭紫姑之俗,正月十五日图其形,夜间迎之,以卜祸福。此指其剪帛为人之幻术。
〔8〕 即世:去世。
〔9〕 侍郎:明清时,中央各部的副长官。犹女:侄女。

〔10〕艺：制艺，指八股文。
〔11〕老宿：老成有名望的人。此指宿儒。
〔12〕下第：落榜。
〔13〕中热：躁急心热，指热心名仕进。
〔14〕试期：此指"童子试"试期。
〔15〕邑、郡、道皆第一：在童试中，县试、府试、院试都获得第一。
〔16〕场后：此指参加乡试以后。
〔17〕强作噱（jué决）：意谓强作笑语，表示旷达。噱，谈笑，大笑。
〔18〕已登鬼箓：意谓必死。鬼箓，死者名册。陶渊明《拟挽歌辞》："昨暮同为人，今旦在鬼箓。"
〔19〕媵之：收之为姬妾。媵，指姬妾婢女，这里作动词。
〔20〕乱命：病重昏迷时的遗言；谓其主张荒谬。《左传·宣公十五年》：魏武子有嬖妾无子。武子生病时命其子颗曰："必嫁是。"病重时又说："必以为殉。"武子死后，颗将嬖妾嫁出，曰"疾病则乱，我从其治也。"
〔21〕人头畜鸣：意思是，外貌是人但行为像畜牲。
〔22〕良材：上等棺木。
〔23〕力疾：竭力支撑着病体。
〔24〕蜕（tuì退）：蝉蛇之类脱下的皮。
〔25〕蠹鱼：蛀蚀书籍的小虫。银粉细鳞，形似鱼，故名。
〔26〕传布飞扬：传播声扬。
〔27〕礼缘情制：礼法因人情而制定。
〔28〕卒无所可：始终没有称心的。可，可意、中意。
〔29〕小妻：妾。
〔30〕买乡场关节：意谓代公子行贿，买通关节，使之乡试中式。乡场，乡试。
〔31〕致意者：转达意向的人，指媒者。批逐：掌嘴驱逐。批，批颊。
〔32〕甲第：旧时显贵者的宅第。云连：与云相接，形容高大众多。
〔33〕躬谒：亲自来见。
〔34〕奁（lián连）装：犹妆奁，陪送嫁妆。
〔35〕匪人：行为不正的人。

〔36〕 鼎彝:鼎和彝都是古代青铜器,这里指珍贵的古玩。
〔37〕 戏债:赌债。
〔38〕 支系:宗族的分支;此指同族。
〔39〕 诈谖(xuān 宣):欺诈。
〔40〕 逴(chuò 绰)行:远行。
〔41〕 情迹:事情的经过。
〔42〕 遍愬郡邑:向府、县都提出诉讼。愬,同"诉",诉讼。
〔43〕 宪府:旧时称御史为"宪府"。此专指朝廷委驻各行省的高级官吏衙门。如清代称巡抚、布政使和按察使为"三大宪"。
〔44〕 休致:官吏年老去职。清制,自陈衰老,经朝廷允许休致的,称自请休致;老不称职,谕旨令其休致的,称勒令休致。
〔45〕 词枝:意谓胡扯乱编。《易·系辞下》:"中心疑者其辞枝。"《疏》:"枝,谓树枝也,中心于事疑惑,则其心不定,其辞分散若间枝也。"
〔46〕 敲楚:扑责。楚,刑杖。
〔47〕 瘐毙:病死狱中。
〔48〕 倒屣(xǐ 喜):古人席地而坐,客人来,急于出迎,把鞋子倒穿。形容热情欢迎。
〔49〕 宛平:旧县名,在今北京市南部。
〔50〕 颠末:事情的原委。
〔51〕 微言之:婉转含蓄地说明心意。
〔52〕 交契:交情很好。契,意气相合。
〔53〕 关说:调解说情。
〔54〕 罢之:指罢讼。
〔55〕 赊远:遥远。
〔56〕 币帛:作纳聘之礼。鼓乐:供迎亲之用。
〔57〕 大比:明清科举制度,每三年举行一次乡试,叫"大比"。
〔58〕 卫:驴的别称。
〔59〕 尾送:据铸雪斋抄本,原作"委送"。
〔60〕 胶莱之界:胶州、莱州一带,今山东省东北部沿海地区。
〔61〕 闯寇犯顺:指明末农民起义军李自成率众造反,反对明朝统治。李自成称李闯王。闯寇,是作者对闯王的蔑称。犯顺,以逆犯顺,谓

造反作乱。
[62] 韦驮:佛教天神,居四天王三十二神将之首,佛教列为护法神。其塑像一般穿古武将服,手持金刚杵,威武高大。
[63] "猝不"以下及"异史氏曰"中个别阙字,均据铸雪斋抄本补。
[64] 管城子无食肉相:意谓文墨之士没有做官的福相。黄庭坚《戏呈孔毅父》诗:"管城子无食肉相,孔方兄有绝交书。"韩愈《毛颖传》以笔拟人,称之为管城子,这里借以代指读书人。
[65] 糊眼:谓眼睛昏眊,喻无辨识能力。主司:主管官员,此指科场试官。
[66] 一击不中:汉张良曾使力士操铁锥,击秦始皇于博浪沙,没有击中而失败。见《史记·留侯世家》。这里借喻俞忱乡试未中。
[67] "伤哉雄飞"二句:意谓可悲的是,俞忱奋然参加乡试,被黜而死,倒不如周生落第归隐,竟可仙去。《后汉书·赵典传》:"大丈夫当雄飞,安能雌伏!"雄飞,喻奋发。雌伏,喻退让不争。

席方平

素秋

賞妹馥桂

贾奉雉

胭脂

阿纤

瑞云

仇大娘

葛巾

贾奉雉

贾奉雉,平凉人[1]。才名冠一时,而试辄不售。一日,途中遇一秀才,自言郎姓,风格洒然,谈言微中[2]。因邀俱归,出课艺就正[3]。郎读罢,不甚称许,曰:"足下文[4],小试取第一则有馀[5],闱场取榜尾则不足[6]。"贾曰:"奈何?"郎曰:"天下事,仰而跂之则难[7],俯而就之甚易[8],此何须鄙人言哉!"遂指一二人、一二篇以为标准,大率贾所鄙弃而不屑道者。闻之笑曰:"学者立言,贵乎不朽,即味列八珍,当使天下不以为羹耳[9]。如此猎取功名,虽登台阁,犹为贱也[10]。"郎曰:"不然。文章虽美,贱则弗传[11]。君欲抱卷以终也则已;不然,帘内诸官,皆以此等物事进身[12],恐不能因阅君文,另换一副眼睛肺肠也。"贾终默然。郎起笑曰:"少年盛气哉!"遂别去。是秋入闱复落,邑邑不得志[13],颇思郎言,遂取前所指示者强读之。未至终篇,昏昏欲睡,心惶惑无以自主。又三年,闱场将近,郎忽至,相见甚欢。出所拟七题,使贾作之。越日,索文而阅,不以为可,又令复作;作已,又訾之。贾戏于落卷中[14],集其翦茸泛滥、不可告人之句[15],连缀成文,俟其来而示之。郎喜曰:"得之矣!"因使熟记,坚嘱勿忘。贾笑曰:"实相告:此言不由中,转瞬即去,便受榎楚[16],不能复忆之也。"郎坐案头,强令自诵一过;因使祖背,以笔写符而去,曰:"只此已足,可以束阁群书矣[17]。"验其符,濯之不下,深入肌理。至场中,七题无一遗者[18]。回思诸作,茫不记忆,惟戏缀之文,历历在心。然把笔终以为羞;欲少窜易[19],而颠倒苦思,竟不能复更一字。日已西坠,直录而出。郎候之已久,问:"何暮也?"贾以实告,即求拭符;视之,已漫灭矣。回忆场中文,遂如隔世[20]。大奇之,因问:"何不自谋?"笑曰:"某惟不作此等想,故能不读此等文也。"遂约明日过诸其寓。贾诺之。郎既去,贾取文稿自阅之,大非本怀,怏怏不自得,不复访郎,嗒丧而归。未几,榜发,竟中经魁[21]。又阅旧稿,一读一汗,读竟,重衣尽湿,自言曰:"此文一出,何以见天下士矣!"方惭怍间,郎忽至,曰:"求中既中矣,何其闷也?"曰:"仆适自念,以金盆玉碗贮狗矢[22],真无颜出见同人。行将遁迹山丘,与世长绝矣。"郎曰:"此亦大高,但恐不能耳。果能之,仆引见一人,长生可得,并千载之名,亦不足恋,况傥来之富贵乎[23]!"贾悦,留与共宿,曰:"容某思之。"天明,谓郎曰:"吾志决矣!"不告妻子,飘然遂去。

渐入深山,至一洞府。其中别有天地。叟坐堂上,郎使参之,呼以师。叟曰:"来何早也?"郎曰:"此人道念已坚,望加收齿。"叟曰:"汝既来,须将此身并置度外[24],始得。"贾唯唯听命。郎送至一院,安其寝处,又投以饵[25],始去。房亦精洁;但户无扉,窗无棂,内惟一几一榻。贾解屦登榻[26],月明穿射矣[27];觉微饥,取饵啖之,甘而易饱。窃意郎当复来。坐久寂然,杳无声响,但觉清香满室,脏腑空明,脉络皆可指数[28]。忽闻有声甚厉,似猫抓痒,自牖睨之,则虎蹲檐下。乍见,甚惊;因忆师言,即复收神凝坐[29]。虎似知其有人,寻入近榻，气咻咻，遍嗅足股。少顷，闻庭中哗动，如鸡受缚，虎即趋出。又坐少时，一美人入，兰麝扑人[30]，悄然登榻，附耳小言曰："我来矣。"一言之间，口脂散馥。贾瞑然不少动。又低声曰："睡乎？"声音颇类其妻，心微动。又念曰："此皆师相试之幻术也。"瞑如故。美人笑曰："鼠子动矣！"初，夫妻与婢同室，狎亵惟恐婢闻，私约一谜曰："鼠子动，则相欢好。"忽闻是语，不觉大动，开目凝视，真其妻也。问："何能来？"答云："郎生恐君岑寂思归，遣一妪导我来。"言次，因贾出门不相告语，偎傍之际，颇有怨怼。贾慰藉良久，始得嬉笑为欢。既毕，夜已向晨[31]，闻曳谯呵声[32]，渐近庭院。妻急起，无地自匿，遂越短墙而去。俄顷，郎从叟入。叟对贾杖郎，便令逐客。郎亦引贾自短墙出，曰："仆望君奢[33]，不免躁进；不图情缘未断，累受扑责。从此暂去，相见行有日也。"指示归途，拱手遂别。

贾俯视故村，故在目中。意妻弱步[34]，必滞途间。疾趋里馀，已至家门，但见房垣零落，旧景全非，村中老幼，竟无一相识者，心始骇异。忽念刘、阮返自天台[35]，情景真似。不敢入门，于对户憩坐。良久，有老翁曳杖出。贾揖之，问："贾某家何所？"翁指其第曰："此即是也。得无欲问奇事耶？仆悉知之。相传此公闻捷即遁[36]；遁时，其子才七八岁。后至十四五岁，母忽大睡不醒。子在时，寒暑为之易衣；迨殁[37]，两孙穷踧[38]，房舍拆毁，惟以木架苫覆蔽之[39]。月前，夫人忽醒，屈指[40]百馀年矣。远近闻其异，皆来访视，近日稍稀矣。"贾豁然顿悟，曰："翁不知贾奉雉即某是也。"翁大骇，走报其家。时长孙已死；次孙祥至，五十馀矣。以贾年少，疑有诈伪。少间，夫人出，始识之。双涕霪霪[41]，呼与俱去。苦无屋宇，暂入孙舍。大小男妇，奔入盈侧，皆其曾、玄[42]，率陋劣少文。长孙妇吴氏，沽酒具藜藿；又使少子杲及妇，与己共室，除舍舍祖翁姑。贾入舍，烟埃儿溺，杂气熏人。居数日，懊惋殊不可耐。两孙家分供餐饮，调任尤乖[43]。里中以贾新归，日日招饮；而夫人恒不得一饱。吴氏故士人女，颇娴闺训[44]，承顺不衰。祥家给奉渐疏，或嗹尔与之[45]。贾怒，携夫人去，设帐东里。每谓夫人曰："吾甚悔此一返，而已无及矣。不得已，复理旧业，若心无愧耻，富贵不难致也。"居年馀，吴氏犹时馈饷，而祥父子绝迹矣。

是岁，试入邑庠[46]。邑令重其文，厚赠之，由此家稍裕。祥稍稍来近就之。贾唤入，计囊所耗费，出金偿之，斥绝令去。遂买新第，移吴氏共居之。吴二子，长者留守旧业；次杲颇慧，使与门人辈共笔砚[47]。贾自山中归，心思益明澈，遂连捷登进士第[48]。又数年，以侍御出巡两浙[49]，声名赫奕[50]，歌舞楼台，一时称盛。贾为人鲠峭[51]，不避权贵，朝中大僚，思中伤之。贾屡疏恬退[52]，未蒙俞旨[53]，未几而祸作矣。先是，祥六子皆无赖，贾虽摈斥不齿[54]，然皆窃馀势以作威福，横占田宅，乡人共患之。有某乙娶新妇，祥次子篡娶为妾[55]。乙故狙诈，乡人敛金助讼，以此闻于都。当道交章攻贾[56]。贾殊无以自剖，被收经年。祥及次子皆瘐死。贾奉旨充辽阳军[57]。时杲入泮已久，为人颇仁厚，有贤声。夫人生一子，年十六，遂以属杲，夫妻携一仆一媪而去。贾曰："十馀年富贵，曾不如一梦之久。今始知荣华之场，皆地狱境界，悔比刘晨、阮肇，多造一重孽案耳〔58〕。"

数日抵海岸,遥见巨舟来,鼓乐殷作〔59〕,虞候皆如天神〔60〕。既近,舟中一人出,笑请侍御过舟少憩。贾见惊喜,踊身而过,押隶不敢禁〔61〕。夫人急欲相从,而相去已远,遂愤投海中。漂泊数步,见一人垂练于水,引救而去。隶命篙师荡舟〔62〕,且追且号,但闻鼓声如雷,与轰涛相间,瞬间遂杳。仆识其人,盖郎生也。

异史氏曰:"世传陈大士在闱中〔63〕,书艺既成,吟诵数四,叹曰:'亦复谁人识得!'遂弃去更作〔64〕,以故闱墨不及诸稿〔65〕。贾生羞而遁去,此处有仙骨焉〔66〕。乃再返人世,遂以口腹自贬〔67〕,贫贱之中人甚矣哉〔68〕!"

据《聊斋志异》手稿本

----

〔1〕 平凉:县名,在今甘肃省东部。
〔2〕 谈言微中(zhòng 众):《史记·滑稽列传》:"谈言微中,亦可解纷。"意谓言谈隐约委婉,但切中事理。
〔3〕 课艺:制艺的习作。
〔4〕 足下:称呼对方的敬辞。
〔5〕 小试:参加府、县及学政的考试称小试,也称"小考"或"小场"。此指岁试或科试。
〔6〕 闱场:也称"大场",指乡试或会试。闱,考场,乡试称"秋闱",会试称"春闱"。榜尾:指榜上最后一名。
〔7〕 仰而跂之:谓仰首高攀。跂,跷起脚尖。
〔8〕 俯而就之:降格屈从。《礼记·檀弓上》:"子思曰:先王之制礼也,过之者,俯而就之;不至焉者,跂而及之。"以上两句化用其义。
〔9〕 "学者"四句:意谓读书人为传世而立不朽之言,即使他享受高俸也

不算过分。《左传·襄公二十四年》:"太上有立德,其次有立功,其次有立言,虽久不废,此谓之不朽。"《疏》:"立言,谓言得其要,理足可传。"味列八珍,指古时馈食于王的八种烹饪方法。《周礼·天官·膳夫》:"凡王之馈,食用六谷,膳用六牲,饮用六清,羞用百二十品,珍用八物,……"《注》:"珍谓淳熬、淳母、炮豚、炮牂、捣珍、渍、熬、肝膋也。"泰,泰侈、过分。

[10] "如此"三句:指以贾奉雉所鄙弃的文章猎取功名,纵然取得高官,也是可耻的。台阁,指宰相之类的重臣。

[11] 贱则弗传:意谓当世若官位,如果政治地位低下,文章也就不能传世。

[12] 物事:东西;这里指陋劣的八股文。进身:发迹;升官。

[13] 邑邑:忧郁不乐。此据铸雪斋抄本,原作"邑"。

[14] 落卷:落选的考卷。

[15] 蹋(tà 踏)茸泛滥:形容文词格调低下,语意浮泛。蹋茸,此据铸雪斋抄本,原作"蹋冗"。蹋茸,犹"阘茸",卑下。

[16] 榎(jiǎ 甲)楚:"榎"和"楚"都是古时学校的体罚用具。见《礼记·学记》。

[17] 束阁群书:把群书束之高阁;意谓不用读书。

[18] 七题:即"七艺"。乡试第一场试时文七篇:四书三题,经书四题。

[19] 窜易:更改。

[20] 隔世:间隔一个世代;谓时间久远。

[21] 经魁:明清科举分五经取士,每科乡试及会试,于五经中各取其第一名,明代称之为五经魁首,清代称"经魁"。此指乡试经魁。

[22] 以金盆玉碗贮狗矢:此喻名贵而实劣。《新五代史》卷三三《孙晟传》:孙晟依南唐李昇,"与冯延巳并为昇相。晟轻延巳为人,常曰:'金碗玉盆而盛狗屎,可乎?'"

[23] 傥来:不意而得。《庄子·缮性》:"物之傥来,寄也。"此谓意外得来的富贵,如过眼烟云。

[24] "须将此身"句:意谓不仅功名富贵,连自己的存在也应置于心意之外。

[25] 饵:糕饼。

〔26〕 屦(jù具):麻鞋,草鞋。
〔27〕 穿射:照射。
〔28〕 指数(shǔ暑):指示点数。
〔29〕 收神:集中意念。凝坐:端坐。
〔30〕 兰麝:兰花与麝香,指脂粉香气。
〔31〕 夜已向晨:《诗·小雅·庭燎》:"夜如何其,夜向晨。"指天将晓。
〔32〕 谯呵:大声斥责。谯,同"诮",责问。
〔33〕 望君奢:对您期望过高。奢,过分。
〔34〕 弱步:步履孱弱,指行走缓慢。
〔35〕 刘、阮返自天台:相传东汉永平年间,剡县人刘晨、阮肇入天台山樵采,遇二仙女,留住半年,及至还乡,子孙已历七世。见刘义庆《幽明录》。
〔36〕 闻捷:听到科举考中。
〔37〕 追殁:及至其子死去。
〔38〕 穷蹙(cù促):贫困。蹙,同"蹙"。
〔39〕 苫(shàn善)覆:用草苫盖。
〔40〕 屈指:计算。
〔41〕 霪(yín银)霪:雨落不停;形容泪流不断。
〔42〕 曾、玄:曾孙或玄孙。此据铸雪斋抄本,原避讳作"曾、元"。
〔43〕 调饪尤乖:饭菜做得更差。调饪,调味烹饪。乖,不合意。
〔44〕 娴:熟悉。
〔45〕 嘑尔与之:谓供给食饮,极不尊敬。嘑,呼。尔,你。对祖父母径呼为"你",为大不敬。
〔46〕 试入邑庠:考入县学为生员。
〔47〕 共笔砚:一同学习。
〔48〕 连捷:指乡试、会试连续考中。
〔49〕 以侍御出巡两浙:以御史衔巡察两浙地区。侍御,清代称御史为侍御。两浙,浙东和浙西。
〔50〕 赫奕:显耀、盛大。
〔51〕 鲠峭:耿直。
〔52〕 屡疏恬退:屡次上疏皇帝,要求辞官。恬退,淡泊,安于退让。

〔53〕 俞旨:皇帝许可的旨意。
〔54〕 摈斥不齿:意谓断绝关系,不视为孙辈。摈斥,弃绝。
〔55〕 篡娶:强娶。
〔56〕 当道:当权的人。道,指仕路。
〔57〕 充辽阳军:发配到辽阳充军。辽阳,古县名,清为辽阳州,在今辽宁省辽阳市南部。
〔58〕 孽案:指人间经历。孽,佛家语。
〔59〕 殷作:大作。
〔60〕 虞候:指巨舟上的侍从人员。
〔61〕 押隶:解差。
〔62〕 篙师:船夫。
〔63〕 陈大士:名际泰,临川人,与艾南英等以文名天下。明崇祯年间进士,年已六十八岁。
〔64〕 更作:重作。
〔65〕 闱墨不及诸稿:科场应试的文章不如平日的习作。
〔66〕 仙骨:道家语,指升仙的资质。
〔67〕 以口腹自贬:为生活所迫而贬抑自己;指贾奉雉随俗应举,违心而行。口腹,指饮食。
〔68〕 中(zhòng 种)人:害人。中,伤害。

胭　脂

东昌卞氏[1]，业牛医者[2]，有女小字胭脂，才姿惠丽。父宝爱之，欲占凤于清门[3]，而世族鄙其寒贱，不屑缔盟[4]，以故及笄未字。对户龚姓之妻王氏，佻脱善谑[5]，女闺中谈友也。一日，送至门，见一少年过，白服裙帽，丰采甚都。女意似动，秋波萦转之[6]。少年俯其首趋而去。去既远，女犹凝眺[7]。王窥其意，戏之曰："以娘子才貌，得配若人，庶可无恨。"女晕红上颊，脉脉不作一语[8]。王问："识得此郎否？"女曰："不识。"王曰："此南巷鄂秀才秋隼，故孝廉之子。妾向与同里，故识之。世间男子无其温婉，今衣素，以妻服未阕也[9]。娘子如有意，当寄语使委冰焉。"女无言，王笑而去。

数日无耗，心疑王氏未暇即往，又疑宦裔不肯俯拾[10]。邑邑徘徊，萦念颇苦，渐废饮食，寝疾惙顿[11]。王氏适来省视，研诘病因。答言："自亦不知。但尔日别后，即觉忽忽不快，延命假息，朝暮人也[12]。"王小语曰："我家男子，负贩未归，尚无人致声鄂郎。芳体违和[13]，非为此否？"女赪颜良久。王戏之曰："果为此者，病已至是，尚何顾忌？先令其夜来一聚，彼岂不肯可？"女叹息曰："事至此，已不能羞。若渠不嫌寒贱，即遣媒来，疾当愈；若私约，则断断不可！"王颔之，遂去。王幼时与邻生宿介通，既嫁，宿侦夫他出，辄寻旧好。是夜宿适来，因述女言为笑，戏嘱致意鄂生。宿久知女美，闻之窃喜，幸其有机之可乘也。将与妇谋,又恐其妒,乃假无心之词[14],问女家闺闼甚悉。次夜,逾垣入,直达女所,以指叩窗。内问:"谁何?"答以"鄂生"。女曰:"妾所以念君者,为百年,不为一夕。郎果爱妾,但宜速倩冰人;若言私合,不敢从命。"宿姑诺之,苦求一握纤腕为信[15]。女不忍过拒,力疾启扉。宿遽入,即抱求欢。女无力撑拒,仆地上,气息不续。宿急曳之。女曰:"何来恶少,必非鄂郎;果是鄂郎,其人温驯,知妾病由,当相怜恤,何遂狂暴如此!若复尔尔[16],便当鸣呼,品行亏损,两无所益!"宿恐假迹败露,不敢复强,但请后会。女以亲迎为期。宿以为远,又请。女厌纠缠,约待病愈。宿求信物[17],女不许。宿捉足解绣履而出。女呼之返,曰:"身已许君,复何吝惜?但恐'画虎成狗',[18],致贻污谤。今亵物已入君手[19],料不可反。君如负心,但有一死!"宿既出,又投宿王所。既卧,心不忘履,阴揣衣袂[20],竟已乌有。急起篝灯[21],振衣冥索[22]。诘之,不应。疑妇藏匿,妇故笑以疑之。宿不能隐,实以情告。言已,遍烛门外,竟不可得。懊恨归寝,犹意深夜无人,遗落当犹在途也。早起寻之,亦复杳然。

先是,巷中有毛大者,游手无籍[23]。尝挑王氏不得,知宿与洽,思掩执以胁之。是夜,过其门,推之未扃,潜入。方至窗外,踏一物,奕若絮帛,拾视,则巾裹女舄。伏听之,闻宿自述甚悉,喜极,抽息而出。逾数夕,越墙入女家,门户不悉,误诣翁舍。翁窥窗,见男子,察其音迹,知为女来者。心忿怒,操刀直出。毛大骇,反走。方欲攀垣,而卞追已近,急无所逃,反身夺刀;媪起大呼,毛不得脱,因而杀之。

女稍痊,闻喧始起。共烛之,翁脑裂不能言,俄顷已绝。于墙下得绣履,媪视之,胭脂物也。逼女,女哭而实告之;但不忍贻累王氏[24],言鄂生之自至而已。天明,讼于邑。邑宰拘鄂。鄂为人谨讷[25]。年十九岁,见客羞涩如童子。被执,骇绝。上堂不知置词,惟有战栗。宰益信其情真,横加梏械[26]。生不堪痛楚,以是诬服[27]。既解郡,敲扑如邑。生冤气填塞,每欲与女面相质;及相遭,女辄诟詈,遂结舌不能自伸,由是论死。往来复讯,经数官无异词。

后委济南府复案[28]。时吴公南岱守济南[29],一见鄂生,疑其不类杀人者,阴使人从容私问之,俾得尽其词。公以是益知鄂生冤。筹思数日,始鞫之。先问胭脂:"订约后,有知者否?"答:"无之。""遇鄂生时,别有人否?"亦答:"无之。"乃唤生上,温语慰之。生自言:"曾过其门,但见旧邻妇王氏与一少女出,某即趋避,过此并无一言。"吴公叱女曰:"适言侧无他人,何以有邻妇也?"欲刑之。女惧曰:"虽有王氏,与彼实无关涉。"公罢质[30],命拘王氏。数日已至,又禁不与女通,立刻出审,便问王:"杀人者谁?"王对:"不知。"公诈之曰:"胭脂供言,杀卜某汝悉知之,胡得隐匿?"妇呼曰:"冤哉!淫婢自思男子,我虽有媒合之言,特戏之耳。彼自引奸夫入院,我何知焉!"公细诘之,始述其前后相戏之词。公呼女上,怒曰:"汝言彼不知情,今何以自供撮合哉?"女流涕曰:"自己不肖,致父惨死,讼结不知何年,又累他人,诚不忍耳。"公问王氏:"既戏后,曾语何人?"王供:"无之。"公怒曰:"夫妻在床,应无不言者,何得云无?"王供:"丈夫久客未归。"公曰:"虽然,凡戏人者,皆笑人之愚,以炫己之慧,更不向一人言,将谁欺?"命梏十指[31]。妇不得已,实供:"曾与宿言。"公于是释鄂拘宿。宿至,自供:"不知。"公曰:"宿妓者必非良士!"严械之。宿自供:"赚女是真。自失履后,未敢复往,杀人实不知情。"公怒曰:"逾墙者何所不至!"又械之。宿不任凌藉[32],遂以自承。招成报上[33],无不称吴公之神。铁案如山,宿遂延颈以待秋决矣。

然宿虽放纵无行,故东国名士[34]。闻学使施公愚山贤能称最[35],又有怜才恤士之德,因以一词控其冤枉,语言恻恻。公讨其招供,反复凝思之,拍案曰:"此生冤也!"遂请于院、司[36],移案再鞫。问宿生:"鞋遗何所?"供言:"忘之。但叩妇门时,犹在袖中。"转诘王氏:"宿介之外,奸夫有几?"供言:"无有。"公曰:"淫乱之人岂得专私一个?"供言:"身与宿介,稚齿交合,故未能谢绝;后非无见挑者,身实未敢相从。"因使指其人以实之,供云:"同里毛大,屡挑而屡拒之矣。"公曰:"何忽贞白如此[37]?"命榜之。妇顿首出血,力辨无有,乃释之。又诘:"汝夫远出,宁无有托故而来者?"曰:"有之。某甲、某乙,皆以借贷馈赠,曾一二次入小人家。"盖甲、乙皆巷中游荡子,有心于妇而未发者也。公悉籍其名[38],并拘之。既集,公赴城隍庙,使尽伏案前。便谓:"曩梦神人相告,杀人者不出汝等四五人中。今对神明,不得有妄言。如肯自首,尚可原宥;虚者,靡得无赦[39]!"同声言无杀人之事。公以三木置地[40],将并加之;括发裸身[41],齐鸣冤苦。公命释之,谓曰:"既不自招,当使鬼神指之。"使人以毡褥悉障殿窗,令无少隙;袒诸囚背,驱入暗中,始授盆水,一一命自盟讫；系诸壁下，戒令"面壁勿动，杀人者，当有神书其背"。少间，唤出验视，指毛曰："此真杀人贼也！"盖公先使人以灰涂壁，又以烟煤濯其手：杀人者恐神来书，故匿背于壁而有灰色；临出，以手护背，而有烟色也。公固疑是毛，至此益信。施以毒刑，尽吐其实[42]。

判曰："宿介：蹈盆成括杀身之道，成登徒子好色之名[43]。只缘两小无猜，遂野鹜如家鸡之恋[44]；为因一言有漏，致得陇兴望蜀之心[45]。将仲子而逾园墙，便如鸟堕；冒刘郎而至洞口，竟赚门开[46]。感悦惊尨，鼠有皮胡若此？攀花折树，士无行其谓何[47]！幸而听病燕之娇啼，犹为玉惜；怜弱柳之憔悴，未似莺狂[48]。而释幺凤于罗中，尚有文人之意；乃劫香盟于袜底，宁非无赖之尤[49]！蝴蝶过墙，隔窗有耳；莲花瓣卸，堕地无踪[50]。假中之假以生[51]，冤外之冤谁信[52]？天降祸起，酷械至于垂亡；自作孽盈[53]，断头几于不续。彼逾墙钻隙，固有玷夫儒冠；而僵李代桃，诚难消其冤气[54]。是宜稍宽笞扑，折其已受之惨；姑降青衣[55]，开其自新之路。若毛大者：刁猾无籍，市井凶徒。被邻女之投梭，淫心不死；伺狂童之入巷，贼智忽生[56]。开户迎风，喜得履张生之迹；求浆值酒，妄思偷韩掾之香[57]。何意魄夺自天，魂摄于鬼[58]。浪乘槎木，直入广寒之宫；径泛渔舟，错认桃源之路[59]。遂使情火息焰，欲海生波[60]。刀横直前，投鼠无他顾之意；寇穷安往，急兔起反噬之心[61]。越壁入人家，止期张有冠而李借[62]；夺兵遗绣履，遂教鱼脱网而鸿离[63]。风流道乃生此恶魔，温柔乡何有此鬼蜮哉[64]！即断首领，以快人心。胭脂：身犹未字，岁已及笄。以月殿之仙人，自应有郎似玉；原霓裳之旧队，何愁贮屋无金[65]？而乃感关雎而念好逑，竟绕春婆之梦[66]；怨摽梅而思吉士，遂离倩女之魂[67]。为因一线缠萦[68]，致使群魔交至。争妇女之颜色，恐失'胭脂'；惹鸷鸟之纷飞，并托'秋隼'[69]。莲钩摘去，难保一瓣之香；铁限敲来，几破连城之玉[70]。嵌红豆于骰子，相思骨竟作厉阶；丧乔木于斧斤，可憎才真成祸水[71]！葳蕤自守，幸白璧之无瑕；缧绁苦争，喜锦衾之可覆[72]。嘉其入门之拒，犹洁白之情人；遂其掷果之心，亦风流之雅事[73]。仰彼邑令[74]，作尔冰人。"

案既结，遐迩传诵焉。自吴公鞫后，女始知鄂生冤。堂下相遇，靦然含涕，似有痛惜之词，而未可言也。生感其眷恋之情，爱慕殊切；而又念其出身微[75]，且日登公堂，为千人所窥指，恐娶之为人姗笑，日夜萦回[76]，无以自主。判牒既下，意始安帖。邑宰为之委禽，送鼓吹焉。

异史氏曰："甚哉！听讼之不可以不慎也！纵能知李代为冤，谁复思桃僵亦屈？然事虽暗昧，必有其间[77]，要非审思研察，不能得也。呜呼！人皆服哲人之折狱明[78]，而不知良工之用心苦矣[79]。世之居民上者，棋局消日[80]，绸被放衙[81]，下情民艰，更不肯一劳方寸[82]。至鼓动衙开，巍然坐堂上，彼哓哓者直以桎梏静之[83]，何怪覆盆之下多沉冤哉[84]！"

愚山先生，吾师也。方见知时[85]，余犹童子。窃见其奖进士子[86]，拳拳如恐不尽。小有冤抑，必委曲呵护之[87]，曾不肯作威学校，以媚权要。真宣圣之护法[88]，不止一代宗匠衡文无屈士已也[89]。而爱才如命,尤非后世学使虚应故事者所及。尝有名士入场,作"宝藏兴"文[90],误记"水下"[91];录毕而后悟之,料无不黜之理。作词曰:"宝藏在山间,误认却在水边。山头盖起水晶殿,瑚长峰尖,珠结树颠;这一回崖中跌死撑船汉[92]! 告苍天:留点蒂儿[93],好与朋友看。"先生阅文至此而和之曰[94]:"宝藏将山夸,忽然见在水涯。樵夫漫说渔翁话[95]。题目虽差,文字却佳,怎肯放在他人下。尝见他,登高怕险;那曾见,会水浡杀[96]?"此亦风雅之一斑[97]、怜才之一事也。

据《聊斋志异》手稿本

------

〔1〕 东昌:府名,府治在今山东省聊城县。
〔2〕 牛医:治牛病的兽医。
〔3〕 占凤:择婿。《左传·庄公二十二年》:春秋时,齐国懿仲想把女儿嫁给陈敬仲;占卦时,占得"凤凰于飞,和鸣锵锵"等吉语。后来因以"占凤"喻择婿。清门:指不操贱业的无官爵人家。
〔4〕 缔盟:指缔结婚约。
〔5〕 佻脱善谑:轻佻而爱开玩笑。
〔6〕 秋波萦转:犹言上下打量。萦,缠绕。
〔7〕 凝眺:注目远望。
〔8〕 脉脉(mò mò 莫莫):含情不语。
〔9〕 妻服未阕(què 却):为亡妻服丧,尚未满期。服,按丧礼规定所穿的丧服。阕,完了。丧服期满称"服阕"。
〔10〕 宦裔:官宦人家的后代,指鄂秋隼为故孝廉之子。俯拾:俯就,指降低身份与之联姻。
〔11〕 寝疾:卧病。惙(chuò 绰)顿:犹言有气无力。惙,心忧气短。
〔12〕 "延命"二句:意谓气息奄奄,朝不保夕,濒于死境。

〔13〕 芳体:对妇女身体的敬称。违和:不舒服,称他人患病的婉词。
〔14〕 无心之词:漫不经心的话语。
〔15〕 为信:表示诚信。
〔16〕 尔尔:如此。
〔17〕 信物:作为凭信的物件。
〔18〕 画虎成狗:《后汉书·马援传》载马援告诫兄子严、敦:"效季良(杜季良,以豪侠好义著称)不得,陷为天下轻薄子,所谓画虎不成反类狗者也。"此借"画虎成狗",喻私订终身不成,反贻人笑柄。
〔19〕 亵物:贴身之物。此指绣履。
〔20〕 阴揣衣袂:暗地摸摸衣袖。揣,摸索。袂,衣袖,古时衣袖肥大可以藏物。
〔21〕 篝灯:以笼罩灯;此指点灯。
〔22〕 振衣:抖擞衣服。
〔23〕 游手无籍:犹言无业游民。《正字通》:"籍,户籍。"
〔24〕 贻累王氏:给王氏留下干系。
〔25〕 谨讷:拘谨不善言谈。讷,拙于言辞。
〔26〕 横加械梏:滥施刑罚。
〔27〕 诬服:蒙冤被迫服罪。诬,冤屈。
〔28〕 复案:再次审察,犹言复审。
〔29〕 吴公南岱:江南武进人,进士。顺治时任济南知府。见《济南府志》卷三十。
〔30〕 罢质:停止审讯。
〔31〕 梏十指:指拶指之刑。拶指是旧时的一种酷刑,用绳穿五根小木棍,夹犯人手指,用力收绳,作为刑罚。
〔32〕 不任凌藉:不堪折磨。凌藉,凌虐。
〔33〕 招成:招供既成。
〔34〕 东国:指齐鲁地区。古代齐、鲁等国,因皆位于我国东方,故称东国。
〔35〕 施公愚山:施闰章号愚山,安徽宣城人,诗人,清初顺治进士。康熙时举博学鸿词,官至侍读。顺治十三年曾任山东提学佥事。见《济南府志》卷三十七。贤能称最:最称贤能。

[36] 院、司:指部院和臬司。部院,即巡抚,一省的军政长官。臬司,也称按察使,省级最高司法官员。
[37] 贞白:贞节、清白。
[38] 籍其名:记录下他们的名字。籍,登记。
[39] 廉得:查出。廉,查访。
[40] 三木:古时加在犯人颈、手、足上的木制刑具。
[41] 括发裸身:把头发束起来,把上衣剥下来;这是动刑前的准备。
[42] 吐露其实:吐露实情;如实招供。
[43] "蹈盆成括"二句:意谓宿介因好色而招致杀身之祸。盆成括,复姓盆成,名括,战国时人。《孟子·尽心》下:"盆成括仕于齐,孟子曰:'死矣盆成括!'盆成括见杀,门人问曰:'夫子何以知其将见杀?'曰:'其为人也小有才,未闻君子之大道,则足以杀其躯矣。'"此以盆成括为喻,斥责宿介无君子之德,冒名调戏妇女,招致杀身之祸。登徒,复姓。子,男子的通称。登徒子为宋玉《登徒子好色赋》中的人物,性好色,不择美丑。后因以"登徒子"代指好色之人。
[44] "只缘"二句:意谓只因宿介与王氏稚齿交合,所以现在仍然私通。李白《长干行》:"郎骑竹马来,绕床弄青梅,同居长干里,两小无嫌猜。"两小无猜,本指幼男幼女嬉戏玩耍,天真无邪,不避嫌疑;此隐指宿介与王氏幼时苟合。晋何法盛《晋中兴书》七:"庾翼书,少时与王右军齐名。右军后进,庾犹不忿。在荆州与都下书云:'小儿辈厌家鸡,爱野雉,皆学逸少书,须我下当北之。'"家鸡野鹜,本指自家与外人的两种不同的书法风格。"遂野鹜如家鸡",则借以喻指宿介把野花当作家花,把情妇当作正妻。
[45] "为因一言"二句:意谓只因王氏一句话泄漏了胭脂爱慕鄂生的心思,以致引起宿介竟欲骗奸胭脂的邪念。得陇望蜀,喻贪心不足。《后汉书·岑彭传》谓东汉光武帝遣岑彭攻下陇右之后,又想进攻西蜀,在给岑彭信中有云:"人苦不知足,既平陇,复望蜀。"此指宿介既占有王氏,又进而想得到胭脂。
[46] "将(qiāng羌)仲子"四句:谓宿介踰墙而到卞家,并赚得胭脂"力疾启扉"。《诗·郑风·将仲子》:"将仲子兮,无逾我墙。"本意是

女方拒绝男方逾墙求爱;这里反其意而用之。将,请。鸟堕,形容轻捷。刘郎,指刘晨。此用刘晨和阮肇在天台山遇见仙女的故事,喻宿介冒充鄂生追求胭脂。

[47] "感帨(shuì 税)惊尨(máng 忙)"四句:意谓宿介至卞家干出此等勾当,真是无仪无行,不要脸皮。《诗·召南·野有死麇》:"无感我帨兮,无使尨也吠。"感,通"撼"。帨,佩巾。尨,多毛的狗。这两句诗是写女方告诫前来幽会的男方,叫他不要撼动佩巾,不要惊得狗叫。此云"感帨惊尨"是写其粗暴,毫无顾忌。鼠有皮,语出《诗·鄘风·相鼠》:"相鼠有皮,人而无仪;人而无仪,不死何为?"此用以谴责宿介,谓其如有脸皮何能干出此等样事。攀花折树,喻凌辱妇女。《诗·郑风·将仲子》:"将仲子兮,无逾我里,无折我树杞。岂敢爱之,畏我父母。"士无行,谓读书人没有品行。

[48] "幸而听病燕"四句:意谓幸而宿介尚能怜惜胭脂的病情及私衷,收敛其狂暴之想。病燕、弱柳,均喻指胭脂。玉惜,犹言"惜玉",旧时以玉比女子之美,因称爱护美女为"惜玉"。莺狂,喻过分放肆。

[49] "而释幺(yāo 夭)凤"四句:意谓宿介放过胭脂,还有点文人的善意;但他强取绣履作为订盟之信物,实在无赖之极。幺凤,鸟名,有五色彩羽,似燕而小,暮春来集桐花,因也称桐花凤。这里以之比喻少女胭脂。罗,网。劫盟,以暴力威胁对方,与之订盟。香盟,指男女相爱之盟。

[50] "蝴蝶过墙"四句:意谓宿介逾墙劫盟的谈话被毛大窃听,而所劫的绣履又丢失不见。蝴蝶过墙,语出王驾《雨晴》诗:"蛱蝶飞来过墙去,却疑春色在邻家。"原指邻家的春色对蜂蝶之引诱,此用以喻指宿介逾墙偷情。莲花卸瓣,指胭脂的绣履被宿介强夺。莲花,取义于"步步生莲花",隐指女鞋,用南齐东昏侯令潘妃步行于贴地莲花之上的故事。

[51] 假中之假以生:宿介假冒鄂生,毛大又假冒宿介,是假中之假。生,发生,指案件发生。

[52] 冤外之冤:指鄂生因宿介受冤,宿介又因毛大受冤。

[53] 自作孽盈:《尚书·太甲》:"天作孽,犹可违;自作孽,不可逭。"

[54] "彼逾墙"四句:意谓宿介逾墙至卞家的非礼行为,当然有失读书

人的身份;而以他代毛大受死刑,诚然蒙冤太大。逾墙钻隙,《孟子·滕文公》下谓青年男女"不待父母之命、媒灼之言,钻穴隙相窥,踰墙相从,则父母国人皆贱之。"玷,玷污。儒冠,古时读书人所戴的帽子,代指读书人的身份。僵李代桃:古乐府《鸡鸣》:"桃生露井上,李树生桃傍。虫来啮桃根,李树代桃僵。"后用为以此代彼或代人受过。此指宿介代毛大受刑。

〔55〕姑降青衣:这是对生员的一种降级惩罚。生员着蓝衫,降为"青衣"则由蓝衫改着青衫,称为"青生",姑且保留其生员资格。见《明史·选举志》。

〔56〕"被邻女"四句:意谓毛大"挑王氏不得,知宿与洽,思掩执以胁之"。邻女投梭,《晋书·谢鲲传》谓谢鲲挑逗邻女,邻女方织,以梭投之,折鲲两齿。后以"投梭"比喻妇女拒绝男子的挑诱。《诗·郑风·褰裳》:"子不我思,岂无他人?狂童之狂也且。"狂童,男女相爱的昵称,此指宿介。

〔57〕"开户迎风"四句:意谓毛大巧逢宿介私会王氏,听到宿介自述与胭脂之事,因而妄想偷骗胭脂。元稹《莺莺传》谓莺莺与张生相恋,莺莺寄诗张生,有云:"待月西厢下,迎风户半开。"此以"开户迎风"喻男女私会。履张生之迹,谓毛大尾随宿介之后潜入王家。求浆值酒,《类说》三十五卷引《意林》:"袁惟正书曰:岁在申酉,乞浆得酒。"意为所得超过所求,此指毛大本想挑诱王氏,恰又遇到奸骗胭脂的机会。浆,汤水。偷韩掾(yuàn 怨)之香,即韩掾偷香。韩掾,指韩寿,晋朝人,曾为贾充掾吏。《晋书·贾充传》谓贾充的女儿钟情于韩寿,曾把晋武帝赐给贾充的西域奇香,偷来送给韩寿。贾充疑女儿与韩寿私通,即把她嫁给韩寿。后因以"韩寿偷香"喻男女暗中通情。这里指毛大妄想冒充情人同胭脂暗中相会。

〔58〕"何意魄夺"二句:意谓毛大鬼迷心窍,神志昏乱。魄夺自天,意谓上天夺其魂魄。《左传·宣公十五年》:"原叔必有大咎,天夺之魄。"魄,灵魂,神智。

〔59〕"浪乘槎(chá 查)木"四句:意指毛大直入卞家,误诣翁舍。浪,轻率。乘槎木,意指登天。槎木,张华《博物志·杂说下》:"旧说天河与海通。近世有人居海渚者,年年八月有浮槎去来……"广寒之

宫,《洞冥记》:"冬至后,月养魄于广寒宫。"因称月宫为"广寒宫",这里喻指胭脂的闺房。渔舟、桃源,陶渊明《桃花源诗并记》,谓晋太元中,渔人泛舟误入桃花源。此指毛大误诣卞翁之舍。

〔60〕 "遂使情火"二句:指毛大骗奸的念头顿消,竟欲杀人自保。情火,情欲的火焰,指毛大企图污辱胭脂的恶念。欲海,佛家语,喻情欲深广如海,可使人沉溺。欲海生波,指恣意作恶。

〔61〕 "刀横直前"四句:意谓卞翁操刀直出,毛大急无所逃、反身夺刀杀死卞翁。《汉书·贾谊传》:"里谚曰:'欲投鼠而忌器。'"意为以物投掷老鼠,要顾忌打坏靠近老鼠的器物。此谓投鼠无他顾之意,是说卞翁横刀直追毛大,无所顾忌。寇穷,语出《孙子·行军》,指敌人势穷力竭;此指急无所逃的毛大。急兔,急忙逃脱之兔,指毛大。反噬,反咬一口;此指毛大夺刀杀翁。噬,咬。

〔62〕 "越壁入人家"二句:指毛逾墙进入卞家,原想冒名骗奸。张有冠而李借,明田艺蘅《留青日札·张公帽赋》:"俗谚云:张公帽摄在李公头上。"这里指毛大企图冒名顶替。

〔63〕 "夺兵遗绣履"二句:指毛大夺刀杀人,丢下绣履,自己逃脱而使鄂生、宿介等被捕。兵,兵刃。鱼脱网而鸿离,语出《诗·邶风·新台》:"鱼网之设,鸿则离之。"鸿,鸿雁。离,同"罹"。

〔64〕 "风流道"二句:指责毛大是男女情爱场合中的恶魔和鬼蜮。风流道,指男女风情之道。温柔乡,喻女色迷人之境,语出《飞燕外传》。

〔65〕 "以月殿之仙人"四句:意谓胭脂美如月宫仙女,不愁觅得如意郎君。月殿之仙女,谓美如月宫仙女。郎,郎君、丈夫。似玉,谓其美似玉。霓裳之旧队,"霓裳羽衣舞"舞队中的仙女;与"月殿之仙人"同义。霓裳,《霓裳羽衣曲》及"霓裳羽衣舞"的省称。唐玄宗改编西凉传来的乐曲为《霓裳羽衣曲》,杨贵妃善为"霓裳羽衣舞"。其音乐、舞蹈、服饰都着力描绘虚无缥缈的仙境和仙女形象。贮屋无金,犹言无金屋贮之。《汉武故事》谓汉武帝为太子时,希望得到长公主之女阿娇为妇,曾云:"若得阿娇作妇,当作金屋贮之。"金屋,极言屋室之华丽。

〔66〕 "而乃感关雎"二句:意谓胭脂兴起寻找配偶之念,竟然成为一场春梦;指胭脂对鄂生的爱恋落空。关雎,《诗·周南·关雎》:"关

关雎鸠,在河之洲。窈窕淑女,君子好逑。"此诗描写了青年男女对爱情的追求;此借喻胭脂思春,怀恋鄂生。春婆之梦,宋赵令畤《侯鲭录》:"东坡老人(苏轼)在昌化,尝负大瓢,行歌于田间。有老妇年七十,谓坡云:'内翰昔日富贵,一场春梦。'坡然之。里中呼此媪为春梦婆。"此指胭脂思念落空。

〔67〕"怨摽(biào 鳔)梅"二句:意为梅子熟透了,引起自己青春不嫁的哀怨,以致忧郁成疾;指胭脂钟情鄂生,相思成病。《诗·召南·摽有梅》:"摽有梅,其实七兮。求我庶士,迨其吉兮。"这是一首女子珍惜青春、急于求偶的诗歌。摽梅,落梅,梅子熟透落地,喻女子年华已大。吉士,古时对男子的美称。《诗·召南·野有死麕》:"有女怀春,吉士诱之。"离倩女之魂,见唐传奇《离魂记》。唐衡州张镒的女儿倩娘,与表兄王宙相恋。后来张镒把倩娘另许他人,倩女抑郁成疾,竟然魂离躯体,随王宙同去四川,居五年,生二子。归宁时,魂才同病体合一。这里借喻胭脂思念鄂生,梦魂相随,以致卧病。

〔68〕一线缠萦:指胭脂怀春情思。一线,细微。

〔69〕"争妇女之颜色"四句:意谓为了争夺胭脂,宿介、毛大都冒充鄂生。颜色,容貌。"恐失胭脂",双关语。胭脂一名燕支,地在匈奴,产胭脂草。《西河故事》:"祁连、燕支二山在张掖、酒泉界上,匈奴失二山,乃歌曰:亡我祁连山,使我六畜不蕃息;失我燕支山,使我妇女无颜色。""恐失胭脂"即从此句演化而来。"并托秋隼",此亦双关语,明指猛禽兔鹘,隐指宿介、毛大皆冒充鄂生秋隼。

〔70〕"莲钩摘去"四句:意谓宿介窃取绣履,未能保住而丢失;毛大闯入闺门,几乎破坏少女的贞操。一瓣之香,本指一炷香,焚香敬礼的意思。这里的"一瓣",语意双关,实指"莲花卸瓣"之瓣,即一只绣鞋。铁限,铁门限。唐李绰《尚书故事》:唐,智永禅师为王羲之的后人,积年学书,一时推重,人来求书者如市,所居之户限为之穿穴,乃用铁叶裹之,人谓之铁门限。此借喻胭脂闺门屡遭骚扰,门限为穿。敲,叩门。连城之玉,价值连城的美玉。古时妇女坚守贞操,称"守身如玉",故以连城玉喻贞操。

〔71〕"嵌红豆"四句:均为指责胭脂之词。意谓胭脂怀春之思,竟然成

为致祸的根源,以致卞翁丧生。红豆,相思树所结之子,子大如豌豆,微扁,色鲜红,或半红半黑。古时以红豆象征相思,称为"相思子"。骰,俗称"色子",旧时赌具的一种,用兽骨做成,正方形小立体,六面分刻一至六点,投掷为戏。温庭筠《南歌子》:"玲珑骰子安红豆,刻骨相思知未知?"这里借此诗意比喻胭脂对鄂生的刻骨相思。厉阶,祸端;祸患的来由。乔木,喻指卞翁。乔木高大向上,象征父亲的尊严;古时以之喻父,见《尚书大传·梓材》。可憎才,爱极的反语,对情人的昵称。《西厢记》四本一折,张生怨莺莺:"则为这可憎才熬得心肠耐。"这里指胭脂。祸水,旧时对惑人败事的女子的贬称。

〔72〕"葳蕤(wēi ruí 威绥)自守"四句:谓胭脂在群魔齐至之时能够严正自守,保持了自己的清白;在囚禁于官府之时能够争辩伸冤,勉可折赎自己的过错。葳蕤,《本草纲目》十二:"此草根多须,如冠缨下垂之绥,而有威仪,故以名之。"此用"威仪"义。缧绁,拘系犯人的绳子,引申为囚禁。锦衾之可覆,义同宋元以来俗语"一床锦被遮盖",意为"遮丑"。

〔73〕"嘉其入门之拒"四句:谓胭脂爱慕鄂生,但持之以礼,拒绝苟合,应该遂其纯洁的心愿,成全一件风流美事。掷果之心,指胭脂爱慕鄂生的心愿。掷果,晋潘岳貌美,洛阳妇女见到他,向他投掷果子,以表示爱慕。见《晋书·潘岳传》。后因以"掷果"形容美男子为妇女所爱慕。入门,据铸雪斋抄本,原作"人门"。

〔74〕仰:公文中上级命令下级的惯用套语,期望、责成的意思。

〔75〕微:卑微。

〔76〕萦回:盘绕;形容反复考虑。

〔77〕间(jiàn 剑):间隙,破绽。

〔78〕哲人:贤明而有智慧的人。

〔79〕良工之用心苦矣:优秀技艺家是煞费苦心的。喻哲人断案细心苦思。

〔80〕棋局消日:以下棋消磨光阴,而荒废政事。《唐诗纪事》卷五十六:唐宣宗时令狐绹荐李远为杭州刺史,宣宗说:"我闻远诗云:'长日惟消一局棋',岂可以临郡哉?"谓耽心李远弈棋废政。

〔81〕 绸被放衙:谓好逸贪睡废政。绸,同"绸"。放衙,官吏退衙、散值。《倦游录》:宋文彦博为榆次县令,题诗于新衙鼓上云:"置向谯楼一任挝,挝多挝少不知他,如今幸有黄绸被,努出头来听放衙。"
〔82〕 方寸:指心。
〔83〕 "彼哓哓(xiāo xiāo 消消)者"句:对争辩者竟以刑罚恫吓,不准他们说话。哓哓,争辩声。静之,使之肃静。
〔84〕 覆盆:覆置的盆,喻不见天日,沉冤莫白。语出《抱朴子·辨问》。
〔85〕 见知:被赏识。
〔86〕 奖进:奖励提拔。
〔87〕 呵护:呵禁作威者,护持受冤者。
〔88〕 宣圣之护法:孔子的护法者,即保护儒教的人。宣圣,指孔子,唐时曾追谥孔子为文宣王。护法,佛家语,保护佛法的人。
〔89〕 宗匠:指学术上有重大成就、为众所推崇的人物。
〔90〕 "宝藏(zàng 葬)兴"此为考场试题。《礼记·中庸》:"今夫山,一卷石之多,及其广大,草木生之,禽兽居之,宝藏兴焉。"
〔91〕 误记"水下":误记是水下的宝藏;指与《中庸》所说的山间宝藏不合。
〔92〕 "山头盖起水晶殿"四句:这几句都是说,错误地把山间当作水下,因而出了笑话。水晶殿,本是海中的龙宫,怎能盖在山上? 珊瑚、珍珠都生长在海里,怎能长在山峰和树颠? 撑船汉如在山间行舟,势必跌死崖下。
〔93〕 留点蒂儿:意谓留点面子。蒂,花果与枝茎相连的部分。
〔94〕 和(hè 贺):应和。这是指作词应答。
〔95〕 樵夫漫说渔翁话:山上砍柴的人空自说些水中打渔的人的话;指文不对题。漫,空自。
〔96〕 那曾见,会水渰杀:意谓真正能文者,不会被黜;暗示将留点面子。渰,通"淹"。
〔97〕 一斑:《世说新语·方正》:"管中窥豹,时见一斑。"后来用"一斑"比喻事物的一点或一小部分。

阿　纤

奚山者,高密人[1]。贸贩为业,往往客蒙沂之间[2]。一日,途中阻雨,及至所常宿处,而夜已深,遍叩肆门,无有应者,徘徊庑下[3]。忽二扉豁开,一叟出,便纳客入。山喜从之。絷蹇登堂[4],堂上迄无几榻。叟曰:"我怜客无归,故相容纳。我实非卖食沽饮者。家中无多手指[5],惟有老荆弱女,眠熟矣。虽有宿肴[6],苦少烹鬻[7],勿嫌冷啜也。"言已,便入。少顷,以足床来置地上[8],促客坐;又携一短足几至。拔来报往[9],踥蹀甚劳。山起坐不自安,曳令暂息。少间,一女郎出行酒。叟顾曰:"我家阿纤兴矣[10]。"视之,年十六七,窈窕秀弱,风致嫣然。山有少弟未婚,窃属意焉。因问叟清贯尊阀[11],答云:"士虚,姓古。子孙皆夭折,剩有此女。适不忍搅其酣睡,想老荆唤起矣。"问:"婿家阿谁?"答言:"未字。"山窃喜。既而品味杂陈,似所宿具。食已,致恭而言曰[12]:"萍水之人[13],遂蒙宠惠,没齿所不敢忘。缘翁盛德,乃敢逆陈朴鲁[14]:仆有幼弟三郎,十七岁矣。读书肄业,颇不顽冥[15]。欲求援系[16],不嫌寒贱否?"叟喜曰:"老夫在此,亦是侨寓。倘得相托,便假一庐,移家而往,庶免悬念。"山都应之,遂起展谢[17]。叟殷勤安置而去。鸡既唱,叟已出,呼客盥沐。束装已,酬以饭金。固辞曰:"客留一饭,万无受金之理;矧附为婚姻乎[18]?"

既别,客月馀,乃返。去村里馀,遇老媪率一女郎,冠服尽素。既近,疑似阿纤。女郎亦频转顾,因把媪袂,附耳不知何辞。媪便停步,向山曰:"君奚姓乎?"山唯唯。媪惨然曰:"不幸老翁压于败堵,今将上墓。家虚无人,请少待路侧,行即还也。"遂入林去,移时始来。途已昏冥,遂与偕行。道其孤弱,不觉哀啼;山亦酸恻。媪曰:"此处人情大不平善,孤孀难以过度[19]。阿纤既为君家妇,过此恐迟时日,不如早夜同归。"山可之。既至家,媪挑灯供客已,谓山曰:"意君将至,储粟都已祟去;尚存二十馀石,远莫致之[20]。北去四五里,村中第一门,有谈二泉者,是吾售主。君勿惮劳,先以尊乘运一囊去[21],叩门而告之,但道南村古姥有数石粟,祟作路用,烦驱蹄躈一致之也[22]。"即以囊粟付山。山策蹇去,叩户,一硕腹男子出,告以故,倾囊先归。俄有两夫以五骡至。媪引山至粟所,乃在窖中。山下为操量执概[23],母放女收[24],顷刻盈装,付之以去。凡四返而粟始尽。既而以金授媪。媪留其一人二畜,治任遂东。行二十里,天始曙。至一市,市头赁骑,谈仆乃返。既归,山以情告父母。相见甚喜,即以别第馆媪,卜吉为三郎完婚。媪治奁装甚备。阿纤寡言少怒,或与语,但有微笑;昼夜绩织,无停晷[25]。以是上下悉怜悦之。嘱三郎曰:"寄语大伯:再过西道,勿言吾母子也。"居三四年,奚家益富,三郎入泮矣。

一日,山宿古之旧邻,偶及曩年无归,投宿翁媪之事。主人曰:"客误矣。东邻为阿伯别第,三年前,居者辄睹怪异,故空废甚久,有何翁媪相留?"山甚讶之,而未深信[26]。主人又曰:"此宅向空十年,无敢入者。一日,第后墙倾,伯往视之,则石压巨鼠如猫,尾在外犹摇。急归,呼众共往,则已渺矣。群疑是物为妖。后十馀日,复入视[27],寂无形声;又年馀,始有居人。"山益奇之。归家私语,窃疑新妇非人,阴为三郎虑;而三郎笃爱如常。久之,家人纷相猜议。女微察之,夜中语三郎曰:"妾从君数载,未尝少失妇德;今置之不以人齿[28],请赐离婚书,听君自择良偶。"因泣下。三郎曰:"区区寸心,宜所凤知。自卿入门,家日益丰,咸以福泽归卿[29],乌得有异言?"女曰:"君无二心,妾岂不知;但众口纷纭,恐不免秋扇之捐[30]。"三郎再四慰解,乃已。山终不释,日求善扑之猫,以觇其意。女虽不惧,然蹙蹙不快。一夕,谓媪小恙,辞三郎省侍之[31]。天明,三郎往讯,则室内已空。骇极,使人于四途踪迹之,并无消息。中心营营,寝食都废。而父兄皆以为幸,交慰藉之,将为续婚;而三郎殊不怿[32]。俟之年馀,音问已绝。父兄辄相诮责,不得已,以重金买妾;然思阿纤不衰。

又数年,奚家日渐贫,由是咸忆阿纤。有叔弟岚,以故至胶[33],迂道宿表戚陆生家。夜闻邻哭甚哀,未遑诘也。既返,复闻之,因问主人。答云:"数年前,有寡母孤女,僦居于此。于是月前,姥死,女独处,无一线之亲,是以哀耳。"问:"何姓?"曰:"姓古。尝闭户不与里社通[34],故未悉其家世。"岚惊曰:"是吾嫂也!"因往款扉。有人挥涕出,隔扉应曰:"客何人?我家故无男子。"岚隙窥而遥审之,果嫂,便曰:"嫂启关,我是叔家阿遂。"女闻之,拔关纳入,诉其孤苦,意凄怆悲怀。岚曰:"三兄忆念颇苦,夫妻即有乖迕[35],何遂远遁至此?"即欲赁舆同归。女怆然曰:"我以人不齿数故,遂与母偕隐;今又返而依人,谁不加白眼[36]?如欲复还,当与大兄分炊;不然,行乳药求死耳[37]!"岚既归,以告三郎。三郎星夜驰去。夫妻相见,各有涕洟。次日,告其屋主。屋主谢监生,窥女美,阴欲图致为妾,数年不取其直,频风示媪,媪绝之。媪死,窃幸可谋,而三郎忽至。通计房租以留难之。三郎家故不丰,闻金多,颇有忧色。女曰:"不妨。"引三郎视仓储,约粟三十馀石,偿租有馀。三郎喜,以告谢。谢不受粟,故索金。女叹曰:"此皆妾身之恶幛也[38]!"遂以其情告三郎。三郎怒,将讼于邑。陆氏止之,为散粟于里党,敛资偿谢,以车送两人归。

三郎实告父母,与兄析居。阿纤出私金,日建仓廪,而家中尚无儋石[39],共奇之。年馀验视,则仓中盈矣。不数年,家中大富;而山苦贫。女移翁姑自养之;辄以金粟周兄,狃以为常[40]。三郎喜曰:"卿可云不念旧恶矣。"女曰:"彼自爱弟耳。且非渠,妾何缘识三郎哉?"后亦无甚怪异。

据《聊斋志异》手稿本

----

〔1〕 高密:县名,在今山东省。
〔2〕 客:客居。蒙沂:指蒙阴、沂水,均县名,在山东省中南部山区。
〔3〕 庑下:屋檐下。庑,堂周的廊檐。
〔4〕 縶蹇:拴驴。蹇,蹇卫,驽钝的驴子。
〔5〕 手指:借计人口。
〔6〕 宿肴:存馀的菜肴。
〔7〕 烹鬵(xín 镡):烹煮器具。鬵,大釜,炊器。

[8] 足床:矮凳。
[9] 拔来报(fù 赴)往:一趟一趟地跑来跑去。《礼记·少仪》:"毋拔来,毋报往。"注:"报,读为赴疾之赴。拔、报,皆疾也。"
[10] 兴:起,起床。
[11] 清贯尊阀:籍贯和门第。清、尊,都是敬辞。
[12] 致恭:致敬;道谢。
[13] 萍水之人:偶然相逢的人。萍水,如浮萍随水,飘泊无定。
[14] 朴鲁:诚朴鲁钝。指真实朴直的心意。
[15] 顽冥:愚笨。
[16] 援系:攀附求亲。
[17] 展谢:申谢。
[18] 矧(shěn 审):何况。
[19] 孤孀:孤儿寡妇。孀,寡妇。过度:度日。
[20] 致:运送。
[21] 尊乘:您的坐骑。乘,这里指奚山所乘的驴子。
[22] 蹄躈:牲口。见《促织》注。
[23] 操量执概:用斗斛量粟。量,指斗、斛之类的量具。概,量粟时刮平斗斛溢粟的用具。
[24] 母放女收:母亲往里装,女儿用容器接。
[25] 无停晷(guǐ 轨):没有停止的时刻。晷,时间。
[26] 信:据铸雪斋抄本,原作"言"。
[27] 入视:据二十四卷抄本,原作"入试"。
[28] 置之不以人齿:把我置于非人地位。齿,并列。
[29] 福泽:犹言幸福。归卿:归功于您。
[30] 秋扇之捐:秋凉之后,扇子即弃置不用;比喻妇女年老色衰而被遗弃。班婕妤《怨歌行》以纨扇自喻,有云:"常恐秋节至,凉风夺炎热,弃捐箧笥中,恩情中道绝。"
[31] 省(xǐng 醒)侍:探望,侍候。
[32] 怿(yì 易):喜悦。
[33] 胶:胶州,在山东省东部。
[34] 里社:乡邻。通:交往。

〔35〕 乖迕:不和睦。
〔36〕 白眼:目不正视,露出眼白;表示鄙夷或厌恶。
〔37〕 乳药:服毒药。
〔38〕 恶幛:佛教名词,指造成的恶果。幛,同"障"。
〔39〕 儋(dàn旦)石:也作"担石",形容少量米粟。
〔40〕 狃(niǔ纽)以为常:习以为常。狃,习。

瑞　云

瑞云,杭之名妓[1],色艺无双[2]。年十四岁,其母蔡媪,将使出应客。瑞云告曰:"此奴终身发轫之始[3],不可草草。价由母定,客则听奴自择之。"媪曰:"诺。"乃定价十五金,遂日见客。客求见者必以贽[4];贽厚者,接以弈,酬以画;薄者,留一茶而已。瑞云名噪已久,自此富商贵介[5],日接于门。

馀杭贺生[6],才名夙著,而家仅中赀。素仰瑞云,固未敢拟同鸳梦[7],亦竭微贽,冀得一睹芳泽。窃恐其阅人既多,不以寒畯在意[8];及至相见一谈,而款接殊殷。坐语良久,眉目含情,作诗赠生曰:"何事求浆者,蓝桥叩晓关?有心寻玉杵,端只在人间[9]。"生得之狂喜。更欲有言,忽小鬟来白"客至"[10],生仓猝遂别。既归,吟玩诗词,梦魂萦扰。过一二日,情不自已,修贽复往。瑞云接见良欢。移坐近生,悄然谓:"能图一宵之聚否?"生曰:"穷踧之士[11],惟有痴情可献知己。一丝之贽[12],已竭绵薄。得近芳容,意愿已足;若肌肤之亲,何敢作此梦想。"瑞云闻之,戚然不乐,相对遂无一语。生久坐不出,媪频唤瑞云以促之,生乃归。心甚邑邑,思欲罄家以博一欢[13],而更尽而别,此情复何可耐?筹思及此,热念都消,由是音息遂绝。

瑞云择婿数月,更不得一当,媪颇恚,将强夺之,而未发也。一日,有秀才投贽,坐语少时,便起,以一指按女额曰:"可惜,可惜!"遂去。瑞云送客返,共视额上有指印黑如墨,濯之益真。过数日,墨痕渐阔;年馀,连颧彻準矣[14]。见者辄笑,而车马之迹以绝[15]。媪斥去妆饰,使与婢辈伍。瑞云又荏弱[16],不任驱使,日益憔悴。贺闻而过之[17],见蓬首厨下,丑状类鬼。起首见生,面壁自隐。贺怜之,便与媪言,愿赎作妇。媪许之。贺货田倾装[18],买之而归。入门,牵衣揽涕[19],不敢以伉俪自居,愿备妾媵,以俟来者[20]。贺曰:"人生所重者知己:卿盛时犹能知我,我岂以衰故忘卿哉!"遂不复娶。闻者共姗笑之,而生情益笃。

居年馀,偶至苏,有和生与同主人[21],忽问:"杭有名妓瑞云,近如何矣?"贺以适人对。又问:"何人?"曰:"其人率与仆等[22]。"和曰:"若能如君,可谓得人矣。不知价几何许?"贺曰:"缘有奇疾,姑从贱售耳。不然,如仆者,何能于勾栏中买佳丽哉!"又问:"其人果能如君否?"贺以其问之异,因反诘之。和笑曰:"实不相欺:昔曾一觑其芳仪,甚惜其以绝世之姿,而流落不偶[23],故以小术晦其光而保其璞[24],留待怜才者之真鉴耳[25]。"贺急问曰:"君能点之,亦能涤之否?"和笑曰:"乌得不能,但须其人一诚求耳[26]。"贺起拜曰:"瑞云之婿,即某是也。"和喜曰:"天下惟真才人为能多情,不以妍媸易念也[27]。请从君归,便赠一佳人。"遂与同返。既至,贺将命酒。和止之曰:"先行吾法,当先令治具者有欢心也[28]。"即令以盥器贮水,戟指而书之[29],曰:"濯之当愈。然须亲出一谢医人也。"贺笑捧而去,立俟瑞云自靧之[30],随手光洁,艳丽一如当年。夫妇共德之,同出展谢,而客已渺,遍觅之不得,意者其仙欤?

据《聊斋志异》手稿本

---

〔1〕 杭:指浙江杭州。

〔2〕 色艺:容貌和才艺。

〔3〕 发轫(rèn 刃):喻事情的开端;这里指妓女初次应客。轫,止住车轮转动的闸木;车启行时须先去轫,称"发轫"。

〔4〕 贽(zhì 志):见面的赠礼。

〔5〕 贵介:尊贵。指贵家子弟。

〔6〕 馀杭:旧县名,明清时属杭州府。

〔7〕 鸳梦:喻男女欢合。鸳,鸳鸯,雌雄偶居不离,古称"匹鸟"。

〔8〕 寒畯:贫穷的读书人。《正字通》:"鄙野人曰寒畯,唐郑光禄薰举引寒畯,士类多之。俗读寒酸,误。"

〔9〕 "何事求浆者"四句:此诗化用裴铏《传奇》裴航与云英的爱情故事,见《辛十四娘》"千金觅玉杵"一诗注。此诗前二句,以裴航在蓝桥驿会见云英,比喻贺生求见瑞云;后二句以裴航寻觅玉杵为聘,示意贺生备资与瑞云欢聚。叩晓关,清晨叩门。端,端的、确实。

〔10〕 客至:据铸雪斋抄本,原无"至"。

〔11〕 穷蹙(cù 促):穷困。蹙,通"蹵"。

〔12〕 一丝之贽:微薄之礼。丝,重量的微小单位。

〔13〕 罄家:拿出全部家产。博:取得。

〔14〕 连颧(quán 拳)彻准(zhǔn 准):谓墨痕漫延至左右颧骨及上下鼻梁。颧,颧骨。准,鼻梁。

〔15〕 车马之迹:指来访的贵客。

〔16〕 荏(rěn 稔)弱:柔弱,怯懦。

〔17〕 过之:探望她。过,访。

〔18〕 货田倾装:变卖田地,竭尽所有。倾装,犹言倾囊。

〔19〕 揽涕:挥泪。

〔20〕 "愿备妾媵"二句:谓自惭形秽,只愿权充姬妾,等待贺生另娶正妻。
〔21〕 与同主人:和他同住一处。主人,指旅居的房东。
〔22〕 率(shuài 帅)与仆等:与我略同。率,大致。等,相等。
〔23〕 不偶:不遇。
〔24〕 晦其光而保其璞:谓遮掩其光采,保护其纯真。晦,使其晦暗。光,指玉石的光泽。璞,未雕琢的玉石,比喻天真、本色。
〔25〕 鉴:鉴别,鉴赏。
〔26〕 一诚求:言诚求一次就可以了。
〔27〕 妍媸:美丑。易念:改变心意。
〔28〕 治具者:准备酒食之人;指瑞云。
〔29〕 戟指而书之:指书写符箓,施行法术。戟指,屈指如戟形,施法术时所作的手势。
〔30〕 靧(huì 绘):洗脸。

仇大娘

仇仲,晋人,忘其郡邑。值大乱,为寇俘去。二子福、禄俱幼;继室邵氏[1],抚双孤[2],遗业幸能温饱[3]。而岁屡祲[4],豪强者复凌藉之[5],遂至食息不保[6]。仲叔尚廉利其嫁,屡劝驾[7],而邵氏矢志不摇。廉阴券于大姓[8],欲强夺之;关说已成,而他人不之知也。里人魏名,凤狡狯[9],与仲家积不相能[10],事事思中伤之。因邵寡,伪造浮言以相败辱。大姓闻之,恶其不德而止。久之,廉之阴谋与外之飞语[11],邵渐闻之,冤结胸怀,朝夕陨涕[12],四体渐以不仁[13],委身床榻[14]。福甫十六岁,因缝纫无人,遂急为毕姻。妇,姜秀才屺瞻之女,颇称贤能,百事赖以经纪。由此用渐裕,仍使禄从师读。

魏忌嫉之,而阳与善,频招福饮,福倚为腹心交。魏乘间告曰:"尊堂病废,不能理家人生产;弟坐食,一无所操作。贤夫妇何为作马牛哉!且弟买妇,将大耗金钱。为君计,不如早析[15],则贫在弟而富在君也。"福归,谋诸妇;妇咄之。奈魏日以微言相渍[16],福惑焉,直以己意告母。母怒,诟骂之。福益恚,辄视金粟为他人之物而委弃之。魏乘机诱博赌,仓粟渐空,妇知而未敢言。既至粮绝,被母骇问,始以实告。母愤怒,而无如何,遂析之。幸姜女贤,且夕为执炊[17],奉事一如平日。福既析,益无顾忌,大肆淫赌[18]。数月间,田屋悉偿戏债,而母与妻皆不及知。福资既罄,无所为计,因券妻贷资,苦无受者。邑人赵阎罗,原漏网之巨盗,武断一乡[19],固不畏福言之食也,慨然假资。福持去,数日复空。意踟蹰[20],将背券盟。赵横目相加[21]。福惧,赚妻付之。魏闻窃喜,急奔告姜,实将倾败仇也。姜怒,讼兴。福惧甚,亡去。姜女至赵家,始知为婿所卖,大哭,但欲觅死。赵初慰谕之,不听;既而威逼之,益骂;大怒,鞭挞之,终不肯服。因拔笄自刺其喉,急救,已透食管,血溢出。赵急以帛束其项,犹冀从容而挫折焉[22]。明日,拘牒已至,赵行行不置意[23]。官验女伤重,命笞之,隶相顾无敢用刑。官久闻其横暴,至此益信,大怒,唤家人出,立毙之。姜遂舁女归。

自姜之讼也,邵氏始知福不肖状[24],一号几绝,冥然大渐[25]。禄时年十五,茕茕无以自主[26]。先是,仲有前室女大娘[27],嫁于远郡,性刚猛,每归宁,馈赠不满其志,辄迕父母,往往以愤去,仲以是怒恶之;又因道远,遂数载已不一存问[28]。邵氏垂危,魏欲招之来而启其争。适有贸贩者,与大娘同里,便托寄语大娘,且歆以家之可图[29]。数日,大娘果与少子至。入门,见幼弟侍病母,景象惨澹,不觉怆恻。因问弟福,禄备告之。大娘闻之,忿气塞吭[30],曰:"家无成人,遂任人蹂躏至此!吾家田产,诸贼何得赚去!"因入厨下,爇火炊糜[31],先供母,而后呼弟及子啖之。啖已,忿出,诣邑投状,讼诸博徒。众惧,敛金赂大娘。大娘受其金,而仍讼之。邑令拘甲、乙等,各加杖责,田产殊置不问。大娘愤不已,率子赴郡。郡守最恶博者。大娘力陈孤苦,及诸恶局骗之状[32],情词慷慨。守为之动,判令知县追田给主；仍惩仇福，以儆不肖。既归，邑宰奉令敲比[33]，于是故产尽反。大娘时已久寡，乃遣少子归，且嘱从兄务业，勿得复来。大娘由此止母家，养母教弟，内外有条。母大慰，病渐瘥，家务悉委大娘。里中豪强，少见陵暴，辄握刃登门，侃侃争论[34]，罔不屈服。居年馀，田产日增。时市药饵珍肴，馈遗姜女。又见禄渐长成，频嘱媒为之觅姻。魏告人曰："仇家产业，悉属大娘，恐将来不可复返矣。"人咸信之，故无肯与论婚者。

有范公子子文，家中名园，为晋第一。园中名花夹路，直通内室。或不知而误入之，值公子私宴，怒执为盗，杖几死。会清明，禄自塾中归，魏引与遨游，遂至园所。魏故与园丁有旧[35]，放令入，周历亭榭[36]。俄至一处，溪水汹涌，有画桥朱栏，通一漆门；遥望门内，繁花如锦，盖即公子内斋也。魏绐之曰[37]："君请先入，我适欲私焉[38]。"禄信之，寻桥入户，至一院落，闻女子笑声。方停步间，一婢出，窥见之，旋踵即返。禄始骇奔。无何，公子出，叱家人绾索逐之[39]。禄大窘，自投溪中。公子反怒为笑，命诸仆引出。见其容裳都雅，便令易其衣履，曳入一亭，诘其姓氏。蔼容温语[40]，意甚亲昵。俄趋入内；旋出，笑握禄手，过桥，渐达曩所[41]。禄不解其意，逡巡不敢入。公子强曳入之，见花篱内隐隐有美人窥伺。既坐，则群婢行酒。禄辞曰："童子无知，误践闺闼，得蒙赦宥，已出非望。但求释令早归，受恩匪浅。"公子不听。俄顷，肴炙纷纭。禄又起，辞以醉饱。公子捺坐，笑曰："仆有一乐拍名，若能对之，即放君行。"禄唯唯请教。公子云："拍名'浑不似'[42]。"禄默思良久，对曰："银成'没奈何'[43]。"公子大笑曰："真石崇也[44]！"禄殊不解。盖公子有女名蕙娘，美而知书，日择良偶。夜梦一人知之曰："石崇，汝婿也。"问："何在？"曰："明日落水矣。"早告父母，共以为异。禄适符梦兆，故邀入内舍，使夫人女辈共觇之也。公子闻对而喜，乃曰："拙名乃小女所拟，屡思而无其偶，今得属对[45]，亦有天缘。仆欲以息女奉箕帚[46]；寒舍不乏第宅，更无烦亲迎耳。"禄惶然逊谢，且以母病不能入赘为辞[47]。公子姑令归谋，遂遣圉人负湿衣，送之以马。既归告母，母惊为不祥。于是始知魏氏险；然因凶得吉，亦置不仇，但戒子远绝而已。逾数日，公子又使人致意母，母终不敢应。大娘应之，即倩双媒纳采焉[48]。未几，禄赘入公子家。年馀游泮，才名籍甚[49]。妻弟长成，敬少弛；禄怒，携妇而归。母已杖而能行。频岁赖大娘经纪，第宅颇完好。新妇既归，仆从如云，宛然有大家风焉。

魏又见绝，嫉妒益深，恨无瑕之可蹈[50]，乃引旗下逃人诬禄寄资[51]。国初立法最严[52]，禄依令徙口外[53]。范公子上下贿托，仅以蕙娘免行；田产尽没入官。幸大娘执析产书，锐身告理[54]，新增良沃如干顷[55]，悉挂福名，母女始得安居。禄自分不返，遂书离婚字付岳家[56]，伶仃自去。行数日，至都北，饭于旅肆。有丐子怔忪户外[57]，貌绝类兄；近致讯诘，果兄。禄因自述，兄弟悲惨。禄解复衣，分数金，嘱令归。福泣受而别。禄至关外，寄将军帐下为奴。因禄文弱，俾主支籍[58]，与诸仆同栖止。仆辈研问家世，禄悉告之。内一人惊曰："是吾儿也！"盖仇仲初为寇家牧马，后寇投诚，卖仲旗下，时从主屯关外。向禄缅述，始知真为父子，抱头悲哀，一室为之酸辛。已而愤曰:"何物逃东[59],遂诈吾儿!"因泣告将军。将军即命禄摄书记[60];函致亲王,付仲诣都。仲伺车驾出[61],先投冤状[62]。亲王为之婉转[63],遂得昭雪,命地方官赎业归仇。仲返,父子各喜。禄细问家口,为赎身计。乃知仲入旗下,两易配而无所出,时方鳏也[64]。禄遂治任返。

初,福别弟归,蒲伏自投[65]。大娘奉母坐堂上,操杖问之:"汝愿受扑责,便可姑留;不然,汝田产既尽,亦无汝啖饭之所,请仍去。"福涕泣伏地,愿受笞。大娘投杖曰:"卖妇之人,亦不足惩。但宿案未消[66],再犯首官可耳[67]。"即使人往告姜。姜女骂曰:"我是仇家何人,而相告耶!"大娘频述告福而揶揄之,福惭愧不敢出气。居半年,大娘虽给奉周备,而役同厮养[68]。福操作无怨词,托以金钱辄不苟[69]。大娘察其无他,乃白母,求姜女复归。母意其不可复挽。大娘曰:"不然。渠如肯事二主,楚毒岂肯自罹[70]?要不能不有此忿耳。"率弟躬往负荆[71]。岳父母诮让良切[72]。大娘叱使长跪,然后请见姜女。请之再四,坚避不出;大娘搜捉以出。女乃指福唾骂,福惭汗无以自容。姜母始曳令起。大娘请问归期,女曰:"向受姊惠綦多,今承尊命,岂复敢有异言!但恐不能保其不再卖也!且恩义已绝,更何颜与黑心无赖子共生活哉?请别营一室,妾往奉事老母,较胜披削足矣[73]。"大娘代白其悔,为翌日之约而别。次朝,以乘舆取归,母逆于门而跪拜之[74]。女伏地大哭。大娘劝止,置酒为欢,命福坐案侧,乃执爵而言曰:"我苦争者,非自利也。今弟悔过,贞妇复还,请以簿籍交纳[75];我以一身来,仍以一身去耳。"夫妇皆兴席改容[76]，罗拜哀泣，大娘乃止。

居无何，昭雪之命下，不数日，田宅悉还故主。魏大骇，不知其自，恨无术可以复施。适西邻有回禄之变[77]，魏托救焚而往，暗以编菅爇禄第[78]，风又暴作，延烧几尽；止馀福居两三屋，举家依聚其中。未几，禄至，相见悲喜。初，范公子得离书，持商蕙娘。蕙娘痛哭，碎而投诸地。父从其志，不复强。禄归，闻其未嫁，喜如岳所。公子知其诈，欲留之；禄不可，遂辞而退。大娘幸有藏金，出葺败堵。福负锸营筑，掘见窖镪，夜与弟共发之，石池盈丈，满中皆不动尊也[79]。由是鸠工大作，楼舍群起，壮丽拟于世胄[80]。禄感将军义，备千金往赎父。福请行，因遣健仆辅之以去。禄乃迎蕙娘归。未几，父兄同归，一门欢腾。大娘自居母家，禁子省视，恐人议其私也。父既归，坚辞欲去。兄弟不忍。父乃析产而三之：子得二，女得一也。大娘固辞。兄弟皆泣曰："吾等非姊，乌有今日！"大娘乃安之。遣人招子，移家共居焉。或问大娘："异母兄弟，何遂关切如此？"大娘曰："知有母而不知有父者，惟禽兽如此耳，岂以人而效之？"福禄闻之皆流涕，使工人治其第，皆与己等。

魏自计十馀年，祸之而益以福之，深自愧悔。又仰其富，思交欢之，因以贺仲阶进[81]，备物而往。福欲却之；仲不忍拂，受鸡酒焉。鸡以布缕缚足，逸入灶；灶火燃布，往栖积薪，僮婢见之而未顾也。俄而薪焚灾舍[82]，一家惶骇。幸手指众多，一时扑灭，而厨中百物俱空矣。兄弟皆谓其物不祥。后值父寿，魏复馈牵羊[83]。却之不得，系羊庭树。夜有僮被仆殴，忿趋树下，解羊索自经死。兄弟叹曰：

"其福之不如其祸之也！"自是魏虽殷勤，竟不敢受其寸缕，宁厚酬之而已。后魏老，贫而作丐，仇每周以布粟而德报之。

异史氏曰："嘻嘻！造物之殊不由人也！益仇之而益福之，彼机诈者无谓甚矣。顾受其爱敬，而反以得祸，不更奇哉？此可知盗泉之水[84]，一掬亦污也。"

据《聊斋志异》手稿本

----

〔1〕 继室：续娶的妻子。
〔2〕 孤：无父叫"孤"。
〔3〕 遗业：犹遗产。
〔4〕 岁：农业收成。祲（jìn近）：受灾。
〔5〕 凌藉：侵凌，欺压。
〔6〕 食息不保：谓吃饭无有保障。食息，犹言吃饭、生活。每顿饭必有间隔；一食一间曰"食息"。
〔7〕 劝驾：犹言敦促。《汉书·高帝纪》谓朝廷招纳贤士，责成郡守亲自往劝，并驾车送至京城。后因称促请别人起行或做某事为"劝驾"。
〔8〕 阴券：暗地里立下契约。指署约强嫁。
〔9〕 夙：平素，一向。狡狯：狡诈奸猾。
〔10〕 积不相能：长期不和睦。不相能，不相容。
〔11〕 飞语：传扬的诽谤。
〔12〕 陨涕：落泪。
〔13〕 四体：四肢。不仁：麻痹，指患痹症。
〔14〕 委身床榻：卧床不起。
〔15〕 析：析居，分家。
〔16〕 微言：秘密进言，谓暗中怂恿。渐渍：浸润，影响。
〔17〕 执炊：做饭。
〔18〕 淫赌：滥赌。

[19] 武断一乡:谓以威势横行乡里。《史记·平准书》:"或至兼并豪党之徒,以武断于乡曲。"《索隐》:"谓乡曲豪富无官位,而以威势主断曲直,故曰武断也。"
[20] 踟蹰(chí chú 池除):犹豫。
[21] 横目:怒目,凶恶的样子。
[22] 挫折:指挫折其意志。
[23] 行行(háng háng 航航):倔强的样子。《论语·先进》谓子路侍于孔子之侧,"行行如也"。孔子说:"若由也,不得其死然。"
[24] 不肖:不贤。
[25] 大渐:病危。
[26] 茕茕(qióng qióng 穷穷):孤独无依。
[27] 前室:前妻。
[28] 存问:慰问。存,探望。
[29] 歆以家之可图:以可以图谋仇家家产暗示仇大娘。歆,引诱。
[30] 吭(háng 杭):喉咙。
[31] 爇火炊糜:烧火煮粥。
[32] 诸恶:指诸博徒。局骗:构成圈套骗人。
[33] 敲比:敲扑追比,指强令限期完成"追田给主"。比,追比,见《促织》"严限追比"注。
[34] 侃侃(kǎn kǎn 砍砍):理直气壮,从容而谈。
[35] 有旧:有旧交。
[36] 周历亭榭:周游园林。历,游历。亭榭,园林中的建筑。榭,建在高处的敞屋。
[37] 绐(dài 待):欺骗。
[38] 私:小便。
[39] 绾(wǎn 宛)索:拿着绳子。绾,盘结。
[40] 蔼容温语:面容和蔼,言语温和。
[41] 曩所:以前所到的地方,指"内斋"。
[42] 拍:即上文的"乐拍",本指乐曲,此指乐器。"浑不似":弹拨乐器名,形似琵琶,四弦,长项,圆鏧,又名"火不思"、"和必斯"。
[43] 银成"没奈何":相传宋朝张俊家多白银,每千两铸成一个圆球,视

为"没奈何";意谓特大银块,盗贼也没法偷窃。见《夷坚支志》戊四《张拱之银》。

[44] 石崇:字季伦,晋代南皮人,使客航海致富。后世多以石崇代指富豪。

[45] 属对:撰成对句。

[46] 息女:亲生女。奉箕帚:持箕帚洒扫;代指作妻子。奉,通"捧"。

[47] 入赘:男子就婚于女家叫"入赘"。

[48] 纳采:古代婚礼,男女双方同意后,男家备彩礼去女家缔结婚约。

[49] 籍甚:谓声名甚盛。籍,通藉。甚,盛。

[50] 无瑕之可蹈:无机可乘,指找不到陷害的借口。瑕,喻缺点、毛病。蹈,践踏,利用。

[51] 引旗下逃人诬禄寄资:诱引旗下逃人诬陷仇禄窝藏其钱财。旗下逃人,指被清兵掳去为奴而逃亡的人。旗下,编入旗籍的人。明代末年,满族统治者建立八旗制度。以旗为标志,分正黄、正白、正红、正蓝、镶黄、镶白、镶红、镶蓝,合称八旗。最初八旗兼有军事、行政、生产三方面的职能,后来成为兵籍编制。编入八旗的人习称为"旗下"。逃人,指逃走的满人家奴。这些家奴,多是清兵在战争中掳掠的人丁。入关前后,清帝和八旗贵族、官员,掳掠上百万汉民,通令充当家奴,耕田放牧,从征厮杀。清政权严禁家奴逃亡,顺治年间制定详细条例,凡"逃人及窝逃之人,两邻、十家长、百家长,俱照逃人定例治罪",见《清世祖实录》卷十五。仇禄被诬陷替逃人寄放钱财,就成了"窝逃之人"。

[52] 国初:指清朝建国之初。

[53] 禄侬令徙口外:仇禄按照法令应流放到口外充军。口外,长城以外的我国北部地区。口,指长城的关隘。清初法例规定,文武官员或有功名的人,隐匿逃人,将本人"并妻子流徙,家产入官"。见《清世祖实录》卷八十六。

[54] 锐身告理:挺身而出,据理诉讼。

[55] 良沃:肥沃的良田。如干:若干。

[56] 字:字据。

[57] 怔忪:惊怖懊恨的样子。《集韵》:"忪,忪忪,恨也。"

〔58〕 主支籍:犹言管账。支,计算。
〔59〕 逃东:清兵未入关前称为"东师",被其所掳为奴的人称为"东人"。"逃东"就是"逃人"。
〔60〕 摄书记:代理文书人员。摄,代理。书记,主管文书记录的人员。
〔61〕 车驾:帝王所乘车,这里代指亲王。
〔62〕 冤状:鸣冤的讼状。
〔63〕 婉转:意指委婉说情、解脱。
〔64〕 鳏(guān 官):老而无妻叫"鳏"。
〔65〕 蒲伏:同"匍匐"。伏身地下。自投:认错请罪。
〔66〕 宿案:旧案。
〔67〕 首官:告官。首,陈述罪状叫"首",自陈叫"自首",告人叫"出首"。
〔68〕 役:役使。厮养:仆人。
〔69〕 不苟:不马虎;认真对待。
〔70〕 "楚毒"句:指姜女自刺其喉,拒绝赵阎王的威逼。
〔71〕 负荆:主动请罪。战国时,赵将廉颇与上卿蔺相如不和,屡加挫辱。蔺相如以国事为重,屡次退让。后来廉颇知错,"肉袒负荆",向蔺相如请罪。见《史记·廉颇蔺相如列传》。负,背负。荆,荆条,用作刑杖。
〔72〕 诮(qiào 峭)让良切:责备甚严。
〔73〕 披削:披缁削发,指出家为尼。佛教戒律规定,出家为僧尼,须披僧衣,剃去长发。
〔74〕 逆于门:在家门前迎接。逆,迎。
〔75〕 簿籍:指记录家产的账簿。
〔76〕 兴席:离席;站起。兴,起。改容:变了脸色,表示惶恐。
〔77〕 回禄之变:指发生火灾。回禄,传说中的火神,见《左传·昭公十八年》。
〔78〕 编菅(jiān 兼):草荐。
〔79〕 不动尊:指白银,意为收藏不用,如佛像端坐不动。
〔80〕 拟于世胄:类似世家。拟,比拟、类似。世胄,犹言"世家"。
〔81〕 阶进:作为进见的因由。
〔82〕 灾舍:火烧房舍。

〔83〕 馈牵羊：此既实指送羊祝寿，又暗喻服输悔过之意。《左传·宣公十二年》："楚子围郑。……郑伯肉袒牵羊以逆。"注："肉袒牵羊，示服为臣仆。"

〔84〕 盗泉：古泉名，故址在今山东省泗水县东北。《尸子》：孔子"过于盗泉，渴矣而不饮，恶其名也。"旧时以"盗泉之水"比喻以不正当的手段得来的东西。这里以之比喻恶人魏名所送的礼物。

曹 操 冢

许城外有河水汹涌[1]，近崖深黯。盛夏时，有人入浴，忽然若被刀斧，尸断浮出，后一人亦如之。转相惊怪。邑宰闻之，遣多人闸断上流，竭其水。见崖下有深洞，中置转轮，轮上排利刃如霜。去轮攻入，有小碑，字皆汉篆[2]。细视之，则曹孟德墓也[3]。破棺散骨，所殉金宝尽取之。

异史氏曰："后贤诗云：'尽掘七十二疑冢，必有一冢葬君尸[4]。'宁知竟在七十二冢之外乎？奸哉瞒也！然千馀年而朽骨不保，变诈亦复何益？呜呼，瞒之智，正瞒之愚耳！"

据《聊斋志异》手稿本

------

[1] 许城：指许昌，即今河南省许昌市。
[2] 汉篆：汉代篆书，为当时通行的一种字体。
[3] 曹孟德：即曹操，字孟德，小字阿瞒。据《三国志·魏书》本传，死葬漳河旁"西门豹祠西原上"。设七十二疑冢之说，见陶宗仪《辍耕录·疑冢》。
[4] 后贤诗：此指宋人俞应符诗。诗云："人言疑冢我不疑，我有一法君未知。直须尽发疑冢七十二，必有一冢葬君尸。"见陶宗仪《辍耕录·疑冢》。

龙飞相公

安庆戴生[1],少薄行[2],无检幅[3]。一日,自他醉归,途中遇故表兄季生。醉后昏眊[4],亦忘其死,问[5]:"向在何所?"季曰:"仆已异物[6],君忘之耶?"戴始恍然,而醉亦不惧,问:"冥间何作?"答云:"近在转轮王殿下司录[7]。"戴曰:"人世祸福,当必知之?"季曰:"此仆职也,乌得不知[8]。但过烦,非甚关切,不能尽记耳。三日前偶稽册,尚睹君名。"戴急问其何词,季曰:"不敢相欺,尊名在黑暗狱中[9]。"戴大惧,酒亦醒,苦求拯拔。季曰:"此非仆所能效力,惟善可以已之。然君恶籍盈指[10],非大善不可复挽。穷秀才有何大力?即日行一善,非年馀不能相准[11],今已晚矣。但从此砥行[12],则地狱或有出时。"戴闻之泣下,伏地哀恳;及仰首,而季已杳矣。悒悒而归。由此洗心改行,不敢差跌[13]。

先是,戴私其邻妇,邻人闻之而不肯发,思掩执之[14]。而戴自改行,永与妇绝;邻人伺之不得,以为恨。一日,遇于田间,阳与语,绐窥眢井[15],因而堕之。井深数丈,计必死。而戴中夜苏,坐井中大号,殊无知者。邻人恐其复生,过宿往听之;闻其声,急投石。戴移闭洞中[16],不敢复作声。邻人知其不死,剧土填井[17],几满之。洞中冥黑,真与地狱无少异者。空洞无所得食,计无生理。蒲伏渐入[18],则三步外皆水,无所复之,还坐故处。初觉腹馁,久竟忘之。

因思重泉下无善可行[19],惟长宣佛号而已[20]。既见燐火浮游,荧荧满洞,因而祝之:"闻青燐悉为冤鬼;我虽暂生,固亦难反,如可共话,亦慰寂寞。"但见诸燐渐浮水来;燐中皆有一人,高约人身之半。诘所自来,答云:"此古煤井。主人攻煤,震动古墓,被龙飞相公决地海之水,溺死四十三人。我等皆鬼也。"问:"相公何人?"曰:"不知也。但相公文学士,今为城隍幕客,彼亦怜我等无辜,三五日辄一施水粥。思我辈冷水浸骨,超拔无日[21]。君倘再履人世,祈捞残骨葬一义冢,则惠及泉下者多矣。"戴曰:"如有万分之一,此即何难。但深在九地,安望重睹天日乎!"因教诸鬼使念佛,捻块代珠,记其藏数[22]。不知时之昏晓:倦则眠,醒则坐而已。忽见深处有笼灯,众喜曰:"龙飞相公施食矣!"邀戴同往。戴虑水沮[23],众强曳扶以行,飘若履虚。曲折半里许,至一处,众释令自行;步益上,如升数仞之阶。阶尽,睹房廊,堂上烧明烛一支,大如臂。戴久不见火光,喜极趋上。上坐一叟,儒服儒巾。戴辍步不敢前。叟已睹见,讶问:"生人何来?"戴上,伏地自陈。叟曰:"我耳孙也[24]。"因令起,赐之坐。自言:"戴潜,字龙飞。向因不肖孙堂,连结匪类,近墓作井,使老夫不安于夜室,故以海水没之。今其后续如何矣?"盖戴近宗凡五支,堂居长。初,邑中大姓赂堂,攻煤于其祖茔之侧。诸弟畏其强,莫敢争。无何,地水暴至,采煤人尽死井中。诸死者家,群兴大讼,堂及大姓皆以此贫;堂子孙至无立锥[25]。戴乃堂弟裔也。曾闻先人传其事,因告翁。翁曰:"此等不肖,其后乌得昌[26]!汝既来此,当勿废读。"因饷以酒馔,遂置卷案头,皆成、洪制艺[27],迫使研读。又命题课文[28],如师教徒。堂上烛常明,不剪亦不灭。倦时辄眠,莫辨晨夕。翁时出,则以一僮给役。历时觉有数年之久,然幸无苦。但无别书可读,惟制艺百首,首四千馀遍矣。翁一日谓曰:"子孽报已满,合还人世。余冢邻煤洞,阴风刺骨,得志后,当迁我于东原。"戴敬诺。翁乃唤集群鬼,仍送至旧坐处。群鬼罗拜再嘱。戴亦不知何计可出。

先是,家中失戴,搜访既穷,母告官,系缧多人[29],并少踪绪。积三四年,官离任,缉察亦弛。戴妻不安于室,遣嫁去。会里中人复治旧井,入洞见戴,抚之未死。大骇,报诸其家。舁归经日,始能言其底里。自戴入井,邻人殴杀其妇,为妇翁所讼,驳审年馀,仅存皮骨而归。闻戴复生,大惧亡去[30]。宗人议究治之,戴不许;且谓曩时实所自取,此冥中之谴,于彼何与焉。邻人察其意无他,始逡巡而归。井水既涸,戴买人入洞拾骨,俾各为具[31],市棺设地,葬丛冢焉[32]。又稽宗谱名潜,字龙飞,先设品物祭诸其冢。学使闻其异,又赏其文,是科以优等入闱[33],遂捷于乡[34]。既归,营兆东原[35],迁龙飞厚葬之;春秋上墓,岁岁不衰。

异史氏曰:"余乡有攻煤者,洞没于水,十馀人沉溺其中。竭水求尸,两月馀始得涸,而十馀人并无死者。盖水大至时,共泅高处,得不溺。绠而上之,见风始绝,一昼夜乃渐苏。始知人在地下,如蛇鸟之蛰,急切未能死也。然未有至数年者。苟非至善,三年地狱中,乌复有生人哉[36]!"

据《聊斋志异》手稿本

〔1〕 安庆:府名,治所在今安徽安庆市。
〔2〕 少薄行:年轻时轻薄无行。
〔3〕 无检幅:不修边幅。
〔4〕 昏眊:视觉模糊。
〔5〕 亦忘其死,问:此从铸雪斋抄本,原"其"字缺,"问"字除去。
〔6〕 异物:指死亡的人。
〔7〕 转轮王:梵语意译,亦译"转轮圣帝"、"转轮圣王"、"轮王"等。古印度神话中法力极大的"圣王"。据说他自天感得轮宝,以转轮宝而降伏四方,因名。见《长阿含经·大本经》和《俱舍论》。
〔8〕 乌得不知:此从铸雪斋抄本,原"不"字下衍一"不"字。
〔9〕 黑暗狱:传说中的地狱之一。
〔10〕 恶籍盈指:犹言记录恶迹的簿册堆满一尺厚。极言其罪恶之多。籍,记事簿。指,指尺。古时以中指中节为寸,十倍为尺,名曰指尺。
〔11〕 相准:相准折,谓善恶之事两相抵销。
〔12〕 砥(dǐ底)行:砥砺自己的言行,使之合乎正道。《礼记·儒行》:"博学以知服,近文章,砥砺廉隅。"砺,砥砺,砂石,磨石。引申为磨炼、磨厉。
〔13〕 差(cuō蹉)跌:同"蹉跌",失足跌倒,喻失误。
〔14〕 掩执之:乘其不备抓获他。
〔15〕 眢(yuān冤)井:枯井,废井。
〔16〕 移闭洞中:转移而藏身洞中。闭,伏藏。
〔17〕 劚(zhú竹)土:掘土。劚,同"斸",大锄,引申为挖掘。
〔18〕 蒲伏:同"匍匐",四肢着地而行。
〔19〕 重泉:谓地下,犹九泉。下文"九地",同此。
〔20〕 长宣佛号:长日宣诵佛的名号。佛,此指阿弥陀佛,佛教净土宗称其为"西方极乐世界"的教主,能接引念佛人往生"西方净土"。
〔21〕 超拔:犹超度。佛、道谓使死者灵魂得以脱离地狱之苦。
〔22〕 "捻块"二句:捻泥块代替佛珠,以记其佛念经之数。珠,佛珠,僧人诵经时用以计数。详《瞳人语》"捻珠"注。藏数,佛经数。

藏,佛道经典的总称。此指佛经。
〔23〕水沮:水深难行。沮,阻。
〔24〕耳孙:远孙,亦称"仍孙",见《汉书·惠帝纪》。
〔25〕无立锥:贫无立锥之地,言其贫困到一无所有。
〔26〕其后乌得昌:他的后代怎能兴盛。
〔27〕成、洪制艺:明代成化、弘治年间的八股文。成,成化,明宪宗朱见深年号(1465—1487)。洪,应作"弘",即弘治,明孝宗朱祐樘年号(1488—1505)。制艺,经义的别称。因是制举应试文章,故称制艺。此指八股文。
〔28〕命题课文:出题考查其文章写得如何。课,考核,定有程式而加以稽核。
〔29〕系缧(léi 累)多人:牵连入狱多人。缧,缧绁,拘系犯人的绳索,引申为牢狱。
〔30〕亡:逃。
〔31〕俾各为具:使其各各凑成完整的尸骨。俾,使。具,完备。
〔32〕丛冢:丛聚之冢。丛,聚集。
〔33〕是科以优等入闱:谓这年科考以优等参加乡试。科,科举考试。明清科举制度,生员经学政岁、科两试录科之后,才能选送参加乡试。闱,秋闱。详《陆判》注。
〔34〕捷于乡:谓考中举人。乡,指乡试。
〔35〕营兆:营建坟墓。兆,指墓地。
〔36〕生人:活人。

珊　瑚

安生大成，重庆人[1]。父孝廉，蚤卒[2]。弟二成，幼。生娶陈氏，小字珊瑚，性娴淑。而生母沈，悍谬不仁[3]，遇之虐，珊瑚无怨色。每早旦，靓妆往朝[4]。值生疾，母谓其诲淫，诟责之。珊瑚退，毁妆以进。母益怒，投颡自挝[5]。生素孝，鞭妇，母始少解。自此益憎妇。妇虽奉事惟谨[6]，终不与交一语。生知母怒，亦寄宿他所，示与妇绝。久之，母终不快，触物类而骂之[7]，意皆在珊瑚。生曰："娶妻以奉姑嫜[8]，今若此，何以妻为！"遂出珊瑚[9]，使老妪送诸其家。方出里门，珊瑚泣曰："为女子不能作妇，归何以见双亲？不如死！"袖中出剪刀刺喉。急救之，血溢沾衿。扶归生族婶家。婶王氏[10]，寡居无耦[11]，遂止焉。

媪归，生嘱隐其情，而心窃恐母知。过数日，探知珊瑚创渐平，登王氏门，使勿留珊瑚。王召生入；不入，但盛气逐珊瑚[12]。无何，王率珊瑚出见生，便问："珊瑚何罪？"生责其不能事母。珊瑚脉脉不作一言[13]，惟俯首呜泣，泪皆赤，素衫尽染。生惨恻不能尽词而退。又数日，母已闻之，怒诣王，恶言诮让。王傲不相下，反数其恶，且言："妇已出，尚属安家何人？我自留陈氏女，非留安氏妇也，何烦强与他家事[14]！"母怒甚而穷于词，又见其意气匈匈[15]，惭沮大哭而返。珊瑚意不自安，思他适。先是，生有母姨于媪，即沈姊也。年六十馀,子死,止一幼孙及寡媳;又尝善视珊瑚。遂辞王,往投媪。媪诘得故,极道妹子昏暴,即欲送之还。珊瑚力言其不可,兼嘱勿言。于是与于媪居,如姑妇焉[16]。珊瑚有两兄,闻而怜之,欲移之归而嫁之。珊瑚执不肯,惟从于媪纺绩以自度。

生自出妇,母多方为生谋昏[17],而悍声流播,远近无与为耦。积三四年,二成渐长,遂先为毕姻。二成妻臧姑,骄悍戾沓[18],尤倍于母。母或怒以色,则臧姑怒以声。二成又懦,不敢为左右袒。于是母威顿减,莫敢撄[19],反望色笑而承迎之,犹不能得臧姑欢。臧姑役母若婢;生不敢言,惟身代母操作,涤器洒扫之事皆与焉。母子恒于无人处,相对饮泣。无何,母以郁积病,委顿在床,便溺转侧皆须生;生昼夜不得寐,两目尽赤。呼弟代役,甫入门,臧姑辄唤去之。生于是奔告于媪,冀媪临存[20]。入门,泣且诉。诉未毕,珊瑚自帏中出。生大惭,禁声欲出。珊瑚以两手叉扉[21]。生窘极,自肘下冲出而归,亦不敢以告母。无何,于媪至,母喜止之。由此媪家无日不以人来,来辄以甘旨饷媪。媪寄语寡媳:"此处不饿,后勿复尔。"而家中馈遗,卒无少间。媪不肯少尝食,缄留以进病者[22]。母病亦渐瘥。媪幼孙又以母命将佳饵来问疾。沈叹曰:"贤哉妇乎!姊何修者!"媪曰:"妹以去妇何如人[23]?"曰:"嘻!诚不至夫己氏之甚也[24]!然乌如甥妇贤。"媪曰:"妇在,汝不知劳;汝怒,妇不知怨:恶乎弗如?"沈乃泣下,且告之悔,曰:"珊瑚嫁也未者?"答云:"不知,请访之[25]。"又数日,病良已,媪欲别。沈泣曰:"恐姊去,我仍死耳!"媪乃与生谋,析二成居。二成告臧姑。臧姑不乐,语侵兄,兼及媪。

生愿以良田悉归二成,臧姑乃喜。立析产书已,媪始去。明日,以车来迎沈。沈至其家,先求见甥妇,亟道甥妇德。媪曰:"小女子百善,何遂无一疵?余固能容之。子即有妇如吾妇,恐亦不能享也。"沈曰:"呜呼冤哉!谓我木石鹿豕耶[26]!具有口鼻,岂有触香臭而不知者?"媪曰:"被出如珊瑚,不知念子作何语[27]?"曰:"骂之耳。"媪曰:"诚反躬无可骂,亦恶乎而骂之[28]?"曰:"瑕疵人所时有,惟其不能贤,是以知其骂也。"媪曰:"当怨者不怨,则德焉者可知;当去者不去,则抚焉者可知[29]。向之所馈遗而奉事者;固非予妇也,而妇也[30]。"沈惊曰:"如何?"曰:"珊瑚寄此久矣。向之所供,皆渠夜绩之所贻也。"沈闻之,泣数行下,曰:"我何以见我妇矣!"媪乃呼珊瑚。珊瑚含涕而出,伏地下。母惭痛自挞,媪力劝始止,遂为姑媳如初。

十馀日偕归,家中薄田数亩,不足自给,惟恃生以笔耕[31],妇以针黹[32]。二成称饶足,然兄不之求,弟亦不之顾也。臧姑以嫂之出也鄙之;嫂亦恶其悍,置不齿。兄弟隔院居。臧姑时有陵虐,一家尽掩其耳。臧姑无所用虐,虐夫及婢。婢一日自经死。婢父讼臧姑,二成代妇质理,大受扑责,仍坐拘臧姑。生上下为之营脱,卒不免。臧姑械十指,肉尽脱。官贪暴,索望良奢。二成质田贷资,如数内入[33],始释归。而债家责负日亟[34],不得已,悉以良田鬻于村中任翁。翁以田半属大成所让,要生署券[35]。生往,翁忽自言:"我安孝廉也。任某何人,敢市吾业!"又顾生曰:"冥中感汝夫妻孝,故使我暂归一面。"生出涕曰:"父有灵,急救吾弟!"曰:"逆子悍妇,不足惜也!归家速办金,赎吾血产[36]。"生曰:"母子仅自存活,安得多金?"曰:"紫薇树下有藏金,可以取用。"欲再问之,翁已不语;少时而醒,茫不自知。生归告母,亦未深信。臧姑已率人往发窖,坎地四五尺[37],止见砖石,并无所谓金者,失意而去。生闻其掘藏,戒母及妻勿往视。后知其无所获,母窃往窥之,见砖石杂土中,遂返。珊瑚继至,则见土内悉白镪[38];呼生往验之,果然。生以先人所遗,不忍私,召二成均分之。数适得揭取之二,各囊之而归。二成与臧姑共验之,启囊则瓦砾满中,大骇。疑二成为兄所愚,使二成往窥兄,兄方陈金几上,与母相庆。因实告兄,兄亦骇,而心甚怜之,举金而并赐之。二成乃喜,往酬责讫[39],甚德兄。臧姑曰:"即此益知兄诈。若非自愧于心,谁肯以瓜分者复让人乎[40]?"二成疑信半之。次日,债主遣仆来,言所偿皆伪金,将执以首官。夫妻皆失色。臧姑曰:"何如!我固谓兄贤不至于此,是将以杀汝也!"二成惧,往哀责主[41];主怒不释。二成乃券田于主,听其自售,始得原金而归。细视之,见断金二锭,仅裹真金一韭叶许,中尽铜耳。臧姑因与二成谋:留其断者,馀仍反诸兄以觇之。且教之言曰:"屡承让德[42],实所不忍。薄留二锭,以见推施之义[43]。所存物产,尚与兄等。馀无庸多田也,业已弃之,赎否在兄。"生不知其意,固让之。二成辞甚决,生乃受。称之少五两馀,命珊瑚质奁妆以满其数,携付债主。主疑似旧金,以剪刀夹验之,纹色俱足,无少差谬,遂收金,与生易券。二成还金后,意其必有参差[44];既闻旧业已赎,大奇之。臧姑疑发掘时,兄先隐其真金,忿诣兄所,责数诟厉。生乃悟反金之故。珊瑚逆而笑曰:"产固在耳,何怒为?"使生出券付之。二成一夜梦父责之曰:"汝不孝不弟[45]，冥限已迫[46]，寸土皆非己有，占赖将以奚为[47]！"醒告臧姑，欲以田归兄。臧姑嗤其愚。是时二成有两男，长七岁，次三岁。无何，长男病痘死。臧姑始惧，使二成退券于兄。言之再三，生不受。未几，次男又死，臧姑益惧，自以券置嫂所。春将尽，田芜秽不耕[48]，生不得已，种治之。臧姑自此改行，定省如孝子[49]；敬嫂亦至。未半年而母病卒。臧姑哭之恸，至勺饮不入口[50]。向人曰："姑早死，使我不得事，是天不许我自赎也！"产十胎皆不育，遂以兄子为子。夫妻皆寿终。生三子举两进士，人以为孝友之报云。

异史氏曰："不遭跋扈之恶，不知靖献之忠，家与国有同情哉[51]。逆妇化而母死，盖一堂孝顺，无德以戡之也[52]。臧姑自克，谓天不许其自赎，非悟道者何能为此言乎？然应迫死，而以寿终，天固已恕之矣。生于忧患，有以矣夫[53]！"

据《聊斋志异》手稿本

----

〔1〕 重庆：府名，治所在今四川重庆市。
〔2〕 蚤：通"早"。
〔3〕 悍谬不仁：凶横心狠。悍谬，凶横而不讲道理。谬，悖逆，言行荒谬，不合事理。
〔4〕 靓（jīng 经）妆往朝：谓打扮齐整去拜见婆母。靓妆，艳丽的妆饰。一般指面部的修饰，如敷粉描眉等。打扮齐整去朝拜，是表示恭敬。
〔5〕 投颡自挞：叩头碰地，自打嘴巴。颡，额头。
〔6〕 惟：通"唯"。
〔7〕 触物类而骂之：谓碰着什么骂什么。类，率，皆。

〔8〕 姑嫜:公婆。
〔9〕 出:休弃。
〔10〕 妫王氏:此据铸雪斋抄本,原无"氏"字。
〔11〕 耦:通"偶",伴侣。
〔12〕 盛气:犹言怒气冲冲。《战国策·赵策》四:"左师触龙言愿见太后,太后盛气而揖之。"
〔13〕 脉脉(mò mò 默默):含情不语的样子。
〔14〕 与:通"预",干涉。
〔15〕 訩訩:即"洶洶",同"汹汹",意气相向,寸步不让的样子。
〔16〕 姑妇:婆媳。
〔17〕 昏:同"婚"。
〔18〕 庱沓:贪暴。庱,暴虐。沓,贪默。《国语·郑语》:"其民沓贪而忍,不可因也。"
〔19〕 撄(yīng 婴):触犯。
〔20〕 临存:亲至慰问。
〔21〕 两手叉扉:谓两手叉开,分抵门框。
〔22〕 缄留:犹言封存不动。
〔23〕 去妇:被休弃的儿媳。
〔24〕 夫(fú 弗)己氏:指不欲明言的人,犹言某人。见《左传·文公十四年》。此指臧姑。
〔25〕 请访之:此据铸雪斋抄本。请,原作"然"。
〔26〕 谓我木石鹿豕耶:犹言你认为我是无知觉的木石和不辨是非的禽兽吗?
〔27〕 不知念子作何语:不知道她提到你说什么。
〔28〕 "诚反躬"二句:谓如反躬自省,认为自己一无可骂之处,别人又怎么能骂你呢。诚,如果。恶,如何,怎么。
〔29〕 "当怨"四句:谓不以怨报怨,可见其品德之好;受虐待而不改嫁,可见其爱你之深。去,离开,此指去婆家而改嫁。抚,厚,爱。
〔30〕 而:尔,你。
〔31〕 笔耕:以笔代耕,谓以为人抄写谋生。
〔32〕 针耨(nòu):以针代耨,谓以缝纫刺绣谋生。耨,除草。

〔33〕内:同"纳"。
〔34〕责负日亟:逼索债款,一天紧似一天。责,索讨。负,欠债。亟,急。
〔35〕署券:在契约上签名。
〔36〕血产:以血汗换取来的产业。
〔37〕坎地:犹言掘地,从地表向下挖掘。坎,地面低陷之处。
〔38〕白镪:银的别称。
〔39〕酬责:酬还债金。责,通"债"。
〔40〕瓜分者:犹言平分者。瓜分,喻指像剖瓜一样分割成若干份。
〔41〕责:通"债"。
〔42〕屡承让德:屡次受到您谦让的恩惠。德,恩惠。
〔43〕推施之义:推恩施惠的情谊。推,推恩,施恩惠于他人。
〔44〕意其必有参差:谓料想其去一定会发生争执。参差,此指双方意见不一而发生争讼。
〔45〕不孝不弟:谓不善事父母,不敬爱兄长。弟,通"悌"。
〔46〕冥限已迫:冥世索命的期限已近。
〔47〕奚为:何为。奚,何。
〔48〕芜秽:犹荒芜,农田中杂草丛生。
〔49〕定省:昏定晨省,敬事父母。详《水莽草》"奉晨昏"注。
〔50〕勺饮:犹言滴水。
〔51〕"不遭"三句:言如不遇到强梁不驯的恶人,便不知安分尽责之人的忠诚,家庭与国家的情形有一致之处。跋扈,横暴不驯。靖献,犹言安分尽责。《书·微子》:"自靖,人自献于先王。"
〔52〕"逆妇"三句:谓连逆之儿媳被感化而婆母却早早死去,这说明一堂孝顺,她是无德来承受的。逆妇,连逆之妇,即不孝敬父母的儿媳妇。化,被感化。戡,克,胜。
〔53〕"生于"二句:《孟子·告子》下:"入则无法家拂士,出则无敌国外患者,国恒亡。然后知生于忧患而死于安乐也。"二句谓孟子所以说出忧患足以使人生存,安乐足以使人灭亡的话,是有一定原因的。

五　通

南有五通[1],犹北之有狐也。然北方狐祟,尚百计驱遣之;至于江浙五通,民家有美妇,辄被淫占,父母兄弟,皆莫敢息,为害尤烈。有赵弘者,吴之典商也[2]。妻阎氏,颇风格[3]。一夜,有丈夫岸然自外入,按剑四顾,婢媪尽奔。阎欲出,丈夫横阻之,曰:"勿相畏,我五通神四郎也。我爱汝,不为汝祸。"因抱腰如举婴儿,置床上,裙带自脱,遂狎之。而伟岸甚不可堪,迷惘中呻楚欲绝。四郎亦怜惜,不尽其器。既而下床,曰:"我五日当复来。"乃去。弘于门外设典肆,是夜婢奔告之。弘知其五通,不敢问。质明视妻,惫不起,心甚羞之,戒家人勿播。妇三四日始就平复,而惧其复至。婢媪不敢宿内室,悉避外舍;惟妇对烛含愁以伺之。无何,四郎偕两人入,皆少年蕴藉[4]。有僮列肴酒,与妇共饮。妇羞缩低头,强之饮亦不饮;心惕惕然,恐更番为淫,则命合尽矣。三人互相劝酬,或呼大兄,或呼三弟。饮至中夜,上座二客并起,曰:"今日四郎以美人见招,会当邀二郎、五郎酿酒为贺[5]。"遂辞而去。四郎挽妇入帏,妇哀免;四郎强合之,血液流离,昏不知人,四郎始去。妇奄卧床榻,不胜羞愤,思欲自尽,而投缳则带自绝,屡试皆然,苦不得死。幸四郎不常至,约妇痊可始一来。积两三月,一家俱不聊生。

有会稽万生者[6],赵之表弟,刚猛善射。一日过赵,时已暮,赵以客舍为家人所集，遂导客宿内院。万久不寐，闻庭中有人行声，伏窗窥之，见一男子入妇室。疑之，捉刀而潜视之，见男子与阎氏并肩坐，肴陈几上矣。忿火中腾，奔而入。男子惊起，急觅剑；刀已中颅，颅裂而踣。视之，则一小马，大如驴。愕问妇；妇具道之，且曰："诸神将至，为之奈何！"万摇手，禁勿声。灭烛取弓矢，伏暗中。未几，有四五人自空飞堕。万急发一矢，首者殪[7]。三人吼怒，拔剑搜射者。万握刀依扉后，寂不少动。一人入，剁颈亦殪。仍倚扉后，久之无声，乃出，叩关告赵。赵大惊，共烛之，一马两豕死室中。举家相庆。犹恐二物复仇，留万于家，炰豕烹马而供之[8]；味美，异于常馔。万生之名，由是大噪。居月馀，其怪竟绝，乃辞欲去。有木商某苦要之[9]。

先是，木有女未嫁[10]，忽五通昼降，是二十馀美丈夫，言将聘作妇，委金百两，约吉期而去。计期已迫，阖家惶惧[11]。闻万生名，坚请过诸其家。恐万有难词，隐其情不以告。盛筵既罢，妆女出拜客，年十六七，是好女子[12]。万错愕不解其故，离坐伛偻[13]。某捺坐而实告之。万初闻而惊，而生平意气自豪，故亦不辞。至日，某仍悬彩于门，使万坐室中。日昃不至，窃意新郎已在诛数。未几，见檐间忽如鸟堕，则一少年盛服入。见万，反身而奔。万追出，但见黑气欲飞，以刀跃挥之，断其一足，大嗥而去。俯视，则巨爪大如手，不知何物[14]；寻其血迹，入于江中。某大喜，闻万无耦[15]，是夕即以所备床寝，使与女合卺焉[16]。于是素患五通者，皆拜请一宿其家。居年馀，始携妻而去。自是吴中止有一通，不敢公然为害矣。

异史氏曰:"五通、青蛙[17],惑俗已久,遂至任其淫乱,无人敢私议一语。万生真天下之快人也!"

据《聊斋志异》手稿本

---

〔1〕 五通:江南淫鬼邪神名,又称"五圣"、"五显灵公"、"五郎神"。唐宋以来,即有记载。明清两代,吴中人多祀此神,见王士禛《池北偶谈·毁淫祠》。
〔2〕 吴:吴县,即今江苏苏州市。典商:开设当铺的商人。
〔3〕 颇风格:颇有姿色。风格,仪容,风度。
〔4〕 蕴藉:宽厚而有涵养。
〔5〕 醵酒:众人凑钱饮酒。
〔6〕 会稽:县名,即今浙江绍兴市。
〔7〕 殪(yì亦):死。
〔8〕 炰(páo炮)豕:烤猪肉。炰,同"炮",烧烤。
〔9〕 要:通"邀",挽留。
〔10〕 木:此据铸雪斋抄本,原作"某"。
〔11〕 阖家:全家。阖,合。
〔12〕 好女子:美丽的女子。
〔13〕 离坐伛偻:女子出拜,万离坐鞠躬,表示不敢受拜,同时也避男女之嫌,不平视对方。伛偻,鞠躬,恭敬的样子。
〔14〕 知:此据铸雪斋抄本,原作"如"。
〔15〕 耦:通"偶"。
〔16〕 合卺:此指举行婚礼,结婚。
〔17〕 青蛙:青蛙神,邪神名。详本书卷十一《青蛙神》。

又

金生,字王孙,苏州人。设帐于淮[1],馆缙绅园中[2]。园中屋宇无多,花木丛杂。夜既深,僮仆散尽,孤影彷徨,意绪良苦。一夜,三漏将残[3],忽有人以指弹扉。急问之,对以"乞火",音类馆童。启户内之[4],则二八丽者,一婢从诸其后。生意妖魅,穷诘甚悉。女曰:"妾以君风雅之士,枯寂可怜,不畏多露[5],相与遣此良宵。恐言其故,妾不敢来,君亦不敢纳也。"生又以为邻之奔女[6],惧丧行检[7],敬谢之。女横波一顾,生觉魂魄都迷,忽颠倒不能自主。婢已知之,便云:"霞姑,我且去。"女颔之。既而呵曰:"去则去耳,甚得云耶、霞耶!"婢既去,女笑曰:"适室中无人,遂偕婢从来。无知如此,遂以小字令君闻矣。"生曰:"卿深细如此,故仆惧有祸机[8]。"女曰:"久当自知,保不败君行止[9],勿忧也。"上榻缓其装束,见臂上腕钏,以条金贯火齐[10],衔双明珠;烛既灭,光照一室。生益骇,终莫测其所自至。事甫毕,婢来叩窗。女起,以钏照径,入丛树而去。自此无夕不至。生于去时,遥尾之;女似已觉,遽蔽其光,树浓茂,昏不见掌而返。

一日,生诣河北[11],笠带断绝,风吹欲落,辄于马上以手自按。至河,坐扁舟上,飘风堕笠,随波竟去。意颇自失。既渡,见大风飘笠,团转空际;渐落,以手承之,则带已续矣。异之。归斋向女缅述;

女不言,但微哂之。生疑女所为,曰:"卿果神人,当相明告,以袪烦惑[12]。"女曰:"岑寂之中[13],得此痴情人为君破闷,妾自谓不恶。纵令妾能为此,亦相爱耳。苦致诘难,欲见绝耶?"生不敢复言。

先是,生养甥女。既嫁,为五通所惑,心忧之而未以告人。缘与女狎昵既久,肺膈无不倾吐[14]。女曰:"此等物事,家君能驱除之。顾何敢以情人之私告诸严君[15]?"生苦哀求计。女沉思曰:"此亦易除,但须亲往。若辈皆我家奴隶,若令一指得着肌肤,则此耻西江不能濯也[16]。"生哀求无已。女曰:"当即图之。"次夕至,告曰:"妾为君遣婢南下矣。婢子弱,恐不能便诛却耳。"次夜方寝,婢来叩户。生急内入[17]。女问:"如何?"答云:"力不能擒,已宫之矣[18]。"笑问其状。曰:"初以为郎家也;既到,始知其非。比至婿家,灯火已张,入见娘子坐灯下,隐几若寐。我敛魂覆瓿中[19]。少时,物至,入室急退,曰:'何得寓生人!'审视无他,乃复入。我阳若迷。彼启衾入,又惊曰:'何得有兵气!'本不欲以秽物污指,奈恐缓而生变,遂急捉而阉之。物惊噪,遁去。乃起启瓿,娘子若醒,而婢子行矣。"生喜谢之,女与俱去。

后半月馀,绝不复至,亦已绝望。岁暮,解馆欲归,女忽至。生喜逆之,曰:"卿久见弃,念必何处获罪;幸不终绝耶?"女曰:"终岁之好,分手未有一言,终属缺事[20]。闻君卷帐[21],故窃来一告别耳。"生请偕归。女叹曰:"难言之矣! 今将别,情不忍昧:妾实金龙大王之女[22],缘与君有夙分,故来相就。不合遣婢江南[23],致江湖流传[24],言妾为君阉割五通。家君闻之,以为大辱,忿欲赐死。幸婢以身自任,怒乃稍解;杖婢以百数。妾一跬步,皆以保母从之。投隙一至[25],不能尽此衷曲,奈何!"言已,欲别。生挽之而泣。女曰:"君勿尔,后三十年可复相聚。"生曰:"仆年三十矣[26];又三十年,皤然一老,何颜复见?"女曰:"不然,龙宫无白叟也。且人生寿夭,不在容貌,如徒求驻颜[27],固亦大易。"乃书一方于卷头而去[28]。生旋里,甥女始言其异,云:"当晚若梦,觉一人捉予塞盎中;既醒,则血殷床褥,而怪绝矣。"生曰:"我曩祷河伯耳[29]。"群疑始解。

后生六十馀,貌犹类三十许人。一日,渡河,遥见上流浮莲叶,大如席,一丽人坐其上,近视,则神女也。跃从之,人随荷叶俱小,渐之如钱而灭。此事与赵弘一则,俱明季事[30],不知孰前孰后。若在万生用武之后,则吴下仅遗半通,宜其不足为害也。

据《聊斋志异》手稿本

---

〔1〕 设帐于淮:在淮上设帐授徒。设帐,谓执教。详《娇娜》注。淮,淮水。

〔2〕 馆缙绅园:寓居于某乡绅花园。馆,止宿。缙绅,官宦,多指乡居之官。详《三生》注。

〔3〕 三漏将残:三更将尽。

〔4〕 内:同"纳"。

〔5〕 不畏多露:谓不怕辛劳,乘夜而来。《诗·召南·行露》:"厌浥行露。岂不夙夜?谓行多露。"旧注谓此诗写女子托言道间多露而畏其沾湿,以拒绝情人之约。此反用之。

〔6〕 奔女:私奔之女。旧谓不经父母之命、媒妁之言而往就所爱男子为私奔。

〔7〕 行检：操行。检，约束。
〔8〕 祸机：包藏、埋伏着祸患。
〔9〕 行止：品行。
〔10〕 贯火齐：串饰宝珠。火齐，宝珠名。
〔11〕 河北：泛指淮河以北地区。
〔12〕 祛：除去。
〔13〕 岑寂：冷清，寂寞。
〔14〕 肺鬲：犹肺腑，肺腑之言。
〔15〕 顾：但，但是。严君：指称父亲。语出《易·家人》。
〔16〕 西江：西来的大江。泛指大江。语见《庄子·外物》。
〔17〕 内：同"纳"。
〔18〕 宫之：言将其生殖器割掉。宫，古代刑罚之一，割除男性生殖器。
〔19〕 覆瓿（bù 部）中：盖于罐之中。瓿，古盛酱类的瓦罐。敛口，大腹，圆足，有盖。
〔20〕 缺事：缺憾之事。
〔21〕 卷帐：谓辞去教职。
〔22〕 金龙大王：即金龙四大王，神名。相传姓谢，名绪，宋时隐居钱塘金龙山。宋亡，赴水而死。明初，因曾助明太祖朱元璋而被封为金龙四大王。苏州曾建神庙。详《苏州府志》。
〔23〕 江南：省名。清顺治二年（1645）置。康熙六年（1667）改置江苏、安徽两省。习惯上仍称这一地区为江南。苏州，旧属江南省。
〔24〕 江湖：此泛指四方。
〔25〕 投隙：犹言乘隙、乘间。
〔26〕 年三十矣：此从铸雪斋抄本，原作"三十年矣"。
〔27〕 驻颜：谓使容颜不老。
〔28〕 书一方：写上一种驻颜的药方。
〔29〕 河伯：河神。
〔30〕 明季：明代末年。

申　氏

　　泾河之侧[1],有士人子申氏者,家窭贫[2],竟日恒不举火。夫妻相对,无以为计。妻曰:"无已,子其盗乎[3]!"申曰:"士人子,不能亢宗[4],而辱门户、羞先人,跖而生,不如夷而死[5]!"妻忿曰:"子欲活而恶辱耶?世不田而农者[6],止两途:汝既不能盗,我无宁娼耳!"申怒,与妻语相侵。妻含愤而眠。申念:为男子不能谋两餐,至使妻欲娼,固不如死!潜起,投缳庭树间。但见父来,惊曰:"痴儿,何至于此!"断其绳,嘱曰:"盗可以为,须择禾黍深处伏之。此行可富,无庸再矣。"妻闻堕地声,惊窹;呼夫不应,爇火觅之,见树上缳绝,申死其下。大骇。抚捺之,移时而苏,扶卧床上。妻忿气少平。既明,托夫病,乞邻得稀酏饵申[7]。申啜已,出而去。至午,负一囊米至。妻问所从来,曰:"余父执皆世家[8],向以摇尾为羞[9],故不屑以相求也。古人云:'不遭者可无不为[10]。'今且将作盗,何顾焉!可速炊,我将从卿言,往行劫。"妻疑其未忘前言之忿,含忍之。因淅米作糜[11]。

　　申饱食讫,急寻坚木,斧作梃[12],持之欲出。妻察其意似真,曳而止之。申曰:"子教我为,事败相累,当无悔!"绝裾而去[13]。日暮,抵邻村,违村里许伏焉[14]。忽暴雨,上下淋湿。遥望浓树,将以投止。而电光一照,已近村垣。远处似有行人,恐为所窥,见垣下有禾黍蒙密,疾趋而入,蹲避其中。无何,一男子来,躯甚壮伟,亦投禾中。申惧,不敢少动。幸男子斜行去。微窥之,入于垣中。默忆垣内为富室亢氏第,此必梁上君子[15],伺其重获而出,当合有分。又念:其人雄健,倘善取不予,必至用武。自度力不敌,不如乘其无备而颠之[16]。计已定,伏伺良专。直将鸡鸣,始越垣出。足未及地,申暴起,梃中腰膂[17],蹈然倾跌,则一巨龟,喙张如盆。大惊,又连击之,遂毙。先是,亢翁有女,绝惠美,父母皆怜爱之。一夜,有丈夫入室,狎逼为欢。欲号,则舌已入口,昏不知人,听其所为而去。羞以告人,惟多集婢媪,严肩门户而已。夜既寝,更不知扉何自而开;入室,则群众皆迷,婢媪遍淫之。于是相告各骇,以告翁;翁戒家人操兵环绣闼,室中人烛而坐。约近夜半,内外人一时都瞑,忽若梦醒,见女白身卧,状类痴,良久始寤。翁甚恨之,而无如何。积数月,女柴瘠颇殆[18]。每语人:"有能驱遣者,谢金三百。"申平时亦悉闻之。是夜得龟,因悟祟翁女者,必是物也。遂叩门求赏。翁喜,延之上座,使人舁龟于庭,脔割之[19]。留申过夜,其怪果绝,乃如数赠之。负金而归。

妻以其隔夜不还,方且忧盼;见申入,急问之。申不言,以金置榻上。妻开视,几骇绝,曰:"子真为盗耶!"申曰:"汝逼我为此,又作是言!"妻泣曰:"前特以相戏耳。今犯断头之罪,我不能受贼人累也。请先死!"乃奔。申逐出,笑曳而返之,具以实告,妻乃喜。自此谋生产,称素封焉。

异史氏曰:"人不患贫,患无行耳。其行端者,虽饿不死;不为人怜,亦有鬼祐也。世之贫者,利所在忘义,食所在忘耻,人且不敢以一文相托,而何以见谅于鬼神乎!"

邑有贫民某乙,残腊向尽[20],身无完衣。自念:何以卒岁[21]?不敢与妻言,暗操白梃,出伏墓中,冀有孤身而过者,劫其所有。悬望甚苦,渺无人迹;而松风刺骨,不可复耐。意濒绝矣,忽见一人伛偻来。心窃喜,持梃邀出。则一叟负囊道左,哀曰:"一身实无长物。家绝食,适于婿家乞得五升米耳。"乙夺米,复欲褫其絮袄。叟苦哀之。乙怜其老,释之,负米而归。妻诘其自,诡以"赌债"对。阴念此策良佳。次夜复往。居无几时,见一人荷梃来,亦投墓中,蹲居眺望,意似同道。乙乃逡巡自冢后出。其人惊问:"谁何?"答云:"行道者。"问:"何不行?"曰:"待君耳。"其人失笑。各以意会,并道饥寒之苦。夜既深,无所猎获。乙欲归,其人曰:"子虽作此道,然犹雏也。前村有嫁女者,营办中夜,举家必殆。从我去,得当均之。"乙喜,从之。至一门,隔壁闻炊饼声,知未寝,伏伺之[22]。无何,一人启关荷杖出行汲[23],二人乘间掩入[24]。见灯辉北舍,他屋皆暗黑。闻一媪曰:"大姐,可向东舍一瞩,汝奁妆悉在椟中,忘扃鐍未也[25]。"闻少女作娇惰声。二人窃喜,潜趋东舍,暗中摸索得卧椟[26];启覆探之,深不见底。其人谓乙曰:"入之!"乙果入,得一裹[27],传递而出。其人问:"尽矣乎?"曰:"尽矣。"又绐之曰:"再索之。"乃闭椟,加锁而去。乙在其中,窘急无计。未几,灯火亮入,先照椟。闻媪云:"谁已扃矣。"于是母及女上榻息烛。乙急甚,乃作鼠啮物声。女曰:"椟中有鼠!"媪曰:"勿坏而衣[28]。我疲顿已极,汝宜自觇之。"女振衣起,发扃启椟。乙突出,女惊仆。乙拔关奔去,虽无所得,而窃幸得免。嫁女家被盗,四方流播。或议乙。乙惧,东遁百里,为逆旅主人赁作佣[29]。年馀,浮言稍息,始取妻同居,不业白梃矣。此其自述,因类申氏,故附志之。

据《聊斋志异》手稿本

----

〔1〕 泾河之侧:泾水岸边。泾水,源于平凉和华亭,至泾州境汇合而入渭水。
〔2〕 窭贫:贫穷。此从青柯亭刻本,原作"屡贫"。
〔3〕 无已,子其盗乎:犹言没法办,你就去抢劫吧!
〔4〕 庑宗:庇护宗族,此谓光宗耀祖。庑,庇护。
〔5〕 跖而生,不如夷而死:像盗跖那样劫掠而活,不如像伯夷那样高洁而死。跖,盗跖,古时大盗。见《庄子·盗跖》。伯夷,商末孤竹君之子,与其弟叔齐互相让国,后逃到周。谏武王伐纣,不从,遂不食周粟,饿死于首阳山。古代被推崇为高洁之士。见《史记·伯夷列传》。
〔6〕 不田而农者:犹言不靠种田而过活的人。
〔7〕 稀酏(yí夷):稀粥。
〔8〕 父执:父亲的执友。
〔9〕 以摇尾为羞:以摇尾乞食为羞。摇尾,摇尾而求食。语出《汉书·司马迁传》。本言虎落陷阱,不得已而摇尾求食,此谓在困境中向人乞求。
〔10〕 不遭者可无不为:本谓不逢其时则什么官职都可接受,见《汉书·孙宝传》。此谓不得志的人则什么事都可以干。
〔11〕 淅米作糜:淘米作粥。
〔12〕 斧作梃:用斧砍削成木棒。
〔13〕 绝裾:拉断衣袖,表示决绝。语出《世说新语·尤悔》。绝,断。裾,衣袖。
〔14〕 违:离,距。

〔15〕 梁上君子:指窃贼。详《某乙》注。
〔16〕 颠之:将其打倒。
〔17〕 腰膂(lǚ吕):腰椎。膂,脊骨。
〔18〕 柴瘠:骨瘦如柴。
〔19〕 脔(luán峦)割:碎割。
〔20〕 残腊向尽:犹言将至腊月(农历十二月)底。
〔21〕 何以卒岁:如何过年。《诗·豳风·七月》:"无衣无褐,何以卒岁?"何以,以何,靠什么。
〔22〕 伺:此从铸雪斋抄本,原作"祠"。
〔23〕 荷杖出行汲:谓出门挑水。荷,肩扛。杖,此指扁担,北方或称"钩担"。
〔24〕 乘间掩入:乘其不备偷偷进入。
〔25〕 扃镳(jué决):关锁。扃,关闭。镳,锁钥。
〔26〕 卧椟:一种平置床头、长方形的盛衣柜,或称为"床头柜"。
〔27〕 一裹:一个包裹。
〔28〕 而:尔,你。
〔29〕 逆旅:旅馆。

恒　娘

洪大业,都中人[1],妻朱氏,姿致颇佳[2],两相爱悦。后洪纳婢宝带为妾,貌远逊朱,而洪嬖之[3]。朱不平,辄以此反目。洪虽不敢公然宿妾所,然益嬖宝带,疏朱。后徙其居,与帛商狄姓者为邻。狄妻恒娘,先过院谒朱。恒娘三十许,姿仅中人,言词轻倩[4]。朱悦之。次日,答其拜,见其室亦有小妻,年二十以来,甚娟好。邻居几半年,并不闻其诟谇一语;而狄独钟爱恒娘,副室则虚员而已。朱一日见恒娘而问之曰:"予向谓良人之爱妾,为其为妾也,每欲易妻之名呼作妾[5]。今乃知不然。夫人何术? 如可授,愿北面为弟子[5]。"恒娘曰:"嘻! 子则自疏,而尤男子乎[6]? 朝夕而絮聒之,是为丛驱雀[7],其离滋甚耳! 其归益纵之,即男子自来,勿纳也。一月后,当再为子谋之。"

朱从其言,益饰宝带,使从丈夫寝。洪一饮食,亦使宝带共之。洪时一周旋朱,朱拒之益力,于是共称朱氏贤。如是月馀,朱往见恒娘。恒娘喜曰:"得之矣! 子归毁若妆,勿华服,勿脂泽,垢面敝履,杂家人操作。一月后,可复来。"朱从之:衣敝补衣,故为不洁清,而纺绩外无他问。洪怜之,使宝带分其劳;朱不受,辄叱去之。如是者一月,又往见恒娘。恒娘曰:"孺子真可教也[8]! 后日为上巳节[9],欲招子踏春园。子当尽去敝衣,袍裤袜履,崭然一新,早过我。"朱曰:"诺。"至日,揽镜细匀铅黄,一如恒娘教。妆竟,过恒娘。恒娘喜曰:"可矣!"又代挽凤髻,光可鉴影。袍袖不合时制,拆其线,更作之;谓其履样拙,更于笥中出业履[10],共成之,讫,即令易着。临别,饮以酒,嘱曰:"归去一见男子,即早闭户寝,渠来叩关,勿听也。三度呼,可一度纳。口索舌,手索足,皆吝之。半月后,当复来。"朱归,炫妆见洪。洪上下凝睇之,欢笑异于平时。朱少话游览,便支颐作情态;日未昏,即起入房,阖扉眠矣。未几,洪果来款关[11],朱坚卧不起,洪始去。次夕复然。明日,洪让之。朱曰:"独眠习惯,不堪复扰。"日既西,洪入闺坐守之。灭烛登床,如调新妇,绸缪甚欢。更为次夜之约,朱不可;长与洪约,以三日为率。

半月许,复诣恒娘。恒娘阖门与语曰:"从此可以擅专房矣。然子虽美,不媚也[12]。子之姿,一媚可夺西施之宠[13],况下者乎!"于是试使睨,曰:"非也!病在外眦。"试使笑,又曰:"非也!病在左颐。"乃以秋波送娇[14],又鞿然瓠犀微露[15],使朱效之。凡数十作,始略得其仿佛。恒娘曰:"子归矣,揽镜而娴习之,术无馀矣。至于床笫之间,随机而动之,因所好而投之,此非可以言传者也。"朱归,一如恒娘教。洪大悦[16],形神俱惑,惟恐见拒。日将暮,则相对调笑,跬步不离闺闼,日以为常,竟不能推之使去。朱益善遇宝带,每房中之宴,辄呼与共榻坐;而洪视宝带益丑[17],不终席,遣去之。朱赚夫入宝带房,扃闭之,洪终夜无所沾染。于是宝带恨洪,对人辄怨谤。洪益厌怒之,渐施鞭楚。宝带忿,不自修,拖敝垢履,头类蓬葆[18],更不复可言人矣。

恒娘一日谓朱曰："我术如何矣？"朱曰："道则至妙；然弟子能由之，而终不能知之也。纵之，何也？"曰："子不闻乎：人情厌故而喜新，重难而轻易？丈夫之爱妾，非必其美也，甘其所乍获，而幸其所难遘也。纵而饱之，则珍错亦厌[19]，况藜羹乎[20]！""毁之而复炫之，何也？"曰："置不留目，则似久别；忽睹艳妆，则如新至：譬贫人骤得粱肉[21]，则视脱粟非味矣[22]。而又不易与之，则彼故而我新，彼易而我难，此即子易妻为妾之法也。"朱大悦，遂为闺中之密友。

积数年，忽谓朱曰："我两人情若一体，自当不昧生平。向欲言而恐疑之也；行相别，敢以实告：妾乃狐也。幼遭继母之变，鬻妾都中。良人遇我厚，故不忍遽绝，恋恋以至于今。明日老父尸解[23]，妾往省觐，不复还矣。"朱把手唏嘘。早旦往视，则举家惶骇，恒娘已杳。

异史氏曰："买珠者不贵珠而贵椟[24]：新旧易难之情，千古不能破其惑；而变憎为爱之术，遂得以行乎其间矣。古佞臣事君，勿令见人，勿使窥书[25]。乃知容身固宠，皆有心传也。"

据《聊斋志异》手稿本

----

〔1〕 都中：指北京。都，京都。
〔2〕 姿致：姿容韵致。致，韵致，情趣，风韵。
〔3〕 嬖（bì 毕）：宠爱。
〔4〕 言词轻倩：谓言词便巧动人。倩，美好动人的情态。《诗·卫风·硕人》："巧笑倩兮，美目盼兮。"
〔5〕 北面为弟子：犹言拜您为师。北面，向北朝拜之意。旧时臣见君，

卑幼见尊长,均须向南面而坐的君长朝拜。
〔6〕 尤:怪罪。
〔7〕 为丛驱雀:喻指行为不当,则效果与愿望相反。《孟子·离娄》上:"故为渊驱鱼者,獭也;为丛驱雀者,鹯也;为汤武驱民者,桀与纣也。"此喻妻子的粗暴反使丈夫宠爱小妾。
〔8〕 孺子真可教也:本为长者对可造就的年轻人的赞语,见《史记·留侯世家》。此处恒娘借以称许朱氏能虚心接受指导。
〔9〕 上巳节:古时士女踏春游园之节。汉以前在农历三月上巳日,魏以后一般在三月初三。
〔10〕 业履:正在制作的鞋。业,从事。
〔11〕 款关:即叩关,敲门。
〔12〕 媚:指诱引男子的娇媚情态。
〔13〕 西施:古越国美女。
〔14〕 秋波送娇:以脉脉含情的眼波,传送柔媚爱悦之意。秋波,以澄净的秋水微波,喻顾盼多情的眼波。
〔15〕 瓠犀微露:形容笑得娇媚自然。《诗·卫风·硕人》:"领如蝤蛴,齿如瓠犀。"瓠犀,瓠中子,因洁白整齐,以喻美人牙齿。
〔16〕 洪:此从铸雪斋抄本,原作"朱"。
〔17〕 洪:此从铸雪斋抄本,原作"朱"。
〔18〕 头类蓬葆:乱发如同茂盛的蓬草。
〔19〕 珍错:山珍海错,今通谓山珍海味。
〔20〕 藜羹:野菜汤。藜,穷苦人家吃的野菜。
〔21〕 粱肉:精米肥肉。
〔22〕 脱粟:糙米饭。
〔23〕 尸解:道家用语。道家认为得道者死后,只有尸体留在世间,魂魄离开形骸成仙而去,谓尸解。见王充《论衡·道虚》。
〔24〕 买珠者不贵珠而贵椟(dú读):谓昧于实际,去取失当。《韩非子·外储说左》上:"楚人有卖其珠于郑者,为木兰之椟,薰以桂椒,缀以珠玉,饰以玫瑰,辑以羽翠;郑人买其椟而还其珠。"此处谓只看表面,而不重实际。
〔25〕 "古佞臣"三句:事本《新唐书·仇士良传》。唐武宗时,内监仇士

良年老后教训宫中内监:"天子不可令闲暇,暇必观书,见儒臣,则又纳谏,智深虑远,减玩好,省游幸,吾属恩且薄而权轻矣。为诸君计,莫若殖财贷,盛鹰马,日以毬猎声色蛊其心,极侈靡,使悦不知息,则必斥经术,暗外事,万机在我,恩泽权力欲焉往哉?"此谓妾妇事夫,与佞臣事君,为容身固宠计,其邀媚取悦之术是相同的。

葛　巾

常大用，洛人[1]。癖好牡丹。闻曹州牡丹甲齐、鲁[2]，心向往之。适以他事如曹，因假缙绅之园居焉。时方二月，牡丹未华，惟徘徊园中，目注句萌[3]，以望其拆[4]。作怀牡丹诗百绝[5]。未几，花渐含苞，而资斧将匮[6]；寻典春衣，流连忘返。

一日，凌晨趋花所，则一女郎及老妪在焉。疑是贵家宅眷，亦遂遄返。暮而往，又见之，从容避去。微窥之，宫妆艳绝。眩迷之中[7]，忽转一想：此必仙人，世上岂有此女子乎！急反身而搜之，骤过假山，适与媪遇。女郎方坐石上，相顾失惊。妪以身幛女，叱曰："狂生何为！"生长跪曰："娘子必是神仙！"妪咄之曰："如此妄言，自当絷送令尹[8]！"生大惧。女郎微笑曰："去之！"过山而去。生返，不能徙步[9]，意女郎归告父兄，必有诟辱之来。偃卧空斋，自悔孟浪[10]。窃幸女郎无怒容，或当不复置念。悔惧交集，终夜而病。日已向辰，喜无问罪之师[11]，心渐宁帖。而回忆声容，转惧为想。如是三日，憔悴欲死。秉烛夜分，仆已熟眠。妪入，持瓯而进曰："吾家葛巾娘子，手合鸩汤[12]，其速饮！"生闻而骇，既而曰："仆与娘子，夙无怨嫌，何至赐死？既为娘子手调，与其相思而病，不如仰药而死[13]！"遂引而尽之。妪笑，接瓯而去。生觉药气香冷，似非毒者。俄觉肺膈宽舒，头颅清爽，酣然睡去。既醒，红日满窗。试起，病若失,心益信其为仙。无可夤缘,但于无人时,仿佛其立处、坐处,虔拜而默祷之。

一日,行去,忽于深树内,觌面遇女郎,幸无他人,大喜,投地[14]。女郎近曳之,忽闻异香竟体,即以手握玉腕而起。指肤软腻,使人骨节欲酥。正欲有言,老妪忽至。女令隐身石后,南指曰:"夜以花梯度墙,四面红窗者,即妾居也。"匆匆遂去。生怅然,魂魄飞散,莫能知其所往。至夜,移梯登南垣,则垣下已有梯在,喜而下,果有红窗。室中闻敲棋声[15],伫立不敢复前,姑逾垣归。少间,再过之,子声犹繁;渐近窥之,则女郎与一素衣美人相对着[16],老妪亦在坐,一婢侍焉。又返。凡三往复,三漏已催[17]。生伏梯上,闻妪出云:"梯也,谁置此?"呼婢共移去之。生登垣,欲下无阶,恨悒而返。

次夕复往,梯先设矣。幸寂无人,入,则女郎兀坐,若有思者。见生惊起,斜立含羞。生揖曰:"自谓福薄,恐于天人无分[18],亦有今夕也!"遂狎抱之。纤腰盈掬,吹气如兰,撑拒曰:"何遽尔!"生曰:"好事多磨[19],迟为鬼妒。"言未及已,遥闻人语。女急曰:"玉版妹子来矣!君可姑伏床下。"生从之。无何,一女子入,笑曰:"败军之将,尚可复言战否?业已烹茗,敢邀为长夜之欢。"女郎辞以困惰。玉版固请之,女郎坚坐不行。玉版曰:"如此恋恋,岂藏有男子在室耶?"强拉之出门而去。生膝行而出,恨绝,遂搜枕簟,冀一得其遗物,而室内并无香奁,只床头有水精如意[20],上结紫巾,芳洁可爱。怀之,越垣归。自理衿袖,体香犹凝,倾慕益切。然因伏床之恐,遂有怀刑之惧[21],筹思不敢复往,但珍藏如意,以冀其寻。

隔夕,女郎果至,笑曰:"妾向以君为君子也,而不知寇盗也。"生曰:"良有之。所以偶不君子者[22],第望其如意耳。"乃揽体入怀,代解裙结。玉肌乍露,热香四流,偎抱之间,觉鼻息汗熏,无气不馥。因曰:"仆固意卿为仙人,今益知不妄。幸蒙垂盼,缘在三生[23]。但恐杜兰香之下嫁,终成离恨耳[24]。"女笑曰:"君虑亦过。妾不过离魂之倩女[25],偶为情动耳。此事要宜慎秘,恐是非之口,捏造黑白,君不能生翼,妾不能乘风,则祸离更惨于好别矣。"生然之,而终疑为仙,固诘姓氏。女曰:"既以妾为仙,仙人何必以姓名传。"问:"妪何人?"曰:"此桑姥。妾少时受其露覆,故不与婢辈同。"遂起,欲去,曰:"妾处耳目多,不可久羁,蹈隙当复来[26]。"临别,索如意,曰:"此非妾物,乃玉版所遗。"问:"玉版为谁?"曰:"妾叔妹也。"付钩乃去[27]。

去后,衾枕皆染异香。由此三两夜辄一至。生惑之,不复思归。而囊橐既空,欲货马。女知之,曰:"君以妾故,泻囊质衣,情所不忍。又去代步,千馀里将何以归? 妾有私蓄,聊可助装。"生辞曰:"卿情好,抚臆誓肌[28],不足论报;而又贪鄙,以耗卿财,何以为人矣!"女固强之,曰:"姑假君。"遂捉生臂,至一桑树下,指一石,曰:"转之!"生从之。又拔头上簪,刺土数十下,又曰:"爬之。"生又从之。则瓮口已见。女探入,出白镪近五十两许;生把臂止之,不听,又出十馀铤,生强反其半而后掩之。一夕,谓生曰:"近日微有浮言,势不可长,此不可不预谋也。"生惊曰:"且为奈何! 小生素迂谨,今为卿故,如寡妇之失守[29]，不复能自主矣。一惟卿命，刀锯斧钺，亦所不遑顾耳！"女谋偕亡，命生先归，约会于洛。生治任旋里，拟先归而后逆之；比至，则女郎车适已至门。登堂朝家人，四邻惊贺，而并不知其窃而逃也。生窃自危；女殊坦然，谓生曰："无论千里外非逻察所及，即或知之，妾世家女[30]，卓王孙当无如长卿何也[31]。"

生弟大器，年十七，女顾之曰："是有惠根[32]，前程尤胜于君。"完婚有期，妻忽夭殒。女曰："妾妹玉版，君固尝窥见之，貌颇不恶，年亦相若，作夫妇可称嘉偶。"生闻之而笑，戏请作伐。女曰："必欲致之，即亦非难。"喜问："何术？"曰："妹与妾最相善。两马驾轻车，费一妪之往返耳。"生恐前情俱发，不敢从其谋。女固言："不害。"即命车，遣桑妪去。数日，至曹。将近里门，妪下车，使御者止而候于途，乘夜入里。良久，偕女子来，登车遂发。昏暮即宿车中，五更复行。女郎计其时日，使大器盛服而逆之五十里许，乃相遇。御轮而归[33]，鼓吹花烛，起拜成礼。由此兄弟皆得美妇，而家又日以富。

一日，有大寇数十骑，突入第。生知有变，举家登楼。寇入，围楼。生俯问："有仇否？"答云："无仇。但有两事相求：一则闻两夫人世间所无，请赐一见；一则五十八人，各乞金五百。"聚薪楼下，为纵火计以胁之。生允其索金之请；寇不满志，欲焚楼，家人大恐。女欲与玉版下楼，止之不听。炫妆而下，阶未尽三级，谓寇曰："我姊妹皆仙媛，暂时一履尘世，何畏寇盗！欲赐汝万金，恐汝不敢受也。"寇众一齐仰拜，喏声"不敢"。姊妹欲退，一寇曰："此诈也!"女闻之,反身伫立,曰:"意欲何作,便早图之,尚未晚也。"诸寇相顾,默无一言。姊妹从容上楼而去。寇仰望无迹,哄然始散。

后二年,姊妹各举一子,始渐自言:"魏姓[34],母封曹国夫人。"生疑曹无魏姓世家,又且大姓失女,何得一置不问?未敢穷诘,而心窃怪之。遂托故复诣曹,入境谘访,世族并无魏姓。于是仍假馆旧主人。忽见壁上有赠曹国夫人诗,颇涉骇异,因诘主人。主人笑,即请往观曹夫人。至则牡丹一本,高与檐等。问所由名,则以其花为曹第一,故同人戏封之。问其"何种",曰:"葛巾紫也[35]。"心益骇,遂疑女为花妖。既归,不敢质言,但述赠夫人诗以觇之。女蹙然变色,遽出呼玉版抱儿至,谓生曰:"三年前,感君见思,遂呈身相报;今见猜疑,何可复聚!"因与玉版皆举儿遥掷之,儿堕地并没。生方惊顾,则二女俱渺矣。悔恨不已。后数日,堕儿处生牡丹二株,一夜径尺,当年而花,一紫一白,朵大如盘,较寻常之葛巾、玉版[36]瓣尤繁碎。数年,茂荫成丛;移分他所,更变异种,莫能识其名。自此牡丹之盛,洛下无双焉。

异史氏曰:"怀之专一[37],鬼神可通,偏反者亦不可谓无情也[38]。少府寂寞,以花当夫人[39],况真能解语[40],何必力穷其原哉?惜常生之未达也[41]!"

据《聊斋志异》手稿本

----

〔1〕 洛:洛阳的省称。

〔2〕 曹州：州、府名。明改曹州为曹县；清雍正时升为府。治所在今山东省菏泽县。甲：数第一。齐、鲁：均春秋时国名，在今山东省境，故以齐鲁代称山东地区。
〔3〕 句萌：草木的幼芽。弯的叫"句"，直的叫"萌"。句，同"勾"。
〔4〕 拆：开，指花开。
〔5〕 百绝：百首绝句。绝，诗体的一种，共四句，分五言绝句和七言绝句。
〔6〕 资斧将匮：盘缠将尽。匮，缺乏。
〔7〕 眩迷：眼力发花，视物不明。
〔8〕 令尹：周代楚国上卿称令尹。秦汉以来为地方官之异称。此指县令。
〔9〕 徙步：移步。
〔10〕 孟浪：卤莽，冒失。
〔11〕 问罪之师：指追究有罪者。古代两国作战，一方宣布对方罪状，然后出兵讨伐，称为"兴问罪之师"。
〔12〕 手合鸩汤：亲手调合的毒药。鸩，传说中的一种毒鸟，羽毛浸酒，饮之即死。
〔13〕 仰药：仰首饮药；指服毒药。
〔14〕 投地：伏地，指行拜见大礼。
〔15〕 敲棋：下棋。下棋时棋子敲得棋盘发出声响，故下棋也称"敲棋"。
〔16〕 对着（zhāo 招）：对弈。着，下棋落子叫"着"。
〔17〕 三漏已催：已至三更。催，谓时间催人。
〔18〕 天人：犹言天仙，对美丽妇女的美称。
〔19〕 好事多磨：指男女相爱，多经波折。董解元《西厢记》："真所谓佳期难得，好事多磨。"
〔20〕 如意：器物名。头部作灵芝或云朵形，柄微曲，旧时把它当作供玩赏的吉祥器物。
〔21〕 怀刑：畏法。《论语·里仁》："君子怀刑。"朱熹注："怀，思念也。怀刑，谓畏法。"
〔22〕 偶不君子：偶而一次不当君子。
〔23〕 缘在三生：注定的因缘。三生，佛家语，指前生、今生、来生。
〔24〕 "但恐杜兰香"二句：意谓耽心葛巾下嫁，不能长久。干宝《搜神

记》:"汉时有杜兰香者,自称南康人氏。以建业四年春,数诣张传。……言:'本为君作妻,情无旷远。以年命未合,其小乖。太岁东方卯,当还求君。'"所谓"离恨",当指此。又见《太平广记》卷六二引《墉城集仙录》。

〔25〕 离魂之倩女:指钟情的少女。故事见唐陈玄祐《离魂记》。详《胭脂》注。

〔26〕 蹈隙:乘机、抽空。

〔27〕 钩:所藏物。此指水精如意。

〔28〕 抚膺誓肌:意谓竭诚图报。谢朓《辞随王子隆牋》:"抚膺论报,早誓肌骨。"抚膺,抚胸。誓肌,誓死。

〔29〕 失守:丧失平日的操守。

〔30〕 世家:世代显贵之家族。

〔31〕 "卓王孙"句:意谓世家女私奔,其家因怕出丑,不敢张扬其事,为难男方。《史记·司马相如传》:临邛富商卓王孙之女卓文君与司马相如相恋,两人一同逃到成都。卓王孙知道后,对司马相如也无可如何。这里以此故事取譬。长卿,司马相如字长卿。

〔32〕 惠根:佛家语,指通达道理、成就功德的根性。惠,通"慧"。

〔33〕 御轮而归:古婚礼亲迎之礼。《礼记·昏义》,谓亲迎之日,新婿到女家行"奠雁"礼,然后亲自御新妇车。婿"御轮三周,先俟于门外。妇至,婿揖妇以入,共牢而食,合卺而酳。"

〔34〕 魏姓:隐指牡丹葛巾出于魏家。宋欧阳修《洛阳牡丹记》:"魏家花者,千叶肉红,花出魏相家。"明王象晋《二如堂群芳谱》谓出于魏仁溥家。

〔35〕 葛巾紫:牡丹品种名,也见《群芳谱》。

〔36〕 玉版:牡丹品种名,单叶细长,白如玉版。见欧阳修《洛阳牡丹记》。

〔37〕 怀:思念;指爱恋。

〔38〕 偏反者:指花。《论语·子罕》引古逸诗:"唐棣之华,偏其反而。岂不尔思?室是远而。"这里借"偏反者"作为所思念的花,暗指葛巾。

〔39〕 "少府寂寞"二句:唐代诗人白居易在盩厔县做县尉时,所作《戏题新栽蔷薇诗》:"少府无妻春寂寞,花开将尔当夫人。"少府,唐代县

尉的别称。
〔40〕 真能解语：指葛巾能解人意。唐明皇曾把杨贵妃比作"解语花"，见《开元天宝遗事·解语花》。
〔41〕 达：通达。

卷 十 一

冯木匠

抚军周有德[1],改创故藩邸为部院衙署[2]。时方鸠工,有木作匠冯明寰直宿其中[3]。夜方就寝,忽见纹窗半开,月明如昼。遥望短垣上,立一红鸡;注目间,鸡已飞抢至地[4]。俄一少女,露半身来相窥。冯疑为同辈所私;静听之,众已熟眠。私心怔忡,窃望其误投也。少间,女果越窗过,径已入怀。冯喜,默不一言。欢毕,女亦遂去。自此夜夜至。初犹自隐,后遂明告。女曰:"我非误就,敬相投耳。"两人情日密。既而工满,冯欲归,女已候于旷野。冯所居村,离郡固不甚远[5],女遂从去。既入室,家人皆莫之睹,冯始知其非人。迨数月,精神渐减,心益惧,延师镇驱[6],卒无少验。一夜,女艳妆来,向冯曰:"世缘俱有定数[7]:当来推不去,当去亦挽不住。今与子别矣。"遂去。

据《聊斋志异》手稿本

------

[1] 周有德:字彝初,汉军镶红旗人。康熙二年为山东巡抚,有政绩。见光绪《山东通志》卷七十四。
[2] 故藩邸:指故明藩王宫邸。明代英宗次子德庄王朱见潾,"初国德州,改济南"(见《明史》卷一百十九、《历乘》卷五)。这里的藩邸,当指朱见潾在济南的王邸。部院衙署:即巡抚衙门。
[3] 直:通"值",值班,当值。

〔4〕 飞抢至地：飞掠至地。抢，触、撞。《庄子·逍遥游》："决起而飞，抢榆枋。"
〔5〕 郡：郡城，此指济南府城。
〔6〕 师：巫师。
〔7〕 世缘：人世的机缘，此指夫妻缘分。

黄　英

马子才,顺天人。世好菊,至才尤甚。闻有佳种,必购之,千里不惮[1]。一日,有金陵客寓其家,自言其中表亲有一二种[2],为北方所无。马欣动[3],即刻治装,从客至金陵。客多方为之营求,得两芽[4],裹藏如宝。归至中途,遇一少年,跨蹇从油碧车[5],丰姿洒落。渐近与语。少年自言:"陶姓。"谈言骚雅[6]。因问马所自来,实告之。少年曰:"种无不佳,培溉在人。"因与论艺菊之法[7]。马大悦,问:"将何往?"答云:"姊厌金陵,欲卜居于河朔耳[8]。"马欣然曰:"仆虽固贫[9],茅庐可以寄榻。不嫌荒陋,无烦他适。"陶趋车前,向姊咨禀[10]。车中人推帘语,乃二十许绝世美人也。顾弟言:"屋不厌卑,而院宜得广。"马代诺之,遂与俱归。

第南有荒圃,仅小室三四椽,陶喜,居之。日过北院,为马治菊。菊已枯,拔根再植之,无不活。然家清贫,陶日与马共食饮,而察其家似不举火[11]。马妻吕,亦爱陶姊,不时以升斗馈恤之。陶姊小字黄英[12],雅善谈,辄过吕所,与共纫绩[13]。陶一日谓马曰:"君家固不丰,仆日以口腹累知交[14],胡可为常。为今计,卖菊亦足谋生。"马素介[15],闻陶言,甚鄙之,曰:"仆以君风流高士[16],当能安贫,今作是论,则以东篱为市井,有辱黄花矣[17]。"陶笑曰:"自食其力不为贪,贩花为业不为俗。人固不可苟求富[18],然亦不必务求贫也[19]。"马不语，陶起而出。自是，马所弃残枝劣种，陶悉掇拾而去。由此不复就马寝食，招之始一至。未几，菊将开，闻其门嚣喧如市[20]。怪之，过而窥焉，见市人买花者，车载肩负，道相属也。其花皆异种，目所未睹。心厌其贪，欲与绝；而又恨其私秘佳本[21]，遂款其扉，将就诮让。陶出，握手曳入。见荒庭半亩皆菊畦，数椽之外无旷土[22]。剧去者[23]，则折别枝插补之；其蓓蕾在畦者，罔不佳妙；而细认之，尽皆向所拔弃也。陶入屋，出酒馔，设席畦侧，曰："仆贫不能守清戒[24]，连朝幸得微资，颇足供醉。"少间，房中呼"三郎"，陶诺而去。俄献佳肴，烹饪良精。因问："贵姊胡以不字？"答云："时未至。"问："何时？"曰："四十三月。"又诘："何说？"但笑不言。尽欢始散。过宿，又诣之，新插者已盈尺矣。大奇之，苦求其术。陶曰："此固非可言传；且君不以谋生，焉用此？"又数日，门庭略寂，陶乃以蒲席包菊，捆载数车而去。逾岁，春将半，始载南中异卉而归[25]，于都中设花肆，十日尽售，复归艺菊。问之去年买花者，留其根，次年尽变而劣，乃复购于陶。陶由此日富：一年增舍，二年起夏屋。兴作从心，更不谋诸主人。渐而旧日花畦，尽为廊舍。更于墙外买田一区，筑墉四周[26]，悉种菊。至秋，载花去，春尽不归。而马妻病卒。意属黄英，微使人风示之。黄英微笑，意似允许，惟专候陶归而已。

年馀，陶竟不至。黄英课仆种菊，一如陶。得金益合商贾，村外治膏田二十顷，甲第益壮。忽有客自东粤来[27]，寄陶生函信，发之，则嘱姊归马。考其寄书之日，即妻死之日；回忆园中之饮，适四十三月也。大奇之。以书示英，请问"致聘何所"。英辞不受采。又以故居陋,欲使就南第居,若赘焉。马不可,择日行亲迎礼。黄英既适马,于间壁开扉通南第,日过课其仆[28]。马耻以妻富,恒嘱黄英作南北籍[29],以防淆乱。而家所需,黄英辄取诸南第。不半岁,家中触类皆陶家物。马立遣人一一赍还之,戒勿复取。未浃旬[30],又杂之。凡数更,马不胜烦。黄英笑曰:"陈仲子毋乃劳乎[31]?"马惭,不复稽,一切听诸黄英。鸠工庀料[32],土木大作,马不能禁。经数月,楼舍连亘[33],两第竟合为一,不分疆界矣。然遵马教,闭门不复业菊,而享用过于世家。马不自安,曰:"仆三十年清德[34],为卿所累。今视息人间[35],徒依裙带而食[36],真无一毫丈夫气矣。人皆祝富,我但祝穷耳[37]!"黄英曰:"妾非贪鄙;但不少致丰盈,遂令千载下人,谓渊明贫贱骨[38],百世不能发迹,故聊为我家彭泽解嘲耳[39]。然贫者愿富,为难;富者求贫,固亦甚易。床头金任君挥去之,妾不靳也。"马曰:"捐他人之金,抑亦良丑。"英曰:"君不愿富,妾亦不能贫也。无已,析君居:清者自清,浊者自浊,何害。"乃于园中筑茅茨[40],择美婢往侍马。马安之。然过数日,苦念黄英。招之,不肯至;不得已,反就之。隔宿辄至,以为常。黄英笑曰:"东食西宿[41],廉者当不如是。"马亦自笑,无以对,遂复合居如初。

  会马以事客金陵,适逢菊秋。早过花肆,见肆中盆列甚烦,款朵佳胜[42],心动,疑类陶制。少间,主人出,果陶也。喜极,具道契阔,遂止宿焉。要之归。陶曰:"金陵,吾故土,将婚于是。积有薄资,烦寄吾姊。我岁杪当暂去。"马不听,请之益苦。且曰:"家幸充盈,但可坐享,无须复贾。"坐肆中,使仆代论价,廉其直,数日尽售。逼促囊装，赁舟遂北。入门，则姊已除舍，床榻裀褥皆设，若预知弟也归者。陶自归，解装课役，大修亭园，惟日与马共棋酒，更不复结一客。为之择婚，辞不愿。姊遣二婢侍其寝处，居三四年，生一女。

陶饮素豪[43]，从不见其沉醉。有友人曾生，量亦无对。适过马，马使与陶相较饮。二人纵饮甚欢，相得恨晚。自辰以迄四漏[44]，计各尽百壶。曾烂醉如泥，沉睡座间。陶起归寝，出门践菊畦，玉山倾倒[45]，委衣于侧，即地化为菊，高如人；花十馀朵，皆大于拳。马骇绝，告黄英。英急往，拔置地上，曰："胡醉至此！"覆以衣，要马俱去，戒勿视。既明而往，则陶卧畦边。马乃悟姊弟菊精也，益敬爱之。而陶自露迹，饮益放，恒自折柬招曾，因与莫逆。值花朝[46]，曾乃造访，以两仆舁药浸白酒一坛，约与共尽。坛将竭，二人犹未甚醉。马潜以一瓻续入之[47]，二人又尽之。曾醉已甚，诸仆负之以去。陶卧地，又化为菊。马见惯不惊，如法拔之，守其旁以观其变。久之，叶益憔悴。大惧，始告黄英。英闻骇曰："杀吾弟矣！"奔视之，根株已枯。痛绝，掐其梗，埋盆中，携入闺中，日灌溉之。马悔恨欲绝，甚怨曾。越数日，闻曾已醉死矣。盆中花渐萌，九月既开，短干粉朵，嗅之有酒香，名之"醉陶"，浇以酒则茂。后女长成，嫁于世家。黄英终老，亦无他异。

异史氏曰："青山白云人，遂以醉死[48]，世尽惜之，而未必不自以为快也。植此种于庭中[49]，如见良友，如对丽人，不可不物色之也。"

据《聊斋志异》手稿本

〔1〕 千里不惮：谓不怕路远。惮，怕。
〔2〕 中表亲：古代称姑母的儿子为外兄弟，称舅父或姨母的儿子为内兄弟。外为"表"，内为"中"，合称这种亲戚关系为"中表亲"。
〔3〕 欣动：欣喜动心。
〔4〕 两芽：两支幼苗。菊花芽栽，从老本上所生的幼苗叫"芽"。
〔5〕 跨蹇从油碧车：骑着小驴跟随在油碧车后面。蹇，蹇卫，驴子。油碧车，也作"油壁车"，因车壁以油涂饰，故名。古时妇女所乘之车。
〔6〕 谈言骚雅：说话文雅，有诗人气质。《楚辞》有《离骚》，《诗经》有《大雅》和《小雅》，故以"骚雅"代指文学修养。
〔7〕 艺：种植。
〔8〕 河朔：黄河以北地区。
〔9〕 固贫：固守贫困。
〔10〕 咨禀：商量，禀告。
〔11〕 不举火：不烧火做饭。
〔12〕 小字：小名，乳名。
〔13〕 纫绩：缝纫、捻线，指针线活。
〔14〕 口腹：指饮食。
〔15〕 素介：素来耿介。介，孤洁，有操守。
〔16〕 风流高士：志节高尚的文士。风流，有才学，不拘礼法。
〔17〕 "以东篱为市井"二句：把种菊的地方当作贸易的场所，这对菊花是一种污辱；意谓陶生庸俗，大煞风景。晋陶渊明《饮酒》诗："采菊东篱下，悠然见南山。"因此这里以"东篱"代指种菊的园地。黄花，指菊花。
〔18〕 苟求富：以不正当的手段谋求富足。
〔19〕 务求贫：立志追求贫穷。
〔20〕 嚣喧：吵闹，喧哗。
〔21〕 佳本：优良品种。本，菊根。
〔22〕 旷土：空地。
〔23〕 劚（zhú 烛）：掘。

〔24〕 清戒：清廉的戒规。
〔25〕 南中异卉：南方的珍奇花卉。南中，泛指南方。
〔26〕 墉：土墙。
〔27〕 东粤：或作"东越"，指今东南沿海地区。
〔28〕 课仆：督促仆人。课，督促完成指定的工作。
〔29〕 作南北籍：为南北两宅各立账簿。
〔30〕 浃（jiá 荚）旬：即"浃日"，十日。古代以干支纪日，称自甲至癸一周十日为"浃"日。浃，周匝。
〔31〕 "陈仲子"句：喻指马子才如此追求廉洁未免过分。陈仲子，战国时齐人。《淮南子·氾论训》说他"立节抗行，不入洿君之朝，不食乱世之食，遂饿而死。"《孟子·滕文公》下说他"以兄之禄为不义之禄而不食也，以兄之室为不义之室而不居也，辟兄离母，处于於（wū 巫）陵。"
〔32〕 鸠工庀（pǐ 匹）料：招集工匠，置备建筑材料。庀，备具。
〔33〕 连亘：连贯。
〔34〕 清德：清廉自守的德行。
〔35〕 视息人间：犹言"活在世上"。视，看。息，呼吸。
〔36〕 徒依裙带而食：但靠妻子生活。旧时讥称因妻而致的官职为"裙带官"，见《朝野类要·西官》。
〔37〕 祝：祈求。
〔38〕 渊明：晋代诗人陶渊明。
〔39〕 我家彭泽：陶渊明曾为彭泽县令，黄英也姓陶，故曰"我家彭泽"。
〔40〕 茅茨（cí 词）：草屋。
〔41〕 东食西宿：比喻兼有两利。《艺文类聚》卷四十引《风俗通》，谓齐人有女，二人求之。一人丑而富，一人美而贫。父母疑而不决，问其女。女曰："欲东家食，西家宿。"这里以此故事嘲笑马生所标榜的"清廉"。
〔42〕 款朵：花朵的式样，指菊花品种。
〔43〕 豪：豪放；此指豪饮。
〔44〕 自辰以迄四漏：从辰时一直到夜里四更天。迄，至。
〔45〕 玉山倾倒：形容酒醉摔倒。《世说新语·容止》：嵇康为人傲然若

孤松独立,酒醉时"若玉山之将崩"。后因以"玉山倾倒"形容醉倒。
〔46〕花朝:旧俗以阴历二月十五日为百花生日,称为"花朝节",见《梦粱录·二月望》。又,《诚斋诗话》谓东京以二月十二日为花朝;《翰墨记》则以二月二日为花朝节。
〔47〕甀(chī吃):古时盛酒用具。
〔48〕"青山白云人"二句:《旧唐书·傅奕传》:傅奕生平未曾请医服药。年八十五,常醉酒酣卧。一日,忽然蹶起,自言将死,因自为墓志曰:"傅奕,青山白云人也,因酒醉死。"这里借指醉死的陶生。
〔49〕此种:指上文所说的"醉陶"菊。种,品种。

书　痴

彭城郎玉柱[1]，其先世官至太守，居官廉，得俸不治生产，积书盈屋。至玉柱，尤痴：家苦贫，无物不鬻，惟父藏书，一卷不忍置[2]。父在时，曾书《劝学篇》[3]，粘其座右[4]，郎日讽诵；又幛以素纱，惟恐磨灭。非为干禄[5]，实信书中真有金粟[6]。昼夜研读，无问寒暑。年二十馀，不求婚配，冀卷中丽人自至。见宾亲不知温凉[7]，三数语后，则诵声大作，客逡巡自去。每文宗临试[8]，辄首拔之[9]，而苦不得售[10]。

一日，方读，忽大风飘卷去。急逐之，踏地陷足；探之，穴有腐草；掘之，乃古人窖粟，朽败已成粪土。虽不可食，而益信"千钟"之说不妄[11]，读益力。一日，梯登高架，于乱卷中得金辇径尺[12]，大喜，以为"金屋"之验[13]。出以示人，则镀金而非真金。心窃怨古人之诳己也。居无何，有父同年，观察是道[14]，性好佛。或劝郎献辇为佛龛[15]。观察大悦，赠金三百、马二匹。郎喜，以为金屋、车马皆有验[16]，因益刻苦。然行年已三十矣。或劝其娶，曰："'书中自有颜如玉'，我何忧无美妻乎？"又读二三年，迄无效，人咸揶揄之。时民间讹言：天上织女私逃。或戏郎："天孙窃奔[17]，盖为君也。"郎知其戏，置不辨。

一夕，读《汉书》至八卷，卷将半，见纱剪美人夹藏其中[18]。骇曰:"书中颜如玉,其以此应之耶?"心怅然自失。而细视美人,眉目如生;背隐隐有细字云:"织女。"大异之。日置卷上,反复瞻玩,至忘食寝。一日,方注目间,美人忽折腰起,坐卷上微笑。郎惊绝,伏拜案下。既起,已盈尺矣。益骇,又叩之。下几亭亭[19],宛然绝代之姝。拜问:"何神?"美人笑曰:"妾颜氏,字如玉,君固相知已久。日垂青盼[20],脱不一至[21],恐千载下无复有笃信古人者。"郎喜,遂与寝处。然枕席间亲爱倍至,而不知为人[22]。每读,必使女坐其侧。女戒勿读,不听。女曰:"君所以不能腾达者,徒以读耳。试观春秋榜上[23],读如君者几人?若不听,妾行去矣。"郎暂从之。少顷,忘其教,吟诵复起。逾刻,索女,不知所在。神志丧失,嘱而祷之,殊无影迹。忽忆女所隐处,取《汉书》细检之,直至旧所,果得之。呼之不动,伏以哀祝。女乃下曰:"君再不听,当相永绝!"因使治棋枰、樗蒲之具[24],日与遨戏。而郎意殊不属。觑女不在,则窃卷流览。恐为女觉,阴取《汉书》第八卷,杂溷他所以迷之[25]。一日,读酣[26],女至,竟不之觉;忽睹之,急掩卷,而女已亡矣。大惧,冥搜诸卷,渺不可得;既,仍于《汉书》八卷中得之,叶数不爽。因再拜祝,矢不复读。女乃下,与之弈,曰:"三日不工[27],当复去。"至三日,忽一局赢女二子。女乃喜,授以弦索[28],限五日工一曲。郎手营目注[29],无暇他及;久之,随指应节,不觉鼓舞。女乃日与饮博,郎遂乐而忘读。女又纵之出门,使结客,由此偶侻之名暴著。女曰:"子可以出而试矣。"

郎一夜谓女曰:"凡人男女同居则生子;今与卿居久,何不然也?"女笑曰:"君日读书,妾固谓无益。今即夫妇一章[30],尚未了悟,枕席二字有工夫。"郎惊问:"何工?"女笑不言。少间,潜迎就之。郎乐极曰:"我不意夫妇之乐,有不可言传者。"于是逢人辄道,无有不掩口者。女知而责之。郎曰:"钻穴逾隙者,始不可以告人;天伦之乐[31],人所皆有,何讳焉。"过八九月,女果举一男,买媪抚字之[32]。

一日,谓郎曰:"妾从君二年,业生子,可以别矣。久恐为君祸,悔之已晚。"郎闻言,泣下,伏不起,曰:"卿不念呱呱者耶?"女亦凄然,良久曰:"必欲妾留,当举架上书尽散之。"郎曰:"此卿故乡,乃仆性命,何出此言!"女不之强,曰:"妾亦知其有数,不得不预告耳。"先是,亲族或窥见女,无不骇绝,而又未闻其缔姻何家,共诘之。郎不能作伪语,但默不言。人益疑,邮传几遍[33],闻于邑宰史公。史,闽人,少年进士。闻声倾动,窃欲一睹丽容,因而拘郎及女。女闻知,遁匿无迹。宰怒,收郎,斥革衣衿[34],桎梏备加,务得女所自往。郎垂死,无一言。械其婢,略得道其仿佛[35]。宰以为妖,命驾亲临其家。见书卷盈屋,多不胜搜,乃焚之;庭中烟结不散,瞑若阴霾。

郎既释,远求父门人书,得从辨复[36]。是年秋捷,次年举进士。而衔恨切于骨髓。为颜如玉之位[37],朝夕而祝曰:"卿如有灵,当佑我官于闽。"后果以直指巡闽[38]。居三月,访史恶款[39],籍其家。时有中表为司理[40],逼纳爱妾,托言买婢寄署中。案既结,郎即日自劾[41],取妾而归。

异史氏曰:"天下之物,积则招妒[42],好则生魔:女之妖,书之魔也。事近怪诞,治之未为不可;而祖龙之虐[43],不已惨乎!其存心之私,更宜得怨毒之报也。呜呼! 何怪哉!"

据《聊斋志异》手稿本

---

〔1〕 彭城:古县名,秦置,清改为铜山县。治所在今江苏省徐州市。
〔2〕 置:弃置。
〔3〕 劝学篇:指宋真宗赵恒所作的《劝学文》。文曰:"富家不用买良田,书中自有千钟粟。安居不用架高堂,书中自有黄金屋。出门莫恨无人随,书中车马多如簇。娶妻莫恨无良媒,书中自有颜如玉。男儿欲遂平生志,六经勤向窗前读。"
〔4〕 粘其座右:意谓当作"座右铭",以鞭策自己。
〔5〕 干禄:求取禄位。干,求取。
〔6〕 金粟:指《劝学文》所说的"黄金屋"、"千钟粟"。
〔7〕 不知温凉:不知话温凉,谓不解应酬。温凉,犹言"寒暄"。
〔8〕 文宗临试:学使案临考试。文宗,明清对各省提督学政的尊称。学政按期至所属府县巡回考试,称"案临",意在考查生员的学业。
〔9〕 首拔之:此指岁试或科试选拔他为第一。
〔10〕 不得售:此指乡试不中。
〔11〕 "千钟"之说:指《劝学文》中"书中自有千钟粟"之说。钟,古代的量器,十釜为一钟,可容六斛四斗。
〔12〕 金辇(niǎn 碾):人力拉挽的饰金之车;秦汉以后专指帝王的车子。
〔13〕 以为"金屋"之验:当作"书中自有黄金屋"的验证。辇车车盖如屋,故当作"金屋之验"。
〔14〕 观察是道:作彭城这个地方的观察使。清代一省分为数道,于藩、臬之下,设使守巡各道。"观察"则为守巡各道者的专称。
〔15〕 佛龛(kān 刊):供奉神像的小屋。
〔16〕 车马:指"书中车马多如簇"之说。
〔17〕 天孙:即织女。
〔18〕 "读《汉书》至八卷"三句:《汉书》卷八《宣帝纪》:宣帝地节四年,夏五月,诏曰:"父子之亲,夫妇之道,天性也。虽有患祸,犹蒙

（冒）死而存之。忠诚结于心，仁厚之至也，岂能违之哉！"就本文情节而言，盖取义于冒死而存夫妇之道，忠诚于"颜如玉"。

〔19〕 亭亭：耸立的样子；这里是站立的意思。

〔20〕 日垂青盼：天天承蒙喜爱。《晋书·阮籍传》：阮籍能为青白眼，对其所喜欢的以青眼（黑眼珠）视之。后世遂以"青盼"、"垂青"，表对人的喜爱。

〔21〕 脱：假如。

〔22〕 为人：指性生活。

〔23〕 春秋榜：春榜和秋榜。春榜，指春试考中进士之榜。秋榜，指秋试考中举人之榜。

〔24〕 樗（chū出）蒲之具：泛指赌具。樗蒲，古博戏的一种。

〔25〕 溷：同"混"。

〔26〕 读酣：读兴正浓。

〔27〕 工：精通。

〔28〕 弦索：指弦乐。

〔29〕 手营目注：谓手眼并用，意趣专注。营，操作。

〔30〕 夫妇一章：泛指经书中论述夫妇之道的章节。如《周易·序卦》："有天地，然后有万物。有万物，然后有男女。有男女，然后有夫妇。有夫妇，然后有父子。有父子，然后有君臣。……"

〔31〕 天伦之乐：这里指夫妇乐趣。天伦，指父子、兄弟、夫妇等天然的亲属关系。

〔32〕 抚字：抚育。字，养育。

〔33〕 邮传：旧时传递文书的驿站；这里指传播各地。

〔34〕 斥革衣衿：褫夺生员衣冠。指取消生员资格。斥革同"褫革"。

〔35〕 道其仿佛：说出其事的大致情况。仿佛，不太真切。

〔36〕 得从辨复：申辩恢复功名的请求得到批准。辨复，向上级官府申诉理由，请求恢复职务或功名。

〔37〕 位：牌位，灵位。

〔38〕 以直指巡闽：谓以御史衔巡察福建。

〔39〕 恶款：作恶的条款。

〔40〕 司理：主管司法的州官。

〔41〕 自劾：上疏自陈过错，请求免职。劾，弹劾，揭发罪过。
〔42〕 积：积聚，聚敛。
〔43〕 祖龙之虐：指秦始皇焚书坑儒的暴政；喻指邑宰尽焚郎生之藏书。祖龙，秦人对秦始皇的代称。《史记·秦始皇本纪》《集解》："苏林曰：祖，始也；龙，人君象。谓始皇也。"

齐天大圣

许盛,兖人[1]。从兄成贾于闽,货未居积。客言大圣灵著[2],将祷诸祠。盛未知大圣何神,与兄俱往。至则殿阁连蔓,穷极弘丽。入殿瞻仰,神猴首人身,盖齐天大圣孙悟空云[3]。诸客肃然起敬,无敢有惰容。盛素刚直,窃笑世俗之陋。众焚奠叩祝,盛潜去之。

既归,兄责其慢。盛曰:"孙悟空乃丘翁之寓言[4],何遂诚信如此?如其有神,刀槊雷霆[5],余自受之!"逆旅主人闻呼大圣名,皆摇手失色,若恐大圣闻。盛见其状,益哗辨之;听者皆掩耳而走。至夜,盛果病,头痛大作。或劝诣祠谢,盛不听。未几,头小愈,股又痛,竟夜生巨疽,连足尽肿,寝食俱废。兄代祷,迄无验。或言:神谴须自祝。盛卒不信。月馀,疮渐敛,而又一疽生,其痛倍苦。医来,以刀割腐肉,血溢盈碗;恐人神其词[6],故忍而不呻。又月馀,始就平复。而兄又大病。盛曰:"何如矣!敬神者亦复如是,足征余之疾,非由悟空也。"兄闻其言,益恚,谓神迁怒,责弟不为代祷。盛曰:"兄弟犹手足。前日支体糜烂而不之祷;今岂以手足之病,而易吾守乎[7]?"但为延医剂药[8],而不从其祷。药下,兄暴毙。盛惨痛结于心腹,买棺殓兄已,投祠指神而数之曰[9]:"兄病,谓汝迁怒,使我不能自白。倘尔有神,当令死者复生。余即北面称弟子[10],不敢有异词;不然,当以汝处三清之法,还处汝身[11],亦以破吾兄地下之惑。"至夜,梦一人招之去,入大圣祠,仰见大圣有怒色,责之曰:"因汝无状[12],以菩萨刀穿汝胫股;犹不自悔,喷有烦言[13]。本宜送拔舌狱[14],念汝一生刚鲠[15],姑置宥赦。汝兄病,乃汝以庸医夭其寿数,与人何尤?今不少施法力,益令狂妄者引为口实。"乃命青衣使请命于阎罗。青衣曰:"三日后,鬼籍已报天庭,恐难为力。"神取方版[16],命笔,不知何词,使青衣执之而去。良久乃返。成与俱来,并跪堂上。神问:"何迟?"青衣曰:"阎摩不敢擅专,又持大圣旨上咨斗宿[17],是以来迟。"盛趋上拜谢神恩。神曰:"可速与兄俱去。若能向善,当为汝福。"兄弟悲喜,相将俱归。醒而异之。急起,启材视之,兄果已苏,扶出,极感大圣力。盛由此诚服,信奉更倍于流俗。而兄弟资本,病中已耗其半;兄又未健,相对长愁。

一日,偶游郊郭,忽一褐衣人相之曰[18]:"子何忧也?"盛方苦无所诉,因而备述其遭。褐衣人曰:"有一佳境,暂往瞻瞩,亦足破闷。"问:"何所?"但云:"不远。"从之。出郭半里许,褐衣人曰:"予有小术,顷刻可到。"因命以两手抱腰,略一点头,遂觉云生足下,腾踔而上[19],不知几百由旬[20]。盛大惧,闭目不敢少启。顷之,曰:"至矣。"忽见琉璃世界,光明异色,讶问:"何处?"曰:"天宫也。"信步而行,上上益高[21]。遥见一叟,喜曰:"适遇此老,子之福也!"举手相揖。叟邀过诸其所,烹茗献客;止两盏,殊不及盛。褐衣人曰:"此吾弟子,千里行贾,敬造仙署,求少赠馈。"叟命僮出白石一柈[22],状类雀卵,莹澈如冰,使盛自取之。盛念携归可作酒枚[23],遂取其六。褐衣人以为过廉,代取六枚,付盛并裹之。嘱纳腰橐,拱手曰:"足矣。"辞叟出,仍令附体而下,俄顷及地。盛稽首请示仙号。笑曰:"适即所谓勊斗云也[24]。"盛恍然,悟为大圣,又求祐护。曰:"适所会财星,赐利十二分[25],何须他求。"盛又拜之,起视已渺。既归,喜而告兄。解取共视,则融入腰橐矣。后辇货而归,其利倍蓰。自此屡至闽,必祷大圣。他人之祷,时不甚验;盛所求无不应者。

异史氏曰:"昔士人过寺,画琵琶于壁而去;比返,则其灵大著,香火相属焉[26]。天下事固不必实有其人;人灵之,则既灵焉矣。何以故?人心所聚,物或托焉耳。若盛之方鲠,固宜得神明之祐;岂真耳内绣针、毫毛能变,足下勊斗、碧落可升哉[27]!卒为邪惑,亦其见之不真也。"

据《聊斋志异》手稿本

----

〔1〕 兖:今山东省兖州市。
〔2〕 灵著:灵异显著。
〔3〕 齐天大圣:孙悟空,神魔小说《西游记》中的人物。孙悟空在花果山水帘洞,与天庭对抗,曾自封为"齐天大圣"。
〔4〕 丘翁:指金元时道士丘处机。丘为道教全真道龙门派创始人,字通密,号长春子,登州栖霞(今山东栖霞县)人。公元1219年成吉思汗西征,丘奉诏前往。1223年丘自西域返回。其弟子李志常将丘往返西域的经历,写成《长春真人西游记》一书,凡二卷,今存《道藏》中。旧时曾误以此书为小说《西游记》。鲁迅《中国小说史略》已作辨正。
〔5〕 刀槊(shuò 朔)雷霆:犹言刀砍雷轰。槊,长矛。

〔6〕 神其词：以神其说。指世人以盛之病而证实神人灵验之说。
〔7〕 易吾守：改变我的操守。守，操守，此指不随俗祷神。
〔8〕 剉（cuò错）药：切药，犹言制药。剉，铡碎。
〔9〕 数（shǔ署）：责数其罪。
〔10〕 北面称弟子：意为甘心作信徒。旧时尊长南面而坐，幼者北面参谒。后拜人为师也称"北面"。
〔11〕 "当以汝处三清之法"二句：意谓以你处置三清圣像的办法来对待你。《西游记》第四十四回，孙悟空等在车迟国三清殿，把供奉的三清，即元始天尊、灵宝道君、太上老君的塑像投入毛（茅）坑。
〔12〕 无状：无礼貌。
〔13〕 啧（zè责）有烦言：意谓发生言语争执。《左传·定公四年》："会同难，啧有烦言，莫之治也。"注："啧，至也。烦言，忿争。"
〔14〕 拔舌狱：《西游记》第十一回，唐太宗入冥，在阴山后见到十八层地狱，其中有拔舌狱。
〔15〕 刚鲠（gěng耿）：刚正鲠直。
〔16〕 方版：木板。古时的简牍。《论衡·须颂》："今方板之用，在竹帛，无主名。"
〔17〕 斗宿：天上二十八星宿之一。此指南斗星、北斗星。迷信传说：南斗注生，北斗注死。故阎王请示南、北星斗。
〔18〕 褐衣：贫贱者的服装。《说文》："褐，一曰粗衣。"
〔19〕 腾踔（chuō戳）：腾跃。
〔20〕 由旬：古代印度的长度单位，也作"俞旬"，为军行一日的路程。约为四十里，一说三十里。
〔21〕 上上益高：意为越上越高。
〔22〕 柈（pán盘）：盘、碟。
〔23〕 酒枚：犹言酒筹，饮酒用以计数之具。《左传·昭公十二年》："枚筮之。"《疏》："今人数物曰一枚、两枚。枚是筹之名也。"
〔24〕 觔斗云：跟头云。《西游记》第七回谓孙悟空"会驾觔斗云，一纵十万八千里"。
〔25〕 赐利十二分：指得十二枚白石，为财星所赐的十二分利市。
〔26〕 "昔人过寺"五句：《太平广记》卷三一五引《原化记》，谓昔有书生

欲游吴地，道经江西，因阻风泊舟，闲步入寺，见僧房院开，旁有笔砚。书生善画，乃于房门素壁上画一琵琶，大小与真不异。画毕离去。僧归，见画，乃告村人曰："恐是五台山圣琵琶。"于是"遂为村人传说，礼施求福甚效。"后来，书生得知其事，甚为惭愧，乃回到僧寺，以水洗尽所画琵琶，"自是灵圣亦绝。"

〔27〕 "若盛之方鲠"六句：意谓像许盛这样方正鲠直的人自应得到神灵的保护；而并非真的如同孙悟空那样，具有神奇的本领。

青 蛙 神

江汉之间[1],俗事蛙神最虔[2]。祠中蛙不知几百千万[3],有大如笼者。或犯神怒,家中辄有异兆:蛙游几榻,甚或攀缘滑壁不得堕,其状不一,此家当凶。人则大恐,斩牲禳祷之[4],神喜则已。楚有薛昆生者[5],幼惠,美姿容。六七岁时,有青衣妪至其家,自称神使,坐致神意,愿以女下嫁昆生[6]。薛翁性朴拙,雅不欲,辞以儿幼。虽故却之,而亦未敢议婚他姓。迟数年,昆生渐长,委禽于姜氏。神告姜曰:"薛昆生,吾婿也,何得近禁脔[7]!"姜惧,反其仪[8]。薛翁忧之,洁牲往祷,自言不敢与神相匹偶。祝已,见肴酒中皆有巨蛆浮出,蠢然扰动;倾弃,谢罪而归。心益惧,亦姑听之。一日,昆生在途,有使者迎宣神命,苦邀移趾[9]。不得已,从与俱往。入一朱门,楼阁华好。有叟坐堂上,类七八十岁人。昆生伏谒。叟命曳起之,赐坐案傍。少间,婢媪集视,纷纭满侧。叟顾曰:"入言薛郎至矣。"数婢奔去。移时,一媪率女郎出,年十六七,丽绝无俦。叟指曰:"此小女十娘,自谓与君可称佳偶;君家尊乃以异类见拒。此自百年事[10],父母止主其半[11],是在君耳。"昆生目注十娘,心爱好之,默然不言。媪曰:"我固知郎意良佳。请先归,当即送十娘往也。"昆生曰:"诺。"趋归告翁。翁仓遽无所为计,乃授之词[12],使返谢之[13],昆生不肯行。方诮让间,舆已在门,青衣成群,而十娘入矣。上堂朝拜翁姑,见之皆喜。即夕合卺,琴瑟甚谐。由此神翁神媪,时降其家。视其衣,赤为喜,白为财,必见[14],以故家日兴。

自婚于神,门堂藩溷皆蛙[15],人无敢诟蹴之。惟昆生少年任性,喜则忌,怒则践毙,不甚爱惜。十娘虽谦驯[16],但善怒,颇不善昆生所为;而昆生不以十娘故敛抑之[17]。十娘语侵昆生,昆生怒曰:"岂以汝家翁媪能祸人耶？丈夫何畏蛙也!"十娘甚讳言"蛙",闻之恚甚,曰:"自妾入门,为汝家田增粟,贾益价[18],亦复不少。今老幼皆已温饱,遂如鸮鸟生翼,欲啄母睛耶[19]!"昆生益愤曰:"吾正嫌所增污秽,不堪贻子孙。请不如早别。"遂逐十娘。翁媪既闻之,十娘已去。呵昆生,使急往追复之。昆生盛气不屈。至夜,母子俱病,郁冒不食[20]。翁惧,负荆于祠,词义殷切[21]。过三日,病寻愈。十娘亦自至,夫妻欢好如初。

十娘日辄凝妆坐,不操女红[22],昆生衣履,一委诸母。母一日忿曰:"儿既娶,仍累媪!人家妇事姑,我家姑事妇!"十娘适闻之,负气登堂曰:"儿妇朝侍食,暮问寝[23],事姑者,其道如何[24]？所短者,不能吝佣钱,自作苦耳[25]。"母无言,惭沮自哭[26]。昆生入,见母涕痕,诘得故,怒责十娘。十娘执辨不相屈。昆生曰:"娶妻不能承欢,不如勿有!便触老蛙怒,不过横灾死耳!"复出十娘。十娘亦怒,出门径去。次日,居舍灾[27],延烧数屋,几案床榻,悉为煨烬。昆生怒,诣祠责数曰:"养女不能奉翁姑,略无庭训[28],而曲护其短!神者至公,有教人畏妇者耶！且盎盂相敲[29],皆臣所为[30],无所涉于父母。刀锯斧钺,即加臣身;如其不然,我亦焚汝居室,聊以相报。"言已，负薪殿下，蓺火欲举。居人集而哀之，始愤而归。父母闻之，大惧失色。至夜，神示梦于近村，使为婿家营宅。及明，赍材鸠工，共为昆生建造，辞之不止；日数百人相属于道，不数日，第舍一新，床幕器具悉备焉。修除甫竟，十娘已至，登堂谢过，言词温婉。转身向昆生展笑，举家变怨为喜。自此十娘性益和，居二年，无间言。

十娘最恶蛇，昆生戏函小蛇[31]，绐使启之。十娘色变，诟昆生。昆生亦转笑生嗔，恶相抵。十娘曰："今番不待相迫逐，请从此绝。"遂出门去。薛翁大恐，杖昆生，请罪于神。幸不祸之，亦寂无音。积有年馀，昆生怀念十娘，颇自悔，窃诣神所哀十娘，迄无声应。未几，闻神以十娘字袁氏，中心失望，因亦求婚他族；而历相数家，并无如十娘者，于是益思十娘。往探袁氏，则已垩壁涤庭[32]，候鱼轩矣[33]。心愧愤不能自已，废食成疾。父母忧皇，不知所处。忽昏愦中有人抚之曰："大丈夫频欲断绝[34]，又作此态！"开目，则十娘也。喜极，跃起曰："卿何来？"十娘曰："以轻薄人相待之礼[35]，止宜从父命，另醮而去。固久受袁家采币，妾千思万思而不忍也。卜吉已在今夕[36]，父又无颜反璧[37]，妾亲携而置之矣。适出门，父走送曰：'痴婢！不听吾言，后受薛家凌虐，纵死亦勿归也！'"昆生感其义，为之流涕。家人皆喜，奔告翁媪。媪闻之，不待往朝，奔入子舍，执手鸣泣。

由此昆生亦老成，不作恶谑[38]，于是情好益笃。十娘曰："妾向以君儇薄，未必遂能相白首[39]，故不欲留孽根于人世[40]；今已靡他[41]，妾将生子。"居无何，神翁神媪着朱袍，降临其家。次日，十娘临蓐，一举两男。由此往来无间。居民或犯神怒，辄先求昆生；乃使妇女辈盛妆入闺，朝拜十娘，十娘笑则解。薛氏苗裔甚繁[42]，人名之"薛蛙子家"。近人不敢呼，远人则呼之。

据《聊斋志异》手稿本

------

〔1〕 江汉之间：长江、汉水之间，指湖北地区。
〔2〕 事：侍奉、崇奉。虔：虔诚。
〔3〕 祠：指蛙神祠。
〔4〕 牲：祭祀用的家畜。禳祷：祭祀祷告，祈求消灾。
〔5〕 楚：古楚国最初都城在今湖北省境；这里泛指湖北地区。
〔6〕 下嫁：公主出嫁称"下嫁"；这里指蛙神的女儿嫁于凡人。
〔7〕 近禁脔（luán 峦）：染指独占之物。《晋书·谢混传》：晋元帝渡江，在建业时，公私财用不足，每得一豚，视为珍膳；项上一脔尤美，部下不敢自吃，留下献帝，时呼为"禁脔"。因以"禁脔"喻独占之物。后来晋孝武帝欲以晋陵公主尚谢混，而袁崧又欲以女妻谢混。王恂曰："卿莫近禁脔。"盖以禁脔喻谢混已为帝婿，他人不得以女妻之。脔，块肉。
〔8〕 反其仪：退还订婚财礼。
〔9〕 苦邀移趾：苦苦要求他前往。移趾，请人走动的敬辞。
〔10〕 百年事：指婚姻大事。
〔11〕 止主其半：只能当一半家。主，做主。
〔12〕 授之词：教他推托之词。
〔13〕 谢：婉言推辞。
〔14〕 必见：谓灵验必现。见，同"现"。
〔15〕 藩溷（hùn 混）：厕所。
〔16〕 谦驯：谦和温顺。
〔17〕 敛抑之：收敛、克制自己的行为。
〔18〕 田增粟，贾（gǔ 古）益价：种田增产，经商增利。益，增。

〔19〕 "鸮（xiāo 消）鸟生翼"二句：比喻忘恩负义，以怨报德。鸮鸟，猫头鹰，旧传幼鸟羽翼长成，啄食母鸟眼睛而去，因以之喻恶人。
〔20〕 郁冒：铸雪斋抄本作"郁胃"。疑为"郁瞀"，犹言郁闷。
〔21〕 词义：指祝告的话语和情意。
〔22〕 女红：也作"女功"，旧指妇女所做的针线活。
〔23〕 朝侍食，暮问寝：犹言"昏定晨省"。这是旧时子妇侍奉翁姑的日常礼节。侍食，陪食于尊长。问寝，犹言问安，问尊者起居安否。
〔24〕 道：指"妇道"。
〔25〕 自作苦：犹言亲自辛勤干活。
〔26〕 惭沮：此据铸雪斋抄本，原作"渐沮"。惭愧沮丧。
〔27〕 灾：发生火灾。
〔28〕 略无庭训：毫无家教。庭训，指父教。《论语·季氏》：孔子在庭，其子伯鱼过之，孔子教以学诗、礼。后因称父教为庭训。
〔29〕 盎盂相敲：比喻家庭口角。盎和盂都是盆碗一类的食器。
〔30〕 臣：古时与尊者谈话时的自我卑称。
〔31〕 函：用匣子装着。
〔32〕 垩（è 厄）壁涤庭：粉刷墙壁，清扫庭院。垩，粉刷。
〔33〕 鱼轩：以兽皮为饰的车子，古时贵夫人所乘。《左传·闵公二年》："归夫人鱼轩。"后世也用以代指夫人。
〔34〕 频欲断绝：谓屡次想断绝夫妇恩义。
〔35〕 轻薄人：没有情义的人，指薛生。
〔36〕 卜吉：选定的吉日；指与袁家婚期。
〔37〕 反璧：指退还聘礼。《左传·僖公三年》：晋国重耳出亡，路上有人向他馈赠饭食，并附白璧为礼。重耳"受飧反璧"。后因称退还别人的赠礼为"反璧"。
〔38〕 恶谑：恶作剧。谑，开玩笑。
〔39〕 相白首：白头偕老。
〔40〕 孽根：犹言孽根祸胎。此指儿女。
〔41〕 靡他：无有他心。靡，无。
〔42〕 苗裔：后代子孙。

又

青蛙神,往往托诸巫以为言。巫能察神嗔喜[1],告诸信士曰"喜矣"[2],福则至;"怒矣",妇子坐愁叹,有废餐者。流俗然哉?抑神实灵,非尽妄也?

有富贾周某,性吝啬。会居人敛金修关圣祠,贫富皆与有力,独周一毛所不肯拔[3]。久之,工不就,首事者无所为谋[4]。适众赛蛙神[5],巫忽言:"周将军仓命小神司募政[6],其取簿籍来。"众从之。巫曰:"已捐者,不复强;未捐者,量力自注。"众唯唯敬听,各注已。巫视曰:"周某在此否?"周方混迹其后,惟恐神知,闻之失色,次且而前[7]。巫指籍曰:"注金百。"周益窘。巫怒曰:"淫债尚酬二百,况好事耶!"盖周私一妇,为夫掩执,以金二百自赎,故讦之也[8]。周益惭惧,不得已,如命注之。既归,告妻。妻曰:"此巫之诈耳。"巫屡索,卒弗与。一日,方昼寝,忽闻门外如牛喘。视之,则一巨蛙,室门仅容其身,步履蹇缓,塞两扉而入。既入,转身卧,以颔承阈[9],举家尽惊。周曰:"此必讨募金也。"焚香而祝,愿先纳三十,其馀以次赍送,蛙不动;请纳五十,身忽一缩,小尺许;又加二十,益缩如斗;请全纳,缩如拳,从容出,入墙罅而去。周急以五十金送监造所,人皆异之,周亦不言其故。

积数日,巫又言:"周某欠金五十,何不催并?"周闻之,惧,又送十金,意将以此完结。一日,夫妇方食,蛙又至,如前状,目作努。少间,登其床,床摇撼欲倾;加喙于枕而眠,腹隆起如卧牛,四隅皆满。周惧,即完百数与之。验之,仍不少动。半日间,小蛙渐集,次日益多,穴仓登榻,无处不至;大于碗者,升灶啜蝇,糜烂釜中,以致秽不可食;至三日,庭中蠢蠢[10],更无隙处。一家皇骇,不知计之所出。不得已,请教于巫。巫曰:"此必少之也。"遂祝之,益以廿金,首始举;又益之,起一足;直至百金,四足尽起,下床出门,狼犺数步,复返身卧门内。周惧,问巫。巫揣其意,欲周即解囊。周无奈,如数付巫,蛙乃行,数步外,身暴缩,杂众蛙中,不可辨认,纷纷然亦渐散矣。

祠既成,开光祭赛[11],更有所需。巫忽指首事者曰:"某宜出如干数。"共十五人,止遗二人。众祝曰:"吾等与某某,已同捐过。"巫曰:"我不以贫富为有无,但以汝等所侵渔之数为多寡[12]。此等金钱,不可自肥,恐有横灾飞祸。念汝等首事勤劳,故代汝消之也。除某某廉正无苟且外[13],即我家巫,我亦不少私之,便令先出,以为众倡。"即奔入家,搜括箱椟。妻问之,亦不答,尽卷囊蓄而出,告众曰:"某私克银八两,今使偿橐。"与众衡之,秤得六两余,使人志其欠数。众愕然,不敢置辨,悉如数纳入。巫过此茫不自知;或告之,大惭,质衣以盈。惟二人亏其数,事既毕,一人病月余,一人患疔疮,医药之费,浮于所欠[14],人以为私克之报云。

异史氏曰:"老蛙司募,无不可与为善之人,其胜刺钉拖索者[15],不既多乎? 又发监守之盗[16],而消其灾,则其现威猛,正其行慈悲也。"

据《聊斋志异》手稿本

----

〔1〕 嗔喜:犹言喜怒。嗔,怒。
〔2〕 信士:佛教称在家信奉佛教的信男为信士。此泛指信奉蛙神者。
〔3〕 一毛所不肯拔:喻极端吝啬。《孟子·尽心》上:"杨子取为我,拔一毛而利天下,不为也。"
〔4〕 首事者:指倡议者或主持者。
〔5〕 赛:祭。
〔6〕 周将军仓:即周仓,传说为三国时蜀国关羽的部将,旧时小说、戏曲多演其事。关圣祠中有其塑像,持大刀立于关羽像后。司募政:主持募集建祠资金之事。
〔7〕 次且:同"越趄"。脚步不稳。
〔8〕 讦:揭其阴私。
〔9〕 阈(yù 玉):门槛。
〔10〕 蠢蠢:蠕动、杂乱。此指小蛙密集。
〔11〕 开光祭赛:指对新塑神像首次祭祀。开光,佛家语,佛像塑就后,择日致礼供奉,称"开光",也称"开眼"或"开眼供养"。
〔12〕 侵渔之数:指侵吞修祠之款项。
〔13〕 苟且:不守礼法。此谓侵渔贪污。
〔14〕 浮于所欠:超出欠数。
〔15〕 刺钉拖索:谓官府酷刑追索逋欠。刺,刺剟,以铁刺之。《史记·张耳陈馀列传》:"榜笞数千,刺剟,身无可击者。"钉,钉镣,用以固定刑具。
〔16〕 发监守之盗:揭露监守自盗者的贪污行为,指揭发巫者等人私克公银。

任　秀

任建之,鱼台人[1],贩毡裘为业[2]。竭资赴陕。途中逢一人,自言:"申竹亭,宿迁人[3]。"话言投契,盟为弟昆,行止与俱。至陕,任病不起,申善视之。积十馀日,疾大渐[4]。谓申曰:"吾家故无恒产,八口衣食,皆恃一人犯霜露[5]。今不幸,殂谢异域。君,我手足也,两千里外,更有谁何!囊金二百馀金,一半君自取之,为我小备殓具,剩者可助资斧;其半寄吾妻子,俾辇吾榇而归。如肯携残骸旋故里,则装资勿计矣。"乃扶枕为书付申,至夕而卒。申以五六金为市薄材,殓已。主人催其移榇[6],申托寻寺观,竟遁不反。任家年馀方得确耗。任子秀时年十七,方从师读,由此废学,欲往寻父柩。母怜其幼,秀哀涕欲死,遂典资治任,俾老仆佐之行,半年始还。殡后,家贫如洗。幸秀聪颖,释服,入鱼台泮[7]。而佻达善博,母教戒綦严,卒不改。一日,文宗案临,试居四等[8]。母愤泣不食。秀惭惧,对母自矢。于是闭户年馀,遂以优等食饩[9]。母劝令设帐,而人终以其荡无检幅[10],咸诮薄之。

有表叔张某,贾京师,劝使赴都,愿携与俱,不耗其资。秀喜,从之。至临清[11],泊舟关外[12]。时盐航舣集[13],帆樯如林。卧后,闻水声人声,聒耳不寐。更既静,忽闻邻舟骰声清越[14],入耳萦心,不觉旧技复痒。窃听诸客,皆已酣寝,囊中自备千文,思欲过舟一戏。

潜起解囊,捉钱踟躇,回思母训,即复束置。既睡,心怔忡,苦不得眠;又起,又解:如是者三。兴勃发,不可复忍,携钱径去。至邻舟,则见两人对赌,钱注丰美[15]。置钱几上,即求入局。二人喜,即与共掷。秀大胜。一客钱尽,即以巨金质舟主,渐以十馀贯作孤注[16]。赌方酣,又有一人登舟来,眈视良久[17],亦倾囊出百金质主人,入局共博。张中夜醒,觉秀不在舟,闻骰声,心知之,因诣邻舟,欲挠沮之。至,则秀胯侧积资如山[18],乃不复言,负钱数千而返。呼诸客并起,往来移运,尚存十馀千。未几,三客俱败,一舟之钱尽空。客欲赌金[19],而秀欲已盈,故托非钱不博以难之。张在侧,又促逼令归。三客燥急。舟主利其盆头[20],转贷他舟,得百馀千。客得钱,赌更豪;无何,又尽归秀。天已曙,放晓关矣,共运资而返。三客亦去。主人视所质二百馀金,尽箔灰耳[21]。大惊,寻至秀舟,告以故,欲取偿于秀。及问姓名、里居,知为建之之子,缩颈羞汗而退。过访榜人,乃知主人即申竹亭也。

秀至陕时,亦颇闻其姓字;至此鬼已报之,故不复追其前郄矣[22]。乃以资与张合业而北,终岁获息倍蓰[23]。遂援例入监[24]。益权子母[25],十年间,财雄一方。

据《聊斋志异》手稿本

----

〔1〕 鱼台:今山东省鱼台县。

〔2〕 毡裘:毛毡、裘皮。

〔3〕 宿迁:今江苏省宿迁县,距鱼台县较近。

〔4〕 大渐：即病危。渐，剧。
〔5〕 犯霜露：冒霜露，形容旅途艰辛。
〔6〕 槥(huì 慧)：小而薄的棺木。
〔7〕 入鱼台泮：考入鱼台县学。指为县学生员。
〔8〕 试居四等：试，指岁试。清代科举制度，各省学政在三年的任职期间，要巡回所属府州县学，考试生员，称岁试或岁考。清初，岁考成绩分为六等。一二等与三等前列者赏，四等以下者罚。
〔9〕 以优等食饩(xī 西)：以成绩优异补选为廪生。清代岁试，一等前列者，可补廪生。饩，廪饩，官府支付的生活补助。
〔10〕 荡无检幅：行为放荡，不自检束。检幅，检点约束。幅，边幅，范围。
〔11〕 临清：今山东省临清县。为当时运河的重要码头。
〔12〕 泊舟关外：停船于关卡之外。乾隆《临清直隶志·关榷志》：明宣德四年设临清关，"监收船料商税"，于"河内为铁索，直达两岸，开关时则撤之"。清沿明制，关卡设衙署，直接由巡抚派员管理。
〔13〕 盐航：盐船。舣：泊舟。
〔14〕 骰(tóu 头)声：掷骰子的声音。骰，骰子，一种赌具。也称"色子"。
〔15〕 钱注：赌注。注，用为赌博的财物。
〔16〕 贯：穿制钱用的绳子，一千文为一贯。孤注：倾其所有以为赌注。
〔17〕 眈视：贪婪地注视着。
〔18〕 胯侧：指臀股之旁。胯，股，大腿。
〔19〕 赌金：指以白银作赌注。
〔20〕 盆头：掷骰子时，赢者抽头交给赌具主人，俗称"打头钱"。盆，掷盆，赌具。
〔21〕 箔灰：箔锞的灰烬。箔，一种涂金属粉的烧纸，旧时焚烧以为冥钱。
〔22〕 前郄(xì 戏)：过去的嫌隙，宽仇。郄，通"隙"，嫌隙。
〔23〕 倍蓰(xǐ 徙)：加倍。
〔24〕 援例入监：根据条例纳资取得监生资格。监，国子监。
〔25〕 权子母：以资本经商或放债生息，称权子母。语出《国语·周语》。

晚　霞

五月五日,吴越间有斗龙舟之戏[1]。刳木为龙[2],绘鳞甲,饰以金碧[3];上为雕甍朱槛[4];帆旌皆以锦绣。舟末为龙尾,高丈馀,以布索引木板下垂,有童坐板上,颠倒滚跌,作诸巧剧;下临江水,险危欲堕。故其购是童也,先以金啖其父母[5],预调驯之[6],堕水而死,勿悔也。吴门则载美姬[7],较不同耳。

镇江有蒋氏童阿端,方七岁,便捷奇巧,莫能过,声价益起,十六岁犹用之。至金山下[8],堕水死。蒋媪止此子,哀鸣而已。阿端不自知死,有两人导去,见水中别有天地;回视,则流波四绕,屹如壁立。俄入宫殿,见一人兜牟坐[9]。两人曰:"此龙窝君也。"便使拜伏。龙窝君颜色和霁,曰:"阿端伎巧可入柳条部。"遂引至一所,广殿四合。趋上东廊,有诸少年出与为礼,率十三四岁。即有老妪来,众呼解姥。坐令献技。已,乃教以钱塘飞霆之舞,洞庭和风之乐[10]。但闻鼓钲喧聒,诸院皆响;既而诸院皆息。姥恐阿端不能即娴,独絮絮调拨之[11];而阿端一过,殊已了了。姥喜曰:"得此儿,不让晚霞矣!"

明日,龙窝君按部[12],诸部毕集。首按夜叉部:鬼面鱼服[13];鸣大钲,围四尺许;鼓可四人合抱之,声如巨霆,叫噪不复可闻。舞起,则巨涛汹涌,横流空际,时堕一点星光,及着地消灭。龙窝君急止之，命进乳莺部：皆二八姝丽，笙乐细作，一时清风习习，波声俱静，水渐凝如水晶世界，上下通明。按毕，俱退立西墀下。次按燕子部：皆垂髫人[14]，内一女郎，年十四五已来，振袖倾鬟，作散花舞[15]；翩翩翔起，衿袖袜履间，皆出五色花朵，随风飏下，飘泊满庭。舞毕，随其部亦下西墀。阿端旁睨，雅爱好之。问之同部，即晚霞也。无何，唤柳条部。龙窝君特试阿端。端作前舞，喜怒随腔，俯仰中节[16]。龙窝君嘉其惠悟[17]，赐五文袴褶[18]，鱼须金束发[19]，上嵌夜光珠。阿端拜赐下，亦趋西墀，各守其伍[20]。端于众中遥注晚霞，晚霞亦遥注之。少间，端逡巡出部而北，晚霞亦渐出部而南；相去数武，而法严不敢乱部，相视神驰而已[21]。既按蛱蝶部：童男女皆双舞，身长短、年大小、服色黄白，皆取诸同[22]。诸部按已，鱼贯而出[23]。柳条在燕子部后，端疾出部前，而晚霞已缓滞在后。回首见端，故遗珊瑚钗，端急内袖中。

既归，凝思成疾，眠餐顿废。解姥辄进甘旨，日三四省，抚摩殷切，病不少瘳。姥忧之，罔所为计，曰："吴江王寿期已促[24]，且为奈何！"薄暮，一童子来，坐榻上与语，自言隶蛱蝶部。从容问曰："君病为晚霞否？"端惊问："何知？"笑曰："晚霞亦如君耳。"端凄然起坐，便求方计[25]。童问："尚能步否？"答云："勉强尚能自力。"童挽出，南启一户；折而西，又辟双扉。见莲花数十亩，皆生平地上；叶大如席，花大如盖[26]，落瓣堆梗下盈尺。童引入其中，曰："姑坐此。"遂去。少时，一美人拨莲花而入，则晚霞也。相见惊喜，各道相思，略述生平。遂以石压荷盖令侧，雅可幛蔽；又匀铺莲瓣而藉之，忻与狎寝。

既,订后约,日以夕阳为候,乃别。端归,病亦寻愈。由此两人日一会于莲宙。

过数日,随龙窝君往寿吴江王。称寿已,诸部悉还,独留晚霞及乳莺部一人在宫中教舞。数月,更无音耗,端怅望若失。惟解姥日往来吴江府;端托晚霞为外妹[27],求携去,冀一见之。留吴江门下数日,宫禁森严,晚霞苦不得出,怏怏而返。积月馀,痴想欲绝。一日,解姥入,戚然相吊曰:"惜乎!晚霞投江矣!"端大骇,涕下不能自止。因毁冠裂服[28],藏金珠而出,意欲相从俱死。但见江水若壁,以首力触不得入。念欲复还,惧问冠服,罪将增重。意计穷蹙,汗流浃踵。忽睹壁下有大树一章,乃猱攀而上[29],渐至端杪;猛力跃堕,幸不沾濡,而竟已浮水上。不意之中,恍睹人世,遂飘然泅去。移时,得岸,少坐江滨,顿思老母,遂趁舟而去。抵里,四顾居庐,忽如隔世。次且至家[30],忽闻窗中有女子曰:"汝子来矣。"音声甚似晚霞。俄,与母俱出,果霞。斯时两人喜胜于悲;而媪则悲疑惊喜,万状俱作矣。

初,晚霞在吴江,觉腹中震动,龙宫法禁严,恐旦夕身娩,横遭挞楚;又不得一见阿端,但欲求死,遂潜投江水。身泛起,沉浮波中,有客舟拯之,问其居里。晚霞故吴名妓,溺水不得其尸。自念衙院不可复投[31],遂曰:"镇江蒋氏,吾婿也。"客因代赁扁舟[32],送诸其家。蒋媪疑其错误,女自言不误,因以其情详告媪。媪以其风格韵妙,颇爱悦之;第虑年太少,必非肯终寡也者。而女孝谨,顾家中贫,便脱珍饰售数万。媪察其志无他,良喜。然无子,恐一旦临蓐,不见信于戚里,以谋女。女曰:"母但得真孙,何必求人知。"媪亦安之。会端至,女喜不自已。媪亦疑儿不死;阴发儿冢,骸骨具存。因以此诘端。端始爽然自悟[33];然恐晚霞恶其非人,嘱母勿复言。母然之。遂告同里,以为当日所得非儿尸,然终虑其不能生子。未几,竟举一男,捉之无异常儿[34],始悦。久之,女渐觉阿端非人,乃曰:"胡不早言!凡鬼衣龙宫衣,七七魂魄坚凝[35],生人不殊矣。若得宫中龙角胶,可以续骨节而生肌肤,惜不早购之也。"

端货其珠,有贾胡出资百万[36],家由此巨富。值母寿,夫妻歌舞称觞[37],遂传闻王邸。王欲强夺晚霞。端惧,见王自陈:"夫妇皆鬼。"验之无影而信,遂不之夺。但遣宫人就别院传其技。女以龟溺毁容[38],而后见之。教三月,终不能尽其技而去。

据《聊斋志异》手稿本

----

〔1〕 吴越间:古代吴国和越国所辖地区。指今江苏、浙江一带。
〔2〕 刳(kū枯)木:将整木挖空。
〔3〕 金碧:指金黄色和青绿色的油彩。
〔4〕 雕甍(méng盟)朱槛:雕饰的屋脊和红色的栏杆。指龙舟上的轩宇。甍,屋脊。
〔5〕 啖:收买。
〔6〕 调驯:训练使之娴熟。
〔7〕 吴门:古吴县的别称,即今苏州市。因其地为春秋时吴都,故称。
〔8〕 金山:在今江苏省镇江市西北的长江中,后沙涨成陆,现已与南岸相连。
〔9〕 兜牟:头盔,古称"胄"。这里指戴着头盔。
〔10〕 "钱塘飞霆之舞"二句:均是作者虚拟的舞乐。唐人李朝威《柳毅传》曾写龙王钱塘君愤怒冲出龙宫解救龙女,当时"千雷万霆,激

绕其身,霰雪雨雹,一时皆下"。归来后,"笳角鼙鼓,旌旗剑戟,舞万夫于右",其势激昂豪迈,使人心惊胆战。"钱塘飞霆之舞"或取意于此。继而洞庭君为庆贺公主还宫,则"金石丝竹,罗绮珠翠,舞女于左",乐声幽雅舒缓,如泣如诉。"洞庭和风之乐"或取意于此。

〔11〕 絮絮:唠唠叨叨地讲个不休。调拨:指点、教导。
〔12〕 按部:检查各部。按,审查,查验。
〔13〕 鬼面鱼服:着假面,佩鱼服。鱼服,用鱼的皮革做成的箭袋。
〔14〕 垂髫:此指女子未笄前之发式;不束发,头发下垂。
〔15〕 散花舞:天女散花之舞。《维摩诘经·观众生品》:"时维摩诘室有一天女,见诸大人闻所说法,便现女身,即以天华散诸菩萨大弟子,……"
〔16〕 "喜怒随腔"二句:谓其喜怒表情随着乐曲内容而变化;舞蹈动作按照音乐节拍而展开。腔,声腔。节,音乐的节拍。
〔17〕 惠悟:聪明过人,领悟较快。惠,通"慧"。
〔18〕 五文袴褶(xí习):五彩的军服。五文,五彩。袴褶,古时一种裤子连着上衣的军服。
〔19〕 鱼须金束发:鱼须形金丝所制的束发。束发,童子束发为髻的饰物。
〔20〕 各守其伍:各自保持队形。
〔21〕 神驰:神往,心意向往。
〔22〕 皆取诸同:皆选取同样的。
〔23〕 鱼贯:首尾相连,一个接着一个。
〔24〕 寿期已促:祝寿的日期已近。促,迫近。
〔25〕 方计:解决的办法。
〔26〕 盖:伞。
〔27〕 托:托辞。外妹:表妹。又,同母异父之妹,也称外妹。《左传·成公十一年》:"声伯……而嫁其外妹于施孝叔。"
〔28〕 毁冠裂服:指阿端把所着龙宫中的衣冠脱下撕毁。
〔29〕 猱(náo挠)攀:像猿猴那样攀缘而上。猱,猿类。
〔30〕 次且:同"趑趄",行走困难的样子。

〔31〕 衖(háng 杭)院:即"行院";妓院。
〔32〕 贳(shì 士):雇用。扁(piān 偏)舟:小船。
〔33〕 爽然:清醒的样子。
〔34〕 捉:抚抱。
〔35〕 七七魂魄坚凝:经过七七四十九天,飘忽的魂魄就能坚实地凝聚起来。
〔36〕 贾(gǔ 古)胡:做买卖的胡人,指外国商人。
〔37〕 称觞:举杯敬酒;指祝寿。
〔38〕 龟溺:龟尿。据说龟尿沾污肌肤不易脱落。毁容:弄丑自己的容貌。

白　秋　练

　　直隶有慕生,小字蟾宫,商人慕小寰之子。聪惠喜读。年十六,翁以文业迂[1],使去而学贾,从父至楚。每舟中无事,辄便吟诵。抵武昌,父留居逆旅,守其居积[2]。生乘父出,执卷哦诗[3],音节铿锵。辄见窗影憧憧,似有人窃听之,而亦未之异也。一夕,翁赴饮,久不归,生吟益苦。有人徘徊窗外,月映甚悉。怪之,遽出窥觇,则十五六倾城之姝[4]。望见生,急避去。又二三日,载货北旋,暮泊湖滨。父适他出,有媪入曰:"郎君杀吾女矣!"生惊问之,答云:"妾白姓。有息女秋练[5],颇解文字。言在郡城[6],得听清吟[7],于今结想,至绝眠餐。意欲附为婚姻,不得复拒。"生心实爱好,第虑父嗔,因直以情告。媪不实信,务要盟约[8]。生不肯。媪怒曰:"人世姻好,有求委禽而不得者。今老身自媒,反不见内,耻孰甚焉! 请勿想北渡矣!"遂去。少间,父归,善其词以告之,隐冀垂纳[9]。而父以涉远,又薄女子之怀春也[10],笑置之。

　　泊舟处,水深没棹;夜忽沙碛拥起[11],舟滞不得动。湖中每岁客舟必有留住守洲者[12],至次年桃花水溢[13],他货未至,舟中物当百倍于原直也,以故翁未甚忧怪。独计明岁南来,尚须揭资[14],于是留子自归。生窃喜,悔不诘媪居里。日既暮,媪与一婢扶女郎至,展衣卧诸榻上,向生曰:"人病至此,莫高枕作无事者[15]!"遂去。生初闻而惊;移灯视女,则病态含娇,秋波自流。略致讯诘,嫣然微笑。生强其一语。曰:"'为郎憔悴却羞郎',可为妾咏[16]。"生狂喜,欲近就之,而怜其荏弱。探手于怀,接腤为戏[17]。女不觉欢然展谑[18],乃曰:"君为妾三吟王建'罗衣叶叶'之作[19],病当愈。"生从其言。甫两过,女揽衣起坐曰:"妾愈矣!"再读,则娇颤相和。生神志益飞,遂灭烛共寝。女未曙已起,曰:"老母将至矣。"未几,媪果至。见女凝妆欢坐,不觉欣慰;邀女去,女俯首不语。媪即自去,曰:"汝乐与郎君戏,亦自任也。"于是生始研问居止[20]。女曰:"妾与君不过倾盖之交[21],婚嫁尚不可必,何须令知家门。"然两人互相爱悦,要誓良坚。女一夜早起挑灯,忽开卷凄然泪莹,生急起问之。女曰:"阿翁行且至[22]。我两人事,妾适以卷卜[23],展之得李益《江南曲》[24],词意非祥。"生慰解之,曰:"首句'嫁得瞿塘贾',即已大吉,何不祥之与有!"女乃少欢,起身作别曰:"暂请分手,天明则千人指视矣。"生把臂哽咽,问:"好事如谐,何处可以相报?"曰:"妾常使人侦探之,谐否无不闻也。"生将下舟送之,女力辞而去。无何,慕果至。生渐吐其情。父疑其招妓,怒加诟厉。细审舟中财物,并无亏损,譙呵乃已。一夕,翁不在舟,女忽至,相见依依,莫知决策。女曰:"低昂有数[25],且图目前。姑留君两月,再商行止。"临别,以吟声作为相会之约。由此值翁他出,遂高吟,则女自至。四月行尽,物价失时[26],诸贾无策,敛资祷湖神之庙。端阳后[27],雨水大至,舟始通。

生既归,凝思成疾。慕忧之,巫医并进[28]。生私告母曰:"病非药禳可瘥[29],惟有秋练至耳。"翁初怒之;久之,支离益惫[30],始惧，赁车载子，复入楚，泊舟故处。访居人，并无知白媪者。会有媪操柁湖滨[31]，即出自任。翁登其舟，窥见秋练，心窃喜，而审诘邦族，则浮家泛宅而已[32]。因实告子病由，冀女登舟，姑以解其沉痼[33]。媪以婚无成约，弗许。女露半面，殷殷窥听[34]，闻两人言，眦泪欲堕。媪视女面，因翁哀请，即亦许之。至夜，翁出，女果至，就榻呜泣曰："昔年妾状，今到君耶！此中况味，要不可不使君知。然羸顿如此，急切何能便瘳？妾请为君一吟。"生亦喜。女亦吟王建前作。生曰："此卿心事，医二人何得效？然闻卿声，神已爽矣。试为我吟'杨柳千条尽向西'[35]。"女从之。生赞曰："快哉！卿昔诵诗馀[36]，有《采莲子》云[37]：'菡萏香连十顷陂[38]。'心尚未忘，烦一曼声度之[39]。"女又从之。甫阕[40]，生跃起曰："小生何尝病哉！"遂相狎抱，沉疴若失。既而问："父见媪何词？事得谐否？"女已察知翁意，直对"不谐"。既而女去，父来，见生已起，喜甚，但慰勉之。因曰："女子良佳。然自总角时[41]，把柁榷歌[42]，无论微贱，抑亦不贞。"生不语。翁既出，女复来，生述父意。女曰："妾窥之审矣：天下事，愈急则愈远，愈迎则愈拒[43]。当使意自转，反相求。"生问计，女曰："凡商贾之志在利耳。妾有术知物价。适视舟中物，并无少息[44]。为我告翁：居某物，利三之；某物，十之。归家，妾言验，则妾为佳妇矣。再来时，君十八，妾十七，相欢有日，何忧为！"生以所言物价告父。父颇不信，姑以馀资半从其教。既归，所自置货，资本大亏；幸少从女言，得厚息，略相准[45]。以是服秋练之神。生益夸张之，谓女自言，能使己富。翁于是益揭资而南。至湖，数日不见白媪；过数日，始见其泊舟柳下,因委禽焉。媪悉不受,但涓吉送女过舟。翁另赁一舟,为子合卺。女乃使翁益南,所应居货,悉籍付之[46]。媪乃邀婿去,家于其舟。翁三月而返。物至楚,价已倍蓰[47]。将归,女求载湖水。既归,每食必加少许,如用醯酱焉[48]。由是每南行,必为致数坛而归。

后三四年,举一子。一日,涕泣思归。翁乃偕子及妇俱如楚。至湖,不知媪之所在。女扣舷呼母,神形丧失[49]。促生沿湖问讯。会有钓鲟鳇者[50],得白骥[51]。生近视之,巨物也,形全类人,乳阴毕具。奇之,归以告女。女大骇,谓夙有放生愿[52],嘱生赎放之。生往商钓者,钓者索直昂。女曰:"妾在君家,谋金不下巨万,区区者何遂靳直也!如必不从,妾即投湖水死耳!"生惧,不敢告父,盗金赎放之。既返,不见女,搜之不得,更尽始至。问:"何往?"曰:"适至母所。"问:"母何在?"觍然曰:"今不得不实告矣:适所赎,即妾母也。向在洞庭,龙君命司行旅[53]。近宫中欲选嫔妃,妾被浮言者所称道,遂敕妾母,坐相索。妾母实奏之。龙君不听,放母于南滨[54],饿欲死,故罹前难。今难虽免,而罚未释。君如爱妾,代祷真君可免[55]。如以异类见憎,请以儿掷还君。妾自去,龙宫之奉,未必不百倍君家也。"生大惊,虑真君不可得见。女曰:"明日未刻[56],真君当至。见有跛道士,急拜之,入水亦从之。真君喜文士,必合怜允。"乃出鱼腹绫一方,曰:"如问所求,即出此,求书一'免'字。"生如言候之。果有道士蹩躠而至[57],生伏拜之。道士急走,生从其后。道士以杖投水,跃登其上。生竟从之而登,则非杖也,舟也。又拜之。道士问："何求？"生出罗求书[58]。道士展视曰："此白鱀翼也,子何遇之？"蟾宫不敢隐,详陈颠末。道士笑曰："此物殊风雅[59],老龙何得荒淫！"遂出笔草书"免"字,如符形,返舟令下。则见道士踏杖浮行,顷刻已渺。归舟,女喜,但嘱勿泄于父母。

归后二三年,翁南游,数月不归。湖水既罄,久待不至。女遂病,日夜喘急,嘱曰："如妾死,勿瘗,当于卯、午、酉三时[60],一吟杜甫梦李白诗[61],死当不朽。候水至,倾注盆内,闭门缓妾衣,抱入浸之,宜得活。"喘息数日,奄然遂毙。后半月,慕翁至,生急如其教,浸一时许[62],渐甦。自是每思南旋。后翁死,生从其意,迁于楚。

据《聊斋志异》手稿本

------

〔1〕 以文业迂：认为读书科举不实用。文业,指举业。迂,不切实际。
〔2〕 居积：囤积的货物。
〔3〕 哦：吟唱。
〔4〕 倾城：形容女子极其美丽。《汉书·外戚传》："北方有佳人,绝世而独立,一顾倾人城,再顾倾人国。"后以倾城、倾国形容绝色女子。
〔5〕 息女：亲生女。
〔6〕 郡城：此指武昌。
〔7〕 清吟：对别人吟诵的敬称。
〔8〕 务要(yāo邀)盟约：坚持逼使对方缔结婚约。要,要挟。
〔9〕 "善其词"二句：意谓把老媪的激烈话语说得委婉一些,希望父亲能够同意。垂纳,俯就采纳。
〔10〕 薄：鄙视。怀春：指少女思婚嫁。《诗·召南·野有死麕》："有女怀春,吉士诱之。"
〔11〕 沙碛(qì弃)：浅水中的沙石。

〔12〕 洲:露出水面的沙洲。
〔13〕 桃花水:即"桃花汛"。《汉书·沟洫志》注:"盖桃花方华时,既有雨水,川谷冰泮,众流猥集,波澜盛长,故谓之桃花水也。"
〔14〕 揭资:指措办资金。揭,持,负。
〔15〕 高枕:高枕而卧,表示无所忧虑。
〔16〕 "为郎憔悴却羞郎"二句:意谓此一诗句,恰能表达我的心情。此用唐元稹《莺莺传》中的诗句。《莺莺传》写崔莺莺与张生两相爱慕,由于家庭阻挠,双方各自婚嫁。后来,在一次偶然相遇中,张生欲求见莺莺。莺莺不见,留诗一首给张生:"自从消瘦减容光,万转千回懒下床。不为旁人羞不起,为郎憔悴却羞郎。"咏,吟咏。
〔17〕 接脗(hàn 颔):接吻。脗,口下肉,指下唇。
〔18〕 展谑:露出喜悦的神情。
〔19〕 王建"罗衣叶叶"之作:唐代诗人王建《宫词》:"罗衣叶叶绣重重,金凤银鹅各一丛。每遍舞时分两向,太平万岁字当中。"这里盖取其"太平万岁"的吉言,以促病愈。
〔20〕 居止:住处。
〔21〕 倾盖之交:偶然相遇的朋友;喻短暂的会晤。倾盖,谓途中相遇,停车而语,车盖相接。盖,车盖,形如伞。
〔22〕 阿翁:对丈夫的父亲的称呼。
〔23〕 卷卜:信手翻阅书卷某一页,就其内容占卜吉凶。卷,书。
〔24〕 李益《江南曲》:唐代诗人李益《江南曲》:"嫁得瞿塘贾,朝朝误妾期。早知潮有信,嫁于弄潮儿。"写的是商人之妻对丈夫的思念。白秋练着眼于诗意的感伤离别,所以说"词意非祥"。慕生解此诗,却着眼于"嫁得瞿塘贾"一句,所以认为这是"大吉"。
〔25〕 低昂有数:成败都有定数;意谓听天由命。
〔26〕 物价失时:指舟行受阻,某些季节性的货物就失去了高价出售的时机。
〔27〕 端阳:端阳节,即阴历五月初五日。
〔28〕 巫医并进:求神消灾和医药治疗同时进行。
〔29〕 药禳:医药和祈祷。
〔30〕 支离:衰残瘦弱的病体。

〔31〕 操柁：驾船。柁，同"舵"。
〔32〕 浮家泛宅：飘泊无定的水上人家。
〔33〕 沉痼：经久难治的疾病。
〔34〕 殷殷：忧伤的样子。
〔35〕 杨柳千条尽向西：唐代诗人刘方平《代春怨》诗："朝日残莺伴妾啼，开帘只见草萋萋。庭前时有东风入，杨柳千条尽向西。"
〔36〕 诗馀：词的别名。
〔37〕 采莲子：词调名，四句二十八字。
〔38〕 菡萏（hàn dàn 翰淡）香连十顷波：唐诗人皇甫松《采莲子》词："菡萏香连十顷陂，小姑贪戏采莲迟。晚来弄水船头湿，更脱红裙裹鸭儿。"连，据皇甫松原词改，原作"莲"。
〔39〕 曼声度之：拖长声音歌唱它。度，按谱歌唱。
〔40〕 甫阕（què 却）：刚唱完。阕，乐终。
〔41〕 总角：指童年。古时男女未成年，束发为两结，形状如角，故称总角。
〔42〕 櫂（zhào 照）歌：古乐府有《櫂歌行》。这里指摇船唱歌。櫂，船桨。
〔43〕 "愈急则愈远"二句：谓急于求成，则愈加困难。急，着急、性急。迎，接近，迎合。
〔44〕 少息：微利。
〔45〕 相准：相抵。
〔46〕 籍付之：登记在簿籍上交给慕翁。
〔47〕 倍蓰（xǐ 喜）：《孟子·滕文公》上："夫物之不齐，物之情也。或相倍蓰，或相什百，或相千万。"五倍为"蓰"。
〔48〕 醯（xī 西）：醋。
〔49〕 神形丧失：惊惶变色；形容极度惊慌。
〔50〕 鲟鳇（xún huáng 巡皇）：鱼名，长二三丈，无鳞，状似鲟鱼而背有甲骨。
〔51〕 白鱀：即白鳍豚，也称淡水海豚，产于我国长江中下游一带，是我国特有的水生兽类。嘴狭长，有背鳍。背部呈蓝色，腹部白色。
〔52〕 放生愿：谓对神灵许下的放生心愿。放生，释放被捕捉的生物，是佛教所提倡的善举。

〔53〕 司行旅:管理行旅客商。
〔54〕 放:放逐,流放。
〔55〕 真君:道家对修仙得道者的尊称。
〔56〕 未刻:相当于现在下午一时至三时。
〔57〕 蹩躠(bié xiè 别泄):走路一瘸一拐。
〔58〕 罗:绫罗,指"鱼腹绫"。
〔59〕 此物:指白骥。
〔60〕 卯、午、酉三时:指早晨、中午、晚上。卯时,指上午五时至七时。午时,指上午十一时至下午一时。酉,指下午五时至七时。
〔61〕 杜甫梦李白诗:李白晚年遭到流放,杜甫写成《梦李白二首》表示对李白不幸遭遇的深切怀念。第一首云:"死别已吞声,生别常恻恻。江南瘴疠地,逐客无消息。故人入我梦,明我长相忆。恐非平生魂,路远不可测。魂来枫林青,魂返关塞黑。君今在罗网,何以有羽翼? 落月满屋梁,犹疑照颜色。水深波浪阔,无使蛟龙得!"
〔62〕 一时许:一个时辰左右。

王　者

湖南巡抚某公,遣州佐押解饷金六十万赴京[1]。途中被雨,日暮愆程[2],无所投宿,远见古刹,因诣栖止[3]。天明,视所解金,荡然无存。众骇怪,莫可取咎[4]。回白抚公,公以为妄,将置之法。及诘众役,并无异词。公责令仍反故处,缉察端绪[5]。

至庙前,见一瞽者,形貌奇异,自榜云:"能知心事。"因求卜筮[6]。瞽曰:"是为失金者。"州佐曰:"然。"因诉前苦。瞽者便索肩舆[7],云:"但从我去,当自知。"遂如其言,官役皆从之。瞽曰:"东。"东之。瞽曰:"北。"北之。凡五日,入深山,忽睹城郭,居人辐辏[8]。入城,走移时,瞽曰:"止。"因下舆,以手南指:"见有高门西向,可款关自问之。"拱手自去。

州佐如其教,果见高门,渐入之。一人出,衣冠汉制[9],不言姓名。州佐述所自来。其人云:"请留数日,当与君谒当事者。"遂导去,令独居一所,给以食饮。暇时闲步,至第后,见一园亭,入涉之。老松翳日[10],细草如毡[11]。数转廊榭,又一高亭,历阶而入,见壁上挂人皮数张,五官俱备[12],腥气流熏。不觉毛骨森竖,疾退归舍。自分留鞟异域[13],已无生望,因念进退一死,亦姑听之。明日,衣冠者召之去,曰:"今日可见矣。"州佐唯唯。衣冠者乘怒马甚驶[14],州佐步驰从之。俄,至一辕门[15],俨如制府衙署[16],皂衣人罗列左右,规模凛肃。衣冠者下马,导入。又一重门,见有王者,珠冠绣绂[17],南面坐。州佐趋上,伏谒。王者问:"汝湖南解官耶?"州佐诺。王者曰:"银俱在此。是区区者[18],汝抚军即慨然见赠,未为不可。"州佐泣诉:"限期已满,归必就刑,禀白何所申证[19]?"王者曰:"此即不难。"遂付以巨函云:"以此复之,可保无恙。"又遣力士送之。州佐慑息[20],不敢辨,受函而返。山川道路,悉非来时所经。既出山,送者乃去。

数日,抵长沙,敬白抚公。公益妄之,怒不容辨,命左右者飞索以缚[21]。州佐解襆出函,公拆视未竟,面如灰土。命释其缚,但云:"银亦细事,汝姑出。"于是急檄属官[22],设法补解讫。数日,公疾,寻卒。先是,公与爱姬共寝,既醒,而姬发尽失。阖署惊怪,莫测其由。盖函中即其发也[23]。外有书云:"汝自起家守令[24],位极人臣[25]。赇赂贪婪,不可悉数。前银六十万,业已验收在库。当自发贪囊,补充旧额。解官无罪,不得加谴责。前取姬发,略示微警。如复不遵教令[26],且晚取汝首领。姬发附还,以作明信。"公卒后,家人始传其书。后属员遣人寻其处,则皆重岩绝壑,更无径路矣。

异史氏曰:"红线金合,以儆贪婪[27],良亦快异。然桃源仙人[28],不事劫掠;即剑客所集[29],乌得有城郭衙署哉?呜呼!是何神欤?苟得其地,恐天下之赴愬者无已时矣[30]。"

据《聊斋志异》铸雪斋抄本

〔1〕 州佐：辅佐州郡长官的副职。清代知州以下的州同、州判之类的官员泛称"州佐"。饷金：据山东省博物馆抄本，原作"饷"。
〔2〕 愆程：耽误了行程。愆，失误。
〔3〕 诣：据山东省博物馆本，原作"指"。
〔4〕 莫可取咎：无人可以加罪；指找不到失金的原因。咎，罪责。
〔5〕 端绪：头绪；原因。
〔6〕 求卜筮：占卦问吉凶。古时占卜，用龟甲叫"卜"，用蓍草叫"筮"，合称"卜筮"。
〔7〕 肩舆：晋六朝盛行的用人力扛抬的代步工具。其制为二长竿，中设软椅以坐人。后加覆盖物，则为轿子。
〔8〕 辐辏：车轮的辐条集聚于轴心；比喻密集。
〔9〕 衣冠汉制：衣帽款式都是汉族的体制。指不同于当时的满族服装。"汉制"，据山东省博物馆抄本，原作"汉"。
〔10〕 翳（yì异）：遮蔽。
〔11〕 细草：据山东省博物馆抄本，原作"细柳"。
〔12〕 五官：人身五官。《荀子·天论》以耳、目、口、鼻、形为五官。
〔13〕 留鞟（kuò廓）异域：意谓死在他乡。鞟，去毛的皮革；此指人皮。
〔14〕 怒马：壮马。怒，形容气势强盛。驶：迅速。
〔15〕 辕门：古代帝王巡狩，止宿郊野时，用车子作为屏藩，出入处用两车的车辕相向交接为门，叫"辕门"。后也指领兵将帅的营门或督抚等官府的外门。
〔16〕 制府：指总督府。明清时，总督别称制军或制台。
〔17〕 绣绂（fú符）：刺绣的礼服。绂，同黻，帝王的章服。
〔18〕 是区区者：这微少之物。
〔19〕 申证：申述验证。
〔20〕 慑息：害怕得不敢喘气。
〔21〕 飞索以縌（tà踏）：立即以绳索捆缚。縌，捆绑。
〔22〕 急檄：犹急令。檄，檄文，古代官府用于征召、晓谕或申讨的文书；若有急事，则插上羽毛，称为"羽檄"。
〔23〕 其发：据山东省博物馆抄本，原作"有发"。

〔24〕 起家守令：出身于郡守、县令。
〔25〕 位极人臣：居于最高官位。
〔26〕 教令：据山东省博物馆抄本，原作"敬令"。
〔27〕 "红线金合"二句：唐袁郊《甘泽谣·红线》：唐代潞州节度使薛嵩，害怕魏博节度使田承嗣侵犯。薛嵩婢女红线，自告奋勇，黑夜潜入田府，盗走田承嗣藏于枕边的金盒，借以警告田承嗣不要侵犯潞州。此借喻王者寄巨函，儆告湖南巡抚的赇赂贪婪。合，同"盒"。
〔28〕 桃源仙人：指晋代陶渊明《桃花源记》中所写的避居世外的桃源中人。
〔29〕 剑客所集：剑客聚居的地方。剑客，精于剑术的人，指侠客。
〔30〕 "苟得其地"二句：假如访得他们的住地，恐怕社会上前去诉冤的人就没完没了啦！愬，同"诉"。

某　甲

　　某甲私其仆妇，因杀仆纳妇，生二子一女。阅十九年[1]，巨寇破城，劫掠一空。一少年贼，持刀入甲家。甲视之，酷类死仆。自叹曰："吾今休矣！"倾囊赎命。迄不顾[2]，亦不一言，但搜人而杀，共杀一家二十七口而去。甲头未断，寇去少苏，犹能言之。三日寻毙。呜呼！果报不爽[3]，可畏也哉！

据《聊斋志异》铸雪斋抄本

----

〔1〕　阅：历。
〔2〕　迄：始终。
〔3〕　不爽：没有差错。

衢州三怪

张握仲从戎衢州[1],言:"衢州夜静时,人莫敢独行。钟楼上有鬼,头上一角,象貌狞恶,闻人行声即下。人骇而奔[2],鬼亦遂去。然见之辄病,且多死者。又城中一塘,夜出白布一匹,如匹练横地。过者拾之,即卷入水。又有鸭鬼,夜既静,塘边并寂无一物,若闻鸭声,人即病。"

据《聊斋志异》铸雪斋抄本

---

[1] 衢州:旧府名,治所在今浙江省衢县。
[2] 骇:据二十四卷抄本,原作"驰"。

拆楼人

何囧卿[1],平阴人。初令秦中[2],一卖油者有薄罪,其言戆[3],何怒,杖杀之。后仕至铨司[4],家资富饶。建一楼,上梁日,亲宾称觞为贺。忽见卖油者入,阴自骇疑。俄报妾生子。愀然曰:"楼工未成,拆楼人已至矣!"人谓其戏,而不知其实有所见也。后子既长,最顽,荡其家。佣为人役,每得钱数文,辄买香油食之。

异史氏曰:"常见富贵家楼第连亘[5],死后,再过已墟。此必有拆楼人降生其家也。身居人上,乌可不早自惕哉!"

据《聊斋志异》铸雪斋抄本

----

[1] 何囧(jiǒng 炯)卿:即何海晏,字治象,号敬庵,明嘉靖进士,授四川顺庆府推官,累官吏部文选司郎中,迁太仆寺少卿。见光绪《平阴县志·人物志》。囧卿,即太仆寺卿。
[2] 秦中:今陕西省为古秦国地,故称"秦中",也称"关中"。
[3] 戆:愚直。
[4] 铨司:指吏部文选清吏司,主管考核文职官员的任免调迁。司的长官为郎中。
[5] 楼第:据青柯亭本,原作"数第"。

大　蝎

明彭将军宏[1],征寇入蜀。至深山中,有大禅院,云已百年无僧。询之土人,则曰:"寺中有妖,入者辄死。"彭恐伏寇,率兵斩茅而入。前殿中,有皂雕夺门飞去[2];中殿无异,又进之,则佛阁,周视亦无所见,但入者皆头痛不能禁。彭亲入,亦然。少顷,有大蝎如琵琶,自板上蠢蠢而下。一军惊走。彭遂火其寺。

据《聊斋志异》铸雪斋抄本

----

〔1〕 彭宏:待考。
〔2〕 皂雕:黑色雕。

陈 云 栖

真毓生,楚夷陵人[1],孝廉之子。能文,美丰姿,弱冠知名[2]。儿时,相者曰:"后当娶女道士为妻。"父母共以为笑。而为之论婚,低昂苦不能就。

生母臧夫人,祖居黄冈[3],生以故诣外祖母。闻时人语曰:"黄州'四云',[4],少者无伦。"盖郡有吕祖庵[5],庵中女道士皆美,故云。庵去臧氏村仅十馀里,生因窃往。扣其关,果有女道士三四人,谦喜承迎,仪度皆雅洁[6]。中一最少者,旷世真无其俦[7],心好而目注之。女以手支颐[8],但他顾。诸道士觅盏烹茶。生乘间问姓字,答云:"云栖,姓陈。"生戏曰:"奇矣!小生适姓潘[9]。"陈赪颜发颊,低头不语,起而去。少间,瀹茗,进佳果。各道姓字:一,白云深,年三十许;一,盛云眠,二十已来;一,梁云栋[10],约二十有四五,却为弟[11]。而云栖不至。生殊怅惘,因问之。白曰:"此婢惧生人。"生乃起别,白力挽之,不留而出。白曰:"而欲见云栖,明日可复来。"生归,思恋綦切。次日,又诣之。诸道士俱在,独少云栖,未便遽问。诸道士治具留餐,生力辞,不听。白拆饼授箸,劝进良殷。既问:"云栖何在?"答云:"自至。"久之,日势已晚,生欲归。白捉腕留之,曰:"姑止此,我捉婢子来奉见。"生乃止。俄,挑灯具酒,云眠亦去。酒数行,生辞已醉。白曰:"饮三觥,则云栖出矣。"生果饮如数。梁亦以此挟劝之，生又尽之，覆盏告辞[12]。白顾梁曰："吾等面薄，不能劝饮。汝往曳陈婢来，便道潘郎待妙常已久。"梁去，少时而返，具言："云栖不至。"生欲去，而夜已深，乃佯醉仰卧。两人代裸之，迭就淫焉。终夜不堪其扰。天既明，不睡而别。数日不敢复往，而心念云栖不忘也，但不时于近侧探侦之。一日，既暮，白出门，与少年去。生喜，不甚畏梁，急往款关。云眠出应门。问之，则梁亦他适。因问云栖。盛导去，又入一院，呼曰："云栖！客至矣。"但见室门阗然而合。盛笑曰："闭扉矣。"生立窗外，似将有言，盛乃去。云栖隔窗曰："人皆以妾为饵，钓君也。频来，身命殆矣。妾不能终守清规，亦不敢遂乖廉耻[13]，欲得如潘郎者事之耳。"生乃以白头相约[14]。云栖曰："妾师抚养，即亦非易。果相见爱，当以二十金赎妾身。妾候君三年。如望为桑中之约[15]，所不能也。"生诺之。方欲自陈，而盛复至，从与俱出，遂别归。中心怊怅，思欲委曲贪缘[16]，再一亲其娇范[17]，适有家人报父病，遂星夜而还。

无何，孝廉卒。夫人庭训最严，心事不敢使知，但刻减金资[18]，日积之。有议婚者，辄以服阕为辞。母不听。生婉告曰："曩在黄冈，外祖母欲以婚陈氏，诚心所愿。今遭大故，音耗遂梗，久不如黄省问；且夕一往，如不果谐，从母所命。"夫人许之。乃携所积而去。至黄，诣庵中，则院宇荒凉，大异畴昔。渐入之，惟一老尼炊灶下，因就问。尼曰："前年老道士死，'四云'星散矣。"问："何之？"曰："云深、云栋，从恶少去；向闻云栖寓居郡北；云眠消息不知也。"生闻之，悲叹。命驾即诣郡北，遇观辄询[19]，并少踪绪[20]。怅恨而归，伪告母曰:"舅言:陈翁如岳州[21],待其归,当遣伻来。"逾半年,夫人归宁,以事问母,母殊茫然。夫人怒子诳;媪疑甥与舅谋,而未以闻也[22]。幸舅远出,莫从稽其妄[23]。

夫人以香愿登莲峰[24],斋宿山下。既卧,逆旅主人扣扉,送一女道士寄宿同舍,自言:"陈云栖。"闻夫人家夷陵,移坐就榻,告愬坷坎,词旨悲恻。末言:"有表兄潘生,与夫人同籍,烦嘱子侄辈一传口语,但道某暂寄鹤栖观师叔王道成所[25],朝夕厄苦,度日如岁。令早一临存;恐过此以往,未之或知也。"夫人审名字,即又不知,但云:"既在学官,秀才辈想无不闻也。"未明早别,殷殷再嘱。夫人既归,向生言及。生长跪曰:"实告母:所谓潘生,即儿也。"夫人既知其故,怒曰:"不肖儿!宣淫寺观,以道士为妇,何颜见亲宾乎!"生垂头,不敢出词。会生以赴试入郡,窃命舟访王道成。至,则云栖半月前出游不返。既归,悒悒而病。

适臧媪卒,夫人往奔丧,殡后迷途,至京氏家,问之,则族妹也。相便邀入。见有少女在堂,年可十八九,姿容曼妙,目所未睹。夫人每思得一佳妇,俾子不恧[26],心动,因诘生平。妹云:"此王氏女也,京氏甥也。怙恃俱失[27],暂寄此耳。"问:"婿家谁?"曰:"无之。"把手与语,意致娇婉,母大悦,为之过宿,私以己意告妹。妹曰:"良佳。但其人高自位置[28];不然,胡蹉跎至今也。容商之。"夫人招与同榻,谈笑甚欢;自愿母夫人[29]。夫人悦,请同归荆州[30];女益喜。次日,同舟而还。既至,则生病未起。母慰其沉疴,使婢阴告曰:"夫人为公子载丽人至矣。"生未信,伏窗窥之,较云栖尤艳绝也。因念:

三年之约已过;出游不返,则玉容必已有主[31]。得此佳丽,心怀颇慰。于是輾然动色,病亦寻瘳。母乃招两人相拜见。生出,夫人谓女:"亦知我同归之意乎?"女微笑曰:"妾已知之。但妾所以同归之初志,母不知也。妾少字夷陵潘氏,音耗阔绝,必已另有良匹。果尔,则为母也妇;不尔,则终为母也女,报母有日也。"夫人曰:"既有成约,即亦不强。但前在五祖山时[32],有女冠问潘氏,今又潘氏[33],固知夷陵世族无此姓也。"女惊曰:"卧莲峰下者母耶?询潘者,即我是也。"母始恍然悟,笑曰:"若然,则潘生固在此矣。"女问:"何在?"夫人命婢导去问生。生惊曰:"卿云栖耶?"女问:"何知?"生言其情,始知以潘郎为戏。女知为生,羞与终谈,急返告母。母问其何复姓王。答云:"妾本姓王。道师见爱,遂以为女,从其姓耳。"夫人亦喜,涓吉为之成礼。先是,女与云眠俱依王道成。道成居隘[34],云眠遂去之汉口。女娇痴不能作苦,又羞出操道士业,道成颇不善之。会京氏如黄冈,女遇之流涕,因与俱去,俾改女子装,将论婚士族,故讳其曾隶道士籍。而问名者,女辄不愿,舅及姑妗皆不知意向,心厌嫌之。是日,从夫人归,得所托,如释重负焉。合卺后,各述所遭,喜极而泣。女孝谨,夫人雅怜爱之;而弹琴好弈,不知理家人生业,夫人颇以为忧。

积月馀,母遣两人如京氏,留数日而归。泛舟江流,欻一舟过,中一女冠,近之,则云眠也。云眠独与女善。女喜,招与同舟,相对酸辛。问:"将何之?"盛云:"久切悬念。远至鹤栖观,则闻依京舅矣。故将诣黄冈,一奉探耳。竟不知意中人已得相聚。今视之如仙,剩此漂泊人，不知何时已矣！"因而歔欷。女设一谋：令易道装，伪作姊，携伴夫人，徐择佳偶。盛从之。

既归，女先白夫人，盛乃入。举止大家[35]；谈笑间，练达世故[36]。母既寡，苦寂，得盛良欢，惟恐其去。盛早起代母劬劳[37]，不自作客。母益喜，阴思纳女姊，以掩女冠之名，而未敢言也。一日，忘某事未作，急问之，则盛代备已久。因谓女曰："画中人不能作家[38]，亦复何为。新妇若大姊者[39]，吾不忧也。"不知女存心久，但恐母嗔。闻母言，笑对曰："母既爱之，新妇欲效英、皇[40]，何如？"母不言，亦靦然笑。女退，告生曰："老母首肯矣。"乃另洁一室，告曰："昔在观中共枕时，姊言：'但得一能知亲爱之人，我两人当共事之。'犹忆之否？"盛不觉双眦莹莹，曰："妾所谓亲爱者，非他：如日日经营，曾无一人知其甘苦；数日来，略有微劳，即烦老母惦念，则中心冷暖顿殊矣。若不下逐客令[41]，俾得长伴老母，于愿斯足，亦不望前言之践也。"女告母。母令姊妹焚香，各矢无悔词，乃使生与行夫妇礼。将寝，告生曰："妾乃二十三岁老处女也。"生犹未信。既而落红殷褥，始奇之。盛曰："妾所以乐得良人者，非不能甘岑寂也；诚以闺阁之身，觍然酬应如勾栏，所不堪耳。借此一度，挂名君籍[42]，当为君奉事老母，作内纪纲[43]。若房闱之乐，请别与人探讨之。"三日后，襆被从母，遣之不去。女早诣母所，占其床寝，不得已，乃从生去。由是三两日辄一更代，习为常。

夫人故善弈，自寡居，不暇为之。自得盛，经理井井[44]，昼日无事，辄与女弈。挑灯瀹茗，听两妇弹琴，夜分始散。每与人曰："儿父在时，亦未能有此乐也。"盛司出纳[45]，每纪籍报母[46]。母疑曰："儿辈常言幼孤，作字弹棋[47]，谁教之？"女笑以实告。母亦笑曰："我初不欲为儿娶一道士，今竟得两矣。"忽忆童时所卜，始信定数不可逃也。生再试不第。夫人曰："吾家虽不丰，薄田三百亩，幸得云眠纪理，日益温饱。儿但在膝下，率两妇与老身共乐，不愿汝求富贵也。"生从之。后云眠生男女各一，云栖女一男三。母八十馀岁而终。孙皆入泮；长孙，云眠所出，已中乡选矣[48]。

据《聊斋志异》铸雪斋抄本

------

〔1〕 夷陵：州名。明代夷陵州治在今湖北省宜昌市。
〔2〕 弱冠：《礼记·曲礼》上："二十曰弱，冠。"
〔3〕 黄冈：县名，今湖北省黄冈县。
〔4〕 黄州：府名，府治在黄冈。
〔5〕 吕祖：神话传说中的"八仙"之一，名岩，字洞宾。
〔6〕 雅洁：据山东省博物馆抄本，原作"洁"。
〔7〕 旷世真无其俦：世上确实没有比得上的。旷世，旷绝当世。俦，同等。
〔8〕 支颐：支撑着下巴。据山东省博物馆抄本，原作"指颐"。
〔9〕 "奇矣"二句：这是真毓生戏语挑逗之词。《古今女史》谓宋朝女贞观尼姑陈妙常与潘法成相恋，后来结为夫妇。真毓生因云栖姓陈，故自称姓潘，暗用这个故事挑逗陈云栖。后文"便道潘郎待妙常已久"，也用此故事。
〔10〕 梁云栋：据山东省博物馆抄本及二十四卷抄本，原作"梁云洞"。
〔11〕 弟：师弟。同辈尼姑互称师兄、师弟。
〔12〕 覆盏：把酒杯覆置桌上，表示不再饮。
〔13〕 乖：违背。

[14] 以白头相约：相互约定终身。白头，白头偕老。
[15] 桑中之约：指男女幽会。《诗·鄘风·桑中》："期我乎桑中，要我乎上宫。"后因以"桑中"为男女暗中约会的地方。
[16] 委曲夤缘：曲意寻找借口或机会。夤缘，攀附以上，喻凭借的阶梯。
[17] 娇范：少女仪容。范，仪范。
[18] 刻减金资：节省金钱。刻减，俭省节约。
[19] 观（guàn贯）：道教寺观。
[20] 踪绪：据山东省博物馆抄本，原作"踪迹"。
[21] 岳州：府名，治所在今湖南省岳阳市。
[22] 闻：据山东省博物馆抄本，原作"问"。
[23] 幸舅远出，莫从稽其妄：据山东省博物馆抄本补，原作"幸舅出"。
[24] 香愿：迷信敬神的进香还愿。莲峰，山有莲峰者甚多，下文提到"五祖山"，此处当指湖北蕲州五祖山的山峰。《续传灯录》卷二十，谓宋代法演禅师曾于此修行。
[25] 某暂寄：据山东省博物馆抄本，原作"其寄"。
[26] 俾子不怼：此据山东省博物馆抄本，原作"妻子，不觉心动"。
[27] 怙恃：父母的代称。语出《诗·小雅·蓼莪》："无父何怙，无母何恃。"
[28] 高自位置：自视甚高。
[29] 母夫人：认夫人为母。
[30] 荆州：府名，治所在今湖北省江陵县。
[31] 玉容：女子的容貌；代指美女。
[32] 五祖山：在湖北蕲州境内，明清时属黄州府。前文所说的"莲峰"当在五祖山。
[33] 又：据山东省博物馆抄本，原作"有"。
[34] 居隘：此指寺观太小。
[35] 举止大家：举动行止有大户人家的气派。大家，世族之家。
[36] 练达世故：待人接物，老练通达。世故，指待人接物的处世经验。
[37] 劬劳：操劳。
[38] 画中人：形容美女，这里指新妇陈云栖。作家：操持家务。
[39] 大姊：据青柯亭刻本，原作"大娘"。

[40] 效英、皇:仿效女英、娥皇;指愿意两人同嫁一夫。见《封三娘》注。
[41] 下逐客令:意谓驱逐客人。《史记·秦始皇本纪》:秦始皇十年,下令驱逐列国入秦的游说之士,李斯上书谏阻,逐客令乃止。后世主人不悦宾客,欲客离去,因称下逐客令。
[42] 挂名君籍:意谓在名义上是您的妻子。
[43] 内纪纲:内室的管家;俗谓"管家婆"。纪纲,统领奴仆的人,也泛指仆人。
[44] 井井:有条理。
[45] 司出纳:管钱财收支。
[46] 纪籍:记在账簿上。
[47] 弹棋:汉魏时博戏。徐广《弹棋经》:"弹棋二人对局,黑白各六子,先列棋相当,下呼上击之。"其术至宋代已失传。此处指弹琴、弈棋。
[48] 中乡选:乡试中举。

司 札 吏

游击官某,妻妾甚多。最讳其小字[1],呼年曰岁,生曰硬,马曰大驴;又讳败曰胜,安为放。虽简札往来,不甚避忌,而家人道之,则怒。一日,司札吏白事[2],误犯;大怒,以研击之[3],立毙。三日后,醉卧,见吏持刺入[4],问:"何为?"曰:"'马子安'来拜。"忽悟其鬼,急起,拔刀挥之。吏微笑,掷刺几上,泯然而没。取刺视之,书云:"岁家眷硬大驴子放胜[5]。"暴谬之夫,为鬼揶揄,可笑甚已!

牛首山僧[6],自名铁汉,又名铁屎。有诗四十首,见者无不绝倒。自镂印章二:一曰"混帐行子",一曰"老实泼皮"。秀水王司直梓其诗[7],名曰"牛山四十屁"。款云:"混帐行子、老实泼皮放。"不必读其诗,标名已足解颐[8]。

据《聊斋志异》铸雪斋抄本

----

〔1〕 最讳其小字:据二十四卷抄本,原作"最讳某小字"。其,指游击官某的妻妾。
〔2〕 司札吏:主管书信文墨的胥吏。
〔3〕 研:同"砚"。
〔4〕 刺:名帖。
〔5〕 "岁家眷硬大驴子放胜":这是避某所讳而写的一份拜帖。正确的写法是"年家眷生马子安拜"。科举时代同年登科者,互称"年

家"。旧时,两家姻亲,对幼辈自称为"眷生"。胜,山东土俗称驴马阳物为"胜"。
〔6〕 牛首山:疑为牛头山,山在江苏省江宁县西南,南京附近。
〔7〕 秀水:今浙江省嘉兴县。
〔8〕 解颐:开颜欢笑。

蚰 蜒

学使朱矞三家[1]，门限下有蚰蜒，长数尺。每遇风雨即出，盘旋地上如白练。按蚰蜒形若蜈蚣，昼不能见，夜则出，闻腥辄集。或云：蜈蚣无目而多贪也。

据《聊斋志异》铸雪斋抄本

----

[1] 朱矞三：疑即朱雯。朱雯，浙江省石门县（后改崇德县，今为桐乡县）人，康熙进士，康熙三十年任山东省提学使。见光绪《山东通志·职官志》，民国《浙江通志·选举志》。

司　训[1]

教官某,甚聋,而与一狐善;狐耳语之[2],亦能闻。每见上官,亦与狐俱,人不知其重听也[3]。积五六年,狐别而去,嘱曰:"君如傀儡,非挑弄之,则五官俱废。与其以聋取罪,不如早自高也[4]。"某恋禄,不能从其言,应对屡乖。学使欲逐之[5],某又求当道者为之缓颊[6]。一日,执事文场[7]。唱名毕[8],学使退与诸教官燕坐[9]。教官各扪籍靴中[10],呈进关说[11]。已而学使笑问:"贵学何独无所呈进?"某茫然不解。近坐者肘之,以手入靴,示之势。某为亲戚寄卖房中伪器[12],辄藏靴中[13],随在求售。因学使笑语,疑索此物,鞠躬起对曰[14]:"有八钱者最佳,下官不敢呈进。"一座匿笑。学使叱出之,遂免官。

异史氏曰:"平原独无,亦中流之砥柱也[15]。学使而求呈进,固当奉之以此[16]。由是得免,冤哉!"

朱公子子青《耳录》云[17]:"东莱一明经迟[18],司训沂水[19]。性颠痴[20],凡同人咸集时,皆默不语;迟坐片时,不觉五官俱动,笑啼并作,旁若无人焉者。若闻人笑声,顿止。日俭鄙自奉,积金百馀两,自埋斋房,妻子亦不使知。一日,独坐,忽手足动,少刻云:'作恶结怨,受饿忍饥,好容易积蓄者,今在斋房。倘有人知,竟如何?'如此再四。一门斗在旁[21],殊亦不觉。次日,迟出,门斗入,掘取而去。过二三日,心不自宁,发穴验视,则已空空。顿足捬膺[22],叹恨欲死。"教职中可云千态百状矣。

据《聊斋志异》铸雪斋抄本

----

〔1〕 司训:明清时府、州、县皆置训导。司训,当指这类学官。
〔2〕 耳语:此据二十四卷抄本,原作"而语"。
〔3〕 重(zhòng 众)听:听力弱。
〔4〕 自高:自求清高。指辞去官职。
〔5〕 学使:提学使,省级学官。
〔6〕 缓颊:婉言说情。
〔7〕 执事文场:在考场任事。
〔8〕 唱名:点名。指考生入场时按册点名。
〔9〕 燕坐:闲坐。燕,安息。
〔10〕 扪籍靴中:从靴中摸出欲为之关说的考生名籍。籍,名籍。考生报名时均须填写姓名、籍贯、年岁及三代履历。
〔11〕 关说:通关节,说人情。旧时科场,托人关说,行贿以通于主考,求其取中,谓之"关节"。
〔12〕 房中伪器:谓闺房之中行夫妇之事的淫器。
〔13〕 辄藏靴中:此据二十四卷抄本,铸雪斋抄本无此四字。
〔14〕 鞠躬:此据二十四卷抄本,原本作"鞠恭"。
〔15〕 "平原独无"二句:意谓教官某不同流合污,买通关节,也是一个独立不挠的人物。平原,指东汉平原相史弼。《后汉书·史弼传》:桓帝、灵帝时有"党锢之祸"。朝廷下令逮捕党人,"郡国所奏相连及者多至数百,唯弼无所上"。因责弼曰:"青州六郡,其五有党;平原何理,而得独无?"弼曰:"先王疆理天下,画界分境,水土异齐,风俗不同。它郡自有,平原自无,胡可相比?"
〔16〕 固当奉之以此:就应该把房中伪器呈奉给他。意在讥讪其贪财好色。

〔17〕 朱子青：朱绋，字子青，号橡村，历城（今山东省历城县）人，康熙时为候补主事。蒲松龄的朋友。据云曾有《耳录》一书。
〔18〕 东莱：古郡名，治所在今山东省掖县。明经：清代为贡生的别称。
〔19〕 沂水：今山东省沂水县。
〔20〕 性颠痴：此据青本，铸雪斋抄本作"情颠痴"。
〔21〕 门斗：旧时学官之侍役。
〔22〕 拊膺：捶胸。

黑　鬼

胶州李总镇[1],买二黑鬼,其黑如漆。足革粗厚,立刃为途,往来其上[2],毫无所损。总镇配以娼,生子而白,僚仆戏之[3],谓非其种。黑鬼亦疑,因杀其子,检骨尽黑,始悔焉。公每令两鬼对舞,神情亦可观也。

据《聊斋志异》铸雪斋抄本

------

[1] 胶州李总镇:胶州州治,今山东省胶县。清顺治元年设胶州镇总兵,习称胶州总镇。康熙二十一年废。据《增修胶州志》卷十四《职官》,李永盛、李克德,曾先后任胶州总领。此处的李总镇当指此二人之一。李永盛,奉天(今沈阳市)人,顺治十七年任。李克德,奉天人,康熙五年任。
[2] "立刃为途"二句:意为植立数刀,刀尖向上,可在其上往来行走。刃,刀尖。
[3] 僚仆:指同事一主的仆人。

织　成

洞庭湖中[1],往往有水神借舟。遇有空船,缆忽自解,飘然游行。但闻空中音乐并作,舟人蹲伏一隅,瞑目听之,莫敢仰视,任所往。游毕,仍泊旧处。

有柳生,落第归,醉卧舟上。笙乐忽作。舟人摇生不得醒,急匿舻下[2]。俄有人捽生。生醉甚,随手堕地,眠如故,即亦置之。少间,鼓吹鸣聒。生微醒,闻兰麝充盈,睨之,见满船皆佳丽。心知其异,目若瞑[3]。少间,传呼织成。即有侍儿来,立近颊际,翠袜紫舃,细瘦如指。心好之,隐以齿啮其袜。少间,女子移动,牵曳倾踏。上问之,因白其故。在上者怒,命即行诛。遂有武士入,捉缚而起。见南面一人[4],冠类王者。因行且语,曰:"闻洞庭君为柳氏[5],臣亦柳氏;昔洞庭落第,今臣亦落第;洞庭得遇龙女而仙,今臣醉戏一姬而死:何幸不幸之悬殊也!"王者闻之,唤回,问:"汝秀才下第者乎?"生诺。便授笔札,令赋"风鬟雾鬓"[6]。生固襄阳名士[7],而构思颇迟,捉笔良久。上诮让曰:"名士何得尔?"生释笔自白:"昔《三都赋》十稔而成[8],以是知文贵工、不贵速也[9]。"王者笑听之。自辰至午,稿始脱。王者览之,大悦曰:"真名士也!"遂赐以酒。顷刻,异馔纷纶。方向对间,一吏捧簿进白:"溺籍告成矣[10]。"问:"人数几何?"曰:"一百二十八人。"问:"签差何人矣[11]?"答云:"毛、南二尉。"生起拜辞,王者赠黄金十斤,又水晶界方一握[12],曰:"湖中小有劫数,持此可免。"忽见羽葆人马[13],纷立水面,王者下舟登舆,遂不复见,久之寂然。

舟人始自舱下出,荡舟北渡,风逆不得前。忽见水中有铁猫浮出。舟人骇曰:"毛将军出现矣[14]!"各舟商人俱伏。又无何,湖中一木直立,筑筑摇动[15]。益惧曰:"南将军又出矣!"少时,波浪大作,上翳天日,四顾湖舟,一时尽覆。生举界方危坐舟中,万丈洪涛,至舟顿灭,以是得全。

既归,每向人语其异,言:"舟中侍儿,虽未悉其容貌,而裙下双钩,亦人世所无。"后以故至武昌,有崔媪卖女,千金不售;蓄一水晶界方,言有能配此者,嫁之。生异之,怀界方而往。媪忻然承接,呼女出见,年十五六已来,媚曼风流[16],更无伦比,略一展拜,反身入帏。生一见魂魄动摇,曰:"小生亦蓄一物,不知与老姥家藏颇相称否?"因各出相较,长短不爽毫厘。媪喜,便问寓所,请生即归命舆,界方留作信。生不肯留,媪笑曰:"官人亦太小心!老身岂为一界方抽身窜去耶?"生不得已,留之。出则赁舆急返,而媪室已空。大骇。遍问居人,迄无知者。日已向西,形神懊丧,邑邑而返。中途,值一舆过,忽搴帘曰:"柳郎何迟也?"视之,则崔媪,喜问:"何之?"媪笑曰:"必将疑老身拐骗者矣。别后,适有便舆,顷念官人亦侨寓,措办良艰[17],故遂送女归舟耳。"生邀回车,媪必不可。生仓皇不能确信,急奔入舟,女果及一婢在焉。见生入,含笑承迎。生见翠袜紫履,与舟中侍儿妆饰，更无少别。心异之，徘徊凝注。女笑曰："眈眈注目，生平所未见耶？"生益俯窥之，则袜后齿痕宛然，惊曰："卿织成耶？"女掩口微哂。生长揖曰[18]："卿果神人，早请直言，以祛烦惑。"女曰："实告君：前舟中所遇，即洞庭君也。仰慕鸿才，便欲以妾相赠；因妾过为王妃所爱，故归谋之。妾之来，从妃命也。"生喜，沐手焚香，望湖朝拜，乃归。

后诣武昌，女求同去，将便归宁。既至洞庭，女拔钗掷水，忽见一小舟自湖中出，女跃登，如飞鸟集，转瞬已杳。生坐船头，于没处凝盼之[19]。遥遥一楼船至，既近窗开，忽如一彩禽翔过，则织成至矣。一人自窗中递掷金珠珍物甚多，皆妃赐也。自是，岁一两觐以为常[20]。故生家富有珠宝，每出一物，世家所不识焉。

相传唐柳毅遇龙女，洞庭君以为婿。后逊位于毅。又以毅貌文，不能摄服水怪，付以鬼面，昼戴夜除；久之渐习忘除，遂与面合而为一。毅览镜自惭。故行人泛湖，或以手指物，则疑为指己也；以手覆额，则疑其窥己也：风波辄起，舟多覆。故初登舟，舟人必以此告戒之。不则设牲牢祭享[21]，乃得渡。许真君偶至湖[22]，浪阻不得行。真君怒，执毅付郡狱。狱吏检囚，恒多一人，莫测其故。一夕，毅示梦郡伯[23]，哀求拔救。伯以幽明异路，谢辞之。毅云："真君于某日临境，但为求恳，必合有济[24]。"既而真君果至，因代求之，遂得释。嗣后湖禁稍平。

据《聊斋志异》铸雪斋抄本

〔1〕 洞庭:据二十四卷抄本,原作"洞廷"。
〔2〕 艎(huáng皇)下:犹言船舱。艎,吴地大舟。
〔3〕 目若瞑:眼睛好像是闭着。意谓伪装闭目,暗地观察。
〔4〕 南面:面向南。古以南面为尊,天子见群臣或卿大夫见僚属,皆南面而坐。
〔5〕 洞庭君为柳氏:洞庭君,指柳毅。唐人李朝威《柳毅传》,谓洞庭龙女遭受夫家虐待,在野外放牧,碰到落第秀才柳毅。柳毅锐身自任,赴洞庭湖为其传书,解救龙女。后柳毅与龙女成为夫妇,并嗣为洞庭君。
〔6〕 赋"风鬟雾鬓":以"风鬟雾鬓"为题作赋。《柳毅传》柳毅在洞庭龙宫见到龙王,述说龙女的情况,有云"见大王爱女牧羊于野,风鬟雨鬓,所不忍视。"此作"风鬟雾鬓",亦用以形容龙女放牧时的苦难。
〔7〕 襄阳:今湖北省襄阳县。
〔8〕 "昔《三都赋》"句:《三都赋》,西晋左思所作。《晋书·左思传》,谓左思写此赋,"构思十年,门庭藩溷皆著笔纸,遇得一句,即便疏之。"稔:年。
〔9〕 文贵工,不贵速:写文章以精巧为好,不以速成为贵。
〔10〕 溺籍:被淹死者的名册。
〔11〕 签差:犹言派遣。旧时派遣官吏,称"签差"。
〔12〕 界方:界尺,用以比划直线或压纸。一握:一柄,一具。
〔13〕 羽葆:仪仗名。《汉书·韩延寿传》:"建幢棨,植羽葆。"颜师古注:"羽葆,聚翟尾为之,亦今纛之类也。"
〔14〕 毛抄军:据二十四卷抄本,原作"猫将军"。
〔15〕 筑筑:意谓像夯柄一样上下捣动。筑,打地基用的工具,俗称夯。
〔16〕 媚曼:美好。
〔17〕 措办:筹办。
〔18〕 长揖:拱手自上而至极下的一种礼节,表示敬重。
〔19〕 没(mò漠)处:指织成消失之处。没,潜入水中。
〔20〕 觐(jìn近):觐见,拜见贵者。
〔21〕 牲牢:杀牲为祭品。牛、羊、豕为"牲",系养者为"牢"。

〔22〕 许真君:东晋道士许逊,字敬之,汝南(治所在今河南汝南)人。后居南昌(今江西省南昌市)。年二十岁学道于吴猛,尽传其秘。曾任旌阳(今湖北省枝江县北)令,政绩卓著。后因晋室纷乱,弃官东归,周游江湖。传说东晋宁康年间全家成仙飞升。宋代封为"神功妙济真君",世称许真君或许旌阳。
〔23〕 郡伯:郡守。
〔24〕 合:当。

竹　青

鱼客,湖南人,忘其郡邑[1]。家贫,下第归[2],资斧断绝。羞于行乞,饿甚,暂憩吴王庙中[3],拜祷神座。出卧廊下,忽一人引去,见王,跪白曰:"黑衣队尚缺一卒,可使补缺。"王曰:"可。"即授黑衣。既着身,化为乌,振翼而出。见乌友群集,相将俱去,分集帆樯[4]。舟上客旅,争以肉向上抛掷。群于空中接食之。因亦尤效[5],须臾果腹。翔栖树杪,意亦甚得。逾二三日,吴王怜其无偶,配以雌,呼之"竹青"。雅相爱乐。鱼每取食,辄驯无机[6]。竹青恒劝谏之,卒不能听。一日,有满兵过[7],弹之中胸。幸竹青衔去之,得不被擒。群乌怒,鼓翼扇波,波涌起,舟尽覆。竹青仍投饵哺鱼。鱼伤甚,终日而毙。忽如梦醒,则身卧庙中。先是,居人见鱼死,不知谁何,抚之未冷,故不时令人逻察之。至是,讯知其由,敛资送归[8]。

后三年,复过故所,参谒吴王。设食,唤乌下集群啖,祝曰:"竹青如在,当止。"食已,并飞去。后领荐归[9],复谒吴王庙,荐以少牢[10]。已,乃大设以飨乌友[11],又祝之。是夜宿于湖村,秉烛方坐,忽几前如飞鸟飘落;视之,则二十许丽人,鞿然曰[12]:"别来无恙乎?"鱼惊问之,曰:"君不识竹青耶?"鱼喜,诘所来。曰:"妾今为汉江神女[13],返故乡时常少。前乌使两道君情[14],故来一相聚也。"鱼益欣感，宛如夫妻之久别，不胜欢恋。生将偕与俱南[15]，女欲邀与俱西[16]，两谋不决。寝初醒，则女已起。开目，见高堂中巨烛荧煌，竟非舟中。惊起，问："此何所？"女笑曰："此汉阳也[17]。妾家即君家，何必南！"天渐晓，婢媪纷集，酒炙已进。就广床上设矮几，夫妇对酌。鱼问："仆何在？"答："在舟上。"生虑舟人不能久待。女言："不妨，妾当助君报之[18]。"于是日夜谈讌，乐而忘归。舟人梦醒，忽见汉阳，骇绝。仆访主人，杳无音信。舟人欲他适，而缆结不解，遂共守之。积两月馀，生忽忆归，谓女曰："仆在此，亲戚断绝。且卿与仆，名为琴瑟，而不一认家门，奈何？"女曰："无论妾不能往；纵往，君家自有妇，将何以处妾乎？不如置妾于此，为君别院可耳[19]。"生恨道远，不能时至。女出黑衣，曰："君向所着旧衣尚在。如念妾时，衣此可至；至时，为君解之。"乃大设肴珍，为生祖饯[20]。即醉而寝，醒则身在舟中。视之，洞庭旧泊处也。舟人及仆俱在，相视大骇，诘其所往。生故怅然自惊。枕边一袱，检视，则女赠新衣袜履，黑衣亦折置其中。又有绣橐维絷腰际[21]，探之，则金资充牣焉[22]。于是南发，达岸，厚酬舟人而去。

归家数月，苦忆汉水，因潜出黑衣着之，两胁生翼，翕然凌空[23]，经两时许[24]，已达汉水。回翔下视[25]，见孤屿中，有楼舍一簇，遂飞堕。有婢子已望见之，呼曰："官人至矣！"无何，竹青出，命众手为缓结，觉羽毛划然尽脱。握手入舍，曰："郎来恰好，妾旦夕临蓐矣。"生戏问曰："胎生乎？卵生乎？"女曰："妾今为神，则皮骨已更[26]，应与曩异。"越数日，果产，胎衣厚裹[27]，如巨卵然，破之，男也。生喜，名之"汉产"。三日后，汉水神女皆登堂，以服食珍物相贺。并皆佳妙，无三十以上人。俱入室就榻[28]，以拇指按儿鼻，名曰"增寿"。既去，生问："适来者皆谁何？"女曰："此皆妾辈[29]。其末后着藕白者，所谓'汉皋解珮'[30]，即其人也。"居数月，女以舟送之，不用帆楫[31]，飘然自行。抵陆，已有人絷马道左，遂归。由此往来不绝。

积数年，汉产益秀美，生珍爱之。妻和氏，苦不育，每思一见汉产。生以情告女。女乃治任，送儿从父归，约以三月。既归，和爱之过于己出，过十馀月，不忍令返。一日，暴病而殇，和氏悼痛欲死。生乃诣汉告女。入门，则汉产赤足卧床上，喜以问女。女曰："君久负约。妾思儿，故招之也。"生因述和氏爱儿之故。女曰："待妾再育，令汉产归。"又年馀，女双生男女各一：男名"汉生"，女名"玉珮"。生遂携汉产归。然岁恒三四往，不以为便，因移家汉阳。汉产十二岁，入郡庠。女以人间无美质[32]，招去，为之娶妇，始遣归。妇名"卮娘"，亦神女产也。后和氏卒，汉生及妹皆来擗踊[33]。葬毕，汉生遂留；生携玉珮去，自此不返。

据《聊斋志异》铸雪斋抄本

----

〔1〕　郡邑：所属府、县；犹言"籍贯"。

〔2〕　下第：科举落榜。

〔3〕　吴王庙：本称吴将军庙，祀三国时吴国大将甘宁，在湖北富池口镇。

宋时以有神风助漕运有功,赐王爵,因称吴王庙。见《湖广通志》。往来船只多来祭庙,乌鸦成群迎送船只,当地人称为"吴王神鸦"。
〔4〕 帆樯:船桅,桅杆。
〔5〕 尤效:犹言仿效。
〔6〕 驯无机:驯良而不机警。《水经注·温水》:"鸟兽驯良,不知畏弓。"
〔7〕 满兵:清兵。
〔8〕 敛资:凑集钱财。
〔9〕 领荐:领乡荐,即乡试中举。
〔10〕 荐以少牢:以少牢之礼祭祀。荐,祭。少牢,古代祭祀,单用猪、羊称少牢。后专以羊为少牢。
〔11〕 大设:盛设;大设肴馔。飨(xiǎng响):广泛宴请。
〔12〕 鞿然:据山东省博物馆抄本,原作"鲜然"。
〔13〕 汉江:即汉水,南流至湖北省汉口入江。
〔14〕 两道君情:两次说及您的情谊。
〔15〕 偕与俱南:偕同南去,指去鱼客的家乡湖南。
〔16〕 邀与俱西:请他一同西去,指西去竹青为神的地方汉江。
〔17〕 汉阳:县名,在湖北省汉水下游南岸。
〔18〕 报:报施,酬劳。
〔19〕 别院:犹言"别庄"或"别业"。
〔20〕 祖饯:饯别。古时出行,祭路神叫"祖",用酒食送行叫"饯"。
〔21〕 绣橐:绣制的布囊。橐,无底的囊,可以维系腰间。
〔22〕 充牣(rèn刃):充满。
〔23〕 翕(xī西)然:飞翔迅疾。
〔24〕 两时:两个时辰。
〔25〕 回翔:盘旋飞翔。
〔26〕 皮骨已更:据二十四卷抄本,原作"皮骨已硬"。
〔27〕 胎衣:胎胞。
〔28〕 就榻:走近榻前。就,近。
〔29〕 妾辈:和我同样的人,指也是汉水女神。
〔30〕 "汉皋解珮":《韩诗外传》:郑交甫路过汉皋台下,遇见两个女子,每人都佩带一颗巨珠。郑交甫注目相挑,二女解下佩珠赠给郑交

甫。汉皋,山名,在湖北省襄阳县西。珮,佩带的玉饰。
〔31〕 帆楫:船帆和船桨。
〔32〕 美质:指素质美好的女子。
〔33〕 擗踊(pǐ yǒng 匹勇):指为双亲举哀送葬。《孝经·丧亲》:"擗踊哭泣,哀以送之。"抚心为"擗",跳跃为"踊",形容哀痛之极。

段　氏

段瑞环，大名富翁也[1]。四十无子。妻连氏最妒，欲买妾而不敢。私一婢，连觉之，挞婢数百，鬻诸河间栾氏之家[2]。段日益老，诸侄朝夕乞贷，一言不相应，怒徵声色[3]。段思不能给其求，而欲嗣一侄，则群侄阻挠之，连之悍亦无所施，始大悔。愤曰："翁年六十馀，安见不能生男！"遂买两妾，听夫临幸，不之问。居年馀，二妾皆有身[4]。举家皆喜。于是气息渐舒，凡诸侄有所强取，辄恶声梗拒之。无何，一妾生女，一妾生男而殇。夫妻失望。又将年馀，段中风不起[5]，诸侄益肆，牛马什物，竞自取去。连诟斥之，辄反唇相稽[6]。无所为计，朝夕鸣哭[7]。段病益剧，寻死。诸侄集柩前，议析遗产。连虽痛切，然不能禁止之。但留沃墅一所[8]，赡养老稚，侄辈不肯。连曰："汝等寸土不留，将令老妪及呱呱者饿死耶[9]！"日不决，惟忿哭自挝。忽有客入吊，直趋灵所，俯仰尽哀[10]。哀已，便就苫次[11]。众诘为谁，客曰："亡者吾父也。"众益骇。客从容自陈。

先是，婢嫁栾氏，逾五六月，生子怀，栾抚之等诸男[12]。十八岁入泮。后栾卒，诸兄析产，置不与诸栾齿[13]。怀问母，始知其故，曰："既属两姓，各有宗祧[14]，何必在此承人百亩田哉！"乃命骑诣段，而段已死。言之凿凿，确可信据。连方忿痛，闻之大喜，直出曰："我今亦复有儿！诸所假去牛马什物，可好自送还；不然，有讼兴也!"诸侄相顾失色,渐引去。怀乃携妻来,共居父忧[15]。诸段不平,共谋逐怀。怀知之,曰:"栾不以为栾,段复不以为段,我安适归乎!"忿欲质官,诸戚党为之排解,群谋亦寝。而连以牛马故,不肯已。怀劝置之。连曰:"我非为牛马也,杂气集满胸,汝父以愤死,我所以吞声忍泣者,为无儿耳。今有儿,何畏哉!前事汝不知状,待予自质审[16]。"怀固止之,不听,具词赴宰控。宰拘诸段,审状[17],连气直词恻,吐陈泉涌。宰为动容,并惩诸段,追物给主。既归,其兄弟之子,招之来,因其不与党谋者,以所追物尽散给之。连七十馀岁,将死,呼女及孙媳嘱曰:"汝等志之:如三十不育,便当典质钗珥,为夫纳妾。无子之情状,实难堪也!"

异史氏曰:"连氏虽妒,而能疾转[18],宜天以有后伸其气也[19]。观其慷慨激发,吁!亦杰矣哉!"

济南蒋稼,其妻毛氏,不育而妒。嫂每劝谏,不听,曰:"宁绝嗣,不令送眼流眉者忿气人也[20]!"年近四旬,颇以嗣续为念。欲继兄子,兄嫂俱诺,而故悠忽之[21]。儿每至叔所,夫妻饵以甘脆[22],问曰:"肯来吾家乎?"儿亦应之。兄私嘱儿曰:"倘彼再问,答以不肯。如问何故不肯,答云:'待汝死后,何愁田产不为吾有。'"一日,稼出远贾,儿复来。毛又问,儿即以父言对。毛大怒曰:"妻孥在家,固日日盘算吾田产耶!其计左矣!"逐儿出,立招媒媪,为夫买妾[23]。时有卖婢者,其价昂,倾资不能取盈[24],势将难成。其兄恐迟而变悔,遂暗以金付媪,伪称为媪转贷者玉成之[25]。毛大喜,遂买婢归。毛以情告夫,夫怒,与兄绝。年馀,妾生子。夫妻大喜。毛曰:"媪不知假贷何人,年馀竟不置问。此德不可忘。今子已生,尚不偿母价也!"稼乃囊金诣媪。媪笑曰:"当大谢大官人。老身一贫如洗,谁敢贷一金者。"具以实告。稼感悟,归告其妻,相为感泣。遂治具邀兄嫂至,夫妇皆膝行[26],出金偿兄,兄不受,尽欢而散。后稼生三子。

      据《聊斋志异》铸雪斋抄本

----

[1] 大名:府名,府治在今河北省大名县。
[2] 河间:府名,治所在今河北省河间县。
[3] 怒徵声色:愤怒之情表现于言辞和面色上。
[4] 有身:怀孕。
[5] 中风:中医疾病名。脑内小血管破裂,致病者突然昏倒,中医称为中风。
[6] 反唇相稽:谓以恶言相对。《汉书·贾谊传》:"妇姑不相说,则反唇而相稽。"注:"应劭曰,稽,计也,相与计较也。"
[7] 鸣哭:呜呜痛哭。此据二十四卷抄本。铸本作"鸣哭"。
[8] 沃墅:肥沃的田庄。墅,田庐。
[9] 呱呱(gū gū 孤孤)者:指一妾所生之女孩。呱呱,小儿啼声。
[10] 俯仰:低头和仰首。此谓举哀时俯首而泣,仰面而号。
[11] 苫(shān 山)次:此谓居丧的席次。苫,草垫。古时居丧,寝苫枕块。子女在灵旁设草垫,寝息其上,守护左右。
[12] 抚之等诸男:抚育他同其他儿子一样。
[13] 不与诸栾齿:不把他当栾家的兄弟看待。齿,并列。
[14] 宗祏(shí 时):祖庙。祏,宗庙中藏神主的石室。此据青柯亭本,原本作"宗祐"。
[15] 居父忧:居父丧。
[16] 质审:向官府申诉。
[17] 审状:审阅诉状。状,诉讼呈文。
[18] 疾转:急转。谓急改妒行。

〔19〕 有后：指有子。

〔20〕 送眼流眉者：眉目送情的人，指姬妾。

〔21〕 悠忽之：悠悠忽忽拖延时日，谓怠慢过继之事。

〔22〕 甘脆：指味美可口的食物。

〔23〕 "为夫买妾"句后，铸本有"及夫妇"三字，文理不顺。兹据二十四卷抄本删去。

〔24〕 倾资不能取盈：指用尽手边现钱不能偿足身价。取盈，满足其欲。

〔25〕 玉成之：意谓成全其事。

〔26〕 膝行：跪地趋前。

狐　女

伊衮,九江人[1]。夜有女来,相与寝处。心知为狐,而爱其美,秘不告人,父母亦不知也。久而形体支离。父母穷诘,始实告之。父母大忧,使人更代伴寝,卒不能禁。翁自与同衾,则狐不至;易人,则又至。伊问狐,狐曰:"世俗符咒,何能制我。然俱有伦理,岂有对翁行淫者[2]!"翁闻之,益伴子不去,狐遂绝。后值叛寇横恣,村人尽窜,一家相失。伊奔入昆仑山[3],四顾荒凉。日既暮,心恐甚。忽见一女子来,近视之,则狐女也。离乱之中,相见忻慰。女曰:"日已西下,君姑止此。我相佳地,暂创一室,以避虎狼。"乃北行数武,遂蹲莽中,不知何作。少顷返,拉伊南去;约十馀步,又曳之回。忽见大木千章[4],绕一高亭,铜墙铁柱,顶类金箔[5];近视,则墙可及肩,四围并无门户,而墙上密排坎窞[6]。女以足踏之而过,伊亦从之。既入,疑金屋非人工可造[7],问所自来。女笑曰:"君子居之,明日即以相赠。金铁各千万计,半生吃着不尽矣。"既而告别。伊苦留之,乃止。曰:"被人厌弃,已拚永绝[8];今又不能自坚矣。"及醒,狐女不知何时已去。天明,逾垣而出。回视卧处,并无亭屋,惟四针插指环内[9],覆脂合其上[10];大树,则丛荆老棘也。

据《聊斋志异》铸雪斋抄本

〔1〕 九江:今江西省九江市。
〔2〕 翁:指伊父。
〔3〕 昆仑山:当指安徽省潜山县东北的昆仑山,地近九江。
〔4〕 大木千章:大树千株。章,大树称章。
〔5〕 类:像。金箔:金属薄片。
〔6〕 坎窞(dàn旦):洞穴。
〔7〕 金屋:此指"顶类金箔"的华美房屋。
〔8〕 拚(pàn判):不惜。
〔9〕 指环:此指"顶针",妇女做针线活所用,上多坑点,即上文所云之"坎窞"。
〔10〕 脂合:胭脂盒。

张 氏 妇

凡大兵所至[1]，其害甚于盗贼：盖盗贼人犹得而仇之，兵则人所不敢仇也。其少异于盗者，特不敢轻于杀人耳。甲寅岁，三藩作反[2]，南征之士，养马兖郡[3]，鸡犬庐舍一空，妇女皆被淫污。时遭霪雨，田中潴水为湖[4]，民无所匿，遂乘桴入高粱丛中[5]。兵知之，裸体乘马，入水搜淫，鲜有遗脱。惟张氏妇不伏，公然在家。有厨舍一所，夜与夫掘坎深数尺，积茅焉；覆以薄[6]，加席其上，若可寝处。自炊灶下。有兵至，则出门应给之。二蒙古兵强与淫[7]。妇曰："此等事，岂可对人行者！"其一微笑，啁哳而出[8]。妇与入室，指席使先登。薄折，兵陷。妇又另取席及薄覆其上，故立坎边，以诱来者。少间，其一复入。闻坎中号，不知何处。妇以手笑招之曰："在此处。"兵踏席，又陷。妇乃益投以薪，掷火其中。火大炽，屋焚。妇乃呼救。火既熄，燔尸焦臭[9]。人问之，妇曰："两猪恐害于兵，故纳坎中耳。"由此离村数里，于大道旁并无树木处，携女红往坐烈日中。村去郡远，兵来率乘马，顷刻数至。笑语啁哳，虽多不解，大约调弄之语。然去道不远，无一物可以蔽身，辄去，数日无患。一日，一兵至，甚无耻，就烈日中欲淫妇。妇含笑不甚拒。隐以针刺其马，马辄喷嘶，兵遂蓺马股际[10]，然后拥妇。妇出巨锥猛刺马项，马负痛奔骇。缰系股不得脱，曳驰数十里，同伍始代捉之。首躯不知处，缰上一股，俨然在焉。

异史氏曰:"巧计六出[11],不失身于悍兵。贤哉妇乎,慧而能贞[12]!"

据《聊斋志异》铸雪斋抄本

----

〔1〕 大兵:指清兵。
〔2〕 甲寅:当指康熙十三年(1674)。三藩:清初封明降将耿仲明为靖南王、尚可喜为平南王、吴三桂为平西王,称三藩。后逐渐成为割据势力,康熙十二年清廷下令削藩,三藩先后反清,后被清军平定。
〔3〕 兖郡:兖州府,今山东省兖州市。
〔4〕 潴(zhū 朱)水:积水。
〔5〕 桴(fú 扶):小筏子。
〔6〕 薄:苇箔。
〔7〕 蒙古兵:也指清兵。清代兵制以满洲八旗为主体。蒙古人归附者,编为蒙古八旗。
〔8〕 啁嗻(zhāo zhē 招遮):鸟鸣声,形容番语。
〔9〕 燔(fán 凡):焚烧。
〔10〕 縶马股际:把马拴在大腿上。縶,拴。
〔11〕 巧计六出:汉陈平曾六度出奇计,以胜强敌。见《史记·陈丞相世家》。此谓张氏妇屡用巧计。
〔12〕 慧而能贞:聪明机智而能保其贞操。

于子游

海滨人说:"一日,海中忽有高山出,居人大骇。一秀才寄宿渔舟,沽酒独酌。夜阑[1],一少年入,儒服儒冠,自称:'于子游。'言词风雅。秀才悦,便与欢饮。饮至中夜,离席言别。秀才曰:'君家何处?元夜茫茫[2],亦太自苦。'答云:'仆非土著[3],以序近清明[4],将随大王上墓。眷口先行,大王姑留憩息,明日辰刻发矣。宜归,早治任也。'秀才亦不知大王何人。送至鹢首[5],跃身入水,拨剌而去,乃知为鱼妖也。次日,见山峰浮动,顷刻已没。始知山为大鱼,即所云大王也。"俗传清明前,海中大鱼携儿女往拜其墓,信有之乎?

康熙初年,莱郡潮出大鱼[6],鸣号数日,其声如牛。既死,荷担割肉者,一道相属。鱼大盈亩,翅尾皆具;独无目珠。眶深如井,水满之。割肉者误堕其中,辄溺死。或云,"海中贬大鱼[7],则去其目,以目即夜光珠"云[8]。

据《聊斋志异》铸雪斋抄本

------

[1] 夜阑:夜深。
[2] 元夜:玄夜、黑夜。元,同"玄",康熙帝名玄烨,清人避讳,书玄作元。玄,黑色。
[3] 土著:祖居当地之人。

〔4〕 序:节序,季节。清明:农历二十四节气之一,旧称三月节,时当阳历四月五日或六日。旧时于清明节为先人扫墓。
〔5〕 鹢(yì意)首:船头。鹢,水鸟名,形如鹭。旧时船家多画鹢首于船头,故为船头的代称。
〔6〕 莱郡:莱州府,治所在今山东掖县。
〔7〕 贬:贬谪。
〔8〕 夜光珠:夜明珠。任昉《述异记》:南海有珠,即鲸目,夜可以鉴,谓之夜光珠。

男　妾

一官绅在扬州买妾,连相数家[1],悉不当意。惟一媪寄居卖女,女十四五,丰姿姣好[2],又善诸艺。大悦,以重价购之。至夜,入衾,肤腻如脂。喜扪私处,则男子也。骇极,方致穷诘。盖买好僮,加意修饰,设局以骗人耳。黎明,遣家人寻媪,则已遁去无踪。中心懊丧,进退莫决。适浙中同年某来访,因为告诉。某便索观,一见大悦,以原价赎之而去。

异史氏曰:"苟遇知音,即与以南威不易[3]。何事无知婆子,多作一伪境哉!"

据《聊斋志异》铸雪斋抄本

------

〔1〕 相(xiàng 向):相看。
〔2〕 姣(jiāo 交)好:美好。
〔3〕 南威:春秋时晋美女,即南之威。晋文公得之,三月不听朝政,见《战国策·魏策》。

汪 可 受

湖广黄梅县汪可受[1],能记三生:一世为秀才,读书僧寺。僧有牝马产骡驹,爱而夺之。后死,冥王稽籍,怒其贪暴,罚使为骡偿寺僧。既生,僧爱护之,欲死无间[2]。稍长,辄思投身涧谷,又恐负豢养之恩,冥罚益甚,遂安之。数年,孽满自毙[3]。生一农人家。堕蓐能言,父母以为怪,杀之,乃生汪秀才家。秀才近五旬,得男甚喜。汪生而了了[4];但忆前生以早言死,遂不敢言。至三四岁,人皆以为哑。一日,父方为文,适有友人过访,投笔出应客。汪入见父作,不觉技痒,代成之。父返见之,问:"何人来?"家人曰:"无之。"父大疑。次日,故书一题置几上,旋出[5];少间即返,翳行悄步而入[6]。则见儿伏案间,稿已数行,忽睹父至,不觉出声,跪求免死。父喜,握手曰:"吾家止汝一人,既能文,家门之幸也,何自匿为?"由是益教之读。少年成进士,官至大同巡抚[7]。

据《聊斋志异》铸雪斋抄本

----

〔1〕 湖广黄梅县:即今湖北省黄梅县。湖广,行省名,元至元年间置,治所在今武汉市武昌,辖今湖北省大部,湖南、广西壮族自治区全部及广东、贵州小部分地区。明代辖境有了变化。清康熙六年分为湖南、湖北二省。汪可受:字以虚,万历庚辰进士,曾任吉安知府、

山西布政使，后擢兵部侍郎，总督蓟辽。见《湖北通志·人物志》。
〔2〕 无间：没有机会。
〔3〕 孽满：偿满罪债。孽，罪。
〔4〕 了了：聪明晓事。
〔5〕 旋：随即。
〔6〕 翳行：隐蔽而行。
〔7〕 大同：军镇名，明代"九边"之一，为京师的西北门户，治所在今大同市。

牛 犊

楚中一农人赴市归,暂休于途。有术人后至[1],止与倾谈。忽瞻农人曰:"子气色不祥,三日内当退财,受官刑。"农人曰:"某官税已完,生平不解争斗,刑何从至?"术人曰:"仆亦不知。但气色如此,不可不慎之也!"农人颇不深信,拱别而归。次日,牧犊于野,有驿马过[2],犊望见,误以为虎,直前触之,马毙。役报农人至官,官薄惩之,使偿其马。盖水牛见虎必斗,故贩牛者露宿,辄以牛自卫;遥见马过,急驱避之,恐其误触也[3]。

据《聊斋志异》铸雪斋抄本

----

[1] 术人:俗称从事巫祝占卜的人,此指相士。
[2] 驿马:驿站的马,供官府载人或邮传之用。
[3] 恐其误触:此据青柯亭本,原无"触"字。

王　大

　　李信,博徒也。昼卧,忽见昔年博友王大、冯九来,邀与敖戏[1]。李亦忘其为鬼,忻然从之。既出,王大往邀村中周子明,冯乃导李先行,入村东庙中。少顷,周果同王至。冯出叶子[2],约与撩零[3]。李曰:"仓卒无博资,辜负盛邀,奈何?"周亦云然。王云:"燕子谷黄八官人放利债[4],同往贷之,宜必诺允。"于是四人并去。飘忽间,至一大村。村中甲第连垣,王指一门,曰:"此黄公子家。"内一老仆出,王告以意。仆即入白。旋出,奉公子命,请王、李相会。入见公子,年十八九,笑语蔼然。便以大钱一提付李[5],曰:"知君悫直[6],无妨假贷。周子明我不能信之也。"王委曲代为请。公子要李署保[7],李不肯。王从旁怂恿之,李乃诺。亦授一千而出。便以付周,且述公子之意,以激其必偿。

　　出谷,见一妇人来,则村中赵氏妻,素喜争善骂。冯曰:"此处无人,悍妇宜小祟之[8]。"遂与捉返入谷。妇大号,冯掬土塞其口。周赞曰:"此等妇,只宜椓杙阴中[9]!"冯乃捋裤,以长石强纳之。妇若死。众乃散去,复入庙,相与赌博。

　　自午至夜分,李大胜,冯、周资皆空。李因以厚资增息悉付王,使代偿黄公子;王又分给周、冯,局复合。居无何,闻人声纷拏,一人奔入曰:"城隍老爷亲捉博者,今至矣!"众失色。李舍钱逾垣而逃。众顾资,皆被缚。既出,果见一神人坐马上,马后絷博徒二十馀人。天未明,已至邑城,门启而入。至衙署,城隍南面坐,唤人犯上,执籍呼名。呼已,并令以利斧斫去将指〔10〕,乃以墨朱各涂两目〔11〕,游市三周讫。押者索贿而后去其墨朱,众皆赂之。独周不肯,辞以囊空;押者约送至家而后酬之,亦不许。押者指之曰:"汝真铁豆,炒之不能爆也!"遂拱手去。周出城,以唾湿袖,且行且拭。及河自照,墨朱未去;掬水盥之,坚不可下,悔恨而归。

先是,赵氏妇以故至母家,日暮不归。夫往迎之,至谷口,见妇卧道周。睹状,知其遇鬼,去其泥塞,负之而归。渐醒能言,始知阴中有物,宛转抽拔而出。乃述其遭。赵怒,遽赴邑宰,讼李及周。牒下,李初醒;周尚沉睡,状类死。宰以其诬控,答赵械妇,夫妻皆无理以自申。越日,周醒,目眶忽变一赤一黑,大呼指痛。视之,筋骨已断,惟皮连之,数日寻堕。目上墨朱,深入肌理。见者无不掩笑〔12〕。一日,见王大来索负〔13〕。周厉声但言无钱,王忿而去。家人问之,始知其故。共以神鬼无情,劝偿之。周龂龂不可〔14〕,且曰:"今日官宰皆左袒赖债者,阴阳应无二理,况赌债耶!"次日,有二鬼来,谓黄公子具呈在邑,拘赴质审;李信亦见隶来,取作间证〔15〕:二人一时并死。至村外相见,王、冯俱在。李谓周曰:"君尚带赤墨眼,敢见官耶?"周仍以前言告。李知其吝,乃曰:"汝既昧心,我请见黄八官人,为汝还之。"遂共诣公子所。李入而告以故,公子不可,曰:"负欠者谁,而取偿于子?"出以告周,因谋出资,假周进之。周益忿,语侵公子。鬼乃拘与俱行。无何,至邑,入见城隍。城隍呵曰:"无赖贼!

涂眼犹在[16]，又赖债耶！"周曰："黄公子出利债，诱某博赌，遂被惩创。"城隍唤黄家仆上，怒曰："汝主人开场诱赌，尚讨债耶？"仆曰："取资时，公子不知其赌。公子家燕子谷，捉获博徒在观音庙，相去十馀里。公子从无设局场之事。"城隍顾周曰："取资悍不还，反被捏造！人之无良，至汝而极！"欲答之。周又诉其息重。城隍曰："偿几分矣？"答云："实尚未有所偿。"城隍怒曰："本资尚欠，而论息耶？"答三十，立押偿主。二鬼押至家，索贿，不令即活，缚诸厕内，令示梦家人。家人焚楮锭二十提[17]，火既灭，化为金二两、钱二千。周乃以金酬债，以钱赂押者，遂释令归。既苏，臀疮坟起，脓血崩溃，数月始痊。后赵氏妇不敢复骂；而周以四指带赤墨眼，赌如故。此以知博徒之非人矣！

异史氏曰："世事之不平，皆由为官者矫枉之过正也。昔日富豪以倍称之息折夺良家子女[18]，人无敢息者[19]；不然，函刺一投，则官以三尺法左袒之[20]。故昔之民社官[21]，皆为势家役耳。迨后贤者鉴其弊，又悉举而大反之。有举人重资作巨商者[22]，衣锦厌粱肉，家中起楼阁、买良沃。而竟忘所自来。一取偿，则怒目相向。质诸官，官则曰：'我不为人役也。'是何异懒残和尚，无工夫为俗人拭泪哉[23]！余尝谓昔之官谄，今之官谬；谄者固可诛，谬者亦可恨也。放资而薄其息，何尝专有益于富人乎？"

张石年宰淄川[24]，最恶博。其涂面游城，亦如冥法，刑不至堕指，而赌以绝。盖其为官，甚得钩距法[25]。方簿书旁午时[26]，每一人上堂，公偏暇，里居、年齿、家口、生业，无不絮絮问。问已，始劝勉令去。有一人完税缴单,自分无事,呈单欲下。公止之,细问一过,曰:"汝何博也?"其人力辩生平不解博。公笑曰:"腰中尚有博具。"搜之,果然。人以为神,而并不知其何术。

据《聊斋志异》铸雪斋抄本

------

〔1〕 敖戏:游戏。此指赌博。
〔2〕 叶子:纸牌。明代称玩纸牌为叶子戏。
〔3〕 撩零:犹言赌博。唐李肇《国史补》卷下《叙博长行戏》:"博徒强各争胜谓之撩零,假借分画谓之囊家,囊家什一而取谓之乞头。"
〔4〕 放利债:借钱与人,收取利息。
〔5〕 大钱:清康熙年间铸造大制钱、小制钱。大制钱又称大钱,每千文作银一两;小制钱又称小钱,每千文作银七钱。一提:一串,一千文为一串。见彭信威《中国货币史》。
〔6〕 悫(què 确)直:忠厚耿直。
〔7〕 署保:署名作保。
〔8〕 祟:鬼神予人的灾祸。
〔9〕 椓杙(zhuó yì 琢艺):敲入木橛。椓,敲击。杙,一头尖的短木,俗称木橛。
〔10〕 将指:中指。《左传·宣公四年》:"子公之食指动。"孔颖达疏:"五指之名曰巨指、食指、将指、无名指、小指也。"
〔11〕 墨朱:黑色和红色。
〔12〕 掩笑:掩口而笑。
〔13〕 索负:讨债。
〔14〕 龈龈(yín yín 银银):同"齗齗",争辩貌。
〔15〕 间证:中证。
〔16〕 涂眼犹在:此据二十四卷抄本,原本作"徒眼犹在"。
〔17〕 楮锭:祭奠用的纸钱。
〔18〕 倍称之息:加倍的利钱。

〔19〕 人无敢息:谓人们恐惧,吓得气也不敢出。息,呼吸。
〔20〕 三尺法:法律。古时把法律条文写在三尺长的竹简上,故称。
〔21〕 民社官:地方官。
〔22〕 举人重资:借取别人大量资本。
〔23〕 "何异懒残和尚"二句:懒残和尚,指唐衡岳寺高僧明瓒禅师,因其性懒而食残,故号懒残和尚。明人瞿汝稷《水月斋指月录》记载:唐德宗使人诏请明瓒禅师,他零涕垂膺,使者见之而笑,令拭涕。他回答说:"我岂有工夫为俗人拭涕也。"
〔24〕 张石年:张嵋,字石年,仁和(今浙江省杭州市)人。康熙二十五年任淄川令。见乾隆《淄川县志》。
〔25〕 钩距:犹言钩致,谓钩索隐情。《汉书·赵广汉传》:"广汉迁京兆尹,威名流闻,其发奸摘伏如神,尤善为钩距,以得事情。钩距者,设欲知马价,则先问狗,已,问羊,又问牛,然后及马,参伍其贾,以类相准,则知马之贵贱,不失实矣。"王先谦补注:"钩,若钩取物也。距与致同。钩距,谓钩而致之。"
〔26〕 方簿书旁午时:当忙碌处理公文之时。簿书,官署文书。旁午,交错纷繁,谓事物繁杂。

乐　仲

乐仲,西安人。父早丧,遗腹生仲。母好佛,不茹荤酒。仲既长,嗜饮善啖,窃腹诽母[1],每以肥甘劝进。母咄之。后母病,弥留[2],苦思肉。仲急无所得肉,刲左股献之。病稍瘥,悔破戒,不食而死。仲哀悼益切,以利刃益刲右股见骨。家人共救之,裹帛敷药,寻愈。心念母苦节,又恸母愚,遂焚所供佛像,立主祀母[3]。醉后,辄对哀哭。年二十始娶,身犹童子。娶三日,谓人曰:"男女居室,天下之至秽,我实不为乐!"遂去妻[4]。妻父顾文涧,浼戚求返,请之三四,仲必不可。迟半年,顾遂醮女。仲鳏居二十年,行益不羁:奴隶优伶皆与饮;里党乞求,不靳与[5];有言嫁女无釜者,揭灶头举赠之。自乃从邻借釜炊。诸无行者知其性,朝夕骗赚之。或以博赌无赀[6]对之欹歔,言追呼急[7],将鬻其子。仲措税金如数,倾囊遗之;及租吏登门,自始典质营办。以故,家日益落。

先是仲殷饶,同堂子弟[8]争奉事之,凡有任其取携,莫与较;及仲蹇落[9],存问绝少。仲旷达,不为意。值母忌辰[10],仲适病,不能上墓,欲遣子弟代祀;诸子弟皆谢以故。仲乃醻诸室中,对主号痛;无嗣之戚,颇萦怀抱。因而病益剧。瞀乱中[11],觉有人抚摩之;目微启,则母也。惊问:"何来?"母曰:"缘家中无人上墓,故来就享,即视汝病。"问:"母向居何所?"母曰:"南海[12]。"抚摩既已,遍体生凉。开目四顾,渺无一人,病瘥。

既起,思朝南海。会邻村有结香社者[13],即卖田十亩,挟赀求偕。社人嫌其不洁[14],共摈绝之。乃随从同行。途中牛酒薤蒜不戒[15],众更恶之,乘其醉睡,不告而去。仲即独行。至闽,遇友人邀饮,有名妓琼华在座。适言南海之游,琼华愿附以行。仲喜,即待趋装,遂与俱发;虽寝食与共,而毫无所私。及至南海,社中人见其载妓而至,更非笑之,鄙不与同朝[16]。仲与琼华知其意,乃俟其先拜而后拜之。众拜时,恨无现示。及二人拜,方投地,忽见遍海皆莲花[17],花花璎珞垂珠[18];琼华见为菩萨,仲见花朵上皆其母。因急呼奔母,跃入从之。众见万朵莲花,悉变霞彩,障海如锦。少间,云静波澄,一切都杳,而仲犹身在海岸。亦不自解其何以得出,衣履并无沾濡。望海大哭,声震岛屿。琼华挽劝之,怆然下刹,命舟北渡。途中有豪家招琼华去,仲独憩逆旅。有童子方八九岁,丐食肆中,貌不类乞儿。细诘之,则被逐于继母。心怜之。儿依依左右,苦求拔拯[19],仲遂携与俱归。问其姓氏,则曰:"阿辛,姓雍,母顾氏。尝闻母言:适雍六月,遂生余。余本乐姓。"仲大惊。自疑生平一度[20],不应有子。因问乐居何乡,答云:"不知。但母没时,付一函书,嘱勿遗失。"仲急索书。视之,则当年与顾家离婚书也。惊曰:"真吾儿也!"审其年月良确,颇慰心愿。然家计日疏,居二年[21],割亩渐尽[22],竟不能畜僮仆。

一日,父子方自炊,忽有丽人入,视之,则琼华也。惊问:"何来?"笑曰:"业作假夫妻,何又问也?向不即从者,徒以有老妪在;今已死。顾念不从人,无以自庇;从人,则又无以自洁:计两全者,无如从君,是以不惮千里。"遂解装代儿炊。仲良喜。至夜,父子同寝如故,另治一室居琼华。儿母之,琼华亦善抚儿。戚党闻之,皆馈仲[23],两人皆乐受之。客至,琼华悉为治具,仲亦不问所自来。琼华渐出金珠赎故产,广置婢仆牛马,日益繁盛。仲每谓琼华曰:"我醉时,卿当避匿,勿使我见。"华笑诺之。一日,大醉,急唤琼华。华艳妆出。仲睨之良久,大喜,蹈舞若狂,曰:"吾悟矣!"顿醒。觉世界光明,所居庐舍,尽为琼楼玉宇[24],移时始已。从此不复饮市上,惟日对琼华饮。华茹素,以茶茗侍。一日,微醺,命琼华按股,见股上刲痕,化为两朵赤菡萏[25],隐起肉际。奇之。仲笑曰:"卿视此花放后,二十年假夫妻分手矣。"琼华信之。既为阿辛完婚,琼华渐以家付新妇,与仲别院居。子妇三日一朝,事非疑难不以告。役二婢:一温酒,一瀹茗而已。一日,琼华至儿所,儿媳咨白良久[26],共往见父。入门,见父白足坐榻上[27]。闻声,开眸微笑曰:"母子来大好!"即复瞑。琼华大惊曰:"君欲何为?"视其股上,莲花大放。试之,气已绝。即以两手捻合其花,且祝曰:"妾千里从君,大非容易。为君教子训妇,亦有微劳。即差二三年,何不一少待也?"移时,仲忽开眸笑曰:"卿自有卿事,何必又牵一人作伴也?无已,姑为卿留。"琼华释手,则花已复合。于是言笑如初。积三年馀,琼华年近四旬,犹如二十许人。忽谓仲曰:"凡人死后,被人捉头舁足,殊不雅洁。"遂命工治双椁[28]。辛骇问之,答云:"非汝所知。"工既竣,沐浴妆竟,命子及妇曰:"我将死矣。"辛泣曰:"数年赖母经纪,始不冻馁。母尚未得一享安逸，何遽舍儿而去？"曰："父种福而子享，奴婢牛马，皆骗债者填偿尔父，我无功焉。我本散花天女[29]，偶涉凡念，遂谪人间三十馀年，今限已满。"遂登木自入。再呼之，双目已含。辛哭告父，父不知何时已僵，衣冠俨然。号恸欲绝。入棺，并停堂中，数日未殓，冀其复返。光明生于股际，照彻四壁。琼华棺内，则香雾喷溢，近舍皆闻。棺既合，香光遂渐减。

既殡，乐氏诸子弟觊觎其有[30]，共谋逐辛，讼诸官。官莫能辨，拟以田产半给诸乐。辛不服，以词质郡，久不决。初，顾嫁女于雍，经年馀，雍流寓于闽，音耗遂绝。顾老无子，苦忆女，诣婿，则女死甥逐。告官。雍惧，赂顾，不受，必欲得甥。穷觅不得。一日，顾偶于途中，见彩舆过，避道左。舆中一美人呼曰："若非顾翁耶？"顾诺。女子曰："汝甥即吾子，现在乐家，勿讼也。甥方有难，宜急往。"顾欲详诘，舆已去远。顾乃受赂入西安。至，则讼方沸腾。顾自投官，言女大归日[31]、再醮日，及生子年月，历历甚悉。诸乐皆被杖逐，案遂结。及归，述其见美人之日，即琼华没日也。辛为顾移家，授庐赠婢。六十馀生一子，辛顾恤之。

异史氏曰[32]："断荤远室，佛之似也。烂熳天真，佛之真也。乐仲对丽人，直视之为香洁道伴[33]，不作温柔乡观也[34]。寝处三十年，若有情，若无情，此为菩萨真面目，世中人乌得而测之哉！"

据《聊斋志异》铸雪斋抄本

----

〔1〕 腹诽：心中不以为然。诽，非议。
〔2〕 弥留：病重濒死。

〔3〕 主：神主，木制牌位。
〔4〕 去：抛弃，休离。
〔5〕 不靳与：不吝赠送。靳，吝惜。
〔6〕 博赌：此据二十四卷抄本，原本作"赌博"。
〔7〕 追呼：指胥吏催租追索号呼。《新唐书·陆贽传》："禁防滋章，吏不堪命，农桑废于追呼，膏血竭于笞捶。"
〔8〕 同堂：同祖之亲属称"堂"，古时称"同堂"。
〔9〕 蹇（jiǎn 剪）落：家境困苦败落。
〔10〕 忌辰：忌日。旧俗父母死亡之日禁饮酒作乐，故称"忌日"。
〔11〕 瞀（mào 帽）乱：昏迷。
〔12〕 南海：世传观世音居于南海。故以之为佛教圣地。
〔13〕 结香社：民间习俗，信奉神佛的人结伙祀神进香，称"结香社"。
〔14〕 不洁：意谓乐仲"嗜饮善啖"不行斋戒。
〔15〕 薤（xiè 泄）蒜：葱韭薤蒜，均为斋戒者所忌。
〔16〕 朝：朝拜，指拜佛。
〔17〕 遍海皆莲花：意谓佛祖显圣。莲花，青莲花，梵语优婆罗的意译。佛家以青莲花比作佛眼。
〔18〕 璎珞（luò 络）：串连珠玉而成的装饰物。
〔19〕 拔拯：解救。
〔20〕 生平一度：指仅与其妻遇合一次。
〔21〕 居二年：此据二十四卷抄本，原作"居二十年"。
〔22〕 割亩：割卖土地。
〔23〕 餪（nuǎn 暖）：古代婚礼，嫁女之家三日后以熟食馈女曰餪。这里指贺婚赠送礼物。
〔24〕 琼楼玉宇：月中宫殿。此指仙境。
〔25〕 菡萏（hàn dàn 汗旦）：荷花的别名。
〔26〕 咨白：禀白，请示。
〔27〕 白足：赤脚。
〔28〕 椸（huì 会）：棺材。
〔29〕 散花天女：佛界天女名，详见《画壁》注。
〔30〕 觊觎（jì yú 济于）：非分的冀望或图谋。

〔31〕 大归：旧称妇女被丈夫休离回娘家为大归。
〔32〕 "异史氏曰"段：据二十四卷抄本补，原无。
〔33〕 香洁道伴：芳香洁静的求道伙伴。
〔34〕 温柔乡：喻迷人美色。详见《犬奸》注。

香　玉

　　劳山下清宫[1],耐冬高二丈[2],大数十围[3],牡丹高丈馀,花时璀璨似锦[4]。胶州黄生[5],舍读其中。一日,自窗中见女郎,素衣掩映花间[6]。心疑观中焉得此。趋出,已遁去。自此屡见之。遂隐身丛树中,以伺其至。未几,女郎又偕一红裳者来,遥望之,艳丽双绝。行渐近,红裳者却退,曰:"此处有生人!"生暴起。二女惊奔,袖裙飘拂,香风洋溢,追过短墙,寂然已杳。爱慕弥切,因题句树下云:"无限相思苦,含情对短釭[7]。恐归沙吒利,何处觅无双[8]?"归斋冥思。女郎忽入,惊喜承迎。女笑曰:"君汹汹似强寇,令人恐怖;不知君乃骚雅士,无妨相见。"生叩生平,曰:"妾小字香玉,隶籍平康巷[9]。被道士闭置山中,实非所愿。"生问:"道士何名?当为卿一涤此垢[10]。"女曰:"不必,彼亦未敢相逼。借此与风流士,长作幽会,亦佳。"问:"红衣者谁?"曰:"此名绛雪,乃妾义姊。"遂相狎。及醒,曙色已红。女急起,曰:"贪欢忘晓矣。"着衣易履,且曰:"妾酬君作[11],勿笑:'良夜更易尽,朝暾已上窗[12]。愿如梁上燕,栖处自成双。'"生握腕曰:"卿秀外惠中[13],令人爱而忘死。顾一日之去,如千里之别。卿乘间当来,勿待夜也。"女诺之。由此夙夜必偕。每使邀绛雪来,辄不至,生以为恨。女曰:"绛姐性殊落落[14],不似妾情痴也。当从容劝驾,不必过急。"

一夕,女惨然入曰:"君陇不能守,尚望蜀耶[15]?今长别矣。"问:"何之?"以袖拭泪,曰:"此有定数,难为君言。昔日佳作[16],今成谶语矣[17]。'佳人已属沙咤利,义士今无古押衙'[18],可为妾咏。"诘之,不言,但有呜咽。竟夜不眠,早旦而去。生怪之。次日,有即墨蓝氏[19],入宫游瞩,见白牡丹,悦之,掘移径去。生始悟香玉乃花妖也,怅惋不已。过数日,闻蓝氏移花至家,日就萎悴。恨极,作哭花诗五十首,日日临穴涕洟[20]。一日,凭吊方返,遥见红衣人挥涕穴侧。从容近就,女亦不避。生因把袂,相向汍澜[21]。已而挽请入室,女亦从之。叹曰:"童稚姊妹,一朝断绝!闻君哀伤,弥增妾恸。泪堕九泉,或当感诚再作[22];然死者神气已散,仓卒何能与吾两人共谈笑也。"生曰:"小生薄命,妨害情人,当亦无福可消双美。曩频烦香玉,道达微忱,胡再不临?"女曰:"妾以年少书生,什九薄幸;不知君固至情人也[23]。然妾与君交,以情不以淫。若昼夜狎昵,则妾所不能矣。"言已,告别。生曰:"香玉长离,使人寝食俱废。赖卿少留,慰此怀思,何决绝如此!"女乃止,过宿而去。数日不复至。冷雨幽窗,苦怀香玉,辗转床头,泪凝枕席。揽衣更起,挑灯复踵前韵曰[24]:"山院黄昏雨,垂帘坐小窗。相思人不见,中夜泪双双。"诗成自吟。忽窗外有人曰:"作者不可无和[25]。"听之,绛雪也。启户内之。女视诗,即续其后曰:"连袂人何处[26]?孤灯照晚窗。空山人一个,对影自成双。"生读之泪下,因怨相见之疏。女曰:"妾不能如香玉之热,但可少慰君寂寞耳。"生欲与狎。曰:"相见之欢,何必在此。"于是至无聊时,女辄一至。至则宴饮唱酬,有时不寝遂去,生亦听之。谓曰："香玉吾爱妻,绛雪吾良友也。"每欲相问："卿是院中第几株?乞早见示,仆将抱植家中,免似香玉被恶人夺去,贻恨百年。"女曰："故土难移,告君亦无益也。妻尚不能终从,况友乎!"生不听,捉臂而出,每至牡丹下,辄问:"此是卿否?"女不言,掩口笑之。

旋生以腊归过岁。至二月间,忽梦绛雪至,愀然曰:"妾有大难!君急往,尚得相见;迟无及矣。"醒而异之,急命仆马,星驰至山。则道士将建屋,有一耐冬,碍其营造,工师将纵斤矣[27]。生急止之。入夜,绛雪来谢。生笑曰:"向不实告,宜遭此厄!今已知卿;如卿不至,当以炷艾相炙[28]。"女曰:"妾固知君如此,曩故不敢相告也。"坐移时,生曰:"今对良友,益思艳妻。久不哭香玉,卿能从我哭乎?"二人乃往,临穴洒涕。更馀,绛雪收泪劝止。又数夕,生方寂坐,绛雪笑入曰:"报君喜信:花神感君至情,俾香玉复降宫中。"生问:"何时?"答曰:"不知,约不远耳。"天明下榻,生嘱曰:"仆为卿来,勿长使人孤寂。"女笑诺。两夜不至。生往抱树,摇动抚摩,频唤无声。乃返,对灯团艾,将往灼树。女遽入,夺艾弃之,曰:"君恶作剧,使人创痏[29],当与君绝矣!"生笑拥之。坐未定,香玉盈盈而入。生望见,泣下流离,急起把握。香玉以一手握绛雪,相对悲哽。及坐,生把之觉虚,如手自握,惊问之。香玉泫然曰[30]:"昔妾,花之神,故凝;今妾,花之鬼,故散也。今虽相聚,勿以为真,但作梦寐观可耳。"绛雪曰:"妹来大好!我被汝家男子纠缠死矣。"遂去。

香玉款笑如前;但偎傍之间,仿佛一身就影。生悒悒不乐。香玉亦俯仰自恨,乃曰:"君以白蔹屑[31],少杂硫黄,日酹妾一杯水,明年此日报君恩。"别去。明日,往观故处,则牡丹萌生矣。生乃日加培植,又作雕栏以护之。香玉来,感激倍至。生谋移植其家,女不可,曰:"妾弱质,不堪复戕。且物生各有定处,妾来原不拟生君家,违之反促年寿[32]。但相怜爱,合好自有日耳。"生恨绛雪不至。香玉曰:"必欲强之使来,妾能致之。"乃与生挑灯至树下,取草一茎,布掌为度[33],以度树本[34],自下而上,至四尺六寸,按其处,使生以两爪齐搔之。俄见绛雪从背后出,笑骂曰:"婢子来,助桀为虐耶[35]!"牵挽并入。香玉曰:"姊勿怪!暂烦陪侍郎君,一年后不相扰矣。"从此遂以为常。

生视花芽,日益肥茂,春尽,盈二尺许[36]。归后,以金遗道士,嘱令朝夕培养之。次年四月至宫,则花一朵,含苞未放;方流连间,花摇摇欲拆[37];少时已开,花大如盘,俨然有小美人坐蕊中,裁三四指许;转瞬飘然欲下,则香玉也。笑曰:"妾忍风雨以待君,君来何迟也!"遂入室。绛雪亦至,笑曰:"日日代人作妇,今幸退而为友。"遂相谈谑。至中夜,绛雪乃去。二人同寝,款洽一如从前。

后生妻卒,生遂入山不归。是时,牡丹已大如臂。生每指之曰:"我他日寄魂于此,当生卿之左。"二女笑曰:"君勿忘之。"后十馀年,忽病。其子至,对之而哀。生笑曰:"此我生期,非死期也,何哀为!"谓道士曰:"他日牡丹下有赤芽怒生[38],一放五叶者,即我也。"遂不复言。子舆之归家,即卒。次年,果有肥芽突出,叶如其数。道士以为异,益灌溉之。三年,高数尺,大拱把[39],但不花。老道士死,其弟子不知爱惜,斫去之。白牡丹亦憔悴死;无何,耐冬亦死。

异史氏曰:"情之至者,鬼神可通。花以鬼从[40],而人以魂寄[41],非其结于情者深耶?一去而两殉之[42],即非坚贞,亦为情死矣。人不能贞,亦其情之不笃耳。仲尼读唐棣而曰'未思'[43],信矣哉!"

据《聊斋志异》铸雪斋抄本

------

〔1〕 下清宫:山东崂山上的道观名。
〔2〕 耐冬:《本草·络石》,谓"络石"俗名"耐冬",常绿木本,质坚韧,初夏开花。
〔3〕 大数十围:二十四卷抄本作"大数围"。围,计算圆周的量词。径尺为"围",一说五寸为"围"。大,据山东省博物馆抄本补,原缺。
〔4〕 璀璨(cuǐ càn 崔灿):玉石的光泽,形容色彩鲜明。
〔5〕 胶州:州名,治所在今山东胶县。
〔6〕 掩映:忽隐忽现。
〔7〕 短釭:犹言短灯。缸,当作"釭",灯。灯座短矮者为短釭。
〔8〕 "恐归沙吒利"二句:意谓唯恐所锺爱的女子被别人抢去,就无处寻觅了。沙吒利,传奇故事中的人物。唐人许尧佐《柳氏传》,谓韩翊和柳氏相恋,安史乱起,柳氏被番将沙吒利劫走,后得虞候许俊相助,与韩复合。无双,传奇故事中的人物。唐人薛调《无双传》,谓刘无双和王仙客原有婚约。后因政治上的变乱,无双被收入宫廷。王仙客求助于侠客古押衙,设计从宫廷中救出刘无双。
〔9〕 平康巷:指妓院。唐代长安丹凤街有平康坊,也称平康里,为妓女聚居之地。旧时因以"平康"泛指妓女居地。
〔10〕 一涤此垢:洗雪这种耻辱。
〔11〕 酬:以诗文应和。
〔12〕 朝暾(tūn 吞):清晨初升的太阳。
〔13〕 秀外惠中:外貌秀美,内心聪明。惠,通"慧"。
〔14〕 落落:孤高不凡。

- [15] "君陇不能守"二句:意谓您连我都保不住了,还想得到绛雪吗?此二句是"得陇望蜀"的化用。《后汉书·岑彭传》:"人苦不知足,既平陇,复望蜀。"
- [16] 昔日佳作:指"恐归沙吒利,何处觅无双"一诗。
- [17] 谶(chèn衬)语:预言吉凶的话语。此指应验的凶灾之言。
- [18] "佳人已属沙吒利"二句:这是宋许顗《彦周诗话》引王晋卿的诗句。古押衙,唐传奇《无双传》中人物。古,姓。押衙,官名,管领皇帝仪仗和担任侍卫。
- [19] 即墨:县名,在今山东省青岛市东北部。
- [20] 穴:指白牡丹被移后所留下的土坑。
- [21] 汍(wán完)澜:流泪。
- [22] "泪堕九泉"二句:意谓牡丹在九泉之下,被真诚的怀念所感动,有可能重生。作,兴起。
- [23] 至情人:极重感情之人。
- [24] 踵前韵:依照前诗的韵脚再作一首。踵,追随、继续。
- [25] 和(hè贺):和诗;和他人之诗而用其原韵。
- [26] 连袂人:同伴,这里指香玉。袂,衣袖。
- [27] 斤:斧。
- [28] 炷艾:中医用艾绒团,点燃薰灸经络穴位。
- [29] 创痏(wěi委):创伤而致疤痕。
- [30] 泫然:伤心流泪。
- [31] 白蔹(liǎn脸):中草药名,其根可入药。《群芳谱》谓种植牡丹,以白蔹末拌种,可使苗旺;分枝栽培,则需以少量轻粉和硫磺涂抹劈破之处,然后埋坑培土。
- [32] 促:缩减。
- [33] 布掌作度:以手掌比量,取为尺度。
- [34] 度树本:量树干。
- [35] 助桀为虐:比喻帮助坏人作恶。语出《史记·留侯世家》。桀,夏代末期暴君。
- [36] 盈:增长,生长。
- [37] 拆:绽开,指花蕾开放。

［38］ 怒生：茁壮地生出。怒，形容生气勃勃。
［39］ 拱把：指树干盈握。
［40］ 花以鬼从：指香玉死后为"花之鬼"，仍然相从黄生。
［41］ 人以魂寄：指黄生死后魂灵依附于香玉之侧。寄，依附。
［42］ 一去而两殉之：一去，指黄生死后所生成的不花牡丹，被道士弟子斫去。两殉之，指牡丹和耐冬相继死去，像是殉情而亡。
［43］ "仲尼读唐棣"句：《论语·子罕》："'唐棣之华，偏其反而。岂不尔思？室是远而。'子曰：'未之思也，夫何远之有。'""唐棣之华"四句是古逸诗，意思是唐棣树的花，翩翩地摇摆，难道我不想你？只因为家住得太遥远。孔子读了这首诗说道："还是没有想念，要是真的想念，有什么遥远呢？"此处引用孔子"未思"之句，意在说明，如有至情，就能够坚贞相爱。仲尼，孔子的字。

三　仙

一士人赴试金陵[1],经宿迁[2],遇三秀才,谈论超旷[3],遂与沽酒款洽[4]。各表姓字:一介秋衡,一常丰林,一麻西池。纵饮甚乐,不觉日暮。介曰:"未修地主之仪[5],忽叨盛馔[6],于理不当。茅茨不远[7],可便下榻。"常、麻并起,捉襟唤仆[8],相将俱去。至邑北山,忽睹庭院,门绕清流。既入,舍宇清洁。呼童张灯,又命安置从人。麻曰:"昔日以文会友[9],今场期伊迩[10],不可虚此良夜。请拟四题命阄,各拈其一[11],文成方饮。"众从之。各拟一题,写置几上,拾得者就案构思[12]。二更未尽,皆已脱稿,迭相传视[13]。秀才读三作,深为倾倒,草录而怀藏之。主人进良酝,巨杯促釂[14],不觉醺醉。主人乃导客就别院寝。客醉,不暇解履,和衣而卧。及醒,红日已高,四顾并无院宇,主仆卧山谷中。大骇。见傍有一洞,水涓涓流。自讶迷惘。探怀中,则三作俱存。下问土人,始知为"三仙洞"。中有蟹、蛇、虾蟆三物,最灵,时出游,人常见之。士人入闱,三题即仙作,以是擢解[15]。

据《聊斋志异》铸雪斋抄本

------

[1]　金陵:今南京市。

[2] 宿迁:今江苏省宿迁县。
[3] 超旷:超逸旷达。
[4] 款洽:亲切融洽。此指共叙情好。
[5] 地主:东道主。
[6] 叨盛馔:承蒙盛馔招待。叨,辱,表示受的谦词。
[7] 茅茨:茅屋,谦指自己的房舍。
[8] 捉襟:牵着衣襟,指牵衣挽手。此据二十四卷抄本,原作"捉裙"。唤仆:意谓呼唤仆人接待客人。
[9] 以文会友:通过文字往来,结交朋友。《论语·颜渊》:"曾子曰:'君子以文会友,以友辅仁。'"
[10] 场期伊迩:试期临近。伊,助词。迩,近。
[11] 命阄(jiū 纠):犹言制阄。此二句意为,将四题分写四阄,拈得某阄即作阄上之文题。
[12] 拾:拾阄,拈阄。
[13] 迭:轮流。
[14] 醮(jiào 酵):即干杯。
[15] 擢解:考中举人。

鬼　隶

历城县二隶,奉邑令韩承宣命[1],营干他郡[2],岁暮方归。途遇二人,装饰亦类公役,同行话言。二人自称郡役。隶曰:"济城快皂[3],相识十有八九,二君殊昧生平。"二人云:"实相告:我城隍鬼隶也。今将以公文投东岳[4]。"隶问:"公文何事?"答云:"济南大劫,所报者,杀人之名数也。"惊问其数。曰:"亦不甚悉,约近百万。"隶问其期,答以"正朔"[5]。二隶惊顾,计到郡正值岁除[6],恐罹于难;迟留恐贻谴责。鬼曰:"违误限期罪小,入遭劫数祸大。宜他避,姑勿归。"隶从之。未几,北兵大至[7],屠济南,扛尸百万。二人亡匿得免。

据《聊斋志异》铸雪斋抄本

---

〔1〕 韩承宣:字长卿,山西蒲州(今山西省永济县西蒲州镇)人。崇祯七年进士,曾任山东省淄川县知县,后调任历城县。见光绪《山东通志·职官志》。
〔2〕 营干:办事。
〔3〕 快皂:捕快。旧时州县地方担任缉捕的役卒。
〔4〕 东岳:泰山东岳大帝。迷信传说东岳大帝掌管世人生死祸福。
〔5〕 正朔:正月初一。
〔6〕 岁除:除夕。
〔7〕 北兵:指清兵。

王　十

　　高苑民王十[1],负盐于博兴[2]。夜为二人所获。意为土商之逻卒也[3],舍盐欲遁;足苦不前,遂被缚。哀之。二人曰:"我非盐肆中人,乃鬼卒也。"十惧,乞一至家,别妻子。不许,曰:"此去亦未便即死,不过暂役耳。"十问:"何事?"曰:"冥中新阎王到任,见奈河淤平[4],十八狱坑厕俱满[5],故捉三种人淘河:小偷、私铸[6]、私盐;又一等人使涤厕:乐户也[7]。"

　　十从去,入城郭,至一官署,见阎罗在上,方稽名籍。鬼禀曰:"捉一私贩王十至。"阎罗视之,怒曰:"私盐者,上漏国税,下蠹民生者也。若世之暴官奸商所指为私盐者,皆天下之良民。贫人揭锱铢之本[8],求升斗之息[9],何为私哉!"罚二鬼市盐四斗,并十所负,代运至家。留十,授以蒺藜骨朵[10],令随诸鬼督河工。鬼引十去,至奈河边,见河内人夫,缧续如蚁[11]。又视河水浑赤,臭不可闻。淘河者皆赤体持畚锸[12],出没其中。朽骨腐尸,盈筐负舁而出;深处则灭顶求之。惰者辄以骨朵击背股。同监者以香绵丸如巨菽[13],使含口中,乃近岸。见高苑肆商,亦在其中。十独苛遇之:入河楚背,上岸敲股。商惧,常没身水中,十乃已。经三昼夜,河夫半死,河工亦竣。前二鬼仍送至家,豁然而苏。先是,十负盐未归,天明,妻启户,则盐两囊置庭中,而十久不至。使人遍觅之,则死途中。舁之而归,奄有微息，不解其故。及醒，始言之。肆商亦于前日死，至是始苏。骨朵击处，皆成巨疽，浑身腐溃，臭不可近。十故诣之。望见十，犹缩首衾中，如在奈河状。一年，始愈，不复为商矣。

异史氏曰："盐之一道，朝廷之所谓私，乃不从乎公者也；官与商之所谓私，乃不从其私者也。近日齐、鲁新规，土商随在设肆[14]，各限疆域。不惟此邑之民，不得去之彼邑；即此肆之民，不得去之彼肆。而肆中则潜设饵以钓他邑之民；其售于他邑，则廉其直；而售诸土人，则倍其价以昂之。而又设逻于道，使境内之人，皆不得逃吾昂。其有境内冒他邑以来者，法不宥。彼此之相钓，而越肆假冒之愚民益多。一被逻获，则先以刀杖残其胫股，而后送诸官；官则桎梏之，是名'私盐'。呜呼！冤哉！漏数万之税非私，而负升斗之盐则私之；本境售诸他境非私，而本境买诸本境则私之，冤矣！律中'盐法'最严，而独于贫难军民[15]，背负易食者，不之禁，今则一切不禁，而专杀此贫难军民！且夫贫难军民，妻子嗷嗷，上守法而不盗，下知耻而不娼；不得已，而揭十母而求一子[16]。使邑尽此民，即'夜不闭户'可也[17]。非天下之良民乎哉！彼肆商者，不但使之淘奈河，直当使涤狱厕耳！而官于春秋节[18]，受其斯须之润[19]，遂以三尺法助使杀吾良民[20]。然则为贫民计，莫若为盗及私铸耳。盗者白昼劫人，而官若聋；铸者炉火烜天[21]，而官若瞽；即异日淘河，尚不至如负贩者所得无几，而官刑立至也。呜呼！上无慈惠之师，而听奸商之法，日变日诡，奈何不顽民日生，而良民日死哉！"

各邑肆商，旧例以若干盐资，岁奉本县，名曰"食盐"。又逢节序,具厚仪[22]。商以事谒官,官则礼貌之,坐与语,或茶焉。送盐贩至,重惩不遑[23]。张公石年宰淄[24],肆商来见,循旧规,但揖不拜[25]。公怒曰:"前令受汝贿,故不得不隆汝礼;我市盐而食,何物商人[26],敢公堂抗礼乎!"捋裤将笞。商叩头谢过,乃释之。后肆中获二负贩者,其一逃去,其一被执到官。公问:"贩者二人,其一焉往?"贩者曰:"逃去矣。"公曰:"汝腿病不能奔耶?"曰:"能奔。"公曰:"既被捉,必不能奔;果能,可起试奔,验汝能否。"其人奔数步欲止。公曰:"奔勿止!"其人疾奔,竟出公门而去。见者皆笑。公爱民之事不一,此其闲情,邑人犹乐诵之。

据《聊斋志异》铸雪斋抄本

----

〔1〕 高苑:旧县名,治所在今山东省博兴县高苑镇。
〔2〕 负:负贩。
〔3〕 土商:当地盐商。
〔4〕 奈河:迷信所传地狱中的河名。唐张读《宣室志》四:"(董观死)行十馀里,至一水,广不数尺,流而西南。……此俗所谓奈河,其源出于鬼府。观即视其水皆血,而腥秽不可近。"
〔5〕 十八狱:迷信所传阴曹地府的十八层地狱。坑厕:厕所。
〔6〕 私铸:私自铸钱。
〔7〕 乐户:古时犯罪的妇女或犯人的妻子没入官府,充当乐妓,供统治者取乐。这类人家称乐户。后世妓院也称乐户。
〔8〕 揭锱铢之本:持微少的资本。揭,持。锱铢,形容微小的数量。《汉书·历律志》:二十四铢为两,十六两为斤。《说文·金部》:六铢为锱。
〔9〕 求升斗之息:求取赖以餬口的微利。升斗,喻指少量口粮。

〔10〕 蒺藜骨朵：古兵器。其制，于棒端缀以铁制或坚木所制的蒜头形"骨朵"。即旧时仪仗中的"金瓜"。骨朵上加铁刺，状如蒺藜者，称"蒺藜骨朵"。
〔11〕 繦（qiǎng强）续：谓人群不断，如用绳索连接在一起。繦，绳索。此据二十四卷抄本，原本作"繦绩"。
〔12〕 畚（běn本）锸：挖运泥土的工具。畚，箕。
〔13〕 巨菽：巨大的豆粒。
〔14〕 随在：到处。
〔15〕 贫难军民：贫困的军户和民户。军户，始于南北朝。明清时期，屯卫兵丁以及充配为军的犯人及其随配子女和后代，也称军户，其地位低下，生活贫苦。
〔16〕 揭十母而求一子：犹言求十一之利。持十本而求一利。
〔17〕 夜不闭户：喻治世。语本《礼记·礼运》："是故谋闭而不兴，盗窃乱贼而不作，故外户而不闭，是为大同。"
〔18〕 春秋节：犹岁时节序。春秋，岁时、四时。
〔19〕 斯须之润：意谓暂时捞到一点好处。斯须，片刻、暂时。润，沾润，此指贿赂。
〔20〕 三尺法：指法律。
〔21〕 炉火烜（xuān宣）天：炉火旺盛照耀天空。
〔22〕 厚仪：厚重的礼物。
〔23〕 不遑：不敢怠慢。
〔24〕 张公石年宰淄：此据二十四卷抄本，原作"张石宰令淄川"。张嵋，字石年，仁和（今浙江省杭州市）人。康熙二十五年为淄川令。乾隆《淄川县志·职官志》载：张嵋"精明有才干，邑中百废俱举"。
〔25〕 但揖不拜：只作揖而不行跪拜礼。
〔26〕 何物商人：意为商人是什么东西。

大　男

奚成列,成都士人也[1]。有一妻一妾。妾何氏,小字昭容。妻早没,继娶申氏,性妒,虐遇何,且并及奚;终日哓聒[2],恒不聊生。奚怒,亡去。去后,何生一子大男。奚去不返,申摈何不与同炊[3],计日授粟。大男渐长,用不给,何纺绩佐食。大男见塾中诸儿吟诵,亦欲读。母以其太稚,姑送诣读。大男慧,所读倍诸儿。师奇之,愿不索束脩[4]。何乃使从师,薄相酬。积二三年,经书全通[5]。一日归,谓母曰:"塾中五六人,皆从父乞钱买饼,我何独无?"母曰:"待汝长,告汝知。"大男曰:"今方七八岁,何时长也?"母曰:"汝往塾,路经关帝庙,当拜之,祐汝速长。"大男信之,每过必入拜。母知之,问曰:"汝所祝何词?"笑云:"但祝明年便使我十六七岁。"母笑之。然大男学与躯长并速:至十岁,便如十三四岁者;其所为文竟成章[6]。一日,谓母曰:"昔为我壮大[7],当告父处,今可矣。"母曰:"尚未,尚未。"又年馀,居然成人,研诘益频,母乃缅述之。大男悲不自胜,欲往寻父。母曰:"儿太幼,汝父存亡未知,何遽可寻?"大男无言而去,至午不归。往塾问师,则辰餐未复。母大惊,出资佣役[8],到处冥搜,杳无踪迹。

大男出门,遁途奔去,茫然不知何往。适遇一人将如夔州[9],言姓钱。大男丐食相从。钱病其缓[10],为赁代步,资斧耗竭。至夔,同食,钱阴投毒食中,大男瞑不觉。钱载至大刹,托为己子,偶病绝资,卖诸僧。僧见其丰姿秀异,争购之。钱得金竟去。僧饮之,略醒。长老知而诣视[11],奇其相,研诘,始得颠末。甚怜之,赠资使去。有泸州蒋秀才[12],下第归,途中问得故,嘉其孝,携与同行。至泸,主其家[13]。月馀,遍加谘访。或言闽商有奚姓者,乃辞蒋,欲之闽。蒋赠以衣履,里党皆敛资助之。途遇二布客,欲往福清[14],邀与同侣。行数程,客窥囊金,引至空所,挚其手足,解夺而去。适有永福陈翁过其地[15],脱其缚,载归其家。翁豪富,诸路商贾,多出其门,翁嘱南北客代访奚耗。留大男伴诸儿读。大男遂住翁家,不复游。然去家愈远,音梗矣。

何昭容孤居三四年,申氏减其费,抑勒令嫁[16]。何志不摇。申强卖于重庆贾,贾劫取而去。至夜,以刀自劙[17]。贾不敢逼,俟创瘥[18],又转鬻于盐亭贾[19]。至盐亭,自刺心头,洞见脏腑。贾大惧,敷以药,创平,求为尼。贾曰:"我有商侣,身无淫具,每欲得一人主缝纫。此与作尼无异,亦可少偿吾值。"何诺。贾舆送去。入门,主人趋出,则奚生也。盖奚已弃儒为商,贾以其无妇,故赠之也。相见悲骇,各述苦况,始知有儿寻父未归。奚乃嘱诸客旅,侦察大男。而昭容遂以妾为妻矣。然自历艰苦,痼痛多疾,不能操作,劝奚纳妾。奚鉴前祸,不从所请。何曰:"妾如争床笫者,数年来固已从人生子,尚得与君有今日耶?且人加我者,隐痛在心,岂及诸身而自蹈之[20]?"奚乃嘱客侣,为买三十馀老妾。逾半年,客果为买妾归。入门,则妻申氏。各相骇异。先是,申独居年馀,兄苞劝令再适。申从之,惟田产为子侄所阻,不得售。鬻诸所有,积数百金,携归兄家,有保宁贾[21],闻其富有奁资,以多金啖苞,赚娶之。而贾老废不能人[22]。申怨兄,不安于室,悬梁投井,不堪其扰。贾怒,搜括其资,将卖作妾。闻者皆嫌其老。贾将适夔,乃载与俱去。遇奚同肆,适中其意,遂货之而去。既见奚,惭惧不出一语。奚问同肆商[23],略知梗概,因曰:"使遇健男,则在保宁,无再见之期,此亦数也。然今日我买妾,非娶妻,可先拜昭容,修嫡庶礼。"申耻之。奚曰:"昔日汝作嫡,何如哉!"何劝止之。奚不可,操杖临逼。申不得已,拜之。然终不屑承奉,但操作别室。何悉优容之[24],亦不忍课其勤惰。奚每与昭容谈宴,辄使役使其侧;何更代以婢,不听前[25]。

会陈公嗣宗宰盐亭[26]。奚与里人有小争,里人以逼妻作妾揭讼奚[27]。公不准理,叱逐之。奚喜,方与何窃颂公德。一漏既尽,僮呼叩扉,入报曰:"邑令公至。"奚骇极,急觅衣履,则公已至寝门;益骇,不知所为。何审之,急出曰:"是吾儿也!"遂哭。公乃伏地悲咽。盖大男从陈公姓,业为官矣。初,公至自都,迂道过故里,始知两母皆醮,伏膺哀痛[28]。族人知大男已贵,反其田庐。公留仆营造,冀父复还。既而授任盐亭,又欲弃官寻父,陈翁苦劝止之。会有卜者,使筮焉。卜者曰:"小者居大,少者为长;求雄得雌,求一得两:为官吉。"公乃之任。为不得亲,居官不茹荤酒。是日,得里人状,睹奚姓名,疑之。阴遣内使细访[29],果父。乘夜微行而出[30]。见母,益信卜者之神。临去,嘱勿播,出金二百,启父办装归里。父抵家,门户一新,广畜仆马,居然大家矣。申见大男贵盛,益自敛。兄苞不愤,讼官,为妹争嫡。官廉得其情,怒曰:"贪资劝嫁,已更二夫,尚何颜争昔年嫡庶耶!"重答苞。由此名分益定。而申姊何,何亦姊之[31]。衣服饮食,悉不自私。申初惧其复仇,今益愧悔。奚亦忘其旧恶,俾内外皆呼以太母[32],但诰命不及耳[33]。

异史氏曰:"颠倒众生[34],不可思议,何造物之巧也!奚生不能自立于妻妾之间,一碌碌庸人耳。苟非孝子贤母,乌能有此奇合,坐享富贵以终身哉!"

据《聊斋志异》铸雪斋抄本

------

〔1〕 成都:今四川省成都市。
〔2〕 哓聒:吵嚷。
〔3〕 摈(bìn殡):排斥。
〔4〕 束脩:《论语·述而》:"自行束脩以上,吾未尝无诲焉。"后因称学生聘请老师的酬金为束脩。脩,干肉。
〔5〕 经书:指儒家经书。即《诗》、《书》、《礼》、《乐》、《易》、《春秋》。《乐经》亡失较早(《汉书·艺文志》已无《乐经》),因此后世传诵只有"五经"。
〔6〕 所为文竟成章:指大男习作八股文竟能成篇。
〔7〕 昔为:昔谓。为,谓。
〔8〕 佣役:雇人。
〔9〕 夔(kuí魁)州:旧府名,治所在今四川省奉节县。
〔10〕 病其缓:嫌大男走得太慢。病,不满,嫌恶。
〔11〕 长老:谓僧之年德俱高者,指主持僧人。
〔12〕 泸州:今四川省泸州市。
〔13〕 主其家:寄居其家。主,舍于其家,以之为居停。《孟子·万章》:"孔子于卫,主痈疽。"

〔14〕 福清：今福建省福清县。
〔15〕 永福：今福建省永泰县。
〔16〕 抑勒：逼迫。
〔17〕 劙（lí 离）：割。
〔18〕 创瘥（chài 虿）：创伤痊愈。
〔19〕 盐亭：今四川省盐亭县。
〔20〕 岂及诸身而自蹈之：岂能因自身已为正妻而虐待为妾者。蹈，蹈袭，指沿用"人加我者"之法，以待他人。
〔21〕 保宁：府名，治所在今四川省阆中县。
〔22〕 不能人：不能行房事。
〔23〕 同肆商：此据二十四卷抄本，原本作"同商"。
〔24〕 优容：宽容。
〔25〕 不听前：指不使申在面前侍奉。
〔26〕 盐亭：此据二十四卷抄本，原本作"盐城"。
〔27〕 揭讼：告发于官。
〔28〕 伏膺哀痛：内心极端哀痛。伏膺，同"服膺"，牢著于心。
〔29〕 内使：指随身役使之仆。
〔30〕 微行：便服出行。
〔31〕 何亦姊之：亦，据二十四卷本补，原缺。
〔32〕 内外：内外役使的人。太母：奴仆对其官员主人嫡母的敬称。
〔33〕 诰命不及：意谓虽然尊称申氏为"太母"，但对朝廷申报大男之嫡母为何氏，故申氏不能受诰命之封赠。清制五品以上官员授诰命，六品以下授敕命。
〔34〕 颠倒众生：佛家语，指人世。《圆觉经》："一切众生从无始来，种种颠倒，犹如迷人四方易处。"

外 国 人

己巳秋,岭南从外洋飘一巨艘来[1]。上有十一人,衣鸟羽,文采璀璨。自言:"吕宋国人[2]。遇风覆舟,数十人皆死;惟十一人附巨木,飘至大岛得免。凡五年,日攫鸟虫而食;夜伏石洞中,织羽为帆。忽又飘一舟至,橹帆皆无,盖亦海中碎于风者,于是附之将返。又被大风引至澳门。"巡抚题疏[3],送之还国。

据《聊斋志异》铸雪斋抄本

----

〔1〕 岭南:岭南道,治所在今广州市。
〔2〕 吕宋国:在今菲律宾群岛,都邑马尼拉。
〔3〕 题疏:题奏,指奏闻皇帝。

韦 公 子

韦公子,咸阳世家[1]。放纵好淫,婢妇有色,无不私者。尝载金数千,欲尽览天下名妓,凡繁丽之区,无不至。其不甚佳者,信宿即去[2];当意,则作百日留。叔亦名宦,休致归[3],怒其行,延明师,置别业,使与诸公子键户读[4]。公子夜伺师寝,逾垣归,迟明而返。一夜,失足折肱,师始知之。告公,公益施夏楚[5],俾不能起而始药之。及愈,公与之约:能读倍诸弟,文字佳,出勿禁;若私逸[6],挞如前。然公子最慧,读常过程[7]。数年,中乡榜。欲自败约,公箝制之。赴都,以老仆从,授日记籍,使志其言动,故数年无过行。后成进士,公乃稍弛其禁。公子或将有作,惟恐公闻,入曲巷中[8],辄托姓魏。

一日,过西安,见优僮罗惠卿[9],年十六七,秀丽如好女,悦之。夜留缱绻,赠贻丰隆。闻其新娶妇尤韵妙,私示意惠卿。惠卿无难色,夜果携妇至,三人共一榻。留数日,眷爱臻至。谋与俱归。问其家口,答云:"母早丧,父存。某原非罗姓。母少服役于咸阳韦氏,卖至罗家,四月即生余。倘得从公子去,亦可察其音耗。"公子惊问母姓,曰:"姓吕。"生骇极,汗下浃体[10],盖其母即生家婢也。生无言。时天已明,厚赠之,劝令改业。伪托他适,约归时召致之,遂别去。后令苏州[11],有乐伎沈韦娘,雅丽绝伦,爱留与狎。戏曰:"卿小字取'春风一曲杜韦娘'耶[12]?"答曰:"非也。妾母十七为名妓,有咸阳公子与公同姓，留三月，订盟婚娶。公子去，八月生妾，因名韦，实妾姓也。公子临别时，赠黄金鸳鸯，今尚在。一去竟无音耗，妾母以是愤悒死。妾三岁，受抚于沈媪，故从其姓。"公子闻言，愧恨无以自容。默移时，顿生一策。忽起挑灯，唤韦娘饮，暗置鸩毒杯中。韦娘才下咽，溃乱呻嘶。众集视，则已毙矣。呼优人至，付以尸，重赂之。而韦娘所与交好者尽势家，闻之皆不平，贿激优人，讼于上官。生惧，泻橐弥缝[13]，卒以浮躁免官。

归家，年才三十八，颇悔前行。而妻妾五六人，皆无子。欲继公孙[14]；公以门内无行[15]，恐儿染习气，虽许过嗣，必待其老而后归之。公子愤欲招惠卿，家人皆以为不可，乃止。又数年，忽病，辄抚心曰："淫婢宿妓者，非人也！"公闻而叹曰："是殆将死矣！"乃以次子之子，送诣其家，使定省之[16]。月馀果死。

异史氏曰："盗婢私娼[17]，其流弊殆不可问。然以己之骨血[18]，而谓他人父，亦已羞矣。乃鬼神又侮弄之，诱使自食便液[19]。尚不自剖其心，自断其首，而徒流汗投鸩，非人头而畜鸣者耶[20]！虽然，风流公子所生子女，即在风尘中[21]，亦皆擅场[22]。"

据《聊斋志异》铸雪斋抄本

----

〔1〕 咸阳：今陕西省咸阳市。
〔2〕 信宿：连宿两夜。《诗·豳风·九罭》："公归不复，于女（汝）信宿。"毛传："再宿曰信，宿，犹处也。"
〔3〕 休致：官吏年老去职。清制，自陈衰老去职，称自请休致；老不称

职,谕令退离,称勒令休致。
〔4〕 键户:闭门。键,门闩。
〔5〕 夏(jiǎ甲)楚:夏,榎木;楚,荆木。古常用以体罚学生。
〔6〕 私逸:私自逃跑。
〔7〕 读常过程:读书常超过规定进度。
〔8〕 曲巷:偏僻小巷。借指妓女们所居之地。
〔9〕 优僮:青年演唱艺人。
〔10〕 浃(jiā夹)体:湿遍全身。
〔11〕 令苏州:当指苏州府某县县令。青本、二十四卷本"苏州"下均有"某邑"二字。
〔12〕 春风一曲杜韦娘:语出唐刘禹锡赠李绅《歌妓诗》"鬒鬓梳头宫样妆,春风一曲杜韦娘。"(见孟棨《本事诗·情感》)杜韦娘为唐代歌女。
〔13〕 泻囊弥缝:尽上所有资财,贿买当道,掩饰罪过。《左传·僖公二十六年》:"(齐)桓公是以纠合诸侯而谋其不协,弥缝其阙,而匡救其灾。"后来也称掩饰不法行为为"弥缝"。
〔14〕 欲继公孙:想过继叔父之孙为嗣。公,指韦叔。
〔15〕 无行:品行不端。
〔16〕 定省:昏定晨省。指旧时人子待父母之礼。
〔17〕 盗婢:与婢私通。盗,偷情。
〔18〕 己之骨血:指自己的孩子。
〔19〕 自食便液:喻指与自己的子女淫乱。
〔20〕 人头而畜鸣:犹言人面畜生。《史记·秦始皇本纪》后附文:"(胡亥)诛斯、去疾,任用赵高。痛哉言乎!人头畜鸣。"正义:"言胡亥人身有头面,口能言语,不辨好恶,若六畜之鸣。"
〔21〕 风尘:指娼妓生涯。
〔22〕 擅场:指技艺高超出众。

石 清 虚

邢云飞,顺天人。好石,见佳石[1],不惜重直。偶渔于河,有物挂网,沉而取之,则石径尺,四面玲珑,峰峦叠秀。喜极,如获异珍。既归,雕紫檀为座,供诸案头[2]。每值天欲雨,则孔孔生云,遥望如塞新絮。

有势豪某,踵门求观[3]。既见,举付健仆,策马径去。邢无奈,顿足悲愤而已。仆负石至河滨,息肩桥上,忽失手堕诸河。豪怒,鞭仆。即出金雇善泅者,百计冥搜[4],竟不可见。乃悬金署约而去[5]。由是寻石者日盈于河,迄无获者。后邢至落石处,临流於邑[6],但见河水清澈,则石固在水中。邢大喜,解衣入水,抱之而出。携归,不敢设诸厅所,洁治内室供之。

一日,有老叟款门而请[7]。邢托言石失已久。叟笑曰:"客舍非耶?"邢便请入舍,以实其无[8]。及入,则石果陈几上。愕不能言。叟抚石曰:"此吾家故物,失去已久,今固在此耶。既见之,请即赐还。"邢窘甚,遂与争作石主。叟笑曰:"既汝家物,有何验证?"邢不能答。叟曰:"仆则故识之。前后九十二窍,孔中五字云:'清虚天石供。'[9]"邢审视,孔中果有小字,细如粟米,竭目力才可辨认;又数其窍,果如所言。邢无以对,但执不与。叟笑曰:"谁家物,而凭君作主耶!"拱手而出。邢送至门外;既还,已失石所在。邢急追叟,则叟缓步未远。奔牵其袂而哀之。叟曰:"奇哉!经尺之石,岂可以手握袂藏者耶?"邢知其神,强曳之归,长跽请之。叟乃曰:"石果君家者耶、仆家者耶?"答曰:"诚属君家,但求割爱耳。"叟曰:"既然,石固在是。"入室,则石已在故处。叟曰:"天下之宝,当与爱惜之人。此石,能自择主,仆亦喜之。然彼急于自见[10],其出也早,则魔劫未除[11]。实将携去,待三年后,始以奉赠。既欲留之,当减三年寿数,乃可与君相终始。君愿之乎?"曰:"愿。"叟乃以两指捏一窍,窍软如泥,随手而闭。闭三窍,已,曰:"石上窍数,即君寿也。"作别欲去。邢苦留之,辞甚坚;问其姓字,亦不言,遂去。

积年馀,邢以故他出,夜有贼入室,诸无所失,惟窃石而去。邢归,悼丧欲死。访察购求,全无踪迹。积有数年,偶入报国寺[12],见卖石者,则故物也,将便认取。卖者不服,因负石至官。官问:"何所质验[13]?"卖石者能言窍数。邢问其他,则茫然矣。邢乃言窍中五字及三指痕,理遂得伸。官欲杖责卖石者,卖石者自言以二十金买诸市,遂释之。邢得石归,裹以锦,藏椟中,时出一赏,先焚异香而后出之。

有尚书某,购以百金。邢曰:"虽万金不易也。"尚书怒,阴以他事中伤之。邢被收[14],典质田产。尚书托他人风示其子。子告邢,邢愿以死殉石。妻窃与子谋,献石尚书家。邢出狱始知,骂妻殴子,屡欲自经,家人觉救,得不死。夜梦一丈夫来,自言:"石清虚。"戒邢勿戚:"特与君年馀别耳。明年八月二十日,昧爽时,可诣海岱门[15],以两贯[16]相赎。"邢得梦,喜,谨志其日。其石在尚书家,更无出云之异,久亦不甚贵重之。明年,尚书以罪削职,寻死。邢如期至海岱门,则其家人窃石出售,因以两贯市归。

后邢至八十九岁,自治葬具;又嘱子,必以石殉[17]。及卒,子遵遗教,瘗石墓中。半年许,贼发墓,劫石去。子知之,莫可追诘。越二三日,同仆在道,忽见两人奔踬汗流[18],望空投拜,曰:"邢先生,勿相逼!我二人将石去[19],不过卖四两银耳。"遂絷送到官,一讯即伏。问石,则鬻宫氏。取石至,官爱玩,欲得之,命寄诸库。吏举石,石忽堕地,碎为数十馀片。皆失色。官乃重械两盗论死。邢子拾碎石出,仍瘗墓中。

异史氏曰:"物之尤者祸之府[20]。至欲以身殉石,亦痴甚矣!而卒之石与人相终始[21],谁谓石无情哉?古语云:'士为知己者死。'非过也!石犹如此,何况于人!"

据《聊斋志异》铸雪斋抄本

----

〔1〕 佳石:据山东省博物馆抄本,原无"石"字。
〔2〕 供:陈设。
〔3〕 踵门:登门。
〔4〕 冥搜:仔细搜索。
〔5〕 悬金署约:悬赏立约;意谓招贴声明,愿出重金报酬寻到异石的人。
〔6〕 临流於(wū 巫)邑:面对河水悲泣。於邑,同"呜唈",愤懑气结,极度悲伤。於,据山东省博物馆抄本,原作"于"。
〔7〕 请:请见;要求观赏异石。
〔8〕 实:证实。
〔9〕 "清虚天石供":意谓月宫石制供品。清虚天,指月宫,也称清虚殿

或清虚府。
〔10〕 自见(xiàn 现):自现于世。
〔11〕 魔劫:恶劫;灾难。魔,梵语"魔罗"音译,佛教指妨碍修行的邪恶之神。
〔12〕 报国寺:寺庙名。北京城南广宁门外有报国寺。见《帝京景物略》卷三。
〔13〕 质验:凭证。
〔14〕 收:囚禁入狱。
〔15〕 海岱门:北京崇文门的别名。
〔16〕 两贯:两千文铜钱。古时千钱为一贯。
〔17〕 殉:陪葬。
〔18〕 奔踬(zhì 质):跌跌撞撞地奔跑。踬,跌倒。
〔19〕 将:拿取。
〔20〕 物之尤者祸之府:意谓奇异之物将招致各种灾祸。尤,特异、突出。府,汇集的地方。
〔21〕 卒:终于。

曾 友 于

曾翁,昆阳故家也[1]。翁初死未殓,两眶中泪出如渖[2],有子六,莫解所以。次子悌,字友于,邑名士,以为不祥,戒诸兄弟各自惕,勿贻痛于先人;而兄弟半迕笑之。先是,翁嫡配生长子成[3],至七八岁,母子为强寇掳去。娶继室,生三子:曰孝,曰忠,曰信。妾生三子:曰悌,曰仁,曰义。孝以悌等出身贱,鄙不齿,因连结忠、信为党。即与客饮,悌等过堂下,亦傲不为礼。仁、义皆忿,与友于谋,欲相仇。友于百词宽譬[4],不从所谋;而仁、义年最少,因兄言亦遂止。孝有女,适邑周氏,病死。纠悌等往挞其姑,悌不从。孝愤然,令忠、信合族中无赖子,往捉周妻,搒掠无算,抛粟毁器,盎盂无存。周告官。官怒,拘孝等囚系之,将行申黜[5]。友于惧,见宰自投。友于品行,素为宰重,诸兄弟以是得无苦。友于乃诣周所负荆[6],周亦器重友于,讼遂止。

孝归,终不德友于。无何,友于母张夫人卒,孝等不为服[7],宴饮如故。仁、义益忿。友于曰:"此彼之无礼,于我何损焉。"及葬,把持墓门,不使合厝[8]。友于乃瘗母隧道中。未几,孝妻亡,友于招仁、义同往奔丧。二人曰:"'期'且不论,'功'于何有[9]!"再劝之,哄然散去。友于乃自往,临哭尽哀。隔墙闻仁、义鼓且吹,孝怒,纠诸弟往殴之。友于操杖先从。入其家,仁觉先逃。义方逾垣,友于自后击仆之。孝等拳杖交加,殴不止。友于横身障阻之。孝怒,让友于[10]。友于曰:"责之者,以其无礼也,然罪固不至死。我不怙弟恶[11],亦不助兄暴。如怒不解,身代之。"孝遂反杖挞友于,忠、信亦相助殴兄,声震里党,群集劝解,乃散去。友于即扶杖诣兄请罪。孝逐之,不令居丧次[12]。而义创甚[13],不复食饮。仁代具词讼官,诉其不为庶母行服。官签拘孝、忠、信[14],而令友于陈状。友于以面目损伤,不能诣署,但作词禀白,哀求寝息,宰遂消案。义亦寻愈。由是仇怨益深。仁、义皆幼弱,辄被敲楚[15]。怨友于曰:"人皆有兄弟,我独无!"友于曰:"此两语,我宜言之,两弟何云!"因苦劝之,卒不听。友于遂扃户,携妻子借寓他所,离家五十馀里,冀不相闻。

友于在家虽不助弟,而孝等尚稍有顾忌;既去,诸兄一不当,辄叫骂其门,辱侵母讳[16]。仁、义度不能抗,惟杜门思乘间刺杀之[17],行则怀刀。一日,寇所掠长兄成,忽携妇亡归。诸兄弟以家久析,聚谋三日,竟无处可以置之。仁、义窃喜,招去共养之。往告友于。友于喜,归,共出田宅居成。诸兄怒其市惠[18],登门窘辱。而成久在寇中,习于威猛,大怒曰:"我归,更无人肯置一屋;幸三弟念手足,又罪责之。是欲逐我耶!"以石投孝,孝仆。仁、义各以杖出,捉忠、信,挞无数。成乃讼宰,宰又使人请教友于。友于诣宰,俯首不言,但有流涕。宰问之,曰:"惟求公断。"宰乃判孝等各出田产归成,使七分相准[19]。自此仁、义与成倍加爱敬[20]。谈及葬母事,因并泣下。成恚曰:"如此不仁,真禽兽也!"遂欲启圹,更为改葬[21]。仁奔告友于。友于急归谏止。成不听,刻期发墓,作斋于茔。以刀削树,谓诸弟曰:"所不衰麻相从者[22],有如此树!"众唯唯。于是一门皆哭临,安厝尽礼。自此兄弟相安。而成性刚烈,辄批挞诸弟,于孝尤甚。惟重友于,虽盛怒,友于至,一言即解。孝有所行,成辄不平之,故孝无一日不至友于所,潜对友于诟诅。友于婉谏,卒不纳。友于不堪其扰,又迁居三泊[23],去家益远,音迹遂疏。

又二年,诸弟皆畏成,久亦相习。而孝年四十六,生五子:长继业,三继德,嫡出;次继功,四继绩,庶出;又婢生继祖。皆成立。效父旧行,各为党,日相竞,孝亦不能呵止。惟祖无兄弟,年又最幼,诸兄皆得而诟厉之。岳家近三泊,会诣岳,迂道诣叔。入门,见叔家两兄一弟,弦诵怡怡[24],乐之,久居不言归。叔促之,哀求寄居。叔曰:"汝父母皆不知,我岂惜瓯饭瓢饮乎[25]!"乃归。过数月,夫妻往寿岳母。告父曰:"儿此行不归矣。"父诘之,因吐微隐。父虑与叔有夙隙[26],计难久居。祖曰:"父虑过矣。二叔,圣贤也。"遂去,携妻之三泊。友于除舍居之[27],以齿儿行[28],使执卷从长子继善。祖最慧,寄籍三泊年馀,入云南郡庠[29]。与善闭户研读,祖又讽诵最苦[30]。友于甚爱之。

自祖居三泊,家中兄弟益不相能。一日,微反唇,业诟辱庶母。功怒,刺杀业。官收功,重械之,数日死狱中。业妻冯氏,犹日以骂代哭。功妻刘闻之,怒曰:"汝家男子死,谁家男子活耶!"操刀入,击杀冯,自投井死。冯父大立,悼女死惨,率诸子弟,藏兵衣底,往捉孝妾,裸挞道上以辱之。成怒曰:"我家死人如麻,冯氏何得复尔!"吼奔而出。诸曾从之,诸冯尽靡。成首捉大立,割其两耳。其子护救,继绩以铁杖横击,折其两股。诸冯各被夷伤,哄然尽散。惟冯子犹卧道周。成夹之以肘,置诸冯村而还。遂呼绩诣官自首。冯状亦至。于是诸曾被收。惟忠亡去,至三泊,徘徊门外。适友于率一子一侄乡试归,见忠,惊曰:"弟何来?"忠未语先泪,长跪道左。友于握手拽入,诘得其情,大惊曰:"似此奈何!然一门乖戾,逆知奇祸久矣[31];不然,我何以窜迹至此。但我离家久,与大令无声气之通[32],今即蒲伏而往,徒取辱耳。但得冯父子伤重不死,吾三人中幸有捷者,则此祸或可少解。"乃留之,昼与同餐,夜与共寝。忠颇感愧。居十馀日,见其叔侄如父子,兄弟如同胞,凄然下泪曰:"今始知从前非人也。"友于喜其悔悟,相对酸恻。俄报友于父子同科[33],祖亦副榜[34]。大喜。不赴鹿鸣[35],先归展墓。明季科甲最重[36],诸冯皆为敛息[37]。友于乃托亲友赂以金粟,资其医药,讼乃息。

举家泣感友于,求其复归。友于乃与兄弟焚香约誓,俾各涤虑自新[38],遂移家还。祖从叔不愿归其家。孝乃谓友于曰:"我不德,不应有亢宗之子[39];弟又善教,俾姑为汝子。有寸进时,可赐还也。"友于从之。又三年,祖果举于乡。使移家,夫妻皆痛哭而去。不数日,祖有子方三岁,亡归友于家,藏伯继善室,不肯返;捉去辄逃。孝乃令祖异居,与友于邻。祖开户通叔家,两间定省如一焉。时成渐老,家事皆取决于友于。从此门庭雍穆[40],称孝友焉[41]。

异史氏曰:"天下惟禽兽止知母而不知父,奈何诗书之家,往往蹈之也!夫门内之行[42],其渐渍子孙者,直入骨髓。古云:其父盗,子必行劫,其流弊然也。孝虽不仁,其报亦惨;而卒能自知乏德,托子于弟,宜其有操心虑患之子也。若论果报,犹迂也。"

据《聊斋志异》铸雪斋抄本

----

〔1〕 昆阳:州名,在今云南省中部,明清时属云南府,后并入今之晋宁县。
〔2〕 渖:汁水。
〔3〕 嫡配:原配妻子。
〔4〕 宽譬:宽慰、解说。
〔5〕 申黜:申报郡府,革除功名。
〔6〕 负荆:指谢罪。《史记·廉颇蔺相如列传》:"廉颇闻之,肉袒负荆,因宾客至蔺相如门谢罪。"荆,荆条、荆杖。
〔7〕 不为服:不为服孝。服,旧丧礼规定穿戴的丧服;也指居丧。
〔8〕 合厝(cuò 挫):合葬。指与其父合葬。
〔9〕 "'期(jī基)'且不论"二句:意思是期服之亲尚不为礼,功服之亲还奔什么丧。期,期服,齐衰服丧一年,凡祖父母、伯叔父母、庶母死亡用之。功,功服,又分大功、小功。大功服丧九月,小功服五月,以用于稍疏于期服的亲属。孝妻为仁、义之嫂,当服小功丧。
〔10〕 让:责备。
〔11〕 怙(hù 户)弟恶:意为放任弟弟为恶。怙,这里有纵使、放任的意思。
〔12〕 丧次:丧葬时,哀祭者的位次。
〔13〕 创甚:伤势严重。
〔14〕 签拘:发签拘传。
〔15〕 敲楚:杖击;殴打。
〔16〕 辱侵母讳:意为指名道姓地辱骂仁、义之母。讳,名讳。
〔17〕 乘间:寻找机会。

〔18〕 市惠:买好;卖人情。惠,恩惠。
〔19〕 七分相准:以财产七份平分为准,要曾孝等各出田产归曾成。
〔20〕 自此仁、义与成:此据二十四卷抄本,原本作"自此仁与成"。
〔21〕 更:再。
〔22〕 衰(cuī 催)麻:俗称披麻带孝。又分斩衰和齐衰。斩衰为丧服中最重的一种,用粗麻布制成,左右和下边不缝,用于子及未嫁女对父母的丧服,服丧三年。齐衰,用粗麻布制成,其缉边缝齐,故称齐衰,用于庶母之死亡,服丧一年。
〔23〕 三泊:县名,属云南府,在昆阳州附近。
〔24〕 弦诵怡怡:弦歌诵读,兄弟亲睦。怡怡,和顺貌。《论语·子路》:"朋友切切偲偲,兄弟怡怡。"
〔25〕 岂惜瓯饭瓢饮:言非舍不得供应伙食。瓯、瓢,均饮食用具。此指为量极少的饭食。
〔26〕 夙隙:旧怨。
〔27〕 除舍:打扫房舍。
〔28〕 齿儿行(háng 杭):列入儿辈行列。意为同亲生儿子一样看待。齿,列。
〔29〕 入云南郡庠:入云南府学为生员。
〔30〕 讽诵:诵习,研读。
〔31〕 逆知:预料。
〔32〕 大令:旧时对县令的尊称。
〔33〕 同科:同榜考中举人。
〔34〕 副榜:明代嘉靖年间开始,乡试设正榜、副榜;名列正榜者为举人,列副榜者准作贡生,称副贡,为五贡之一。
〔35〕 鹿鸣:鹿鸣宴。明清时于乡试揭晓之次日,宴主考以下各官及中式举人,宴会时歌《诗·小雅·鹿鸣》之章。
〔36〕 科甲:科举。汉唐举士考试,皆有甲乙等科,后因称科举为科甲。科甲出身为入仕正途。
〔37〕 敛息:收敛气焰。
〔38〕 涤虑:涤除恶念,改过自新。
〔39〕 亢宗之子:光宗耀祖之子。《左传·昭公元年》:"大叔曰:'吉不能

亢身,焉能亢宗。'"杜预注:"亢,蔽也。"亢宗,原指庇护宗族。
[40] 雍穆:和睦。
[41] 孝友:孝顺父母,友爱兄弟。《诗·小雅·六月》:"侯谁在矣,张仲孝友。"
[42] 门内之行:家门内的品行。门内,门之内,语出《礼记·檀弓》上。

嘉平公子

嘉平某公子[1],风仪秀美。年十七八,入郡赴童子试。偶过许娼之门,见内有二八丽人,因目注之。女微笑点首,公子近就与语。女问:"寓居何处?"具告之。问:"寓中有人否?"曰:"无。"女云:"妾晚间奉访,勿使人知。"公子归,及暮,屏去僮仆。女果至,自言:"小字温姬。"且云:"妾慕公子风流,故背媪而来。区区之意,愿奉终身。"公子亦喜。自此三两夜辄一至。一夕,冒雨来,入门解去湿衣,冒诸榻上[2];又脱足上小靴,求公子代去泥涂。遂上床以被自覆。公子视其靴[3],乃五文新锦[4],沾濡殆尽,惜之。女曰:"妾非敢以贱物相役,欲使公子知妾之痴于情也[5]。"听窗外雨声不止,遂吟曰:"凄风冷雨满江城。"求公子续之。公子辞以不解。女曰:"公子如此一人[6],何乃不知风雅!使妾清兴消矣[7]!"因劝肄习,公子诺之。

往来既频,仆辈皆知。公子姊夫宋氏,亦世家子,闻之,窃求公子一见温姬。公子言之,女必不可。宋隐身仆舍,伺女至,伏窗窥之,颠倒欲狂[8]。急排闼,女起,逾垣而去。宋向往甚殷[9],乃修贽见许媪[10],指名求之。媪曰:"果有温姬,但死已久。"宋愕然退,告公子,公子始知为鬼。至夜,因以宋言告女。女曰:"诚然。顾君欲得美女子,妾亦欲得美丈夫。各遂所愿足矣,人鬼何论焉?"公子以为然。

试毕而归,女亦从之。他人不见,惟公子见之。至家,寄诸斋中。

公子独宿不归,父母疑之。女归宁,始隐以告母。母大惊,戒公子绝之。公子不能听。父母深以为忧,百术驱之不能去。一日,公子有谕仆帖[11],置案上,中多错谬:"椒"讹"菽","姜"讹"江","可恨"讹"可浪"。女见之,书其后:"何事'可浪'?'花菽生江'。有婿如此,不如为娼!"遂告公子曰:"妾初以公子世家文人,故蒙羞自荐[12]。不图虚有其表[13]!以貌取人,毋乃为天下笑乎!"言已而没。公子虽愧恨,犹不知所题,折帖示仆。闻者传为笑谈。

异史氏曰:"温姬可儿[14]!翩翩公子,何乃苛其中之所有哉[15]!遂至悔不如娼,则妻妾羞泣矣。顾百计遣之不去,而见帖浩然[16],则'花菽生江',何殊于杜甫之'子章髑髅'哉[17]!"

《耳录》云[18]:"道傍设浆者,榜云:'施"恭"结缘[19]。'讹茶为恭[20],亦可一笑。

有故家子,既贫,榜于门曰:"卖古淫器。"讹磁为淫云:"有要宣淫、定淫者[21],大小皆有,入内看物论价。"崔卢之子孙如此甚众[22],何独"花菽生江"哉!

据《聊斋志异》铸雪斋抄本

---

〔1〕 嘉平:古县名,故治在今安徽全椒县西南。
〔2〕 睘(juàn倦):绾挂。楲(yì仪):衣架。
〔3〕 视其靴:据山东省博物馆抄本,原作"视其鞋"。
〔4〕 五文新锦:崭新的五彩织锦。
〔5〕 "非敢以贱物相役"二句:意谓我并非役使你代去靴上之泥,而是要你知道我冒雨涉泥而来之痴情。贱物,指女靴。

〔6〕 如此一人:这样一位外貌秀美的人物。
〔7〕 清兴:雅兴,此指诗兴。
〔8〕 颠倒:谓心神颠倒。
〔9〕 向往:思慕。
〔10〕 修贽:备礼。贽,见面礼。
〔11〕 谕仆帖:谕告仆人的便条。
〔12〕 蒙羞自荐:不避羞惭,主动相就。荐,进,指荐枕侍寝。
〔13〕 虚有其表:谓才不副貌。
〔14〕 可儿:称人心意的人。
〔15〕 苛其中之所有:苛求他胸有才学。中,腹中、胸中。所有,指才学、学问。
〔16〕 浩然:谓有归去之念。《孟子·公孙丑》下:"夫出昼,而王不予追也,予然后浩然有归志。"浩然,以水流不可止为喻。
〔17〕 "则花菽生江"二句:意谓"花菽生江"这样的错别文句,同杜甫"子章髑髅"的诗句一样,都有驱邪的作用。子章,唐代梓州刺史段子璋。《旧唐书·肃宗纪》,谓唐肃宗上元二年,段子璋反,攻占绵州,自称梁王。五月,成都尹崔光远率部将花敬定,攻拔绵州,斩子璋。杜甫曾作《戏作花卿歌》一诗,盛赞花敬定的勇武。诗中有云:"子璋髑髅血模糊,手提掷还崔大夫。"《唐诗纪事》卷十八,谓吟诵这两句诗可以驱邪疗疟。髑髅,死人的头骨。
〔18〕《耳录》:蒲松龄友人朱缃曾作《耳录》。
〔19〕 恭:俗称大便为出恭,并谓大便为大恭、小便为小恭。
〔20〕 讹䂵为淫:据山东省博物馆抄本,原本无此句。
〔21〕 宣淫、定淫:因"讹䂵为淫",故将两个瓷䂵写成"宣淫"、"定淫"。按,明宣德年间景德镇制瓷官䂵称"宣䂵",宋代河北定州瓷䂵称"定䂵"。此处所云,指这两个名䂵所烧制的瓷器。䂵,同"窑"。
〔22〕 崔卢之子孙:指故家子弟。崔、卢为魏晋以来两大族姓,世居高显之位。后因以崔、卢为大姓故家的代称。

黄英

书痴

晚霞

白秋练

织成

竹青

石清虛

毛大福

卷 十 二

二　班

殷元礼,云南人,善针灸之术。遇寇乱,窜入深山。日既暮,村舍尚远,惧遭虎狼。遥见前途有两人,疾趁之[1]。既至,两人问客何来,殷乃自陈族贯[2]。两人拱敬曰[3]:"是良医殷先生也,仰山斗久矣[4]!"殷转诘之。二人自言班姓,一为班爪,一为班牙。便谓:"先生,予亦避难,石室幸可栖宿,敢屈玉趾,且有所求。"殷喜从之。俄至一处,室傍岩谷[5]。爇柴代烛,始见二班容躯威猛,似非良善。计无所之,亦即听之。又闻榻上呻吟,细审,则一老妪僵卧,似有所苦。问:"何恙?"牙曰:"以此故,敬求先生。"乃束火照榻,请客逼视。见鼻下口角有两赘瘤,皆大如碗。且云:"痛不可触,妨碍饮食。"殷曰:"易耳。"出艾团之,为灸数十壮[6],曰:"隔夜愈矣。"二班喜,烧鹿饷客;并无酒饭,惟肉一品。爪曰:"仓猝不知客至,望勿以辖裹为怪[7]。"殷饱餐而眠,枕以石块。二班虽诚朴,而粗莽可惧,殷转侧不敢熟眠。天未明,便呼妪,问所患。妪初醒,自扪,则瘤破为创[8]。殷促二班起,以火就照,敷以药屑,曰:"愈矣。"拱手遂别。班又以烧鹿一肘赠之。

后三年无耗。殷适以故入山,遇二狼当道,阻不得行。日既西,狼又群至,前后受敌。狼扑之,仆;数狼争啮,衣尽碎。自分必死。忽两虎骤至,诸狼四散。虎怒,大吼,狼惧尽伏。虎悉扑杀之,竟去。殷狼狈而行,惧无投止。遇一媪来,睹其状,曰:"殷先生吃苦矣!"殷戚然诉状,问何见识[9]。媪曰:"余即石室中灸瘤之病妪也。"殷始恍然,便求寄宿。媪引去,入一院落,灯火已张,曰:"老身伺先生久矣。"遂出袍裤,易其敝败。罗浆具酒,酬劝谆切。媪亦以陶碗自酌,谈饮俱豪,不类巾帼[10]。殷问:"前日两男子,系老姥何人?胡以不见?"媪曰:"两儿遣逆先生,尚未归复,必迷途矣。"殷感其义,纵饮,不觉沉醉,酣眠座间。既醒,已曙,四顾竟无庐,孤坐岩上。闻岩下喘息如牛,近视,则老虎方睡未醒。喙间有二瘢痕,皆大如拳。骇极,惟恐其觉,潜踪而遁。始悟两虎即二班也。

据《聊斋志异》铸雪斋抄本

----

〔1〕 趁:赶。
〔2〕 族贯:姓氏居里。贯,籍贯。
〔3〕 拱敬:拱手为礼,以致敬意。
〔4〕 山斗:泰山北斗的省称。比喻德高望重为人敬仰的人。语出《新唐书·韩愈传赞》。
〔5〕 傍(bàng 棒):靠近。
〔6〕 壮:医用艾灸一灼称为一壮。宋沈括《梦溪笔谈》:"医用艾一灼谓之一壮者,以壮人为法。其言若干壮,壮人当依此数,老幼羸弱量力减之。"
〔7〕 辀(yóu 由)亵:犹言简慢。谓招待不周。辀,轻。
〔8〕 刱:通"疮"。
〔9〕 见识:相识。
〔10〕 巾帼:妇女的头巾,覆发的冠饰,代称妇女。

车　夫

　　有车夫载重登坡,方极力时,一狼来啮其臀。欲释手,则货敝身压[1],忍痛推之。既上,则狼已龁片肉而去。乘其不能为力之际,窃尝一脔[2],亦黠而可笑也[3]。

据《聊斋志异》铸雪斋抄本

----

〔1〕　敝:损坏。指因登坡而货物倾毁。
〔2〕　脔(luán 峦):成块的肉。
〔3〕　黠(xiá 狭):狡猾。

乩　仙

章丘米步云,善以乩卜[1]。每同人雅集[2],辄召仙相与赓和[3]。一日,友人见天上微云,得句,请以属对[4],曰:"羊脂白玉天[5]。"乩批云:"问城南老董。"众疑其妄。后以故偶适城南,至一处,土如丹砂[6],异之。见一叟牧豕其侧,因问之。叟曰:"此'猪血红泥地'也[7]。"忽忆乩词,大骇。问其姓,答云:"我老董也。"属对不奇,而预知遇城南老董,斯亦神矣!

据《聊斋志异》铸雪斋抄本

------

〔1〕 乩(jī基):旧时求神问事的一种迷信方法。两人扶一丁字形木架于沙盘之上,谓神降临时则木架移动划字,借以决疑或占卜吉凶。通称"扶乩"或"扶鸾"。
〔2〕 同人:谓志同道合者。雅集:指诗文聚会。
〔3〕 赓和:唱和。
〔4〕 属(zhǔ主)对:联缀为对偶诗句。
〔5〕 羊脂白玉天:谓白云如羊脂白玉。
〔6〕 丹砂:朱砂。
〔7〕 猪血红泥地:恰与"羊脂白玉天"相对。

苗　生

龚生,岷州人[1]。赴试西安,憩于旅舍,沽酒自酌。一伟丈夫入,坐与语。生举卮劝饮,客亦不辞。自言苗姓,言噱粗豪[2]。生以其不文,偃蹇遇之[3]。酒尽,不复沽。苗生曰:"措大饮酒[4],使人闷损!"起向垆头沽[5],提巨瓻而入。生辞不饮,苗捉臂劝釂[6],臂痛欲折。生不得已,为尽数觥。苗以羹碗自吸[7],笑曰:"仆不善劝客,行止惟君所便。"生即治装行。约数里,马病卧于途,坐待路侧。行李重累,正无方计,苗寻至[8]。诘知其故,遂谢装付仆,已乃以肩承马腹而荷之,趋二十馀里,始至逆旅,释马就枥[9]。移时,生主仆方至。生乃惊为神,相待优渥,沽酒市饭,与共餐饮。苗曰:"仆善饭,非君所能饱,饫饮可也。"引尽一瓻,乃起而别曰:"君医马尚须时日,余不能待,行矣。"遂去。

后生场事毕,三四友人邀登华山[10],藉地作筵[11]。方共宴笑,苗忽至,左携巨尊,右提豚肘,掷地曰:"闻诸君登临[12],敬附骥尾[13]。"众起为礼,相并杂坐,豪饮甚欢。众欲联句[14]。苗争曰:"纵饮甚乐,何苦愁思。"众不听,设"金谷之罚"[15]。苗曰:"不佳者,当以军法从事[16]!"众笑曰:"罪不至此。"苗曰:"如不见诛,仆武夫亦能之也。"首座靳生曰:"绝巘凭临眼界空[17]。"苗信口续曰[18]:"唾壶击缺剑光红[19]。"下座沉吟既久[20],苗遂引壶自倾。

移时，以次属句[21]，渐涉鄙俚[22]。苗呼曰："只此已足，如赦我者，勿作矣！"众弗听。苗不可复忍，遽效作龙吟[23]，山谷响应；又起俯仰作狮子舞。诗思既乱，众乃罢吟，因而飞觥再酌。时已半酣，客又互诵闱中作[24]，迭相赞赏。苗不欲听，牵生豁拳[25]。胜负屡分，而诸客诵赞未已。苗厉声曰："仆听之已悉。此等文只宜向床头对婆子读耳，广众中刺刺者可厌也！"众有惭色，更恶其粗莽，遂益高吟。苗怒甚，伏地大吼，立化为虎，扑杀诸客，咆哮而去。所存者，惟生及靳。

靳是科领荐[26]。后三年，再经华阴，忽见嵇生，亦山上被噬者。大恐欲驰，嵇捉鞚使不得行[27]。靳乃下马，问其何为。答曰："我今为苗氏之伥[28]，从役良苦。必再杀一士人，始可相代。三日后，应有儒服儒冠者见噬于虎，然必在苍龙岭下，始是代某者。君于是日，多邀文士于此，即为故人谋也。"靳不敢辨，敬诺而别。至寓，筹思终夜，莫知为谋，自拚背约，以听鬼责。适有表戚蒋生来，靳述其异。蒋名下士[29]，邑尤生考居其上[30]，窃怀忌嫉。闻靳言，阴欲陷之。折简邀尤，与共登临，自乃着白衣而往[31]，尤亦不解其意。至岭半，肴酒并陈，敬礼臻至。会郡守登岭上，与蒋为通家[32]，闻蒋在下，遣人召之。蒋不敢以白衣往，遂与尤易冠服。交着未完[33]，虎骤至，衔蒋而去。

异史氏曰："得意津津者[34]，捉衿袖，强人听闻；闻者欠伸屡作[35]，欲睡欲遁，而诵者足蹈手舞，茫不自觉。知交者亦当从旁肘之蹑之[36]，恐座中有不耐事之苗生在也。然嫉忌者易服而毙，则知苗亦无心者耳。故厌怒者苗也——非苗也。"

据《聊斋志异》铸雪斋抄本

----

〔1〕 岷州:古州名,州治在今甘肃省岷县。
〔2〕 言噱(jué 决):言谈笑语。噱,笑。
〔3〕 偃蹇遇之:傲慢地待他。偃蹇,骄傲。遇,对待。
〔4〕 措大:对贫寒读书人的轻侮称呼。
〔5〕 垆头:指酒店。垆,酒店安置酒瓮的土墩,因以代称酒店。
〔6〕 釂(jiào 叫):饮尽杯中酒;干杯。
〔7〕 羹碗:汤碗。自吸:自饮。
〔8〕 寻至:旋即来到。
〔9〕 释马:放下肩负之马。枥,马槽。
〔10〕 华(huà 化)山:五岳中的西岳,也称太华山,在陕西省华阴县南。
〔11〕 藉地作筵:以地作席。筵,铺在地上的坐具。古人席地而坐,饮食都置于几筵间,后因称招人饮食为设筵,称酒席为筵席。
〔12〕 登临:登山临水,指游览山水。
〔13〕 敬附骥尾:谦词。意谓敬附名士之后而得到荣耀。《史记·伯夷列传》:"伯夷、叔齐虽贤,得夫子而名益彰;颜渊虽笃学,附骥尾而行益显。"骥,千里马。
〔14〕 联句:旧时作诗方式之一;两人或多人共作一诗,相联成篇。多用于朋友间饮宴时的应酬。
〔15〕 "金谷之罚":意谓作诗不成,罚酒三杯。《世说新语·品藻》注引晋石崇《金谷诗序》,谓石崇筑园于洛阳金谷涧中,曾于此游宴,欢送征西大将军王诩归长安;"遂各赋诗,以叙中怀。或不能者,罚酒三斗。"后因称宴会中罚酒三杯为"金谷之罚"或"金谷酒数"。
〔16〕 以军法从事:按军法处罚。《汉书·高五王传》,谓吕后召集宴饮,命令朱虚侯刘章为监酒吏。刘章说:"臣将种也,请得以军法行酒。"吕后表示同意。席间诸吕中有一人酒醉逃席,刘章追上,拔剑斩之。

〔17〕 绝巘（yǎn 掩）：山的高险处。巘，山峰。凭临：凭高临视。
〔18〕 信口：出言不加思索。
〔19〕 唾壶击缺：《世说新语·豪爽》："王处仲（王敦）每酒后辄咏：'老骥伏枥，志在千里，烈士暮年，壮心不已。'以如意打唾壶，壶口尽缺。"后因以"唾壶击缺"，表示豪情壮怀的激发。剑光红：此用剑击唾壶，显示武夫本色。
〔20〕 下座：下手座位上的人。
〔21〕 以次属（zhǔ 主）句：按次序联句。属，连接。
〔22〕 鄙俚：粗俗。
〔23〕 龙吟：龙的叫声。
〔24〕 闱中作：科举考场中所作的文字，指应试的八股文。
〔25〕 豁拳：也叫"猜拳"，饮酒时助兴取乐的一种游戏。两人同时出拳伸指喊数，喊中两人伸指之和者胜，负者罚饮。
〔26〕 靳是科领荐：据山东省博物馆抄本，原无"靳"字。
〔27〕 捉鞚（kòng 控）：抓住马络头。鞚，有嚼口的马络头。
〔28〕 苗氏：指苗生。伥（chāng 昌）：迷信传说，人被虎啮死后，鬼魂为虎服役，引虎吃人。这种鬼叫作"伥"。
〔29〕 名下士：有文名的读书人。
〔30〕 邑：县，指同县。
〔31〕 白衣：犹言布衣。古时没有官职或没有功名的人着白衣。此指便服，不同于生员的冠服。
〔32〕 通家：世交。
〔33〕 交着：互换冠服。着，穿。
〔34〕 津津：言之有味。津，指见美味而口生津。
〔35〕 欠伸：打呵欠，伸懒腰；形容不感兴趣。
〔36〕 知交者：知己的朋友。肘之蹑之：用肘碰他，用脚踏他，示意制止。

蝎　客

　　南商贩蝎者,岁至临朐[1],收买甚多。土人持木钳入山,探穴发石搜捉之。一岁,商复来,寓客肆。忽觉心动,毛发森悚,急告主人曰:"伤生既多,今见怒于虿鬼[2],将杀我矣!急垂拯救!"主人顾室中有巨瓮,乃使蹲伏,以瓮覆之。移时,一人奔入,黄发狞丑。问主人:"南客安在?"答曰:"他出。"其人入室四顾,鼻作嗅声者三[3],遂出门去。主人曰:"可幸无恙矣。"及启瓮视客,客已化为血水。

据《聊斋志异》铸雪斋抄本

----

〔1〕　临朐:今山东省临朐县。
〔2〕　虿(chài 差):蝎类毒虫。
〔3〕　嗅声:此据二十四卷本改,原本作"臭声"。

杜 小 雷

杜小雷,益都之西山人[1]。母双盲。杜事之孝,家虽贫,甘旨无缺。一日,将他适,市肉付妻,令作馎饦[2]。妻最忤逆[3],切肉时杂蜣螂其中[4]。母觉臭恶不可食,藏以待子。杜归,问:"馎饦美乎?"母摇首,出示子。杜裂眦,见蜣螂,怒甚。入室,欲挞妻,又恐母闻。上榻筹思,妻问之,不语。妻自馁,徬徨榻下。久之,喘息有声。杜叱曰:"不睡,待敲扑耶[5]!"亦觉寂然。起而烛之,但见一豕,细视,则两足犹人,始知为妻所化。邑令闻之,縶去,使游四门,以戒众人。谭薇臣曾亲见之。

据《聊斋志异》铸雪斋抄本

---

[1] 益都:今山东省益都县。
[2] 馎饦(bó tuō 博拖):也作"不托"、"饻饦",面食名。详见《馎饦媪》注。此处用指水饺。
[3] 忤(wǔ 五)逆:旧时称不孝顺父母、公婆为"忤逆"。
[4] 蜣螂(qiāng láng 羌郎):一种鞘翅昆虫,背有坚甲,黑色,喜食粪,俗称"屎壳螂"。
[5] 敲扑:用棍子打。

毛 大 福

太行毛大福,疡医也[1]。一日,行术归,道遇一狼,吐裹物,蹲道左。毛拾视,则布裹金饰数事[2]。方怪异间,狼前欢跃,略曳袍服,即去。毛行,又曳之。察其意不恶,因从之去。未几,至穴,见一狼病卧,视顶上有巨疮,溃腐生蛆。毛悟其意,拨剔净尽,敷药如法,乃行。日既晚,狼遥送之。行三四里,又遇数狼,咆哮相侵,惧甚。前狼急入其群,若相告语,众狼悉散去。毛乃归。

先是,邑有银商宁泰[3],被盗杀于途,莫可追诘。会毛货金饰,为宁氏所认[4],执赴公庭。毛诉所从来,官不信,械之[5]。毛冤极不能自伸,惟求宽释,请问诸狼。官遣两役押入山,直抵狼穴。值狼未归,及暮不至,三人遂反。至半途,遇二狼,其一疮痕犹在。毛识之,向揖而祝曰:"前蒙馈赠,今遂以此被屈。君不为我昭雪,回去掠死矣!"狼见毛被絷,怒奔隶。隶拔刀相向。狼以喙拄地大嗥;嗥两三声,山中百狼群集,围旋隶[6]。隶大窘。狼竞前啮絷索[7],隶悟其意,解毛缚,狼乃俱去。归述其状,官异之,未遽释毛。后数日,官出行,一狼衔敝履委道上[8]。官过之,狼又衔履奔前置于道。官命收履,狼乃去。官归,阴遣人访履主。或传某村有丛薪者,被二狼迫逐,衔其履而去。拘来认之,果其履也。遂疑杀宁者必薪,鞫之果然。盖薪杀宁[9],取其巨金,衣底藏饰,未遑收括,被狼衔去也。

昔一稳婆出归[10]，遇一狼阻道，牵衣若欲召之。乃从去，见雌狼方娩不下。妪为用力按捺，产下放归。明日，狼衔鹿肉置其家以报之。可知此事从来多有。

据《聊斋志异》铸雪斋抄本

----

〔1〕 疡（yáng阳）医：治疗创伤肿毒的外科医生。《周礼·天官·疡医》："疡医掌肿疡、溃疡、金疡、折疡之祝药劀杀之齐。"
〔2〕 金饰：金银饰物。数事：数件。
〔3〕 银商：制造或贩卖金银饰物的商人。
〔4〕 宁氏：据二十四卷抄本，原作"宁"。
〔5〕 械：刑具。这里作动词用。
〔6〕 围旋：围绕旋转。
〔7〕 狼竞前：此据二十四卷抄本，原无"狼"字。
〔8〕 敝履：破鞋。
〔9〕 盖薪杀宁：此据二十四卷抄本，原本无"宁"字。
〔10〕 稳婆：接生婆。

雹　神

唐太史济武[1],适日照会安氏葬[2]。道经雹神李左车祠[3],入游眺。祠前有池,池水清澈,有朱鱼数尾游泳其中[4]。内一斜尾鱼,喽呷水面[5],见人不惊。太史拾小石将戏击之。道士急止勿击。问其故,言:"池鳞皆龙族,触之必致风雹。"太史笑其附会之诬[6],竟掷之。既而升车东行,则有黑云如盖[7],随之以行。簌簌雹落,大如绵子[8]。又行里馀,始霁。太史弟凉武在后[9],追及与语,则竟不知有雹也。问之前行者亦云。太史笑曰:"此岂广武君作怪耶!"犹未深异。安村外有关圣祠[10],适有稗贩客[11],释肩门外,忽弃双篦,趋祠中,拔架上大刀旋舞,曰:"我李左车也。明日将陪从淄川唐太史一助执绋[12],敬先告主人。"数语而醒,不自知其所言,亦不识唐为何人。安氏闻之,大惧。村去祠四十馀里,敬修楮帛祭具[13],诣祠哀祷,但求怜悯,不敢枉驾。太史怪其敬信之深,问诸主人。主人曰:"雹神灵迹最著,常托生人以为言,应验无虚语。若不虔祝以尼其行[14],则明日风雹立至矣。"

异史氏曰:"广武君在当年,亦老谋壮事者流也。即司雹于东,或亦其不磨之气,受职于天。然业已神矣,何必翘然自异哉[15]!唐太史道义文章,天人之钦瞩已久[16],此鬼神之所以必求信于君子也。"

据《聊斋志异》铸雪斋抄本

----

〔1〕 唐太史济武:唐梦赉,字济武,别字豹岩。淄川县人。顺治六年进士,授翰林院庶吉士、翰林院检讨。太史,官名。明清两代翰林院修撰国史,因称翰林为太史。

〔2〕 日照:今山东省日照县。会安葬:为安氏送葬。会,会吊。《后汉书·周举传》:"其令将大夫以下到丧发日,复会吊。"

〔3〕 李左车:秦末谋士,初依附赵王武臣,封广武君,后归附韩信。韩信采用他的计谋先后攻克燕齐等地。相传其死后为雹神。

〔4〕 朱鱼:红色鱼,指金鱼。

〔5〕 唼呷(shà xiā 霎虾):鱼类吞食吸饮的声音。

〔6〕 诬:谎言。

〔7〕 盖:车盖,形圆如伞的车篷。

〔8〕 绵子:棉子。

〔9〕 凉武:唐梦师,字凉武,监生。唐梦赉之弟。

〔10〕 关圣祠:关帝庙。

〔11〕 稗(bài 拜)贩客:小商贩。稗,小。

〔12〕 执绋(fú 佛):送葬。绋,牵引灵车的绳索,古时送葬的人牵引灵车以助行进,因称送葬为执绋。

〔13〕 楮(chǔ 楚)帛:犹言楮钱,旧时祀神所用的纸钱。

〔14〕 尼:阻止。

〔15〕 翘然自异:自高而异于他神。翘,举也,指自高自傲。

〔16〕 天人:天上和人间。钦瞩:钦佩重视。

李　八　缸

太学李月生[1]，升宇翁之次子也。翁最富，以缸贮金，里人称之"八缸"。翁寝疾[2]，呼子分金：兄八之，弟二之。月生觖望[3]。翁曰："我非偏有爱憎，藏有窖镪[4]，必待无多人时，方以畀汝[5]，勿急也。"过数日，翁益弥留[6]。月生虑一旦不虞[7]，觑无人，就床头秘讯之。翁曰："人生苦乐，皆有定数。汝方享妻贤之福，故不宜再助多金，以增汝过。"盖月生妻车氏，最贤，有桓、孟之德[8]，故云。月生固哀之。怒曰："汝尚有二十馀年坎壈未历[9]，即予千金，亦立尽耳。苟不至山穷水尽时，勿望给与也！"月生孝友敦笃[10]，亦即不敢复言。无何，翁大渐[11]，寻卒。幸兄贤，斋葬之谋，勿与校计。月生又天真烂漫，不较锱铢，且好客善饮，炊黍治具[12]，日促妻三四作，不甚理家人生产。里中无赖窥其懦，辄鱼肉之[13]。逾数年，家渐落。窘急时，赖兄小周给，不至大困。无何，兄以老病卒，益失所助，至绝粮食。春贷秋偿，田所出，登场辄尽。乃割亩为活，业益消减[14]。又数年，妻及长子相继殂谢[15]，无聊益甚。寻买贩羊者之妻徐，冀得其小阜；而徐性刚烈，日凌藉之，至不敢与亲朋通吊庆礼。忽一夜梦父曰："今汝所遭，可谓山穷水尽矣。尝许汝窖金，今其可矣。"问："何在？"曰："明日畀汝。"醒而异之，犹谓是贫中之积想也。次日，发土葺墉[16]，掘得巨金。始悟向言"无多人"，乃死亡将半也。

异史氏曰:"月生,余杵臼交[17],为人朴诚无伪。余兄弟与交,哀乐辄相共。数年来,村隔十馀里,老死竟不相闻。余偶过其居里,因亦不敢过问之。则月生之苦况,盖有不可明言者矣。忽闻暴得千金,不觉为之鼓舞。呜呼!翁临终之治命[18],昔习闻之,而不意其言言皆谶也[19]。抑何其神哉!"

据《聊斋志异》铸雪斋抄本

----

〔1〕 太学:明清两代称国子监为太学。
〔2〕 寝疾:卧病。
〔3〕 觖(jué决)望:即缺望,不满足所望。觖,缺,不满。
〔4〕 窖镪(qiǎng强):窖藏的白银。镪,钱贯,引申指银钱。
〔5〕 畀(bì币):给予。
〔6〕 弥留:《书·顾命》:"病日臻,既弥留。"弥,久。本谓久病不愈,后用以称病重将死。
〔7〕 不虞:意外,此指死亡。虞,意料。
〔8〕 桓、孟之德:指为妇的美德。桓,桓少君,东汉鲍宣妻。桓少君嫁时装奁甚多,鲍宣不悦。桓少君乃将装奁尽还父家,改穿短衣,与鲍宣共挽鹿车(用人推拉的小车)回乡里。"拜姑礼毕,提瓮出汲"。见《后汉书·鲍宣妻传》。孟,东汉梁鸿妻孟光,扶风平陵人,字德曜。夫妻耕织于霸陵山中。后随梁鸿至吴地。梁鸿贫困为人佣工,归家,孟光每为具食,举案齐眉,恭敬尽礼。见《后汉书·梁鸿传》。旧时以桓少君、孟光为自甘守贫的贤妻的典型。
〔9〕 坎壈(lǎn览):困顿。
〔10〕 孝友:孝顺父母,友爱兄弟。
〔11〕 大渐:病危。渐,剧。
〔12〕 炊黍治具:意为备办酒食。黍,谷物的总称。
〔13〕 鱼肉:欺凌。

〔14〕 业:产业。
〔15〕 殂谢:死亡。
〔16〕 葺(qì气)墉:修理墙垣。
〔17〕 杵臼交:《东观汉记·吴祐传》:"公沙穆游太学,无资粮,乃变服客佣,为祐赁舂。祐与语,大惊。遂共订交于杵臼之间。"杵臼,舂米农具。后因以杵臼交指贫贱之交。
〔18〕 治命:指先人临终前的清醒遗言。语见《左传·宣公十五年》。
〔19〕 言言皆谶(chèn衬):谓其每句话皆有应验。谶,预言。

老龙船户[1]

朱公𣖔荫巡抚粤东时[2],往来商旅,多告无头冤状。千里行人,死不见尸,数客同游,全无音信,积案累累,莫可究诘。初告,有司尚发牒行缉[3];迨投状既多,竟置不问。公莅任,历稽旧案,状中称死者不下百馀,其千里无主,更不知凡几。公骇异恻怛,筹思废寝。遍访僚属,迄少方略。于是洁诚熏沐,致檄城隍之神[4]。已而斋寝[5],恍惚见一官僚,搢笏而入[6]。问:"何官?"答云:"城隍刘某。""将何言?"曰:"鬓边垂雪,天际生云,水中漂木,壁上安门。"言已而退。既醒,隐谜不解。辗转终宵,忽悟曰:"垂雪者,老也;生云者,龙也;水上木为舡[7];壁上门为户:岂非'老龙舡户'耶!"盖省之东北,曰小岭,曰蓝关,源自老龙津以达南海[8],每由此入粤。公遣武弁[9],密授机谋,捉龙津驾舟者,次第擒获五十馀名,皆不械而服。盖此等贼以舟渡为名,赚客登舟,或投蒙药[10],或烧闷香[11],致客沉迷不醒;而后剖腹纳石,以沉水底。冤惨极矣!自昭雪后,迩迩欢腾[12],谣颂成集焉[13]。

异史氏曰:"剖腹沉石,惨冤已甚,而木雕之有司[14],绝不少关痛痒,岂特粤东之暗无天日哉[15]!公至则鬼神效灵,覆盆俱照[16],何其异哉!然公非有四目两口,不过疴瘝之念[17],积于中者至耳。

彼巍巍然,出则刀戟横路,入则兰麝熏心,尊优虽至,究何异于老龙舡户哉[18]!"

据《聊斋志异》铸雪斋抄本

----

〔1〕 老龙船户:铸雪斋抄本和二十四卷抄本正文标题均为"老龙船户";惟铸本总目作《老龙舡户》。
〔2〕 朱徽荫:朱宏祚,字徽荫,顺治五年举人,高唐(今山东省高唐县)人。初知盱眙县,迁兵部郎中,康熙二十六年,擢广东巡抚,曾裁减赋税,清理冤狱。康熙三十一年,迁闽浙总督。见光绪《山东通志》卷一七四。粤东:指今广东省。
〔3〕 牒:公文。行缉:捕拿。
〔4〕 檄(xí习):晓喻文书。《史记·张仪列传》:"为文檄告楚相。"
〔5〕 斋寝:此指宿于斋戒的寝居。
〔6〕 搢笏:指身穿公服。搢,插;笏,笏板。古代官僚穿公服时,插笏板于绅。
〔7〕 舡(chuán船,又读 xiāng乡):船。
〔8〕 老龙津:当在今广东省龙川县老龙埠附近,当时为龙川江上游。参见《大清一统志》卷四百四十五。
〔9〕 武弁(biàn辨):武官。
〔10〕 蒙药:又叫蒙汗药,投酒中,饮之则昏迷沉睡。
〔11〕 闷香:又叫迷魂香,点燃后,烟气入鼻,使昏沉麻醉。
〔12〕 返迹欢腾:此据二十四卷抄本,原作"返迹欢谣"。
〔13〕 谣颂:称颂功德的民歌民谣。
〔14〕 木雕之司:谓形如木雕泥塑的官员。
〔15〕 特:只,只是。
〔16〕 覆盆:覆置的盆。《抱朴子·辨问》:"日月有所不照,圣人有所不知……是责三光不照覆盆之内也。"后以覆盆喻沉冤莫申。
〔17〕 疴瘝(tōng guān通关)之念:谓视民疾苦,如病痛在身。《书·康

诰》:"恫瘝乃身。"孔安国传:"恫,痛;瘝,病。治民务除恶政,当如痛病在汝身,欲去之。"

〔18〕"彼巍巍然"五句:谓高高在上的官员,耀武扬威,养尊处优,其对民众的危害,同老龙船户是一样的。

青 城 妇

费邑高梦说为成都守[1],有一奇狱。先是,有西商客成都,娶青城山寡妇[2]。既而以故西归,年馀复返。夫妻一聚,而商暴卒。同商疑而告官,高亦疑妇有私,苦讯之。横加酷掠,卒无词。牒解上司[3],并少实情,淹系狱底[4],积有时日。后高署有患病者[5],延一老医,适相言及。医闻之,遽曰:"妇尖嘴否?"问:"何说?"初不言,诘再三,始曰:"此处绕青城山有数村落,其中妇女多为蛇交[6],则生女尖喙,阴中有物类蛇舌。至淫纵时,则舌或出,一入阴管,男子阳脱立死[7]。"高闻之骇,尚未深信。医曰:"此处有巫媪,能内药使妇意荡[8],舌自出,是否可以验见。"高即如言,使媪治之,舌果出,疑始解。牒报郡。上官皆如法验之,乃释妇罪。

据《聊斋志异》铸雪斋抄本

---

[1] 高梦说:字兴岩,号易菴,费县(今山东省费县)人。顺治五年副贡,顺治十一年任河南修武县丞,康熙二年升四川成都府同知。见光绪《费县志》卷十一。
[2] 青城山:在四川省灌县西南,当时属成都府。
[3] 牒解上司:备具公文押送郡府。上司,上级,此指成都府衙。
[4] 淹系狱底:久系于牢狱。淹,久留。

〔5〕 高署：指高梦说的衙署。
〔6〕 交：交合、交配。
〔7〕 阳脱：精液耗尽，虚脱死亡。
〔8〕 内（nà 纳）药：指纳药阴中。内，通"纳"，入。

鸹　鸟

长山杨令[1],性奇贪。康熙乙亥间,西塞用兵[2],市民间骡马运粮。杨假此搜括,地方头畜一空。周村为商贾所集[3],趁墟者车马辐辏[4]。杨率健丁悉篡夺之,不下数百馀头。四方估客,无处控告。时诸令皆以公务在省。适益都令董、莱芜令范、新城令孙[5],会集旅舍。有山西二商,迎门号诉。诉有健骡四头,俱被抢掠,道远失业,不能归,哀求诸公为缓颊也[6]。三公怜其情,许之。遂共诣杨。杨治具相款。酒既行,众言来意。杨不听。众言之益切。杨举酒促釂以乱之[7],曰:"某有一令[8],不能者罚。须一天上、一地下、一古人,左右问所执何物,口道何词,随问答之。"便倡云[9]:"天上有月轮,地下有昆仑,有一古人刘伯伦[10]。左问所执何物,答云:'手执酒杯。'右问口道何词,答云:'道是酒杯之外不须提。'"范公云:"天上有广寒宫[11],地下有乾清宫[12],有一古人姜太公[13]。手执钓鱼竿,道是'愿者上钩'[14]。"孙云:"天上有天河,地下有黄河,有一古人是萧何[15]。手执一本大清律,他道是'赃官赃吏'。"杨有惭色,沉吟久之,曰:"某又有之。天上有灵山[16],地下有太山,有一古人是寒山[17]。手执一帚,道是'各人自扫门前雪'。"众相视觍然。忽一少年傲岸而入,袍服华整,举手作礼。共挽坐,酌以大斗[18]。少年笑曰:"酒且勿饮。闻诸公雅令,愿献刍荛[19]。"众请之。少年曰:"天上有玉帝,地下有皇帝,有一古人洪武朱皇帝[20]。手执三尺剑,道是'贪官剥皮'[21]。"众大笑。杨恚骂曰:"何处狂生敢尔!"命隶执之。少年跃登几上,化为鸮[22],冲帘飞出,集庭树间,回顾室中,作笑声。主人击之,且飞且笑而去。

异史氏曰:"市马之役[23],诸大令健畜盈庭者十之七[24],而千百为群,作驵马贾者,长山外不数数见也[25]。圣明天子爱惜民力,取一物必偿其值,焉知奉行者流毒若此哉!鸮所至,人最厌其笑,儿女共唾之,以为不祥。此一笑,则何异于凤鸣哉!"

据《聊斋志异》铸雪斋抄本

------

[1] 长山:山东省旧县名,一九五六年并入邹平县。杨令:疑指杨杰。杨杰,奉天监生,康熙二十八年任长山令,康熙三十四年(乙亥年)去职。
[2] "康熙乙亥间"二句:《清鉴》卷五:康熙乙亥三十四年,"冬十月,噶尔丹入寇,十一月以费扬古为抚远大将军率兵讨之。"次年,"春二月,帝亲征噶尔丹。""五月,大将军费扬古破噶尔丹于昭莫多。"西塞,西部边塞地区。
[3] 周村:今山东省淄博市周村区。
[4] 趁墟:俗称赶集。墟,乡村市集。
[5] 益都:旧县名,今山东省青州市。莱芜:山东省莱芜县。新城:今山东省桓台县。
[6] 缓颊:代说人情。
[7] 促釂(jiào 叫):劝饮。釂,干杯。
[8] 令:酒令。
[9] 倡:倡导、起头。
[10] 刘伯伦:刘伶,字伯伦,晋代沛人。与阮籍、嵇康等友好,时称竹林

七贤。刘伶纵酒放达,有《酒德颂》,自称"惟酒是务,焉知其馀。"(见《晋书·刘伶传》)

〔11〕 广寒宫:神话传说月中的仙宫。《洞冥记》:"冬至后,月养魄于广寒。"

〔12〕 乾清宫:在北京故宫"内庭"最前面,建于明永乐十八年。清康熙前,为皇帝居住和处理政务之处。

〔13〕 姜太公:即太望吕尚。姓姜名牙,又称姜子牙。曾佐武王伐纣,有功勋,封于齐。

〔14〕 愿者上钩:传说姜太公钓于渭滨,直钩不设饵。明叶良表《分金记·强徒夺节》:"自古道:姜太公钓鱼,愿者上钩。不愿,怎强得他?"

〔15〕 萧何:汉初沛(今江苏省沛县)人。秦二世元年(前209)佐刘邦起义建立汉王朝,为丞相,封酇侯。汉之律令典制,多其制定,故世称萧何定律。

〔16〕 灵山:神话传说中山名,可做天梯。见《山海经·大荒西经》。

〔17〕 寒山:唐代大历年间僧人,曾隐居唐兴县(今浙江省天台县)寒岩,为国清寺僧人。有诗名。

〔18〕 大斗:大酒杯。

〔19〕 献刍荛:进献刍荛之言。对己言的谦词。《诗·大雅·板》:"先民有言,询于刍荛。"刍荛,割草打柴的人。

〔20〕 洪武朱皇帝:指明太祖朱元璋。其年号为"洪武"。

〔21〕 贪官剥皮:贪官污吏应处死剥皮。明太祖严惩贪官,贪赃六十两以上,枭首示众,剥皮束草,悬于官府座旁,以儆效尤。见《草木子》。

〔22〕 鸮(xiāo枵):鸟名,俗称"猫头鹰",认为是不祥之鸟。谚云:"不怕猫头鹰叫,就怕猫头鹰笑。"谓笑则主凶。

〔23〕 市马之役:指上述康熙年间征购民间骡马的事件。

〔24〕 大令:指县令。

〔25〕 数数(shuò shuò 朔朔):屡次、经常。

古　瓶

淄邑北村井涸[1]，村人甲、乙縆入淘之。掘尺馀，得髑髅[2]。误破之，口含黄金，喜纳腰橐。复掘，又得髑髅六七枚。悉破之，无金。其旁有磁瓶二、铜器一。器大可合抱[3]，重数十斤，侧有双环，不知何用，班驳陆离[4]。瓶亦古，非近款[5]。既出井，甲、乙皆死。移时乙苏，曰："我乃汉人。遭新莽之乱[6]，全家投井中。适有少金，因内口中，实非含敛之物[7]，人人都有也。奈何遍碎头颅？情殊可恨！"众香楮共祝之[8]，许为殡葬，乙乃愈；甲则不能复生矣。颜镇孙生闻其异[9]，购铜器而去。袁孝廉宣四得一瓶[10]，可验阴晴：见有一点润处，初如粟米，渐阔渐满，未几雨至；润退，则云开天霁。其一入张秀才家，可志朔望[11]：朔则黑起如豆，与日俱长；望则一瓶遍满；既望[12]，又以次而退，至晦则复其初[13]。以埋土中久，瓶口有小石粘口上，刷剔不可下。敲去之，石落而口微缺，亦一憾事。浸花其中，落花结实，与在树者无异云。

据《聊斋志异》铸雪斋抄本

------

〔1〕　涸（hé 貉）：水干。
〔2〕　髑髅：死人头骨。
〔3〕　合抱：两手合围。

〔4〕 班驳(bó伯)陆离:颜色错杂。
〔5〕 款:款式、样式。
〔6〕 新莽之乱:公元八年,王莽篡汉自立,改国号新,在位十八年。
〔7〕 含敛之物:古代丧礼,放在死人口中的金玉之物。
〔8〕 香楮:指焚香烧纸。
〔9〕 颜镇:颜神镇,在今青州市西南。见《青州府志》卷四。
〔10〕 袁孝廉宣四:袁藩,字宣四,淄川县人。康熙二年举人。见乾隆《淄川县志》。
〔11〕 志:通"誌",记。朔:阴历每月初一。望:阴历每月十五。
〔12〕 既望:望日的后一天,即阴历每月十六。
〔13〕 晦:阴历每月最后的一天。

元少先生

韩元少先生为诸生时[1]，有吏突至，白主人欲延作师，而殊无名刺[2]。问其家阀[3]，含糊对之。束帛缄贽[4]，仪礼优渥。先生许之，约期而去。至日，果以舆来。迤逦而往[5]，道路皆所未经。忽睹殿阁，下车入，气象类藩邸[6]。既就馆，酒炙纷罗，劝客自进，并无主人。筵既撤，则公子出拜；年十五六，姿表秀异。展礼罢，趋就他舍，请业始至师所[7]。公子甚慧，闻义辄通。先生以不知家世，颇怀疑闷。馆有二僮给役[8]，私诘之，皆不对。问："主人何在？"答以事忙。先生求导窥之，僮不可。屡求之，乃导至一处，闻拷楚声。自门隙目注之，见一王者坐殿上，阶下剑树刀山，皆冥中事。大骇。方将却步，内已知之，因罢政[9]，叱退诸鬼，疾呼僮。僮变色曰："我为先生，祸及身矣！"战惕奔入。王者怒曰："何敢引人私窥！"即以巨鞭重笞讫。乃召先生入，曰："所以不见者，以幽明异路。今已知之，势难再聚。"因赠束金使行[10]，曰："君天下第一人[11]，但坎壈未尽耳[12]。"使青衣捉骑送之[13]。先生疑身已死。青衣曰："何得便尔！先生食御一切[14]，置自俗间，非冥中物也。"既归，坎坷数年，中会、状，其言皆验[15]。

据《聊斋志异》铸雪斋抄本

----

〔1〕 韩元少:韩菼,字元少,号慕庐,长洲(今江苏苏州市)人。康熙癸丑(十三年)会试、殿试皆第一。授翰林修撰,累官至礼部尚书。以文章名世,有《有怀堂诗文稿》。
〔2〕 殊:竟。
〔3〕 家阀:家族门第。
〔4〕 束帛缄贽:指聘师之礼。束帛,帛五匹为一束。缄,封。贽,聘礼。
〔5〕 迤逦:也作"迤逦"。曲折行走。
〔6〕 藩邸:藩王的府第。
〔7〕 请业:向师长请教学业。《礼记·曲礼》上:"请业则起,请益则起。"
〔8〕 给役:供使用。
〔9〕 罢政:停办公事。
〔10〕 束金:致送教师的酬金。
〔11〕 天下第一人:指考中状元。明清考试制度殿试第一名称状元。
〔12〕 坎壈(lǎn 览):谓坎坷之经历。
〔13〕 青衣:指衙门皂吏。
〔14〕 食御:食用。
〔15〕 中会、状:指考中会元、状元。会试第一名称会元,殿试一甲第一名称状元。

薛慰娘

丰玉桂,聊城儒生也[1]。贫无生业。万历间,岁大祲[2],子然南遁。及归,至沂而病[3]。力疾行数里[4],至城南丛葬处,益惫,因傍冢卧。忽如梦,至一村,有叟自门中出,邀生入。屋两楹,亦殊草草[5]。室内一女子,年十六七,仪容慧雅。叟使瀹柏枝汤[6],以陶器供客。因诘生里居、年齿,既已,乃曰:"洪都姓李,平阳族[7]。流寓此间,今三十二年矣。君志此门户,余家子孙如见探访,即烦指示之。老夫不敢忘义。义女慰娘,颇不丑,可配君子。三豚儿到日[8],即遣主盟[9]。"生喜,拜曰:"犬马齿二十有二[10],尚少良配。惠意眷好,固佳;但何处得翁之家人而告诉也?"叟曰:"君但住北村中,相待月馀,自有来者,止求不惮烦耳。"生恐其言不信,要之曰[11]:"实告翁:仆故家徒四壁,恐后日不如所望,中道之弃,人所难堪。即无姻好,亦不敢不守季路之诺[12],即何妨质言之也[13]?"叟笑曰:"君欲老夫旦旦耶[14]?我稔知君贫。此订非专为君,慰娘孤而无倚,相托已久,不忍听其流落,故以奉君子耳。何见疑!"即捉臂送生出[15],拱手合扉而去。

生觉[16],则身卧冢边,日已将午。渐起,次且入村[17]。村人见之皆惊,谓其已死道旁经日矣。顿悟叟即冢中人也,隐而不言,但求寄寓。村人恐其复死,莫敢留。村有秀才与同姓,闻之,趋诘家世,盖生缌服叔也[18]。喜导至家,饵治之[19],数日寻愈。因述所遇,叔亦惊异,遂坐待以觇其变。居无何,果有官人至村,访父墓址,自言平阳进士李叔向。先是,其父李洪都,与同乡某甲行贾,死于沂,某因瘗诸丛葬处。既归,某亦死。是时翁三子皆幼。长伯仁,举进士,令淮南[20]。数遣人寻父墓,迄无知者。次仲道,举孝廉。叔向最少,亦登第[21]。于是亲求父骨,至沂遍访。是日至,村人皆莫识。生乃引至墓所,指示之。叔向未敢信,生为具陈所遇。叔向奇之。审视两坟相接,或言三年前有宦者,葬少妾于此。叔向恐误发他冢,生遂以所卧处示之。叔向命舁材其侧,始发冢。冢开,则见女尸,服妆黯败,而粉黛如生[22]。叔向知其误,骇极,莫知所为。而女已顿起,四顾曰:"三哥来耶?"叔向惊,就问之,则慰娘也。乃解衣蔽覆,舁归逆旅。急发傍冢,冀父复活。既发,则肤革犹存,抚之僵燥,悲哀不已。装敛入材,清醮七日[23];女亦缞绖若女[24]。忽告叔向曰:"曩阿翁有黄金二锭[25],曾分一为妾作奁。妾以孤弱无藏所,仅以丝线縶腰,而未将去,兄得之否?"叔向不知,乃使生反求诸圹,果得之,一如女言。叔向仍以线志者分赠慰娘。暇乃审其家世。

先是,女父薛寅侯无子,止生慰娘,甚锺爱之。一日,女自金陵舅氏归,将媪同渡。操舟者乃金陵媒也。适有宦者,任满赴都,遣觅美妾,凡历数家,无当意者,将为扁舟诣广陵[26]。忽遇女,隐生诡谋,急招附渡。媪素识之,遂与共济[27]。中途,投毒食中,女妪皆迷。推妪堕江;载女而返,以重金卖诸宦者。入门,嫡始知,怒甚。女又悯然,莫知为礼,遂挞楚而囚禁之。北渡三日,女方醒。婢言始末,女大泣。一夜,宿于沂,自经死,乃瘗诸乱冢中。女在墓,为群鬼所凌,李翁时呵护之[28],女乃父事翁。翁曰:"汝命合不死,当为择一快婿[29]。"前生既见而出,反谓女曰:"此生品谊可托[30]。待汝三兄至,为汝主婚。"一日曰:"汝可归候,汝三兄将来矣。"盖即发墓之日也。

女于丧次[31],为叔向缅述之。叔向叹息良久,乃以慰娘为妹,俾从李姓。略买衣妆,遣归生,且曰:"资斧无多,不能为妹子办妆。意将偕归,以慰母心,何如?"女亦欣然。于是夫妻从叔向,辇柩并发[32]。及归,母诘得其故,爱逾所生,馆诸别院[33]。丧次,女哀悼过于儿孙。母益怜之,不令东归,嘱诸子为之买宅。适有冯氏卖宅,直六百金。仓猝未能取盈,暂收契券,约日交兑。及期,冯早至;适女亦从别院入省母,突见之,绝似当年操舟人。冯见亦惊。女趋过之。两兄亦以母小恙,俱集母所。女问:"厅前踯躅者为谁[34]?"仲道曰:"此必前日卖宅者也。"即起欲出。女止之,告以所疑,使诘难之。仲道诺而出,则冯已去,而巷南塾师薛先生在焉。因问:"何来?"曰:"昨夕冯某浼早登堂[35],一署券保[36]。适途遇之,云偶有所忘,暂归便返,使仆坐以待之。"少间,生及叔向皆至,遂相攀谈。慰娘以冯故,潜来屏后窥客,细视之,则其父也。突出,持抱大哭。翁惊涕曰:"吾儿何来!"众始知薛即寅侯也。仲道虽与街头常遇,初未悉其名字。至是共喜,为述前因,设酒相庆。因留信宿,自道行踪。盖失女后,妻以悲死,鳏居无依,故游学至此也[37]。生约买宅后,迎与同居。翁次日往探,冯则举家遁去,乃知杀媪卖女者,即其人也。冯初至平阳,贸易成家;比年赌博,日就消乏,故货居宅,卖女之资,亦濒尽矣。

慰娘得所,亦不甚仇之,但择日徙居,更不追其所往。李母馈遗不绝,一切日用皆供给之。生遂家于平阳,但归试甚苦[38]。幸于是科得举孝廉。慰娘富贵,每念媪为己死,思报其子。媪夫姓殷,一子名富,好博,贫无立锥。一日,博局争注[39],殴杀人命,亡归平阳,远投慰娘。生遂留之门下。研诘所杀姓名,盖即操舟冯某也。骇叹久之,因为道破,乃知冯即杀母仇人也。益喜,遂役生家。薛寅侯就养于婿,婿为买妇,生子女各一焉。

据《聊斋志异》铸雪斋抄本

----

〔1〕 聊城:今山东省聊城县。
〔2〕 岁大祲(jìn浸):农业受灾,犹言大荒年。岁,一年的收成。祲,天灾。
〔3〕 沂:沂州。治所在今山东省临沂。
〔4〕 力疾:勉支病体。
〔5〕 草草:简陋。
〔6〕 瀹(yuè越):泡、煮。
〔7〕 平阳族:平阳氏族。平阳,地名平阳者很多。后文有"母益怜之,不令东归"之语,则文中平阳当在聊城之西;疑指山西省平阳府,故治在今山西省临汾。
〔8〕 豚儿:谦称自己的儿子。
〔9〕 主盟:指主婚。
〔10〕 犬马齿:自称年龄的谦词。齿,年龄。
〔11〕 要(yāo腰):要盟。谓逼其守信。

〔12〕季路之诺：此指丰生允婚的诺言。季路，即子路，孔子的弟子，鲁国人。为人诚信，一言人皆信之。见《左传·襄公十四年》。
〔13〕质言：实言。
〔14〕旦旦：意为盟誓。《诗·卫风·氓》："言笑晏晏，信誓旦旦。"
〔15〕捉臂：挽臂。
〔16〕觉：醒来。
〔17〕次且（zī jū 兹居）：同"趑趄"，且前且却，犹豫不进。
〔18〕缌（sī 思）服叔：犹言远房叔。缌服，丧服名，为五服（斩衰、齐衰、大功、小功、缌麻）中最轻的一种。服缌麻三月，用于疏远的亲属。缌，布。
〔19〕饵：服用药饵。
〔20〕令淮南：为淮南县令。淮南，今安徽省寿县。
〔21〕登第：指考中进士。
〔22〕粉黛：此指面色。
〔23〕清醮（jiào 叫）：旧时超度亡灵，请僧人道士诵经礼神的一种仪式。因举行这种仪式要清心素食，所以称为清醮。
〔24〕缞绖（cuī dié 催迭）：丧服名。用于父母丧。
〔25〕阿翁：犹阿父，指李翁。
〔26〕扁（piān 篇）舟：小舟、轻舟。广陵：郡名，今扬州市。
〔27〕共济：同舟共渡。
〔28〕呵（hē 喝）护：呵禁护持。
〔29〕快婿：称心如意的女婿。
〔30〕品谊：指品德。
〔31〕丧次：居丧期间。
〔32〕辇柩：以车运送灵柩。
〔33〕馆：安排住房。
〔34〕跕（dié 迭）蹀：此为小步于庭，徘徊等待的样子。
〔35〕浼（měi 每）：拜托、请求。登堂：指赴李家。
〔36〕一署券保：谓署名于券，作为中保。
〔37〕游学：旧时指赴外地设馆授徒。
〔38〕归试：指回原籍聊城参加科举考试。明清科举制度，岁、科试及乡

试,必须回原籍参加。
〔39〕 博局争注:赌博时为赌注而争斗。注,赌注,赌博时用以赌输赢的财物。

田　子　成

江宁田子成[1],过洞庭,舟覆而没。子良耜,明季进士[2],时在抱中。妻杜氏,闻讣,仰药而死。良耜受庶祖母抚养成立,筮仕湖北[3]。年馀,奉宪命营务湖南[4]。至洞庭,痛哭而返。自告才力不及,降县丞[5],隶汉阳[6],辞不就。院司强督促之[7],乃就。辄放荡江湖间,不以官职自守。

一夕,舣舟江岸[8],闻洞箫声,抑扬可听。乘月步去,约半里许,见旷野中茅屋数椽,荧荧灯火;近窗窥之,有三人对酌其中。上座一秀才,年三十许;下座一叟;侧座吹箫者,年最少。吹竟,叟击节赞佳。秀才面壁吟思[9],若罔闻。叟曰:"卢十兄必有佳作,请长吟,俾得共赏之。"秀才乃吟曰:"满江风月冷凄凄,瘦草零花化作泥。千里云山飞不到,梦魂夜夜竹桥西。"吟声怆恻。叟笑曰:"卢十兄故态作矣!"因酬以巨觥,曰:"老夫不能属和[10],请歌以侑酒[11]。"乃歌"兰陵美酒"之什[12]。歌已,一座解颐。少年起曰:"我视月斜何度矣。"突出见客,拍手曰:"窗外有人,我等狂态尽露也!"遂挽客入,共一举手。叟使与少年相对坐。试其杯皆冷酒,辞不饮。少年起,以苇炬燎壶而进之[13]。良耜亦命从者出钱行沽,叟固止之。因讯邦族,良耜具道生平。叟致敬曰:"吾乡父母也[14]。少君姓江,此间土著[15]。"指少年曰:"此江西杜野侯。"又指秀才:"此卢十兄,与公同乡。"卢自见良耜,殊偃蹇不甚为礼[16]。良耜因问:"家居何里?如此清才[17],殊早不闻[18]。"答曰:"流寓已久,亲族恒不相识,可叹人也!"言之哀楚。叟摇手乱之曰:"好客相逢,不理觞政[19],聒絮如此,厌人听闻!"遂把杯自饮,曰:"一令请共行之,不能者罚[20]。每掷三色[21],以相逢为率[22],须一古典相合[23]。"乃掷得幺二三[24],唱曰:"三加幺二点相同[25],鸡黍三年约范公[26]:朋友喜相逢。"次少年,掷得双二单四[27],曰:"不读书人,但见俚典,勿以为笑。四加双二点相同,四人聚义古城中[28]:兄弟喜相逢。"卢得双幺单二[29],曰:"二加双幺点相同,吕向两手抱老翁[30]:父子喜相逢。"良耜掷,复与卢同,曰:"二加双幺点相同,茅容二簋款林宗[31]:主客喜相逢。"令毕,良耜兴辞。卢始起,曰:"故乡之谊,未遑倾吐,何别之遽?将有所问,愿少留也。"良耜复坐,问:"何言?"曰:"仆有老友某,没于洞庭,与君同族否?"良耜曰:"是先君也[32],何以相识?"曰:"少时相善。没日,惟仆见之,因收其骨,葬江边耳。"良耜出涕下拜,求指墓所。卢曰:"明日来此,当指示之。要亦易辨,去此数武,但见坟上有丛芦十茎者是也。"良耜洒涕,与众拱别。

至舟,终夜不寐,念卢情词似皆有因。昧爽而往[33],则舍宇全无,益骇。因遵所指处寻墓,果得之。丛芦其上,数之,适符其数。恍然悟卢十兄之称,皆其寓言;所遇,乃其父之鬼也。细问土人,则二十年前,有高翁富而好善,溺水者皆拯其尸而埋之,故有数坟在焉。遂发冢负骨,弃官而返。归告祖母,质其状貌皆确。江西杜野侯,乃其表兄,年十九,溺于江;后其父流寓江西。又悟杜夫人殁后,葬竹桥之西,故诗中忆之也。但不知叟何人耳。

据《聊斋志异》铸雪斋抄本

----

〔1〕 江宁:府名,治所在今南京市。
〔2〕 明季:明朝末年。
〔3〕 筮(shì 室)仕:古人将出仕,先卜吉凶,故称作官为"筮仕"。筮,以蓍草占卜。
〔4〕 奉宪命:犹言奉上官命令。宪,上官。
〔5〕 县丞:县令的副职。
〔6〕 隶汉阳:隶属汉阳府。府治在今之武汉市汉阳。
〔7〕 院司:院,指巡抚衙门;司,指布政使司,主管全省财赋和官员的调遣任免。
〔8〕 舣(yǐ 乙)舟:停舟。
〔9〕 吟思:吟句苦思,谓构思作诗。
〔10〕 属和(hè 贺):作诗相和。
〔11〕 侑(yòu 右)酒:劝酒。
〔12〕 "兰陵美酒"之什:指李白《客中作》诗:"兰陵美酒郁金香,玉碗盛来琥珀光;但使主人能醉客,不知何处是他乡。"
〔13〕 苇炬:芦苇束成之火把。
〔14〕 父母:父母官。旧时对地方官的称呼,多指县令。
〔15〕 土著:当地人。
〔16〕 偃蹇:自高傲慢。
〔17〕 清才:优异的才能。
〔18〕 殊:竟。
〔19〕 觞(shāng 伤)政:指属客饮酒之事。
〔20〕 不能者:指不符酒令要求者。
〔21〕 每掷三色:一次掷三颗色子。色,即"骰子"。
〔22〕 以相逢为率(lǜ 律):指所掷三色点数,其一之数与另二和数相同,即所谓相逢。率,标准。

〔23〕 须一古典相合:谓所掷点数相逢,应与一故事相合。
〔24〕 幺(yāo 夭):一,色子点数为一。
〔25〕 三加幺二点相同:一、二相加为三,与三点相同。
〔26〕 鸡黍三年约范公:意为朋友约期相会。《后汉书·范式传》:范式字巨卿,山阳金乡人,与汝南张劭为友,两人同时归里,约定二年后的某日范式到张劭家去看望。至期张劭于家中准备鸡黍,范式果至。鸡黍,杀鸡为肴,煮黍为饭;指招待客人的饭菜。
〔27〕 双二单四:两个二点,一个四点。
〔28〕 聚义古城:《三国演义》第二十八回刘、关、张三兄弟古城相会的故事。古城,在今河南省确山县。
〔29〕 双幺单二:两个一点,一个二点。
〔30〕 吕向两手抱老翁:此指父子相逢。《陕西通志》记载:吕向,唐泾州人,字子回。少托于外祖母家,父客游远方,存亡未卜,累年询访。后吕向官至翰林,一日自朝中回,道见一老人,恻然心动,询之乃其父也。向悲喜交集,抱父号恸。
〔31〕 茅容二簋(guǐ鬼)款林宗:此指主客相逢。《后汉书·茅容传》:茅容字季伟,东汉陈留人。耕于野,与等辈避雨树下,众皆夷踞相对,容独危坐愈恭。郭林宗见而奇之,遂与共言,寄宿其家。次日,茅容杀鸡为馔,林宗谓为己设,既而以供其母,自己以草蔬与客共饭。林宗深受感动,盛赞茅容贤孝。簋,古代食器。
〔32〕 先君:称已死的父亲。
〔33〕 昧爽:黎明。

王桂庵

王樨[1],字桂庵,大名世家子。适南游,泊舟江岸。临舟有榜人女[2],绣履其中,风姿韶绝。王窥既久,女若不觉。王朗吟"洛阳女儿对门居[3]",故使女闻。女似解其为己者,略举首一斜瞬之[4],俯首绣如故。王神志益驰,以金一锭投之,堕女襟上。女拾弃之,金落岸边。王拾归,益怪之,又以金钏掷之[5],堕足下;女操业不顾。无何,榜人自他归。王恐其见钏研诘,心急甚;女从容以双钩覆蔽之[6]。榜人解缆,径去。王心情丧惘,痴坐凝思。时王方丧偶,悔不即媒定之。乃询舟人,皆不识其何姓。返舟急追之,杳不知其所往。不得已,返舟而南。务毕[7],北旋,又沿江细访,并无音耗。抵家,寝食皆萦念之。

逾年,复南,买舟江际,若家焉。日日细数行舟,往来者帆楫皆熟,而曩舟殊杳[8]。居半年,资罄而归。行思坐想,不能少置。一夜,梦至江村,过数门,见一家柴扉南向,门内疏竹为篱,意是亭园,径入。有夜合一株[9],红丝满树。隐念:诗中"门前一树马缨花[10]",此其是矣。过数武,苇笆光洁。又入之,见北舍三楹,双扉阖焉。南有小舍,红蕉蔽窗[11]。探身一窥,则榻架当门[12],罥画裙其上,知为女子闺闼,愕然却退;而内亦觉之,有奔出瞰客者,粉黛微呈,则舟中人也。喜出望外,曰:"亦有相逢之期乎!"方将狎就,女父适归,倏然惊觉,始知是梦。景物历历,如在目前。秘之,恐与人言,破此佳梦。

又年馀,再适镇江[13]。郡南有徐太仆[14],与有世谊,招饮。信马而去,误入小村,道途景象,仿佛平生所历。一门内,马缨一树,梦境宛然。骇极,投鞭而入。种种物色,与梦无别。再入,则房舍一如其数。梦既验,不复疑虑,直趋南舍,舟中人果在其中。遥见王,惊起,以扉自幛,叱问:"何处男子?"王逡巡间,犹疑是梦。女见步趋甚近,闼然扃户。王曰:"卿不忆掷钏者耶?"备述相思之苦,且言梦征[15]。女隔窗审其家世,王具道之。女曰:"既属宦裔,中馈必有佳人,焉用妾?"王曰:"非以卿故,婚娶固已久矣。"女曰:"果如所云,足知君心。妾此情难告父母,然亦方命而绝数家[16]。金钏犹在,料锺情者必有耗闻耳[17]。父母偶适外戚,行且至。君姑退,倩冰委禽,计无不遂;若望以非礼成耦,则用心左矣[18]。"王仓卒欲出。女遥呼王郎曰:"妾芸娘,姓孟氏。父字江蓠。"王记而出。罢筵早返[19],谒江蓠。江迎入,设坐篱下。王自道家阀[20],即致来意,兼纳百金为聘。翁曰:"息女已字矣。"王曰:"讯之甚确,固待聘耳,何见绝之深?"翁曰:"适间所说,不敢为诳。"王神情俱失,拱别而返。当夜辗转,无人可媒。向欲以情告太仆,恐娶榜人女为先生笑[21];今情急,无可为媒,质明,诣太仆,实告之。太仆曰:"此翁与有瓜葛,是祖母嫡孙,何不早言?"王始吐隐情。太仆疑曰:"江蓠固贫,素不以操舟为业,得毋误乎?"乃遣子大郎诣孟,孟曰:"仆虽空匮[22],非卖婚者。曩公子以金自媒,谅仆必为利动,故不敢附为婚姻。既承先生命,必无错谬。但顽女颇恃娇爱，好门户辄便拗却[23]，不得不与商榷，免他日怨婚也。"遂起，少入而返，拱手一如尊命[24]，约期乃别。大郎复命，王乃盛备禽妆，纳采于孟，假馆太仆之家，亲迎成礼。

居三日，辞岳北归。夜宿舟中，问芸娘曰："向于此处遇卿，固疑不类舟人子。当日泛舟何之？"答云："妾叔家江北，偶借扁舟一省视耳。妾家仅可自给，然傥来物颇不贵视之[25]。笑君双瞳如豆[26]，屡以金赀动人。初闻吟声，知为风雅士，又疑为儇薄子作荡妇挑之也[27]。使父见金钏，君死无地矣。妾怜才心切否？"王笑曰："卿固黠甚，然亦堕吾术矣！"女问："何事？"王止而不言。又固诘之，乃曰："家门日近，此亦不能终秘。实告卿：我家中固有妻在，吴尚书女也。"芸娘不信，王故壮其词以实之[28]。芸娘色变，默移时，遽起，奔出；王蹑履追之[29]，则已投江中矣。王大呼，诸船惊闹，夜色昏濛，惟有满江星点而已。王悼痛终夜，沿江而下，以重价觅其骸骨，亦无见者。邑邑而归[30]，忧痛交集。又恐翁来视女，无词可对。有姊丈官河南，遂命驾造之。

年馀始归。途中遇雨，休装民舍，见房廊清洁，有老妪弄儿厦间。儿见王入，即扑求抱，王怪之。又视儿秀婉可爱，揽置膝头。妪唤之，不去。少顷，雨霁，王举儿付妪，下堂趣装。儿啼曰："阿爹去矣[31]！"妪耻之，呵之不止，强抱而去。王坐待治任，忽有丽者自屏后抱儿出，则芸娘也。方诧异间，芸娘骂曰："负心郎！遗此一块肉，焉置之？"王乃知为己子。酸来刺心，不暇问其往迹[32]，先以前言之戏，矢日自白[33]。芸娘始反怒为悲，相向涕零。先是，第主莫翁[34]，六旬无子，携媪往朝南海[35]。归途泊江际，芸娘随波下，适触翁舟。翁命从人拯出之，疗控终夜[36]，始渐苏。翁媪视之，是好女子，甚喜，以为己女，携归。居数月，欲为择婿，女不可。逾十月，生一子，名曰寄生。王避雨其家，寄生方周岁也。王于是解装，入拜翁媪，遂为岳婿。居数日，始举家归。至，则孟翁坐待，已两月矣。翁初至，见仆辈情词恍惚[37]，心颇疑怪；既见，始共欢慰。历述所遭，乃知其枝梧者有由也[38]。

据《聊斋志异》铸雪斋抄本

----

〔1〕 王樨：据青柯亭刻本，原作"王穉"。
〔2〕 榜（bàng 棒）人：船家，船夫。
〔3〕 朗吟：高声吟咏。洛阳女儿对门居：唐代诗人王维《洛阳女儿行》："洛阳女儿对门居，才可容颜十五馀。谁怜越女颜如玉，贫贱江头自浣纱。"王桂庵借此诗意风示舟女。
〔4〕 斜瞬：斜视一眼。
〔5〕 钏（chuàn 串）：手镯。
〔6〕 双钩：双脚。钩，谓女足纤弯。
〔7〕 务毕：事务办完。
〔8〕 曩舟：指从前所见女家之船。
〔9〕 夜合：夜合花，别名马缨花。
〔10〕 门前一树马缨花：吕湛恩注："《水仙神》诗：'钱塘江上是奴家，郎若闲时来吃茶。黄土筑墙茅盖屋，门前一树马缨花。'冯镇峦谓是虞集诗，但不见于《道园学古录》及《道园类稿》。"
〔11〕 红蕉：开红花的美人蕉。
〔12〕 椸（yí 仪）架：衣架。
〔13〕 镇江：明清时府名，府治在今江苏省镇江市。

〔14〕 太仆：太仆寺卿，掌管皇帝舆马和马政的官员。
〔15〕 梦征：梦兆。
〔16〕 方命：违命，抗命。谓违命抗婚。
〔17〕 耗闻：消息。
〔18〕 左：差错。
〔19〕 罢筵：指到徐家赴宴完毕。
〔20〕 家阀：家世门第。
〔21〕 先生：对年长有道者的尊称。
〔22〕 空匮：空乏；贫穷。
〔23〕 拗（ào 傲）却：执拗拒绝。
〔24〕 一如尊命：一切按您的分付办事；表示应许婚约。
〔25〕 傥来物：意外偶得之财物。《庄子·缮性》："物之傥来，寄也。"疏："傥者，意外忽来者耳。"
〔26〕 双瞳如豆：喻目光短浅，小觑他人。
〔27〕 僭薄子：轻薄少年。作荡妇挑之：把我当作不庄重的妇女来挑引。
〔28〕 壮其词：夸大其词。实：证实。
〔29〕 蹝（xǐ 洗）履：趿拉着鞋。谓急遽，来不及穿好鞋。
〔30〕 邑邑：同"悒悒"，忧闷不乐。
〔31〕 阿爹：犹言"爸爸"。
〔32〕 往迹：往日的经历，指芸娘投水后的遭遇。
〔33〕 矢日：指着天日发誓。
〔34〕 第主：宅主。此据山东省博物馆抄本，原作"地主"。
〔35〕 南海：指浙江省定海县的普陀山。迷信传说，这里是观音菩萨修道的地方，因而信佛的人多到普陀山朝礼。
〔36〕 疗控：指对溺水者的急救措施。控，覆身曲体，使之吐水。
〔37〕 情词恍惚：神情异常，言词含糊。
〔38〕 枝梧：敷衍搪塞。

寄　生附

寄生，字王孙，郡中名士。父母以其襁褓认父，谓有夙惠[1]，锺爱之。长益秀美，八九岁能文，十四入郡庠。每自择偶。父桂庵有妹二娘，适郑秀才子侨，生女闺秀，慧艳绝伦。王孙见之，心切爱慕。积久，寝食俱废。父母大忧，苦研诘之，遂以实告。父遣冰于郑[2]；郑性方谨[3]，以中表为嫌，却之。王孙益病[4]，母计无所出，阴婉致二娘，但求闺秀一临存之[5]。郑闻，益怒，出恶声焉。父母既绝望，听之而已。

郡有大姓张氏，五女皆美；幼者名五可，尤冠诸姊，择婿未字。一日，上墓，途遇王孙，自舆中窥见，归以白母。母探知其意[6]，见媒媪于氏，微示之。媪遂诣王所。时王孙方病，讯知笑曰："此病老身能医之。"芸娘问故。媪述张氏意，极道五可之美。芸娘喜，使媪往候王孙。媪入，抚王孙而告之。王孙摇首曰："医不对症，奈何！"媪笑曰："但问医良否耳：其良也，召和而缓至[7]，可矣；执其人以求之，守死而待之，不亦痴乎？"王孙欷歔曰："但天下之医，无愈和者[8]。"媪曰："何见之不广也？"遂以五可之容颜发肤，神情态度，口写而手状之。王孙又摇首曰："媪休矣！此余愿所不及也。"反身向壁，不复听矣。媪见其志不移，遂去。一日，王孙沉痼中，忽一婢入曰："所思之人至矣！"喜极，跃然而起。急出舍，则丽人已在庭中。细认之，却非闺秀，着松花色细褶绣裙，双钩微露，神仙不啻也。拜问姓名，答曰："妾，五可也。君深于情者，而独锺闺秀，使人不平。"王孙谢曰："生平未见颜色，故目中止一闺秀。今知罪矣！"遂与要誓[9]。方握手殷殷，适母来抚摩，遽然而觉[10]，则一梦也。回思声容笑貌，宛在目中。阴念：五可果如所梦，何必求所难遘。因而以梦告母。母喜其念少夺，急欲媒之。王孙恐梦见不的[11]，托邻妪素识张氏者，伪以他故诣之，嘱其潜相五可[12]。妪至其家，五可方病，靠枕支颐，婀娜之态，倾绝一世。近问："何恙？"女默然弄带，不作一语。母代答曰："非病也。连日与爹娘负气耳[13]！"妪问故。曰："诸家问名[14]，皆不愿，必如王家寄生者方嫁。是为母者劝之急，遂作意不食数日矣。"妪笑曰："娘子若配王郎，真是玉人成双也。渠若见五娘，恐又憔悴死矣！我归，即令倩冰，如何？"五可止之曰："姥勿尔！恐其不谐，益增笑耳！"妪锐然以必成自任，五可方微笑。妪归，复命，一如媒媪言。王孙详问衣履，亦与梦合，大悦。意虽稍舒，然终不以人言为信。过数日，渐瘳，秘招于媪来，谋以亲见五可。媪难之，姑应而去。久之，不至。方欲觅问，媪忽忻然来曰："机幸可图[15]。五娘向有小恙，因令婢辈将扶[16]，移过对院。公子往伏伺之，五娘行缓涩[17]，委曲可以尽睹矣。"王孙喜，明日，命驾早往，媪先在焉。即令絷马村树，引入临路舍，设座掩扉而去。少间，五可果扶婢出。王孙自门隙目注之[18]。女从门外过，媪故指挥云树以迟纤步，王孙窥觇尽悉，意颠不能自持[19]。未几，媪至，曰："可以代闺秀否？"王孙申谢而返，始告父母，遣媒要盟。以妁往，则五可已别字矣。王孙失意，悔闷欲死,即刻复病。父母忧甚,责其自误。王孙无词,惟日饮米汁一合[20]。积数日,鸡骨支床[21],较前尤甚。媪忽至,惊曰:"何惫之甚?"王孙涕下,以情告。媪笑曰:"痴公子!前日人趁汝来[22],而故却之;今日汝求人,而能必遂耶?虽然,尚可为力。早与老身谋,即许京都皇子,能夺还也。"王孙大悦,求策。媪命函启伻约次日候于张所[23]。桂庵恐以唐突见拒。媪曰:"前与张公业有成言,延数日而遽悔之;且彼字他家,尚无函信。谚云:'先炊者先餐。'何疑也!"桂庵从之。次日,二仆往,并无异词,厚犒而归[24]。王孙病顿起。由此闺秀之想遂绝。

初,郑子侨却聘[25],闺秀颇不怿;及闻张氏婚成,心愈抑郁,遂病,日就支离。父母诘之,不肯言。婢窥其意,隐以告母。郑闻之,怒不医,以听其死。二娘怼曰:"吾侄亦殊不恶,何守头巾戒[26],杀吾娇女!"郑恚曰:"若所生女,不如早亡,免贻笑柄!"以此夫妻反目。二娘与女言,将使仍归王孙,若为媵[27]。女俯首不言,意若甚愿。二娘商郑,郑更怒,一付二娘[28],置女度外,不复预闻。二娘爱女切,欲实其言[29]。女乃喜,病渐瘥。窃探王孙,亲迎有日矣[30]。及期,以侄完婚,伪欲归宁,昧旦,使人求仆舆于兄。兄最友爱,又以居村邻近,遂以所备亲迎车马,先迎二娘。既至,则妆女入车[31],使两仆两媪护送之。到门,以毡贴地而入[32]。时鼓乐已集,从仆叱令吹擂,一时人声沸聒。王孙奔视,则女子以红帕蒙首[33],骇极,欲奔;郑仆夹扶,便令交拜。王孙不知何由,即便拜讫。二媪扶女,径坐青庐[34],始知其闺秀也。举家皇乱,莫知所为。时渐濒暮,王孙不复敢行亲迎之礼。桂庵遣仆以情告张;张怒,遂欲断绝。五可不肯,曰:"彼虽先至,未受雁采[35];不如仍使亲迎。"父纳其言,以对来使。使归,桂庵终不敢从。相对筹思,喜怒俱无所施。张待之既久,知其不行,遂亦以舆马送五可至,因另设青帐于别室。王孙周旋两间,蹀躞无以自处。母乃调停于中,使序行以齿,二女皆诺。及五可闻闺秀差长,称"姊"有难色。母甚虑之。比三朝公会[36],五可见闺秀风致宜人,不觉右之[37],自是始定。然父母恐其积久不相能[38],而二女却无间言[39],衣履易着,相爱如姊妹焉。王孙始问五可却媒之故。笑曰:"无他,聊报君之却于媪耳。尚未见妾,意中止有闺秀;即见妾,亦略靳之[40],以觇君之视妾,较闺秀何如也。使君为伊病,而不为妾病,则亦不必强求容矣。"王孙笑曰:"报亦惨矣!然非于媪,何得一觐芳容[41]。"五可曰:"是妾自欲见君,媪何能为。过舍门时,岂不知眈眈者在内耶[42]?梦中业相要,何尚未知信耶?"王孙惊问:"何知?"曰:"妾病中梦至君家,以为妄;后闻君亦梦,妾乃知魂魄真到此也。"王孙异之,遂述所梦,时日悉符。父子之良缘,皆以梦成[43],亦奇情也。故并志之。

异史氏曰:"父痴于情,子遂几为情死。所谓情种[44],其王孙之谓欤? 不有善梦之父,何生离魂之子哉[45]!"

据《聊斋志异》铸雪斋抄本

----

[1] 凤惠:天生慧根。

〔2〕 冰:冰人、媒人。
〔3〕 方谨:方正拘谨。
〔4〕 益病:据二十四卷本,原作"逾病"。
〔5〕 临存:亲临探问。
〔6〕 探知:此据青柯亭本,原作"沈知"。
〔7〕 召和而缓至:意谓同是名医,请谁都一样。和、缓,春秋时秦之名医。《左传·昭公元年》:晋平公有疾,求医于秦,秦景公使医和视之。《左传·成公十年》:晋景公有疾,求医于秦,秦桓公使医缓为之。
〔8〕 愈:胜过。
〔9〕 要(yāo 腰)誓:订盟。指订嫁娶之约。
〔10〕 遽(qú 渠)然:惊喜的样子。
〔11〕 不的:不准确。
〔12〕 潜相(xiāng 乡):暗地相看。
〔13〕 负气:犹言赌气。
〔14〕 问名:古代婚礼六礼之一。《仪礼·士昏礼》:"宾执雁,请问名。"这里是求婚的意思。
〔15〕 机幸可图:幸好有机会可以设法。
〔16〕 将扶:扶持。
〔17〕 缓涩:缓慢。
〔18〕 门隙(xì 细):门缝。隙,同"隙"。
〔19〕 意颤:心跳,指心情激动。
〔20〕 一合(gě 葛):量名,十合为升,一合约为一小碗。
〔21〕 鸡骨支床:形容瘠瘦。《世说新语·德行》:"王戎、和峤同时遭大丧,俱以孝称,王鸡骨支床,和哭泣备礼。"
〔22〕 趁:犹追随。
〔23〕 伻(bēng 崩)约:遣人约定。伻,使者。
〔24〕 犒(kào 靠):犒劳,赏赐。
〔25〕 却聘:拒婚。
〔26〕 头巾戒:迂腐儒生所遵守的清规戒律。头巾,封建时代读书人的冠巾,后用为迂腐儒生的代称。

〔27〕 若为媵(yìng 应):如同作妾。若,如。媵,媵妾。
〔28〕 一付二娘:完全交给二娘;意谓自己不管。一,全。
〔29〕 实:实践。
〔30〕 亲迎:婚礼六礼之一,即新婿亲到女家迎娶新娘。
〔31〕 妆女:指盛妆其女闺秀。
〔32〕 以毡贴地而入:以红毡铺地,引新妇而入。
〔33〕 红帕蒙首:旧时婚礼,新妇以红帕蒙头,行交拜礼。
〔34〕 青庐:古时婚俗,以青布幔为屋,于此交拜迎妇,称"青庐"。
〔35〕 未受雁采:指未有正式订婚手续。雁采,古代婚礼六礼之一,又称纳采。
〔36〕 三朝公会:指婚后第三天相互会见。
〔37〕 右之:尊重她。古代以右为尊。
〔38〕 不相能:不相容。
〔39〕 间言:非议之言。
〔40〕 靳:吝惜。意谓审慎迟疑。
〔41〕 觏:见,拜识。
〔42〕 眈眈者:指寄生,谓其注目窥视。
〔43〕 "父子之良缘"二句:谓王桂庵及其子寄生,都是在梦中结识所爱,终成婚配。
〔44〕 情种:痴情种子;谓钟于男女情爱者。
〔45〕 离魂:据山东省博物馆抄本,原作"离情"。

周　生

周生,淄邑之幕客[1]。令公出[2],夫人徐,有朝碧霞元君之愿[3],以道远故,将遣仆赍仪代往[4]。使周为祝文[5]。周作骈词[6],历叙平生,颇涉狎谑[7]。中有云:"栽般阳满县之花[8],偏怜断袖[9];置夹谷弥山之草,惟爱馀桃[10]。"此诉夫人所愤也,类此甚多。脱稿,示同幕凌生。凌以为亵[11],戒勿用。弗听,付仆而去。未几,周生卒于署;既而仆亦死;徐夫人产后,亦病卒。人犹未之异也。周生子自都来迎父榇[12],夜与凌生同宿。梦父戒之曰:"文字不可不慎也! 我不听凌君言,遂以亵词,致干神怒,遽夭天年;又贻累徐夫人,且殃及焚文之仆[13]:恐冥罚尤不免也!"醒而告凌,凌亦梦同,因述其文。周子为之惕然[14]。

异史氏曰:"恣情纵笔,辄洒洒自快,此文客之常也。然淫嫚之词[15],何敢以告神明哉! 狂生无知,冥谴其所应尔。但使贤夫人及千里之仆,骈死而不知其罪[16],不亦与刑律中分首从者,殊多愦愦耶[17]? 冤已!"

据《聊斋志异》铸雪斋抄本

------

[1]　淄邑:淄川县。幕客:又称"幕僚"、"幕宾"、"幕友"。应主管官员

之聘,办理文书、刑名、钱谷等事务的人员。
〔2〕 令公出:县令因公外出。
〔3〕 碧霞元君:道教所尊奉的神,传说为东岳大帝之女,宋真宗封为天仙玉女碧霞元君。泰山有碧霞元君祠。
〔4〕 赍(jī鸡)仪:赍捧祭祀之礼品。
〔5〕 祝文:祭神的祷辞。
〔6〕 骈词:骈文,一种讲求对偶和韵律的文体。多用四、六字句,故又称四六文。
〔7〕 狎谑:轻侮嬉戏。
〔8〕 般阳:旧路名,元代设般阳路,治所在今淄川。这里代指淄川。
〔9〕 断袖:断袖之欢的省词。《汉书·董贤传》:"(贤)常与上卧起。尝昼寝,偏藉上袖,上欲起,贤未觉,不欲动贤,乃断袖而起。"后因称宠爱男色为断袖或断袖之欢。
〔10〕 馀桃:《韩非子·说难》记载:弥子瑕为卫君所宠爱,食桃而甘,以其半留给卫君。后色衰失宠,得罪于卫君。卫君说:"是……尝啖我以馀桃。"以上四句为指责县令宠爱男色,不好女色。内容狎亵,实则为对女神碧霞元君的侮弄。
〔11〕 亵(xiè谢):狎亵。
〔12〕 榇(chèn衬):棺木。
〔13〕 焚文之仆:焚烧祝文的仆人,即"赍仪代往"之仆。
〔14〕 惕然:惊惧的样子。
〔15〕 淫嫚(màn慢):秽亵戏谑。
〔16〕 骈死:一齐死去。骈,并列。
〔17〕 "不亦于刑律中"二句:意谓这与按律治罪竟分不清首恶从犯是一样的。殊,竟。愦愦,胡涂。首从,指首恶和从恶。

褚遂良

长山赵某,税屋大姓[1]。病症结[2],又孤贫,奄然就毙。一日,力疾就凉,移卧檐下。及醒,见绝代丽人坐其傍。因诘问之,女曰:"我特来为汝作妇。"某惊曰:"无论贫人不敢有妄想;且奄奄一息,有妇何为!"女曰:"我能治之。"某曰:"我病非仓猝可除;纵有良方,其如无资买药何!"女曰:"我医疾不用药也。"遂以手按赵腹,力摩之。觉其掌热如火。移时,腹中痞块,隐隐作解坼声[3]。又少时,欲登厕。急起,走数武,解衣大下,胶液流离,结块尽出,觉通体爽快。返卧故处,谓女曰:"娘子何人?祈告姓氏,以便尸祝[4]。"答云:"我狐仙也。君乃唐朝褚遂良[5],曾有恩于妾家,每铭心欲一图报。日相寻觅,今始得见,夙愿可酬矣。"某自惭形秽,又虑茅屋灶煤,玷染华裳。女但请行。赵乃导入家,土垄无席[6],灶冷无烟,曰:"无论光景如此,不堪相辱;即卿能甘之,请视瓮底空空,又何以养妻子?"女但言:"无虑。"言次[7],一回头,见榻上毡席衾褥已设;方将致诘,又转瞬,见满室皆银光纸裱贴如镜,诸物已悉变易,几案精洁,肴酒并陈矣。遂相欢饮。日暮,与同狎寝,如夫妇。主人闻其异,请一见之。女即出见,无难色。由此四方传播,造门者甚夥。女并不拒绝。或设筵招之,女必与夫俱。一日,座中一孝廉,阴萌淫念。女已知之,忽加诮让。即以手推其首;首过棂外,而身犹在室,出入转侧,皆所不能。

因共哀免，方曳出之。积年馀，造请者日益烦[8]，女颇厌之。被拒者辄骂赵。值端阳[9]，饮酒高会，忽一白兔跃入。女起曰："舂药翁来见召矣[10]！"谓兔曰："请先行。"兔趋出，径去。女命赵取梯。赵于舍后负长梯来，高数丈。庭有大树一章，便倚其上；梯更高于树杪。女先登，赵亦随之。女回首曰："亲宾有愿从者，当即移步。"众相视不敢登。惟主人一僮，踊跃从其后。上上益高，梯尽云接，不可见矣。共视其梯，则多年破扉[11]，去其白板耳。群入其室，灰壁败灶依然，他无一物。犹意僮返可问，竟终杳已。

据《聊斋志异》铸雪斋抄本

----

〔1〕 税屋大姓：租赁大姓的房屋而居。
〔2〕 症（zhēng 争）结：腹中痞块之病。
〔3〕 解坼声：裂解的声音。坼，据青柯亭刻本，原作"拆"。
〔4〕 尸祝：谓设位祝祷。尸，古代祭祀时，设生人象征鬼神，称之为"尸"。后人逐渐改用画像、牌位。
〔5〕 褚遂良：唐初大臣、书法家。字登善，钱塘（今浙江省杭州市）人。博涉文史。贞观中历任谏议大夫、中书令等职。武则天即位后，因反对武则天遂遭贬斥而死。
〔6〕 土锉（cuò 错）：土炕铺着碎草。土，土炕。锉，切碎的杂草。此据青柯亭本，原作"土莝"。
〔7〕 言次：说话之间。
〔8〕 造请者：登门请见的人。
〔9〕 端阳：节令名，农历五月初五。
〔10〕 舂药翁：指月中玉兔。舂药，用杵臼捣药。《神异记》：月中有玉兔，持杵捣药。
〔11〕 扉：门扇。

刘　全

邹平牛医侯某[1]，荷饭饷耕者[2]。至野，有风旋其前，侯即以杓掬浆祝奠之[3]。尽数杓，风始去。一日，适城隍庙，闲步廊下，见内塑刘全献瓜像[4]，被鸟雀遗粪，糊蔽目睛。侯曰："刘大哥何遂受此玷污！"因以爪甲为除去之。后数年，病卧，被二皂摄去[5]。至官廨前，逼索财贿甚苦。侯方无所为计，忽自内一绿衣人出，见之讶曰："侯翁何来？"侯便告诉。绿衣人责二皂曰："此汝侯大爷，何得无礼！"二皂喏喏，逊谢不知。俄闻鼓声如雷。绿衣人曰："早衙矣[6]。"遂与俱入，令立墀下，曰："姑立此，我为汝问之。"遂上堂点手[7]，招一吏人下，略道数语。吏人见侯，拱手曰："侯大哥来耶？汝亦无甚事，有一马相讼，一质便可复返[8]。"遂别而去。少间，堂上呼侯名。侯上跪，一马亦跪。官问侯："马言被汝药死，有诸？"侯曰："彼得瘟症，某以瘟方治之。既药不瘳[9]，隔日而死，与某何涉？"马作人言，两相苦[10]。官命稽籍，籍注马寿若干，应死于某年月日，数确符。因呵曰："此汝大数已尽[11]，何得妄控！"叱之而去。因谓侯曰："汝存心方便，可以不死。"仍命二皂送回。前二人亦与俱出，又嘱途中善相视。侯曰："今日虽蒙覆庇[12]，生平实未识荆[13]。乞示姓字，以图衔报[14]。"绿衣人曰："三年前，仆从泰山来，焦渴欲死。经君村外，蒙以杓浆见饮，至今不忘。"吏人曰："某即刘全。曩被雀粪之污,闷不可耐,君手为涤除,是以耿耿[15]。奈冥间酒馔,不可以奉宾客,请即别矣。"侯始悟,乃归。既至家,款留二皂。皂并不敢饮其杯水。侯苏,盖死已逾两日矣。从此益修善。每逢节序,必以浆酒酬刘全。年八旬,尚强健,能超乘驰走[16]。一日,途间见刘全骑马来,若将远行。拱手道温凉毕,刘曰:"君数已尽,勾牒出矣。勾役欲相招,我禁使弗须[17]。君可归治后事,三日后,我来同君行。地下代买小缺[18],亦无苦也。"遂去。侯归告妻子,招别戚友,棺衾俱备。第四日日暮,对众曰:"刘大哥来矣。"入棺遂殁。

据《聊斋志异》铸雪斋抄本

------

〔1〕 邹平:今山东省邹平县。
〔2〕 饷:供食。
〔3〕 掬浆:舀汤水。
〔4〕 刘全献瓜:刘全,均州人,曾代替唐太宗李世民赴阴曹进奉瓜果。见《西游记》第十一回。
〔5〕 皂:皂隶。
〔6〕 早衙:早上官员升堂审理案件。
〔7〕 点手:招手。
〔8〕 质:质讯。
〔9〕 瘳(chōu 抽):治愈。
〔10〕 两相苦:两相诘难。苦,责难对方,使之困辱。
〔11〕 大数:寿数。
〔12〕 覆庇:庇护。
〔13〕 识荆:相识的敬词。李白《与韩荆州书》:"生不用封万户侯,但愿一识韩荆州。"韩朝宗为荆州长史,喜识拔后进,为时人所重。后用为久闻其名而初次识面的敬词。

〔14〕 衔报：衔环以报的省辞；意谓报恩。南朝梁吴均《续齐谐记》：汉朝杨宝少时，在华阴山营救一只黄雀，后来黄雀衔来玉环相报，祝其累世为官，以报其恩。
〔15〕 耿耿：牢记于心，不能忘怀。
〔16〕 超乘：此指跃身上马。
〔17〕 弗须：不必。
〔18〕 小缺：小官职。缺，官位。

土 化 兔

靖逆侯张勇镇兰州时[1],出猎获兔甚多,中有半身或两股尚为土质。一时秦中争传土能化兔[2]。此亦物理之不可解者。

据《聊斋志异》铸雪斋抄本

---

[1] 张勇:陕西咸宁人。原为明之副将,顺治间降清。初授游击,继任甘肃总兵,驻军兰州。后在平定吴三桂的叛乱中,屡立战功,授靖逆将军,晋靖逆侯。
[2] 秦中:古地区名,相当今陕西中部平原地区。

鸟　使

苑城史乌程家居[1],忽有鸟集屋上,香色类鸦[2]。史见之,告家人曰:"夫人遣鸟使召我矣。急备后事,某日当死。"至日果卒。殡日,鸦复至,随槥缓飞[3],由苑之新[4]。及殡,鸦始不见。长山吴木欣目睹之[5]。

据《聊斋志异》铸雪斋抄本

----

[1] 苑城:在山东旧长山县城北二十五里,见嘉庆《长山县志》卷一。一九五六年长山县并入邹平。
[2] 香色:犹言声色。《正字通》:"凡物有声色,皆曰香。"
[3] 槥(huì 慧):棺木。
[4] 新:指新城,在宛城之北,与苑城接壤。新城,即今桓台县。
[5] 吴木欣:名长荣,字木欣,别字青立,又号茧斋。长山(今山东省邹平县)人。监生。见嘉庆《长山县志》。

姬　生

南阳鄂氏[1]，患狐，金钱什物，辄被窃去。迓之[2]，祟益甚。鄂有甥姬生，名士不羁，焚香代为祷免，卒不应；又祝舍外祖使临己家[3]，亦不应。众笑之。生曰："彼能幻变，必有人心。我固将引之，俾入正果。"数日辄一往祝之。虽不见验，然生所至，狐遂不扰。以故，鄂常止生宿。生夜望空请见，邀益坚。一日，生归，独坐斋中，忽房门缓缓自开。生起，致敬曰："狐兄来耶？"殊寂无声。又一夜，门自开。生曰："倘是狐兄降临，固小生所祷祝而求者，何妨即赐光霁[4]？"却又寂然。案头有钱二百，及明失之。生至夜，增以数百。中宵，闻布幄铿然[5]。生曰："来耶？敬具时铜数百备用[6]。仆虽不充裕，然非鄙吝者。若缓急有需[7]，无妨质言[8]，何必盗窃？"少间，视钱，脱去二百。生仍置故处，数夜不复失。有熟鸡，欲供客而失之。生至夕，又益以酒。而狐从此绝迹矣。鄂家祟如故。生又往祝曰："仆设钱而子不取，设酒而子不饮；我外祖衰迈，无为久祟之。仆备有不腆之物[9]，夜当凭汝自取。"乃以钱十千、酒一罇，两鸡皆聂切[10]，陈几上。生卧其傍，终夜无声，钱物如故。狐怪从此亦绝。

生一日晚归，启斋门，见案上酒一壶，燀鸡盈盘[11]；钱四百，以赤绳贯之[12]，即前日所失物也。知狐之报。嗅酒而香，酌之色碧绿，饮之甚醇。壶尽半酣，觉心中贪念顿生，蓦然欲作贼。便启户出，思村中一富室，遂往越其墙。墙虽高，一跃上下，如有翅翎。入其斋，窃取貂裘、金鼎而出[13]。归置床头，始就枕眠。天明，携入内室。妻惊问之，生嗫嚅而告[14]，有喜色。妻骇曰："君素刚直，何忽作贼！"生恬然不为怪[15]，因述狐之有情。妻恍然悟曰："是必酒中之狐毒也。"因念丹砂可以却邪，遂研入酒[16]，饮生。少顷，生忽失声曰："我奈何做贼！"妻代解其故，爽然自失。又闻富室被盗，噪传里党。生终日不食，莫知所处。妻为之谋，使乘夜抛其墙内。生从之。富室复得故物，事亦遂寝。生岁试冠军，又举行优[17]，应受倍赏。及发落之期[18]，道署梁上粘一帖云[19]："姬某作贼，偷某家裘、鼎，何为行优？"梁最高，非跂足可粘。文宗疑之[20]，执帖问生。生愕然，思此事除妻外无知者；况署中深密，何由而至？因悟曰："此必狐之为也。"遂缅述无讳，文宗赏礼有加焉。生每自念：无取罪于狐，所以屡陷之者[21]，亦小人之耻独为小人耳[22]。

异史氏曰："生欲引邪入正，而反为邪惑。狐意未必大恶，或生以谐引之，狐亦以戏弄之耳。然非身有风根[23]，室有贤助，几何不如原涉所云，家人寡妇一为盗污，遂行淫哉[24]！吁！可惧也！"

吴木欣云："康熙甲戌，一乡科令浙中[25]，点稽囚犯。有窃盗，已刺字讫[26]，例应逐释。令嫌'窃'字减笔从俗，非官板正字[27]，使刮去之；候创平，依字汇中点画形象另刺之[28]。盗口占一绝云[29]：'手把菱花仔细看[30]，淋漓鲜血旧痕斑。早知面上重为苦，窃物先防识字官。'禁卒笑之曰：'诗人不求功名，而乃为盗？'盗又口占答之云：'少年学道志功名，只为家贫误一生。冀得资财权子母[31],囊游燕市博恩荣[32]。'"即此观之,秀才为盗,亦仕进之志也。狐授姬生以进取之资,而返悔为所误,迂哉! 一笑。

据《聊斋志异》铸雪斋抄本

----

〔1〕 南阳:府名,治所在今河南省南阳市。
〔2〕 迕:触犯、抗拒。
〔3〕 舍:舍弃。
〔4〕 光霁:光风霁月的省词,意为天朗气清时的和风,雨过天晴后的明月。常用以比喻人物胸襟开朗、心地坦率。宋黄庭坚《豫章集·濂溪诗序》:"春陵周茂叔(敦颐)人品甚高,胸中洒落如光风霁月。"此用为对人容貌的美称。
〔5〕 布幄(wò握):帷幕,指以布为幔的内室。铿然:指铜钱的响声。
〔6〕 时铜:指铜钱。
〔7〕 缓急:偏义复词,指急切。
〔8〕 质言:直言。
〔9〕 不腆(tiǎn忝):不够丰美。谦词。腆,丰厚、美好。
〔10〕 聂(zhé哲)切:切成薄片。《礼记·少仪》:"牛与羊鱼之腥,聂而切之为脍也。"
〔11〕 燖(xún旬)鸡:烧鸡。燖,烧煮。
〔12〕 贯:穿钱绳。此谓贯穿。
〔13〕 金鼎:金香炉。
〔14〕 嗫嚅:吞吞吐吐,言而又止。
〔15〕 恬然:心安自得的样子。
〔16〕 研:研为细末。
〔17〕 举行优:指举为优贡。顺治二年(1645)令省、府、州、县学,在生员中选取文行兼优者,送国子监肄业,名为贡监。
〔18〕 发落:科举时代,岁试或科试分等评成绩,评定后根据等级进行赏罚,叫"发落"。

〔19〕 道署:学道的衙署。清初举行优,由学道考定保送。
〔20〕 文宗:指学道。
〔21〕 啖(dàn 淡):引诱。
〔22〕 小人之耻独为小人:小人耻于自己独为小人,意思是小人为了遮羞,就想拉别人一块做恶,同为小人。
〔23〕 夙(sù 速)根:佛家语,指前世带来的好天性。
〔24〕 "原涉所云"三句:意谓一旦失足,则不能自止。原涉,字巨先,汉代茂陵人。祖父官二千石,父为南阳太守,原涉官谷口令。别人曾讥笑他官位低,并批评他"自放纵,为轻侠之徒"。原涉回答说:"子独不见家人寡妇邪?始自约敕之时,意乃慕宋伯姬及陈孝妇,不幸一为盗贼所污,遂行淫失,知其非礼,然不能自还。吾犹此也。"见《汉书·游侠传·原涉》。
〔25〕 乡科:指举人。令浙中:为浙江省某地县令。
〔26〕 刺字:一种墨刑。刺臂上者,多刺于腕上肘下;刺面上者,多刺于鬓下颊上。刺明所犯事由或发遣地点。
〔27〕 官板正字:官版书所用的正体字。
〔28〕 字汇:字典类书籍。
〔29〕 口占:随口念出。一绝:一首绝句。
〔30〕 菱花:镜子。
〔31〕 权子母:放债、经商均可称"权子母";此指出资捐官。
〔32〕 燕市:指京都北京。博恩荣:博取朝廷恩荣,指捐得官职,即后文所说的"仕进之志"。

果　报

安丘某生[1]，通卜筮之术[2]。其为人邪荡不检[3]，每有钻穴逾墙之行[4]，则卜之[5]。一日忽病，药之不愈，曰："吾实有所见。冥中怒我狎亵天数[6]，将重谴矣，药何能为！"亡何，目暴瞽，两手无故自折。

某甲者，伯无嗣。甲利其有，愿为之后。伯既死，田产悉为所有，遂背前盟。又有叔，家颇裕，亦无子。甲又父之。死，又背之。于是併三家之产，富甲一乡[7]。一日，暴病若狂，自言曰："汝欲享富厚而生耶！"遂以利刃自割肉，片片掷地。又曰："汝绝人后，尚欲有后耶！"剖腹流肠，遂毙。未几，子亦死，产业归人矣。果报如此，可畏也夫！

据《聊斋志异》铸雪斋抄本

---

[1] 安丘：今山东省安丘县。
[2] 卜筮（shì誓）：占卜。
[3] 邪荡不检：邪恶放荡，不自检束。
[4] 逾墙：据二十四卷抄本，原作"逾隙"。
[5] 则卜之：据二十四卷本改，原无"卜"字。
[6] 狎亵天数：迷信说法，凡事前定，不可更易曰数，占卜可窥测之。此处借用占卜以做坏事，故为"狎亵天数"。狎亵，亵渎。
[7] 富甲一乡：财富之多为乡里第一。

公 孙 夏

保定有国学生某[1],将入都纳资[2],谋得县尹。方趣装而病,月馀不起。忽有僮入曰:"客至。"某亦忘其疾,趋出迎客。客华服类贵者。三揖入舍,叩所自来。客曰:"仆,公孙夏[3],十一皇子座客也[4]。闻治装将图县秩,既有是志,太守不更佳耶?"某逊谢,但言:"资薄,不敢有奢愿。"客请效力,俾出半资[5],约于任所取盈[6]。某喜求策。客曰[7]:"督抚皆某昆季之交[8],暂得五千缗,其事济矣。目前真定缺员[9],便可急图。"某讶其本省[10]。客笑曰:"君迁矣!但有孔方在[11],何问吴越、桑梓耶[12]?"某终踌躇,疑其不经[13]。客曰:"无须疑惑。实相告:此冥中城隍缺也。君寿尽,已注死籍。乘此营办,尚可以致冥贵[14]。"即起告别,曰:"君且自谋,三日当复会。"遂出门跨马去。某忽开眸,与妻子永诀[15]。命出藏镪,市楮锭万提[16],郡中是物为空。堆积庭中,杂刍灵鬼马[17],日夜焚之,灰高如山。三月,客果至。某出资交兑,客即导至部署[18],见贵官坐殿上,某便伏拜。贵官略审姓名,便勉以"清廉谨慎"等语。乃取凭文[19],唤到案前与之。

某稽首出署。自念监生卑贱,非车服炫耀[20],不足震慑曹属[21]。于是益市舆马;又遣鬼役以彩舆迓其美妾[22]。区画方已,真定卤簿已至[23]。途中里馀,一道相属,意得甚。忽前导者钲息旗靡[24]。惊疑间,见骑者尽下,悉伏道周;人小径尺[25],马大如狸。车前者骇曰:"关帝至矣[26]!"某惧,下车亦伏。遥见帝君从四五骑,缓辔而至。须多绕颊[27],不似世所模肖者;而神采威猛,目长几近耳际。马上问:"此何官?"从者答:"真定守。"帝君曰:"区区一郡,何直得如此张皇[28]!"某闻之,洒然毛悚;身暴缩,自顾如六七岁儿。帝君命起,使随马蹄行。道旁有殿宇,帝君入,南向坐,命以笔札授某,俾自书乡贯姓名。某书已,呈进。帝君视之,怒曰:"字讹误不成形象!此市侩耳,何足以任民社[29]!"又命稽其德籍。旁一人跪奏,不知何词。帝君厉声曰:"干进罪小[30],卖爵罪重[31]!"旋见金甲神绾锁去。遂有二人捉某,褫去冠服,笞五十,臀肉几脱,逐出门外。四顾车马尽空[32],痛不能步,偃息草间[33]。

细认其处,离家尚不甚远。幸身轻如叶,一昼夜始抵家。豁若梦醒,床上呻吟。家人集问,但言股痛。盖瞑然若死者,已七日矣,至是始寤[34]。便问:"阿怜何不来?"——盖妾小字也。先是,阿怜方坐谈,忽曰:"彼为真定太守,差役来接我矣。"乃入室严妆,妆竟而卒,才隔夜耳。家人述其异。某悔恨爬胸,命停尸勿葬,冀其复还。数日杳然,乃葬之。某病渐瘳,但股疮大剧,半年始起。每曰:"官资尽耗,而横被冥刑,此尚可忍;但爱妾不知异向何所,清夜所难堪耳。"

异史氏曰:"嗟夫!市侩固不足南面哉[35]!冥中既有线索[36],恐夫子马迹所不及到,作威福者[37],正不胜诛耳。吾乡郭华野先生传有一事[38],与此颇类,亦人中之神也。先生以清鲠受主知[39],再起总制荆楚[40]。行李萧然[41],惟四五人从之,衣履皆敝陋。途中人竟不知为贵官也。适有新令赴任,道与相值。驼车二十馀乘[42],前驱数十骑,驺从以百计。先生亦不知其何官,时先之,时后之,时以数骑杂其伍。彼前马者怒其扰[43],辄呵却之[44];先生亦不顾瞻。亡何,至一巨镇,两俱休止。乃使人潜访之,则一国学生,加纳赴任湖南者也。乃遣一介召之使来。令闻呼骇疑,反诘官阀,始知为先生,悚惧无以为地。冠带匍伏而前。先生问:'汝即某县县尹?'答曰:'然。'先生曰:'蕞尔一邑[45],何能养如许驺从?履任,则一方涂炭矣!不可使殃民社,可即旋归,勿前矣。'令叩首曰:'下官尚有文凭。'先生即令取凭,审验已,曰:'此亦细事,代若缴之可耳。'令伏拜而出。归途不知何以为情,而先生行矣。世有未莅任而已受考成者[46],实所创闻[47]。先生奇人,故有此快事耳。"

据《聊斋志异》山东省博物馆抄本

----

〔1〕 保定:明清时府名,府治在今河北省保定市。国学生:国子监的生员,即监生。清顺治七年裁南京国子监,只留北京国子监,称国学。
〔2〕 都:京城,指北京。纳资:即"捐纳",此谓向政府捐纳钱财,谋取官职。按,清在康熙以前,仅捐纳应试资格。康熙时捐纳官职,据云因"军需孔亟,不得已而暂开。"(《清史稿·陆陇其传》)
〔3〕 公孙夏:据二十四卷抄本,原作"公孙"。
〔4〕 座客:座上客;受到礼遇的宾客。
〔5〕 俾出半资:要他先拿出"纳资"的半数。
〔6〕 约于任所取盈:约定在到任以后交足金数。取盈,取满所定之额。
〔7〕 "某喜求策。客曰":据二十四卷抄本,原作"某喜,答曰"。
〔8〕 昆季:兄弟。长者为昆,幼者为季。

〔9〕 真定：府名，府治在今河北省正定县。清雍正元年改名正定。
〔10〕 某讶其本省：这个官职在本省，使他感到惊讶。按清代规定，本省人不能在本省做官。某为保定人，保定和真定在清代同属直隶省。
〔11〕 孔方：指铜钱。铜钱中有方孔，故称"孔方"。《晋书·鲁褒传》《钱神论》："亲之如兄，字曰'孔方'。"
〔12〕 何问吴越、桑梓：哪管它在外地还是家乡。吴越，吴地和越地，借指外省、远方。桑梓，家乡，这里指本省。
〔13〕 不经：不合常理，近乎妄诞。
〔14〕 致冥贵：据二十四卷抄本，原作"治冥贵"。
〔15〕 与妻子永诀：据二十四卷抄本，原缺"与妻"二字。
〔16〕 市楮锭万提：买纸钱万串。楮锭，祭祀时焚化的纸制银锭。提，量词，犹言"一挂"、"一串"。
〔17〕 刍灵鬼马：草扎的假人假马，均为旧时送葬用的焚化物。
〔18〕 部署：中央六部的部级衙门。按，捐纳由户部主持。这里指掌管捐纳事宜的阴间官署。
〔19〕 凭文：捐得官职的证书。
〔20〕 车服：车与冠服。本有高低等级的差别，某却自己购置，以为炫耀。
〔21〕 曹属：这里府衙的属官。
〔22〕 迓（yà 讶）：迎接。
〔23〕 卤簿：贵官出行时的仪仗队。
〔24〕 钲（zhēng 争）息旗靡：锣声停，旌旗不张。钲，古代一种带有长柄的打击乐器，形似钟，口向上；这里指开道用的铜锣。靡，倒下。
〔25〕 小人径尺：人变小，只一尺长。
〔26〕 关帝：即三国时蜀将关羽，明清时代称他为神，清初封他为"关圣大帝"。
〔27〕 "须多绕颊"二句：满脸绕腮胡须，不像世间所画的那种样子。世称关羽为"美髯公"，说他"髯长二尺"。模肖，描摹的肖像。
〔28〕 张皇：夸张炫耀。
〔29〕 任民社：担任地方官员。
〔30〕 干进：求得进身之阶，营谋官职。
〔31〕 卖爵：卖官。

〔32〕 "有二人捉某……四顾车马尽空":据二十四卷抄本,原缺。
〔33〕 偃息:仰卧。
〔34〕 寤:醒。据二十四卷抄本,原作"悟"。
〔35〕 南面:此指做官。古时以坐北朝南为尊。官员坐堂皆南面而坐,故称做官长为"南面"。
〔36〕 线索:事情的端绪;此指买通关节,营私舞弊。
〔37〕 作威福者:作威作福的人,指"干进"、"卖爵"的人们。
〔38〕 郭华野:《山东通志》卷一七七,谓郭琇字瑞卿,号华野,即墨人。少励志清苦,读书深山。康熙九年成进士。初任吴江知县、江南道御史,二十八年擢左都御史,弹劾权贵,直声震朝野。三十八年授湖广总督,严惩贪墨。四十二年罢归。五十四年卒。
〔39〕 以清鲠受主知:因清正鲠直,受到皇帝的赏识。
〔40〕 再起:再次起用。总制荆楚:总督荆楚地,指为湖广总督。荆楚,泛指两湖(湖南、湖北)地区,明清时称为"湖广"。
〔41〕 萧然:稀少。
〔42〕 驼车:运载行李的车辆。驼,通"驮"。
〔43〕 彼前马者:据二十四卷抄本,原无此四字。
〔44〕 呵却之:斥退他们。
〔45〕 蕞(zuì 最)尔:微小。
〔46〕 考成:旧时考核官吏的政事成绩,叫"考成"。
〔47〕 创闻:往昔所无的新闻。

韩　方

明季,济郡以北数州县[1],邪疫大作,比户皆然。齐东农民韩方[2],性至孝。父母皆病,因具楮帛[3],哭祷于孤石大夫之庙[4]。归途零涕。遇一人,衣冠清洁,问:"何悲?"韩具以告。其人曰:"孤石之神,不在于此,祷之何益? 仆有小术,可以一试。"韩喜,诘其姓字。其人曰:"我不求报,何必通乡贯乎[5]?"韩敦请临其家。其人曰:"无须。但归,以黄纸置床上,厉声言:'我明日赴都[6],告诸岳帝[7]!'病当已。"韩恐不验,坚求移趾。其人曰:"实告子:我非人也。巡环使者以我诚笃[8],俾为南县土地[9]。感君孝,指授此术。目前岳帝举枉死之鬼[10],其有功人民,或正直不作邪祟者,以城隍、土地用。今日殃人者,皆郡城北兵所杀之鬼,急欲赴都自投,故沿途索赂[11],以谋口食耳。言告岳帝,则彼必惧,故当已。"韩悚然起敬,伏地叩谢。及起,其人已渺。惊叹而归。遵其教,父母皆愈。以传邻村,无不验者。

异史氏曰:"沿途祟人而往,以求不作邪祟之用,此与策马应'不求闻达之科'[12]者何殊哉! 天下事大率类此。犹忆甲戌、乙亥之间[13],当事者使民捐谷[14],具疏谓民乐输[15]。于是各州县如数取盈[16],甚费敲扑[17]。时郡北七邑被水,岁祲[18],催办尤难。唐太史偶至利津[19],见系逮者十馀人。因问:'为何事?'答曰:'官捉吾等赴城,比追乐输耳[20]。'农民不知'乐输'二字作何解,遂以为徭役敲比之名[21],岂不可叹而可笑哉!"

据《聊斋志异》铸雪斋抄本

----

〔1〕 济郡:济南府,今山东省济南市。
〔2〕 齐东:山东省旧县名。公元一九五八年撤销,划归邹平、博兴两县。
〔3〕 楮帛:旧俗祭祀时用的纸钱。
〔4〕 孤石大夫:吕湛恩注:"《章邱县志》:东陵山下大石,高丈馀,有神异,不时化为人,行医邑中。嘉靖初,尝化一男子,假星命,自号石大夫。"按道光《章邱县志》卷三谓(东陵山)"相传此山多仙灵,土人祈祷辄应。"又嘉庆《长山县志》卷一:长山县西南三十里山王庄有龙泉寺,寺中有孤石神室。
〔5〕 乡贯:乡里籍贯。
〔6〕 赴都:指赴鬼都。迷信传说,泰山之南的蒿里山为鬼都。
〔7〕 岳帝:当指泰山神东岳大帝。迷信传说,东岳大帝掌人间生死。《云笈七签·五岳真形图序》:"东岳泰山君领群神五千九百人,主治死生,百鬼之主帅也。"
〔8〕 巡环使:迷信传说,阴曹地府巡视人间生死祸福的神。
〔9〕 土地:乡神名。清赵懿《名山县志》卷九:"李凤翱《觉轩杂录》云:'土地,乡神也,村乡处处奉之。'"
〔10〕 举:推举、推荐。枉死鬼:屈死鬼,指下文"郡城中北兵所杀之鬼"。
〔11〕 索赂:指祟人以求楮钱。
〔12〕 策马应"不求闻达之科":意谓热中功名,而又自称不求闻达。用以讽刺名实相背、言行乖违。赵璘《因话录》卷四:唐德宗时,"搜访怀才抱器不求闻达者。有人于昭应县逢一书生,奔驰入京。问求何事,答云:'将应不求闻达科。'"
〔13〕 "甲戌、乙亥之间"句:指康熙三十三年(甲戌)、三十四年(乙亥)对西塞用兵,科敛繁琐事。详见《鸦鸟》注。

〔14〕 当事者:主事者,指地方主管官吏。
〔15〕 乐输:乐意输纳。
〔16〕 如数取盈:照数取足。
〔17〕 敲扑:意谓鞭笞催逼。敲扑,本为施教令之具;短曰敲,长曰扑。贾谊《过秦论》:"履至尊而制六合,执敲扑以鞭笞天下。"
〔18〕 岁祲:岁凶,荒年。岁,一年的农业收成。
〔19〕 唐太史:指唐梦赉,淄川县人。顺治进士,官至翰林院。详见《雹神》注。
〔20〕 比追:同"追比"。谓限期催逼缴纳,过期则敲扑示罚。见《促织》注。
〔21〕 敲比:义同追比。

纫　针

虞小思,东昌人[1]。居积为业。妻夏,归宁而返[2],见门外一妪,偕少女哭甚哀。夏诘之,妪挥泪相告。乃知其夫王心斋,亦宦裔也。家中落,无衣食业,浼中保贷富室黄氏金[3],作贾。中途遭寇,丧资,幸不死。至家,黄索偿,计子母不下三十金[4],实无可准抵[5]。黄窥其女纫针美,将谋作妾。使中保质告之:如肯可,折债外,仍以廿金压券[6]。王谋诸妻。妻泣曰:"我虽贫,固簪缨之胄[7]。彼以执鞭发迹[8],何敢遂媵吾女[9]!况纫针固自有婿,汝何得擅作主!"先是,同邑傅孝廉之子,与王投契[10],生男阿卯,与襁中论婚[11]。后孝廉官于闽,年馀而卒。妻子不能归,音耗俱绝。以故纫针十五,尚未字也。妻言及此,王无词,但谋所以为计。妻曰:"不得已,其试谋诸两弟。"盖妻范氏,其祖曾任京职,两孙田产尚多也。次日,妻携女归告两弟。两弟任其涕泪,并无一词肯为设处。范乃号啼而归。适逢夏诘,且诉且哭。

夏怜之;视其女,绰约可爱[12],益为哀楚。遂邀入其家,款以酒食,慰之曰:"母子勿戚,妾当竭力。"范未遑谢,女已哭伏在地,益加惋惜。筹思曰:"虽有薄蓄,然三十金亦复大难。当典质相付。"母女拜谢。夏以三日为约。别后,百计为之营谋,亦未敢告诸其夫。三日,未满其数,又使人假诸其母。范母女已至,因以实告。

又订次日。抵暮,假金至,合裹并置床头。至夜,有盗穴壁,以火入。夏觉,睨之,见一人臂挎短刀,状貌凶恶。大惧,不敢作声,伪为睡者。盗近箱,意将发扃。回顾,夏枕边有裹物,探身攫去,就灯解视;乃入腰橐,不复肵箧而去[13]。夏乃起呼。家中唯一小婢,隔墙呼邻,邻人集而盗已远。夏乃对灯啜泣。见婢睡熟,乃引带自经于梲间。天曙婢觉,呼人解救,四肢冰冷。虞闻奔至,诘婢始得其由,惊涕营葬。时方夏,尸不僵,亦不腐。过七日,乃殓之。既葬,纫针潜出,哭于其墓。暴雨忽集,霹雳大作,发墓,纫针震死。虞闻,奔验,则棺木已启,妻呻嘶其中,抱出之。见女尸,不知为谁。夏审视,始辨之。方相骇怪。未几,范至,见女已死,哭曰:"固疑其在此,今果然矣!闻夫人自缢,日夜不绝声。今夜语我,欲哭于殡宫[14],我未之应也。"夏感其义,遂与夫言,即以所葬材穴葬之。范拜谢。虞负妻归[15],范亦归告其夫。闻村北一人被雷击死于途,身有字云:"偷夏氏金贼。"俄闻邻妇哭声,乃知雷击者即其夫马大也。村人白于官,官拘妇械鞫,则范氏以夏之措金赎女,对人感泣,马大赌博无赖,闻之而盗心遂生也。官押妇搜赃,则止存二十数;又检马尸得四数。官判卖妇偿补责还虞。夏益喜,全金悉仍付范,俾偿债主。

葬女三日,夜大雷电以风,坟复发,女亦顿活。不归其家,往扣夏氏之门,盖认其墓,疑其复生也。夏惊起,隔扉问之。女曰:"夫人果生耶!我纫针耳。"夏骇为鬼,呼邻媪诘之,知其复活,喜内入室。女自言:"愿从夫人服役,不复归矣。"夏曰:"得无谓我损金为买婢耶?

汝葬后,债已代偿,可勿见猜。"女益感泣,愿以母事。夏不允。女曰:"儿能操作,亦不坐食。"天明告范,范喜,急至。亦从女意,即以属夏[16]。范去,夏强送女归。女啼思夏。王心斋自负女来,委诸门内而去。夏见惊问,始知其故,遂亦安之。女见虞至,急下拜,呼以父。虞固无子女,又见女依依怜人,颇以为欢。女纺绩缝纫,勤劳臻至。夏偶病剧,女昼夜给役[17]。见夏不食,亦不食;面上时有啼痕,向人曰:"母有万一,我誓不复生!"夏少瘳,始解颜为欢[18]。夏闻流涕,曰:"我四十无子,但得生一女如纫针亦足矣。"夏从不育;逾年忽生一男,人以为行善之报。

居二年,女益长。虞与王谋,不能坚守旧盟。王曰:"女在君家,婚姻惟君所命。"女十七,惠美无双。此言出,问名者趾错于门[19],夫妻为拣富室。黄某亦遣媒来。虞恶其为富不仁,力却之。为择于冯氏。冯,邑名士,子慧而能文。将告于王;王出负贩未归,遂径诺之。黄以不得于虞,亦托作贾,迹王所在,设馔相邀,更复助以资本,渐溃习洽[20]。因自言其子慧以自媒。王感其情,又仰其富,遂与订盟。既归,诣虞,则虞昨日已受冯氏婚书。闻王所言,不悦,呼女出,告以情。女怫然曰:"债主,吾仇也!以我事仇,但有一死!"王无颜,托人告黄以冯氏之盟。黄怒曰:"女姓王,不姓虞。我约在先,彼约在后,何得背盟!"遂控于邑宰,宰意以先约判归黄[21]。冯曰:"王某以女付虞,固言婚嫁不复预闻[22],且某有定婚书,彼不过杯酒之谈耳。"宰不能断,将惟女愿从之。黄又以金赂官,求其左祖[23],以此月馀不决。

一日，有孝廉北上，公车过东昌[24]，使人问王心斋。适问于虞，虞转诘之，盖孝廉姓傅，即阿卯也。入闽籍，十八已乡荐矣。以前约未婚[25]。其母嘱令便道访王，问女曾否另字也。虞大喜，邀傅至家，历述所遭。然婿远来数千里，患无凭据。傅启箧，出王当日允婚书。虞招王至，验之果真，乃共喜。是日当官覆审，傅投刺谒宰，其案始销。涓吉约期乃去[26]。会试后，市币帛而还，居其旧第，行亲迎礼。进士报已到闽，又报至东，傅又捷南宫[27]。复入都观政而返[28]。女不乐南渡，傅亦以庐墓在，遂独往扶父柩，载母俱归。又数年，虞卒，子才七八岁，女抚之过于其弟。使读书，得入邑庠，家称素封，皆傅力也。

异史氏曰："神龙中亦有游侠耶？彰善瘅恶[29]，生死皆以雷霆[30]，此'钱塘破阵舞'也[31]。轰轰屡击，皆为一人[32]，焉知纫针非龙女谪降者耶？"

据《聊斋志异》铸雪斋抄本

----

〔1〕 东昌：府名，治所在今山东省聊城县。
〔2〕 归宁而返：据二十四卷抄本，原作"归返"。
〔3〕 中保：保人。
〔4〕 子母：本息。
〔5〕 准抵：以物产作抵。
〔6〕 压券：券，指妪卖女为妾之文书；压券，山东旧俗，贸易成交时买主临时交给卖主以示事成的少数钱款。俗称"压约钱"。
〔7〕 簪缨之胄（zhòu 宙）：官宦人家的后代。簪缨，古代高级官员的冠饰。胄，后代。

〔8〕 执鞭:执鞭之士。指职务卑贱。《论语·述而》:"子曰:富而可求,虽执鞭之士,吾亦为之。"
〔9〕 媵(yìng应)吾女:意为以我女为妾。
〔10〕 投契:心意相投。
〔11〕 褓中论婚:谓在婴儿时订下婚约。褓,襁褓。论婚,据二十四卷抄本,原作"结婚"。
〔12〕 绰约:娴静柔美。
〔13〕 胠箧(qū qiè 区窃):撬开箱子。《庄子·胠箧》:"将为胠箧探囊发匮之盗而为守备,则必摄缄縢,固扃鐍。"《经典释文》:"司马(彪)云:从旁开为胠,一云发也。"
〔14〕 殡宫:墓室。
〔15〕 虞负妻归:据二十四卷抄本补,原本无此句。
〔16〕 属(zhǔ 主):通"嘱",托付。
〔17〕 给役:服侍。
〔18〕 解颜:消除愁颜。
〔19〕 问名:旧日婚礼中六礼之一。男家通过媒人请问女方之名字和生辰,占卜合婚。这里指求婚。趾错:足迹错杂,指人来往众多。
〔20〕 渐渍习洽:渐渐熟悉融洽。
〔21〕 宰意:据二十四卷抄本,原无"宰"字。
〔22〕 预闻:干预、过问。
〔23〕 左袒:偏袒、袒护。
〔24〕 公车:汉代以公家车子迎接应征入京的人,因而后世代指举人应考入京。
〔25〕 以前约未婚:因过去与王心斋之女纫针有婚约,所以至今未婚。
〔26〕 涓吉约期:选择吉日,约定婚娶之期。
〔27〕 捷南宫:指考中进士。南宫,宋代称礼部为南宫,明清因之。会试由礼部主持。
〔28〕 观政:新进士初入仕,在京供职,曰"观政"。
〔29〕 彰善瘅(dàn 旦)恶:表彰善行,憎恨恶行。
〔30〕 生死皆以雷霆:谓神龙救活善者,杀死恶人,均用雷霆。
〔31〕 钱塘破阵舞:即钱塘破阵乐。唐李朝威《柳毅传》,洞庭君之弟钱

塘君往救龙女时,"千雷万霆,激绕其身,霰雪雨雹,一时皆下。"钱塘君救出龙女后,曾演《钱塘破阵乐》共庆胜利。

〔32〕 "轰轰屡击"二句:谓屡次雷击,皆为织针一人。

桓　侯

荆州彭好士[1]，友家饮归。下马溲便[2]，马龁草路傍。有细草一丛，蒙茸可爱，初放黄花，艳光夺目，马食已过半矣。彭拔其馀茎，嗅之有异香，因纳诸怀。超乘复行[3]，马骛驶绝驰[4]，颇觉快意，竟不计算归途，纵马所之。忽见夕阳在山，始将旋辔[5]。但望乱山丛沓，并不知其何所。一青衣人来，见马方喷嘶[6]，代为捉衔[7]，曰："天已近暮，吾家主人便请宿止。"彭问："此属何地？"曰："阆中也[8]。"彭大骇，盖半日已千馀里矣，因问："主人为谁？"曰："到彼自知。"又问："何在？"曰："咫尺耳。"遂代鞚疾行[9]，人马若飞。过一山头，见半山中屋宇重叠，杂以屏幔[10]，遥睹衣冠一簇，若有所伺。彭至下马，相向拱敬[11]。俄，主人出，气象刚猛，巾服都异人世。拱手向客，曰："今日客，莫远于彭君。"因揖彭，请先行。彭谦谢，不肯遽先[12]。主人捉臂行之。彭觉捉处如被械梏，痛欲折，不敢复争，遂行。下此者，犹相推让，主人或推之，或挽之，客皆呻吟倾跌，似不能堪，一依主命而行。登堂，则陈设炫丽，两客一筵[13]。彭暗问接坐者："主人何人？"答云："此张桓侯也[14]。"彭愕然，不敢复咳。合座寂然。酒既行，桓侯曰："岁岁叨扰亲宾，聊设薄酌，尽此区区之意。值远客辱临，亦属幸遇。仆窃妄有干求[15]，如少存爱恋，即亦不强。"彭起问："何物？"曰："尊乘已有仙骨，非尘世所能驱策。欲市马相易,如何?"彭曰:"敬以奉献,不敢易也。"桓侯曰:"当报以良马,且将赐以万金。"彭离席伏谢。桓侯命人曳起之。俄顷,酒馔纷纶[16]。日落,命烛。众起辞,彭亦告别。桓侯曰:"君远来焉归?"彭顾同席者曰:"已求此公作居停主人矣[17]。"桓侯乃遍以巨觞酬客,谓彭曰:"所怀香草,鲜者可以成仙,枯者可以点金;草七茎,得金一万。"即命僮出方授彭。彭又拜谢。桓侯曰:"明日造市,请于马群中任意择其良者,不必与之论价,吾自给之。"又告众曰:"远客归家,可少助以资斧。"众唯唯。觞尽,谢别而出。途中始诘姓字,同座者为刘子翚。同行二三里,越岭即睹村舍。众客陪彭并至刘所,始述其异。

先是,村中岁岁赛社于桓侯之庙[18],斩牲优戏[19],以为成规,刘其首善者也[20]。三日前,赛社方毕。是午,各家皆有一人邀请过山。问之,言殊恍惚,但敦促甚急。过山见亭舍,相共骇疑。将至门,使者始实告之;众亦不敢却退。使者曰:"姑集此,邀一远客行至矣。"盖即彭也。众述之惊怪。其中被把握者,皆患臂痛;解衣烛之,肤肉青黑。彭自视亦然。众散,刘即襆被供寝。既明,村中争延客;又伴彭入市相马。十馀日,相数十匹,苦无佳者;彭亦拚苟就之。又入市,见一马骨相似佳[21];骑试之,神骏无比。径骑入村,以待鬻者;再往寻之,其人已去。遂别村人欲归。村人各馈金资,遂归。马一日行五百里。抵家,述所自来,人不之信。囊中出蜀物,始共怪之。香草久枯,恰得七茎,遵方点化,家以暴富。遂敬诣故处,独祀桓侯之祠,优戏三日而返。

异史氏曰:"观桓侯燕宾,而后信武夷幔亭非诞也[22]。然主人肃客,遂使蒙爱者几欲折肱,则当年之勇力可想。"

吴木欣言[23]:"有李生者,唇不掩其门齿,露于外盈指。一日,于某所宴集,二客逊上下[24],其争甚苦。一力挽使前,一力却向后。力猛肘脱,李适出其后,肘过触喙,双齿并堕,血下如涌。众愕然,其争乃息。"此与桓侯之握臂折肱,同一笑也。

据《聊斋志异》铸雪斋抄本

----

〔1〕 荆州:府名,治所在今湖北省江陵县。
〔2〕 溲(sōu 搜)便:便溺。
〔3〕 超乘:跃身上马。
〔4〕 骛(wù 务)驶:奔跑。绝驰:极快。
〔5〕 旋辔:返辔、转回。
〔6〕 喷嘶:喷鼻嘶叫。
〔7〕 衔:马衔。马口中所含之铁链,用以控马。
〔8〕 阆(làng 浪)中:县名,故城在今四川省阆中县西。
〔9〕 代鞚(kòng 控):代为牵马。鞚,马勒,辔首。
〔10〕 屏幔:屏风帷幔。
〔11〕 相向:意为相对。拱敬:拱手致敬。
〔12〕 遽先:仓促先行。
〔13〕 一筵:一席。
〔14〕 张桓侯:张飞,字益德,东汉末涿郡人。与关羽同事刘备,雄壮威猛。章武元年,升车骑将军,后随刘备伐吴,为其部下所杀。谥桓侯。
〔15〕 干求:求取。
〔16〕 纷纶(lún 轮):纷杂。形容丰盛。
〔17〕 居停主人:寄宿的房主。

〔18〕 赛社：秋收之后，备酒食祭祀田神。
〔19〕 斩牲：杀牲畜为祭品。优戏：请优人演戏。
〔20〕 首善者：善举的倡导者。
〔21〕 骨相：骨格形貌。
〔22〕 武夷幔亭：陆羽《武夷山记》引神话传说：秦始皇二年八月十五日，武夷君于山上置幔亭，化虹桥通上下，大会乡人饮宴。武夷，武夷君，武夷山山神。幔亭，张幔为亭。
〔23〕 吴木欣：名长荣，字木欣，长山（今山东省邹平县）人。详《鸟使》注。
〔24〕 逊：逊让。

粉　蝶

阳曰旦，琼州士人也[1]。偶自他郡归，泛舟于海，遭飓风，舟将覆；忽飘一虚舟来[2]，急跃登之。回视，则同舟尽没。风愈狂，瞑然任其所吹。亡何，风定。开眸，忽见岛屿，舍宇连亘[3]。把棹近岸，直抵村门。村中寂然，行坐良久，鸡犬无声。见一门北向，松竹掩蔼。时已初冬，墙内不知何花，蓓蕾满树。心爱悦之，逡巡遂入。遥闻琴声，步少停。有婢自内出，年约十四五，飘洒艳丽。睹阳，返身遽入。俄闻琴声歇，一少年出，讶问客所自来。阳具告之。转诘邦族，阳又告之。少年喜曰："我姻亲也。"遂揖请入院。院中精舍华好[4]，又闻琴声。既入舍，则一少妇危坐[5]，朱弦方调，年可十八九，风采焕映。见客入，推琴欲逝[6]。少年止之曰："勿遁，此正卿家瓜葛。"因代溯所由[7]。少妇曰："是吾侄也。"因问其"祖母尚健否？父母年几何矣？"阳曰："父母四十馀，都各无恙；惟祖母六旬，得疾沉痼[8]，一步履须人耳。侄实不省姑系何房[9]，望祈明告，以便归述。"少妇曰："道途辽阔，音问梗塞久矣。归时但告而父，'十姑问讯矣[10]'，渠自知之。"阳问："姑丈何族？"少年曰："海屿姓晏。此名神仙岛，离琼三千里，仆流寓亦不久也。"十娘趋入，使婢以酒食饷客，鲜蔬香美，亦不知其何名。饭已，引与瞻眺，见园中桃杏含苞，颇以为怪。晏曰："此处夏无大暑，冬无大寒，花无断时。"阳喜曰："此乃仙乡。归告父母,可以移家作邻。"晏但微笑。

还斋炳烛,见琴横案上,请一聆其雅操[11]。晏乃抚弦捻柱。十娘自内出,晏曰:"来,来!卿为若侄鼓之。"十娘即坐,问侄:"愿何闻?"阳曰:"侄素不读《琴操》[12],实无所愿。"十娘曰:"但随意命题,皆可成调。"阳笑曰:"海风引舟,亦可作一调否?"十娘曰:"可。"即按弦挑动,若有旧谱,意调崩腾;静会之[13],如身仍在舟中,为飓风之所摆簸。阳惊叹欲绝,问:"可学否?"十娘授琴,试使勾拨[14],曰:"可教也。欲何学?"曰:"适所奏'飓风操',不知可得几日学?请先录其曲,吟诵之。"十娘曰:"此无文字,我以意谱之耳。"乃别取一琴,作勾剔之势,使阳效之。阳习至更馀,音节粗合[15],夫妻始别去。阳目注心凝,对烛自鼓;久之,顿得妙悟[16],不觉起舞。举首,忽见婢立灯下,惊曰:"卿固犹未去耶?"婢笑曰:"十姑命待安寝,掩户移檠耳[17]。"审顾之,秋水澄澄[18],意态媚绝。阳心动,微挑之;婢俯首含笑。阳益惑之,遽起挽颈。婢曰:"勿尔!夜已四漏,主人将起,彼此有心,来宵未晚。"方狎抱间,闻晏唤"粉蝶"。婢作色曰:"殆矣!"急奔而去。阳潜往听之。但闻晏曰:"我固谓婢子尘缘未灭,汝必欲收录之。今如何矣?宜鞭三百!"十娘曰:"此心一萌,不可给使,不如为吾侄遣之[19]。"阳甚惭惧,返斋灭烛自寝。天明,有童子来侍盥沐,不复见粉蝶矣。心惴惴恐见谴逐。俄晏与十姑并出,似无所介于怀,便考所业[20]。阳为一鼓。十娘曰:"虽未入神[21],已得什九,肄熟可以臻妙。"阳复求别传[22]。晏教以"天女谪降"之曲,指法拗折,习之三日,始能成曲。晏曰:"梗概已尽,此后但须熟耳。娴此两曲,琴中无硬调矣。"

阳颇忆家,告十娘曰:"吾居此,蒙姑抚养甚乐;顾家中悬念。离家三千里,何日可能还也!"十娘曰:"此即不难。故舟尚在,当助一帆风。子无家室[23],我已遣粉蝶矣。"乃赠以琴,又授以药曰:"归医祖母,不惟却病,亦可延年。"遂送至海岸,俾登舟。阳觅楫,十娘曰:"无须此物。"因解裙作帆,为之萦系。阳虑迷途,十娘曰:"勿忧,但听帆漾耳。"系已,下舟。阳凄然,方欲拜谢别,而南风竞起,离岸已远矣。视舟中糗粮已具[24],然止足供一日之餐,心怨其吝。腹馁不敢多食,惟恐遽尽,但啖胡饼一枚[25],觉表里甘芳[26]。馀六七枚,珍而存之,即亦不复饥矣。俄见夕阳欲下,方悔来时未索膏烛。瞬息,遥见人烟;细审,则琼州也。喜极。旋已近岸,解裙裹饼而归。

入门,举家惊喜,盖离家已十六年矣,始知其遇仙。视祖母老病益愈;出药投之,沉疴立除。共怪问之,因述所见。祖母泫然曰:"是汝姑也。"初,老夫人有少女,名十娘,生有仙姿。许字晏氏。婿十六岁,入山不返。十娘待至二十馀,忽无疾自殂,葬已三十馀年。闻且言,共疑其未死。出其裙,则犹在家所素着也。饼分啖之,一枚终日不饥,而精神倍生。老夫人命发冢验视,则空棺存焉。

且初聘吴氏女未娶,且数年不还,遂他适。共信十娘言,以俟粉蝶之至;既而年馀无音,始议他图。临邑钱秀才[27],有女名荷生,艳名远播。年十六,未嫁而三丧其婿。遂媒定之,涓吉成礼。既入门,光艳绝代。且视之,则粉蝶也。惊问曩事,女茫乎不知。盖被逐时,即降生之辰也。每为之鼓"天女谪降"之操,辄支颐凝想[28],若有所会。

据《聊斋志异》铸雪斋抄本

----

〔1〕 琼州:明清府名,府治在今海南省琼山市南。
〔2〕 虚舟:空船。
〔3〕 连亘:据山东省博物馆抄本,原作"连垣"。
〔4〕 精舍:指书斋、学舍。
〔5〕 危坐:端坐。
〔6〕 逝:离去。
〔7〕 溯:追诉;从头陈述。
〔8〕 沉痼:久治不愈。
〔9〕 省(xǐng醒):知;明白。
〔10〕 问讯:问候。
〔11〕 一聆其雅操:聆听一下他的琴曲。操,琴曲。
〔12〕 《琴操》:解说琴曲的书,传为东汉蔡邕所撰。
〔13〕 会:领会。
〔14〕 勾拨:"勾"与"拨"以及后文的"剔",都是弹琴的指法。
〔15〕 粗合:大略合谱。
〔16〕 妙悟:超越寻常的领悟;指深得演奏奥妙。
〔17〕 移檠(qíng情):端灯。檠,灯架。
〔18〕 秋水澄澄:形容眼睛明亮。
〔19〕 遣:发落。这里指放逐人间。
〔20〕 考所业:考查所习的课业。业,这里指学习弹琴。
〔21〕 入神:达到神妙的境界。
〔22〕 别传:传授别的琴曲。
〔23〕 家室:犹言"妻室"。
〔24〕 糗粮:干粮。

〔25〕 胡饼:芝麻烧饼。胡,指"胡麻",即芝麻。
〔26〕 表里甘芳:饼的外皮和内层又甜又香。
〔27〕 临邑:同一州郡所属之县。此指琼州所属县。临,监临。又,临,与"邻"通,见《史记·货殖列传》《索隐》。作"邻县"解,亦通。
〔28〕 支颐:以手支托下巴。颐,下巴。

李檀斯

长山李檀斯,国学生也[1]。其村中有媪走无常[2],谓人曰:"今夜与一人舁檀老投生淄川柏家庄一新门中,身躯重赘,几被压死。"时李方与客欢饮,悉以媪言为妄。至夜,无疾而卒。天明,如所言往问之,则其家夜生女矣。

据《聊斋志异》铸雪斋抄本

---

〔1〕 国学生:即国子监生。
〔2〕 走无常:迷信说法,谓地下亦如人间,设有官吏。吏有不足,即勾摄生人为之,事讫放还,称为走无常。

锦　瑟

沂人王生,少孤,自为族[1]。家清贫;然风标修洁[2],洒然裙屐少年也[3]。富翁兰氏,见而悦之,妻以女,许为起屋治产。娶未几而翁死。妻兄弟鄙不齿数[4]。妇尤骄倨,常佣奴其夫;自享馐馔[5],生至,则脱粟瓢饮[6],折秭为匕[7],置其前。王悉隐忍之。年十九,往应童试,被黜。自郡中归,妇适不在室,釜中烹羊臛熟[8],就啖之。妇入,不语,移釜去。生大惭,抵箸地上[9],曰:"所遭如此,不如死!"妇恚,问死期,即授索为自经之具。生忿投羹碗,败妇颡[10]。生含愤出,自念良不如死,遂怀带入深壑。

至丛树下,方择枝系带,忽见土崖间,微露裙幅;瞬息,一婢出,睹生急返,如影就灭,土壁亦无绽痕。固知妖异;然欲觅死,故无畏怖,释带坐觇之。少间,复露半面,一窥即缩去。念此鬼物,从之必有死乐。因抓石叩壁曰:"地如可入,幸示一途! 我非求欢,乃求死者。"久之,无声。王又言之。内云:"求死请姑退,可以夜来。"音声清锐,细如游蜂。生曰:"诺。"遂退以待夕。未几,星宿已繁,崖间忽成高第,静敞双扉。生拾级而入[11]。才数武,有横流涌注,气类温泉。以手探之,热如沸汤;不知其深几许。疑即鬼神示以死所,遂踊身入。热透重衣,肤痛欲糜[12];幸浮不沉。泅没良久,热渐可忍,极力爬抓,始登南岸,一身幸不泡伤。行次[13],遥见厦屋中有灯火[14],趋之。有猛犬暴出,龁衣败袜。摸石以投,犬稍却。又有群犬要吠[15],皆大如犊。危急间,婢出叱退,曰:"求死郎来耶?吾家娘子悯君厄穷,使妾送君入安乐窝,从此无灾矣。"挑灯导之。启后门,黯然行去。入一家,明烛射窗,曰:"君自入,妾去矣。"

生入室四瞻,盖已入己家矣。反奔而出。遇妇所役老媪曰:"终日相觅,又焉往!"反曳入。妇帕裹伤处,下床笑逆,曰:"夫妻年馀,狎谑顾不识耶?我知罪矣。君受虚诮[16],我被实伤,怒亦可以少解。"乃于床头取巨金二铤置生怀,曰:"以后衣食,一惟君命,可乎?"生不语,抛金夺门而奔,仍将入壑,以叩高第之门。既至野,则婢行缓弱,挑灯尤遥望之。生急奔且呼,灯乃止。既至,婢曰:"君又来,负娘子苦心矣。"王曰:"我求死,不谋与卿复求活。娘子巨家,地下亦应需人。我愿服役,实不以有生为乐。"婢曰:"乐死不如苦生,君设想何左也[17]!吾家无他务,惟淘河、粪除、饲犬、负尸;作不如程[18],则刵耳劓鼻[19]、敲肘刓趾[20]。君能之乎?"答曰:"能之。"又入后门,生问:"诸役可也。适言负尸,何处得如许死人?"婢曰:"娘子慈悲,设'给孤园'[21],收养九幽横死无归之鬼[22]。鬼以千计,日有死亡,须负瘗之耳。请一过观之。"移时,入一门,署"给孤园"。入,见屋宇错杂,秽臭熏人。园中鬼见烛群集,皆断头缺足,不堪入目。回首欲行,见尸横墙下;近视之,血肉狼藉。曰:"半日未负,已被狗咋[23]。"即使生移去之。生有难色。婢曰:"君如不能,请仍归享安乐。"生不得已,负置秘处。乃求婢缓颊,幸免尸污。婢诺。行近一舍,曰:"姑坐此,妾入言之。饲狗之役较轻,当代图之,庶几得当以报。"去少顷,奔出,曰:"来,来!娘子出矣。"生从入。见堂上笼烛四悬,有女郎近户坐,乃二十许天人也。生伏阶下。女郎命曳起之,曰:"此一儒生,乌能饲犬;可使居西堂,主簿[24]。"生喜,伏谢。女曰:"汝以朴诚,可敬乃事。如有舛错[25],罪责不轻也!"生唯唯。婢导至西堂,见栋壁清洁,喜甚,谢婢。始问娘子官阀。婢曰:"小字锦瑟,东海薛侯女也[26]。妾名春燕。且夕所需,幸相闻[27]。"婢去,旋以衣履衾褥来,置床上。生喜得所。黎明,早起视事,录鬼籍[28]。一门仆役,尽来参谒,馈酒送脯甚多。生引嫌[29],悉却之。日两餐,皆自内出。娘子察其廉谨,特赐儒巾鲜衣。凡有赍赀[30],皆遣春燕。婢颇风格,既熟,颇以眉目送情。生斤斤自守,不敢少致差跌[31],但伪作骏钝。积二年馀,赏给倍于常廪[32],而生谨抑如故[33]。

一夜,方寝,闻内第喊噪。急起,捉刀出,见炬火光天。入窥之,则群盗充庭,厮仆骇窜。一仆促与偕遁,生不肯,涂面束腰,杂盗中呼曰:"勿惊薛娘子!但当分括财物,勿使遗漏。"时诸舍群贼方搜锦瑟不得,生知未为所获,潜入第后独觅之。遇一伏妪,始知女与春燕皆越墙矣。生亦过墙,见主婢伏于暗陬[34]。生曰:"此处乌可自匿?"女曰:"吾不能复行矣!"生弃刀负之。奔二三里许,汗流竟体,始入深谷,释肩令坐。飙一虎来[35]。生大骇,欲迎当之,虎已衔女。生急捉虎耳,极力伸臂入虎口,以代锦瑟。虎怒,释女,嚼生臂,脆然有声。臂断落地,虎亦返去。女泣曰:"苦汝矣!苦汝矣!"生忙遽未知痛楚[36],但觉血溢如水,使婢裂衿裹断处。女止之,俯觅断臂,自为续之；乃裹之。东方渐白，始缓步归。登堂如墟[37]。天既明，仆媪始渐集。女亲诣西堂，问生所苦。解裹，则臂骨已续；又出药糁其创[38]，始去。由此益重生，使一切享用，悉与己等。臂愈，女置酒内室以劳之。赐之坐，三让而后隅坐[39]。女举爵如让宾客。久之，曰："妾身已附君体[40]，意欲效楚王女之于臣建[41]。但无媒，羞自荐耳。"生惶恐曰："某受恩重，杀身不足酬。所为非分，惧遭雷殛[42]，不敢从命。苟怜无室[43]，赐婢已过。"一日，女长姊瑶台至，四十许佳人也。至夕，招生入，瑶台命坐，曰："我千里来，为妹主婚，今夕可配君子。"生又起辞。瑶台遽命酒，使两人易盏。生固辞，瑶台夺易之。生乃伏地谢罪，受饮之。瑶台出，女曰："实告君：妾乃仙姬[44]，以罪被谪。自愿居地下，收养冤魂，以赎帝谴[45]。适遭天魔之劫，遂与君有附体之缘。远邀大姊来，固主婚嫁，亦使代摄家政，以便从君归耳。"生起敬曰："地下最乐！某家有悍妇，且屋宇隘陋；势不能员园委曲，以每其生[46]。"女笑曰："不妨。"既醉，归寝，欢恋臻至。过数日，谓生曰："冥会不可长，请郎归。君干理家事毕，妾当自至。"以马授生，启扉自出，壁复合矣。

生骑马入村，村人尽骇。至家门，则高庐焕映矣。先是，生去，妻召两兄至，将箠楚报之；至暮，不归，始去。或于沟中得生履，疑其已死。既而年余无耗。有陕中贾某，媒通兰氏，遂就生第与妇合。半年中，修建连亘。贾出经商，又买妾归，自此不安其室。贾亦恒数月不归。生讯得其故，怒，系马而入。见旧媪，媪惊伏地。生叱骂久，使导诣妇所，寻之已遁；既于舍后得之，已自经死。遂使人舁归兰氏。呼妾出,年十八九,风致亦佳,遂与寝处。贾托村人,求反其妾,妾哀号不肯去。生乃具状[47],将讼其霸产占妻之罪。贾不敢复言,收肆西去。方疑锦瑟负约;一夕,正与妾饮,则车马扣门而女至矣。女但留春燕,馀即遣归。入室,妾朝拜之。女曰:"此有宜男相[48],可以代妾苦矣。"即赐以锦裳珠饰。妾拜受,立侍之;女挽坐,言笑甚欢。久之,曰:"我醉欲眠。"生亦解履登床,妾始出;入房,则生卧榻上;异而反窥之,烛已灭矣。生无夜不宿妾室。一夜,妾起,潜窥女所,则生及女方共笑语。大怪之。急反告生,则床上无人矣。天明,阴告生;生亦不自知,但觉时留女所、时寄妾宿耳。生嘱隐其异。久之,婢亦私生,女若不知之。婢忽临蓐难产[49],但呼"娘子"。女入,胎即下;举之,男也。为断脐置婢怀,笑曰:"婢子勿复尔!业多[50],则割爱难矣[51]。"自此,婢不复产。妾出五男二女。居三十年,女时返其家,往来皆以夜。一日,携婢去,不复来。生年八十,忽携老仆夜出,亦不返。

据《聊斋志异》铸雪斋抄本

----

〔1〕 自为族:犹言单丁,当地王族只此一人。
〔2〕 风标修洁:仪容俊美漂亮。风标,仪容、仪态。
〔3〕 洒然:潇洒的样子。裾屐少年:指修饰华美而无实学的少年。《魏书·邢峦传》:"萧渊藻是裾屐少年,未洽治务。"裾屐,据山东省博物馆抄本,原作"裾履"。
〔4〕 鄙不齿数:鄙视他,不把他看作家庭成员。齿,同等并列。
〔5〕 馐(xiū 羞)馔:精美食物。

〔6〕 脱粟瓢饮:谓饮食粗劣。脱粟,糙米。
〔7〕 折稊(tí 啼)为匕(bǐ 比):折断草茎当筷子。稊,一种似稗的草。匕,饭匙,用以取饭;此指筷子。此据青柯亭本,原本作"折秭"。
〔8〕 羊臛(hù 户):羊肉羹汤。臛,肉羹。
〔9〕 抵箸:抛箸。
〔10〕 败妇颡(sǎng 嗓):砸破了妻子的额头。颡,额。
〔11〕 拾(shè 社)级而入:登阶而进。
〔12〕 糜:烂。
〔13〕 行次:行进间。
〔14〕 厦屋:大屋。厦,古作"夏",大的意思。
〔15〕 要(yāo 夭)吠:拦阻吠叫。
〔16〕 虚诮:意谓诮让无实际损害。
〔17〕 左:不当,谬误。
〔18〕 作不如程:操作不能完成规定数量。程,程限,限量。
〔19〕 刵(èr 二)耳劓(yì 义)鼻:割耳割鼻。刵、劓,为古代割去耳、鼻的刑名。
〔20〕 敲肘刓趾:敲碎臂肘,砍断脚趾。刓,砍断。
〔21〕 给孤园:佛家语,"给孤独园"之省辞。给孤独为中印度侨萨罗国舍卫城长者,性慈善,好施孤独,故得此名。这里指收养孤独鬼魂的处所。
〔22〕 九幽:地下极深处,指迷信传说的阴曹地府。
〔23〕 咋(zé 择):咬,啃。
〔24〕 主簿:主理簿籍,即掌管文书档案。
〔25〕 舛(chuǎn 喘)错:差错。
〔26〕 东海薛侯女:东海,郡名,秦置,楚汉之际也称郯郡,治所在今山东省郯城,辖境相当今枣庄市一带。薛侯,古薛国国君。薛,任姓,侯爵,黄帝之后裔奚仲,封于薛,地在今之薛城。见《文献通考·封建考》。
〔27〕 相闻:相告。
〔28〕 录鬼籍:抄录鬼魂的名册。
〔29〕 引嫌:避嫌。

〔30〕 赍赉(jī lài 基赖):持送赏赐。
〔31〕 差跌:差错。
〔32〕 赏给倍于常廪:赏给的东西超过日常薪俸一倍。廪,廪俸。
〔33〕 谨抑:谨慎自守。
〔34〕 暗陬(zōu 邹):昏暗的角落。陬,角落。
〔35〕 飙:疾风。风从虎,此形容虎来迅疾。
〔36〕 忙遽:慌忙急遽之间。
〔37〕 墟:废墟,毁坏残破之遗址。
〔38〕 糁(sǎn 伞):撒。
〔39〕 隅坐:坐于偏座。《礼记·檀弓》上:"童子隅坐而执烛。"注:"隅坐,不与成人并。"
〔40〕 附:附着,贴附。
〔41〕 效楚王女之于臣建:学习楚王女儿季芈与臣下锺建结婚的故事;意为欲下嫁王生。春秋时,楚平王死后,子昭王立,适逢吴国侵犯,攻占郢都,楚国大夫锺建负平王女儿季芈随昭王出逃,后季芈主动向昭王提出欲嫁锺建,成为夫妇。见《左传·定公四年、五年》。
〔42〕 雷殛:雷轰。
〔43〕 无室:没有妻室。
〔44〕 仙姬:仙女。
〔45〕 以赎帝谴:以便向上帝赎罪。谴,罪罚。
〔46〕 势不能员园委曲,以每其生:意谓不能委曲以贪生。此据山东省博物馆抄本,原作"势不能委曲以共其生"。员园,谓刓团无棱角也。《后汉书·孔融传论》:"夫严气正性覆折而已,岂有员园委曲,以每其生哉!"注:"园,即刓字,……谓刓团无棱角也。每,贪也。言宁正直以倾覆摧折,不能委曲以贪生也。"
〔47〕 具状:写了诉状。
〔48〕 宜男相:骨相能生男孩。
〔49〕 婢忽临蓐难产:据山东省博物馆抄本,原作"婢亦临蓐难产"。
〔50〕 业多:此指多产。业,佛家语,此指婢女情欲未断,为人生子。
〔51〕 割爱:割断情爱。

太 原 狱

太原有民家[1]，姑妇皆寡[2]。姑中年，不能自洁，村无赖频频就之。妇不善其行，阴于门户墙垣阻拒之。姑惭，借端出妇[3]；妇不去，颇有勃豀[4]。姑益恚，反相诬，告诸官。官问奸夫姓名。媪曰："夜来宵去，实不知其阿谁，鞫妇自知。"因唤妇。妇果知之，而以奸情归媪，苦相抵。拘无赖至，又哗辨[5]："两无所私，彼姑妇不相能，故妄言相诋毁耳。"官曰："一村百人，何独诬汝？"重笞之。无赖叩乞免责，自认与妇通。械妇，妇终不承。逐去之。妇忿告宪院[6]，仍如前，久不决。时淄邑孙进士柳下令临晋[7]，推折狱才[8]，遂下其案于临晋。人犯到，公略讯一过，寄监讫，便命隶人备砖石刀锥，质理听用[9]。共疑曰："严刑自有桎梏，何将以非刑折狱耶？"不解其意，姑备之。明日，升堂，问知诸具已备，命悉置堂上。乃唤犯者，又一一略鞫之。乃谓姑妇："此事亦不必甚求清析。淫妇虽未定，而奸夫则确。汝家本清门[10]，不过一时为匪人所诱[11]，罪全在某。堂上刀石具在，可自取击杀之。"姑妇趑趄，恐邂逅抵偿[12]，公曰："无虑，有我在。"于是媪妇并起，掇石交投。妇衔恨已久，两手举巨石，恨不即立毙之；媪惟以小石击臀腿而已。又命用刀。妇把刀贯胸膺，媪犹逡巡未下。公止之曰："淫妇我知之矣。"命执媪严梏之，遂得其情。笞无赖三十，其案始结。

附记：公一日遣役催租，租户他出，妇应之。役不得贿，拘妇至。公怒曰："男子自有归时，何得扰人家室！"遂笞役，遣妇去。乃命匠多备手械，以备敲比[13]。明日，合邑传颂公仁。欠赋者闻之，皆使妻出应，公尽拘而械之。余尝谓：孙公才非所短，然如得其情，则喜而不暇哀矜矣。

据《聊斋志异》铸雪斋抄本

---

〔1〕 太原：府名，府治在今山西省太原市。

〔2〕 姑妇：婆媳。

〔3〕 出妇：休妇。出，休弃。

〔4〕 勃谿：指婆媳争吵。《庄子·外物》："室无空虚，则妇姑勃谿。"成玄英疏："勃谿，争斗也。"

〔5〕 哗辨：高声争辩。辨，通"辩"。

〔6〕 宪院：指提刑按察使司，主管一省刑狱司法的衙署。

〔7〕 孙柳下：孙宪元，字柳下，淄川人。顺治乙未（十二年）进士，授临晋知县。见乾隆《淄川县志》卷五。临晋：旧县名，在山西省西南部，后并入今之临猗县。当时属山西省平阳府。

〔8〕 推折狱才：意谓官场公认为是断案有才能的人。折狱，断案。推，推许、推重，即官场公认。

〔9〕 质理：审讯案件。

〔10〕 清门：清白门第，指正派人家。

〔11〕 匪人：行为不端的人。

〔12〕 邂逅抵偿：意为恐碰巧打死人而遭抵偿人命之罪。邂逅，凡非始料所及而碰上，称邂逅。此指不自意，即碰巧打死人。

〔13〕 敲比：敲扑追比。

新 郑 讼

长山石进士宗玉[1],为新郑令[2]。适有远客张某,经商于外,因病思归,不能骑步,赁禾车一辆[3],携资五千,两夫挽载以行。至新郑,两夫往市饮食,张守资独卧车中。有某甲过,睨之,见旁无人,夺资去。张不能御[4],力疾起,遥尾缀之,入一村中;又从之,入一门内。张不敢入,但自短垣窥觇之。甲释所负,回首见窥者,怒执为贼,缚见石公,因言情状。问张,备述其冤。公以无质实,叱去之。二人下,皆以官无皂白。公置若不闻。颇忆甲久有逋赋[5],遣役严追之。逾日,即以银三两投纳。石公问金所自来。甲云:"质衣鬻物。"皆指名以实之。石公遣役令视纳税人,有与甲同村者否。适甲邻人在,唤入问之:"汝既为某甲近邻,金所从来,尔当知之。"邻曰:"不知。"公曰:"邻家不知,其来暧昧。"甲惧,顾邻曰:"我质某物、鬻某器,汝岂不知?"邻急曰:"然,固有之矣。"公怒曰:"尔必与甲同盗,非刑询不可!"命取桎梏[6]。邻人惧曰:"吾以邻故,不敢招怨[7];今刑及己身,何讳乎。彼实劫张某钱所市也[8]。"遂释之。时张以丧资未归,乃责甲押偿之[9]。此亦见石之能实心为政也。

异史氏曰:"石公为诸生时,恂恂雅饬[10],意其人翰苑则优[11],簿书则诎[12]。乃一行作吏[13],神君之名[14],噪于河朔[15]。谁谓文章无经济哉[16]！故志之以风有位者[17]。"

据《聊斋志异》铸雪斋抄本

----

〔1〕 石宗玉：石日琮，字宗玉，号璞公，长山（今山东省邹平县）人。康熙进士，授新郑县知县，有政绩。见嘉庆《长山县志》卷七。
〔2〕 新郑：今河南省新郑县。
〔3〕 禾车：田间载运禾谷的手推车。
〔4〕 御：抗拒。
〔5〕 逋赋：拖欠赋税。
〔6〕 桎械：刑具。
〔7〕 招怨：招引怨恨，指引起甲的仇视。
〔8〕 市：购买。指以铜钱兑换银两。
〔9〕 押偿：将其拘禁，强令偿还。
〔10〕 恂恂：恭顺。雅饬：文雅端方。
〔11〕 翰苑：翰林院。此指在翰林院任职。
〔12〕 簿书：官署文书，指做官处理政务。诎：短也。谓短于政务。
〔13〕 一行作吏：犹言一经入仕；谓初次做官。
〔14〕 神君：官吏贤明公正，使民敬仰如神者，称"神君"。
〔15〕 河朔：泛指黄河以北之地。
〔16〕 "谁谓文章"句：谁说会写文章的人没有经世济民的才干！
〔17〕 风：通"讽"，讽谏。有位者：在位的官员。

李 象 先

李象先[1],寿光之闻人也[2]。前世为某寺执爨僧[3],无疾而化。魂出栖坊上[4],下见市上行人,皆有火光出颠上[5],盖体中阳气也。夜既昏,念坊上不可久居,但诸舍暗黑,不知所之。唯一家灯火犹明,飘赴之。及门,则身已婴儿。母乳之。见乳恐惧;腹不胜饥,闭目强吮。逾三月馀,即不复乳;乳之,则惊惧而啼。母以米瀋间枣栗哺之[6],得长成。是为象先。儿时至某寺,见寺僧,皆能呼其名。至老犹畏乳。

异史氏曰:"象先学问渊博,海岱清士[7]。子早贵,身仅以文学终[8],此佛家所谓福业未修者耶[9]?弟亦名士,生有隐疾,数月始一动[10];动时急起,不顾宾客,自外呼而入,于是婢媪尽避;使及门复瘥[11],则不入室而反。兄弟皆奇人也。"

据《聊斋志异》铸雪斋抄本

----

〔1〕 李象先:字焕章,寿光(今山东省寿光县)人。见民国《寿光县志》卷十二。事迹不详。
〔2〕 闻人:有声望的人。
〔3〕 执爨:烧火。
〔4〕 坊:牌坊,一般用石建成。
〔5〕 颠:头顶。

〔6〕 米瀋：米汁。
〔7〕 海岱：东海至泰山间的地区。清士：高洁的人。
〔8〕 以文学终：以生员而终老。文学，生员（秀才）的美称。
〔9〕 福业未修：指前生未修福业，终身未能显贵。业，佛家语，泛指一切身心活动。业有美有恶，善业则得福报。
〔10〕 动：指情欲冲动。
〔11〕 痿：阳痿。

房 文 淑

开封邓成德[1],游学至兖[2],寓败寺中,佣为造齿籍者缮写[3]。岁暮,僚役各归家,邓独炊庙中。黎明,有少妇叩门而入,艳绝,至佛前焚香叩拜而去。次日,又如之。至夜,邓起挑灯,适有所作,女至益早。邓曰:"来何早也?"女曰:"明则人杂,故不如夜。太早,又恐扰君清睡。适望见灯光,知君已起,故至耳。"生戏曰:"寺中无人,寄宿可免奔波。"女哂曰:"寺中无人,君是鬼耶?"邓见其可狎,俟拜毕,曳坐求欢。女曰:"佛前岂可作此。身无片椽[4],尚作妄想!"邓固求不已。女曰:"去此三十里某村,有六七童子,延师未就。君往访李前川,可以得之。托言携有家室,令别给一舍,妾便为君执炊[5],此长策也。"邓虑事发获罪。女曰:"无妨。妾房氏,小名文淑,并无亲属,恒终岁寄居舅家,有谁知。"邓喜。既别女,即至某村,谒见李前川,谋果遂。约岁前即携家至[6]。既反,告女。女约候于途中。邓告别同党,借骑而去。女果待于半途,乃下骑以辔授女,御之而行。至斋,相得甚欢。积六七年,居然琴瑟,并无追逋逃者[7]。女忽生一子。邓以妻不育,得之甚喜,名曰"兖生"。女曰:"伪配终难作真。妾将辞君而去,又生此累人物何为!"邓曰:"命好,倘得馀钱,拟与卿遁归乡里,何出此言?"女曰:"多谢,多谢! 我不能胁肩谄笑[8],仰大妇眉睫,为人作乳媪,呱呱者难堪也!"邓代妻明不妒,女亦不言。月馀,邓解馆[9],谋与前川子同出经商。告女曰:"我思先生设帐[10],必无富有之期。今学负贩[11],庶有归时。"女亦不答。至夜,女忽抱子起。邓问:"何作?"女曰:"妾欲去。"邓急起,追问之,门未启,而女已杳。骇极,始悟其非人也。邓以形迹可疑,故亦不敢告人,托之归宁而已。

初,邓离家,与妻娄约,年终必返;既而数年无音,传其已死。兄以其无子,欲改醮之。娄更以三年为期,日惟以纺绩自给。一日,既暮,往扃外户,一女子掩入,怀中绷儿[12],曰:"自母家归,适晚。知姊独居,故求寄宿。"娄内之[13]。至房中,视之,二十馀丽者也。喜与共榻,同弄其儿,儿白如瓠。叹曰:"未亡人遂无此物[14]!"女曰:"我正嫌其累人,即嗣为姊后,何如?"娄曰:"无论娘子不忍割爱;即忍之,妾亦无乳能活之也。"女曰:"不难。当儿生时,患无乳,服药半剂而效。今馀药尚存,即以奉赠。"遂出一裹[15],置窗间。娄漫应之,未遽怪也。既寝,及醒呼之,则儿在而女已启门去矣。骇极。日向辰[16],儿啼饥。娄不得已,饵其药,移时湩流[17],遂哺儿。积年馀,儿益丰肥,渐学语言,爱之不啻己出。由是再醮之心遂绝。但早起抱儿,不能操作谋衣食,益窘。

一日,女忽至。娄恐其索儿,先问其不谋而去之罪,后叙其鞠养之苦。女笑曰:"姊告诉艰难,我遂置儿不索耶?"遂招儿。儿啼入娄怀。女曰:"犊子不认其母矣! 此百金不能易,可将金来,署立券保[18]。"娄以为真,颜作赪,女笑曰:"姊勿惧,妾来正为儿也。别后虑姊无豢养之资，因多方措十馀金来。"乃出金授娄。娄恐受其金，索儿有词，坚却之。女置床上，出门径去。抱子追之，其去已远，呼亦不顾。疑其意恶。然得金，少权子母[19]，家以饶足。又三年，邓贾有赢馀，治装归。方共慰藉，睹儿问谁氏子。妻告以故。问："何名？"曰："渠母呼之兖生。"生惊曰："此真吾子也！"问其时日，即夜别之日。邓乃历叙与房文淑离合之情，益共欣慰。犹望女至，而终渺矣。

据《聊斋志异》铸雪斋抄本

----

〔1〕 开封：府名，治所在今河南省开封市。
〔2〕 兖：州名，治所在滋阳（今山东省兖州）。
〔3〕 造齿籍者：编制户口名册的人。
〔4〕 身无片椽：指无房屋居处。椽，梁上承瓦的木条。
〔5〕 执炊：做饭。
〔6〕 岁前：岁除之前，即除夕之前。
〔7〕 逋逃者：逃亡的人。此指逃妇。
〔8〕 胁肩谄笑：缩敛肩膀，假装笑脸。意谓故作竦敬之状，强为媚悦之颜。语出《孟子·滕文公》。
〔9〕 解馆：犹言辞馆，不再作塾师。
〔10〕 先生设帐：犹言塾师授徒。先生，老师。设帐，指授徒。
〔11〕 负贩：指贸易经商。
〔12〕 绷儿：被包婴儿。绷，婴儿的包被。
〔13〕 内：通"纳"。
〔14〕 未亡人：旧时寡妇的自称。
〔15〕 一裹：一包。
〔16〕 向：接近。辰：辰时，7时至9时。

〔17〕 湩(zhòng 众):乳汁。
〔18〕 券保:字据。
〔19〕 权子母:以本求利,此谓放债生息。

秦 桧

青州冯中堂家[1],杀一豕,燖去毛鬣[2],肉内有字云:"秦桧七世身[3]。"烹而啖之,其肉臭恶,因投诸犬。呜呼!桧之肉,恐犬亦不当食之矣!

闻益都人说[4]:中堂之祖,前身在宋朝为桧所害,故生平最敬岳武穆[5]。于青州城北通衢旁建岳王殿,秦桧、万俟卨伏跪地下[6]。往来行人瞻礼岳王,则投石桧、卨,香火不绝。后大兵征于七之年[7],冯氏子孙毁岳王像。数里外,有俗祠"子孙娘娘",因舁桧、卨其中,使朝跪焉。百世下,必有杜十姨、伍髭须之误[8],甚可笑也。

又青州城内,旧有澹台子羽祠[9]。当魏珰烜赫时[10],世家中有媚之者,就子羽毁冠去须,改作魏监。此亦骇人听闻者也。

据《聊斋志异》铸雪斋抄本

- -

〔1〕 冯中堂:冯溥,字孔博,临朐(今山东省临朐县,当时属青州府)人。顺治进士,官至文华殿大学士。见光绪《山东通志·人物志》。中堂,宰相的别称,明清时以之称呼内阁大学士。
〔2〕 燖(qián前):烧烫。拔脱其毛。
〔3〕 秦桧:宋代奸臣。字会之,江宁(今南京市)人。政和进士。北宋末任御史中丞,南宋绍兴年间任参知政事、右相兼知枢密院事。反对抗击金人,力主投降。曾以"莫须有"的罪名杀害抗金英雄岳飞。

故遗臭后世,为人们所不齿。
〔4〕 益都:明清时为青州府府治所在地。
〔5〕 岳武穆:岳飞,字鹏举,相州汤阴(今河南省汤阴县)人。著名民族英雄,南宋抗金将领。绍兴十一年(1141)被秦桧杀害。至宁宗赵扩时得以昭雪,追封鄂王,谥武穆。
〔6〕 万俟卨(mó qí qì 莫其契):南宋初年奸臣,字元忠,开封阳武(今河南省原阳县)人。政和太学生,历任枢密院编修。秦桧为相时,任用为监察御史。绍兴十一年,与秦桧相勾结,诬陷、杀害岳飞。
〔7〕 大兵:指清兵。于七:清初抗清义军首领,山东栖霞人。详见《公孙九娘》注。
〔8〕 杜十姨、伍髭须:比喻传说讹误。杭州有杜拾遗庙,以祀杜甫,有村学究竟误为杜十姨,遂作女像,以配刘伶。见《瑯琊代醉编·神仙》。伍髭须,浙西吴风村有伍子胥庙,村人讹传为"伍髭须",因塑其像,须分五处。见吕湛恩注引《国宪家猷》。
〔9〕 澹台子羽:春秋时鲁国武城(今山东省武城县)人。澹台灭明,字子羽。孔子弟子,貌丑而有行。见《论语·雍也》及《史记·仲尼弟子列传》。
〔10〕 魏珰:指魏忠贤。明朝宦官,曾为司礼太监。勾结熹宗之乳母客氏,结党行奸,排除异己,干预朝政。思宗朱由检即位后,被治罪,自缢死。珰,冠前金饰,附以金蝉。东汉光武以后,专任宦者,右貂金珰。后因以为宦官的代称。

浙 东 生

浙东生房某,客于陕[1],教授生徒。尝以胆力自诩[2]。一夜,裸卧,忽有毛物从空堕下,击胸有声;觉大如犬,气咻咻然,四足挠动。大惧,欲起;物以两足扑倒之,恐极而死。经一时许,觉有人以尖物穿鼻,大嚏[3],乃苏。见室中灯火荧荧,床边坐一美人,笑曰:"好男子!胆气固如此耶!"生知为狐,益惧。女渐与戏,胆始放,遂共狎昵。积半年,如琴瑟之好。一日,女卧床头,生潜以猎网蒙之。女醒,不敢动,但哀乞。生笑不前。女忽化白气,从床下出,恚曰[4]:"终非好相识!可送我去。"以手曳之[5],身不觉自行。出门,凌空翕飞[6]。食顷,女释手,生晕然坠落。适世家园中有虎阱[7],揉木为圈,绳作网以覆其口。生坠网上,网为之侧[8];以腹受网[9],身半倒悬。下视,虎蹲阱中,仰见卧人,跃上,近不盈尺,心胆俱碎。园丁来饲虎,见而怪之。扶上,已死;移时,渐苏,备言其故。其地乃浙界,离家止四百馀里矣。主人赠以资遣归。归告人:"虽得两次死,然非狐则贫不能归也。"

据《聊斋志异》铸雪斋抄本

---

〔1〕 陕:今陕西地区。

〔2〕 自诩:自夸。
〔3〕 嚏(tì替):打喷嚏。
〔4〕 恚(huì会):愤怒。
〔5〕 曳:拖引。
〔6〕 翕(xī夕)飞:言二人一块飞行空中。翕,合也。
〔7〕 虎阱:捕捉老虎的陷阱。
〔8〕 侧:倾斜。
〔9〕 以腹受网:指趴卧在网上。

博 兴 女

博兴民王某[1],有女及笄。势豪某窥其姿[2],伺女出,掠去,无知者。至家逼淫,女号嘶撑拒,某缢杀之。门外故有深渊,遂以石系尸,沉其中。王觅女不得,计无所施。天忽雨,雷电绕豪家,霹雳一声,龙下攫豪首去。天晴,渊中女尸浮出,一手捉人头,审视,则豪头也。官知,鞫其家人,始得其情。龙其女之所化与?不然,何以能尔也?奇哉!

据《聊斋志异》铸雪斋抄本

------

〔1〕 博兴:今山东省博兴县。
〔2〕 势豪:有权势的土豪恶霸。

一 员 官

济南同知吴公[1],刚正不阿。时有陋规,凡贪墨者亏空犯赃罪[2],上官辄庇之,以赃分摊属僚[3],无敢梗者。以命公,不受;强之不得,怒加叱骂。公亦恶声还报之,曰:"某官虽微,亦受君命。可以参处[4],不可以骂詈也!要死便死,不能损朝廷之禄,代人上枉法赃耳[5]!"上官乃改颜温慰之。人皆言斯世不可以行直道;人自无直道耳,何反咎斯世之不可行哉!会高苑有穆情怀者[6],狐附之,辄慷慨与人谈论,音响在坐上,但不见其人。适至郡[7],宾客谈次[8],或诘之曰:"仙固无不知,请问郡中官共几员?"应声答曰:"一员。"共笑之。复诘其故,曰:"通郡官僚虽七十有二,其实可称为官者,吴同知一人而已。"

是时泰安知州张公[9],人以其木强[10],号之"橛子"。凡贵官大僚登岱者,夫马兜舆之类[11],需索烦多,州民苦于供亿[12]。公一切罢之。或索羊豕,公曰:"我即一羊也,一豕也,请杀之以犒驺从[13]。"大僚亦无奈之。公自远宦[14],别妻子者十二年。初莅泰安,夫人及公子自都中来省之,相见甚欢。逾六七日,夫人从容曰:"君尘甑犹昔[15],何老谆不念子孙耶[16]?"公怒,大骂,呼杖,逼夫人伏受[17]。公子覆母号泣,求代。公横施挞楚,乃已。夫人即偕公子命驾归[18],矢曰[19]:"渠即死于是[20],吾亦不复来矣!"逾年,公卒。此不可谓非今之强项令也[21]。然以久离之琴瑟,何至以一言而躁怒至此,岂人情哉!而威福能行床笫[22],事更奇于鬼神矣。

据《聊斋志异》铸雪斋抄本

----

[1] 同知:官名,知府的副职。吴公:待考。
[2] 亏空犯赃罪:亏空公款,犯贪污罪。赃,贪污所取得之财物。
[3] 以赃分摊属僚:把因贪污而亏空的公款,转嫁府属官员,分摊偿还。
[4] 参(cān 餐)处:弹劾处分。
[5] 上枉法赃:上,上交。依法,追查赃款,应由贪污者上交,而令无辜者代交,非法,故称"枉法赃"。
[6] 高苑:山东省旧县名。公元一九四八年划为高青县。
[7] 郡:府城,当时高苑属济南府。
[8] 谈次:谈论间。
[9] 泰安:州名,今山东省泰安市。雍正初年改泰州为府。
[10] 木强:质朴而倔强。
[11] 兜舆:山轿。
[12] 供亿:供应。
[13] 驺从:旧时达官贵人出行时,前后侍从的骑卒。
[14] 远宦:远离家乡在外地做官。
[15] 尘甑(zèng 赠)犹昔:意谓贫困如昔。甑,古代煮饭的瓦器。《后汉书·独行传》谓范冉穷居自若,闾里歌之曰:"甑中生尘范史云,釜中生鱼范莱芜。"按范冉,字史云,桓帝时曾官莱芜长。
[16] 老诗(bèi 背)不念子孙:年老糊涂不为子孙着想。语本《汉书·疏广传》。诗,昏痴。
[17] 伏受:趴下受杖。
[18] 命驾归:命人备车马还乡。
[19] 矢:通"誓"。
[20] 渠:他,指张公。

〔21〕 强项令:性格倔强、不肯低头的县令。《后汉书·董宣传》:东汉董宣为洛阳令,杀死了阳湖公主的恶奴,光武帝大怒,令小黄门挟持董宣,使叩头谢主。宣两手据地,终不肯俯首,光武帝称之为"强项令"。
〔22〕 床笫(zǐ姊):床席,这里指同床共榻的夫妻。

丐　仙

高玉成,故家子,居金城之广里[1]。善针灸,不择贫富辄医之。里中来一丐者,胫有废疮,卧于道,脓血狼藉,臭不可近。居人恐其死,日一饴之[2]。高见而怜焉,遣人扶归,置于耳舍[3]。家人恶其臭,掩鼻遥立。高出艾亲为之灸,日饷以疏食[4]。数日,丐者索汤饼[5]。仆人怒诃之。高闻,即命仆赐以汤饼。未几,又乞酒肉。仆走告曰:"乞人可笑之甚!方其卧于道也,日求一餐不可得;今三饭犹嫌粗粝,既与汤饼,又乞酒肉。此等贪饕[6],只宜仍弃之道上耳!"高问其疮,曰:"痂渐脱落,似能步履[7],顾假呻嗄作呻楚状。"高曰:"所费几何!即以酒食馈之,待其健,或不吾仇也。"仆伪诺之,而竟不与;且与诸曹偶语[8],共笑主人痴。次日,高亲诣视丐,丐跛而起,谢曰:"蒙君高义,生死人而肉白骨,惠深覆载[9]。但新瘥未健,妄思馋嚼耳。"高知前命不行,呼仆痛笞之,立命持酒炙饵丐者[10]。仆衔之[11],夜分,纵火焚耳舍,乃故呼号。高起视,舍已烬,叹曰:"丐者休矣!"督众救灭。见丐者酣卧火中,鼾声雷动。唤之起,故惊曰:"屋何往?"群始惊其异。高弥重之[12],卧以客舍,衣以新衣,日与同坐处。问其姓名,自言:"陈九。"居数日,容益光泽,言论多风格[13]。又善手谈[14],高与对局,辄败;乃日从之学,颇得其奥秘。如此半年,丐者不言去,高亦一时少之不乐也。即有贵客来,亦必偕之同饮。

或掷骰为令[15],陈每代高呼采[16],雉卢无不如意[17]。高大奇之。

每求作剧[18],辄辞不知。一日,语高曰:"我欲告别。向受君惠且深,今薄设相邀[19],勿以人从也。"高曰:"相得甚欢,何遽诀绝?且君杖头空虚[20],亦不敢烦作东道主[21]。"陈固邀之曰:"杯酒耳,亦无所费。"高曰:"何处?"答云:"园中。"时方严冬,高虑园亭苦寒。陈固言:"不妨。"乃从如园中。觉气候顿暖,似三月初。又至亭中,益暖。异鸟成群,乱哢清咮[22],仿佛暮春时。亭中几案,皆镶以瑙玉[23]。有一水晶屏,莹澈可鉴:中有花树摇曳,开落不一;又有白禽似雪,往来句辀于其上[24]。以手抚之,殊无一物。高愕然良久。坐,见鹦鹆栖架上[25],呼曰:"茶来!"俄见朝阳丹凤[26],衔一赤玉盘,上有玻璃琖二,盛香茗,伸颈屹立。饮已,置琖其中,凤衔之,振翼而去。鹦鹆又呼曰:"酒来!"即有青鸾黄鹤[27],翩翩自日中来,衔壶衔杯,纷置案上。顷之,则诸鸟进馔,往来无停翅;珍错杂陈[28],瞬息满案,肴香酒冽,都非常品。陈见高饮甚豪,乃曰:"君宏量,是得大爵。"鹦鹆又呼曰:"取大爵来!"忽见日边炯炯,有巨蝶攫鹦鹉杯,受斗许[29],翔集案间。高视蝶大于雁,两翼绰约,文采灿丽,亟加赞叹。陈唤曰:"蝶子劝酒!"蝶展然一飞,化为丽人,绣衣翩跹[30],前而进酒。陈曰:"不可无以佐觞。"女乃仙仙而舞[31]。舞到酣际[32],足离于地者尺馀,辄仰折其首,直与足齐,倒翻身而起立,身未尝着于尘埃。且歌曰:"连翩笑语踏芳丛,低亚花枝拂面红。曲折不知金钿落[33],更随蝴蝶过篱东。"余音嫋嫋[34],不啻绕梁[35]。高大喜,拉与同饮。陈命之坐,亦饮之酒。高酒后,心摇意动,遽起狎抱。视之,则变为夜叉,睛突于眦,牙出于喙,黑肉凹凸,怪恶不可状。高惊释手,伏几战栗。陈以箸击其喙,诃曰:"速去!"随击而化,又为蝴蝶,飘然飏去。高惊定,辞出。见月色如洗[36],漫语陈曰:"君旨酒嘉肴,来自空中,君家当在天上。盍携故人一游[37]?"陈曰:"可。"即与携手跃起。遂觉身在空冥,渐与天近。见有高门,口圆如井,入则光明似昼。阶路皆苍石砌成,滑洁无纤翳。有大树一株,高数丈;上开赤花,大如莲,纷纭满树。下一女子,捣绛红之衣于砧上[38],艳丽无双。高木立睛停,竟忘行步。女子见之,怒曰:"何处狂郎,妄来此处!"辄以杵投之,中其背。陈急曳于虚所[39],切责之[40]。高被杵,酒亦顿醒,殊觉汗愧。乃从陈出,有白云接于足下。陈曰:"从此别矣。有所嘱,慎志勿忘:君寿不永,明日速避西山中,当可免。"高欲挽之,反身竟去。

高觉云渐低,身落园中,则景物大非。归与妻子言,共相骇异。视衣上着杵处,异红如锦,有奇香。早起,从陈言,裹粮入山。大雾障天,茫茫然不辨径路。蹑荒急奔,忽失足,堕云窟中,觉深不可测;而身幸不损。定醒良久,仰见云气如笼[41]。乃自叹曰:"仙人令我逃避,大数终不能免,何时出此窟耶!"又坐移时,见深处隐隐有光,遂起而渐入,则别有天地。有三老方对弈,见高至,亦不顾问,棋不辍。高蹲而观焉。局终,敛子入盒,方问客何得至此。高言:"迷堕失路。"老者曰:"此非人间,不宜久淹。我送君归。"乃导至窟下,觉云气拥之以升,遂履平地。见山中树叶深黄,萧萧木落[42],似是秋杪[43]。大惊曰:"我以冬来,何变暮秋?"奔赴家中,妻子尽惊,相聚而泣。高讶问之,妻曰:"君去三年不返,皆以为异物矣[44]。"高曰:"异哉,才顷刻耳。"于腰中出其糗粮,已若灰烬。相与诧异。妻曰:"君行后,我梦二人皂衣闪带[45],似谇赋者[46],汹汹然入室张顾,曰:'彼何往?'我诃之曰:'彼已外出。尔即官差,何得入闺闼中!'二人乃出,且行且语云'怪事怪事'而去。"乃悟己所遇者,仙也;妻所梦者,鬼也。高每对客,衷杵衣于内[47],满座皆闻其香,非麝非兰,着汗弥盛。

据《聊斋志异》二十四卷抄本

----

〔1〕 金城:古郡县名"金城"者甚多,难以确指。又,金陵(今南京)也称金城。
〔2〕 饲(sì 四):通"饲",施饭,喂食。
〔3〕 耳舍:正门两旁的屋舍。
〔4〕 饷:用食物款待。疏食:粗饭。
〔5〕 汤饼:汤煮的面食;面条。
〔6〕 贪饕(tāo 掏):极端贪食。
〔7〕 步履:行走。
〔8〕 诸曹:指其他仆人。偶语:私语。
〔9〕 惠深覆载:恩惠深厚,如同天地。覆载,《礼记·中庸》:"天之所覆,地之所载。"喻指包容、庇养万物。
〔10〕 酒炙:酒肉。炙,烹烤的肉食。饵:饲。
〔11〕 衔之:恨他。衔,怀恨。
〔12〕 弥重之:更加尊重他。
〔13〕 多风格:颇有风度格调。
〔14〕 手谈:下围棋。《世说新语·巧艺》:"支公以围棋为手谈。"
〔15〕 为令:为酒令。

〔16〕 呼采：掷骰为戏，在投掷的同时呼喊掷出个好的彩头。采，通"彩"，彩头。
〔17〕 雉卢："雉"和"卢"都是博戏取胜的彩色。
〔18〕 作剧：作戏；这里指作幻术。
〔19〕 薄设：设薄酒。备酒筵的谦词。
〔20〕 杖头空虚：犹言手头空空，无钱买酒。晋人阮修，常步行，拐杖头上挂一百文铜钱，到酒店就买酒独酌。见《晋书·阮修传》。后人因称买酒钱为"杖头钱"。
〔21〕 作东道主：设宴请客称"作东道"或"作东道主"。东道主，语出《左传·僖公三十年》，原谓郑在秦东，供应秦使节所缺，故称东道主。后泛指主人。
〔22〕 乱哢（lòng 龙去声）清咮（zhòu 咒）：群鸟杂乱地清脆鸣叫。哢，鸟鸣。咮，通"嘴"，鸟嘴。
〔23〕 瑞玉：玛瑙、玉石。
〔24〕 句辀（gōu zhōu 勾舟）：鸟鸣声。
〔25〕 鸜鹆（qú yù 渠玉）：鸟名，即八哥。
〔26〕 朝阳丹凤：凤凰。语出《诗·大雅·卷阿》："凤凰鸣矣，于彼高冈。梧桐生矣，于彼朝阳。"丹凤，首翼赤色的鸾鸟称"丹鸟"或"丹凤"。
〔27〕 青鸾：传说中的神鸟，赤色为"凤"，青色为"鸾"。黄鹤：传说中神仙所骑的鹤。
〔28〕 珍错：山珍海错，指珍异肴馔。
〔29〕 受斗许：能容一斗多酒。斗，古代酒器。
〔30〕 翩跹（xiān 仙）：轻盈飘逸。
〔31〕 仙仙：也作"僊僊"，形容舞姿飞扬。《诗·小雅·宾之初筵》："屡舞僊僊。"
〔32〕 酣际：酒兴最浓的时候。酣，浓、盛。
〔33〕 金钿：金宝制成的首饰。
〔34〕 嫋嫋：同"袅袅"，形容声音婉转悠扬。
〔35〕 绕梁：《列子·汤问》：古时一位歌者，歌后馀音绕梁，三日不绝。后因以"馀音绕梁"形容使人经久不忘的优美歌声。
〔36〕 月色如洗：月光非常光洁。

〔37〕 盍（hé 何）：何不。
〔38〕 砧：捣衣石。
〔39〕 虚所：无人的地方。
〔40〕 切责：责备。切，责。
〔41〕 笼：蒸笼。
〔42〕 萧萧木落：草木枯萎摇落。杜甫《登高》："无边落木萧萧下。"
〔43〕 秋杪：秋末、暮秋。
〔44〕 异物：鬼物。
〔45〕 皂衣闪带：穿着黑色衣服，系着闪光的腰带。
〔46〕 谇（suì 岁）赋：追逼赋税。谇，责骂，形容追逼。张顾：张望察看。
〔47〕 衷：穿在里面。杵衣：指被捣衣杵击过的衣服。

人　妖

　　马生万宝者,东昌人[1],疏狂不羁。妻田氏,亦放诞风流。伉俪甚敦[2]。有女子来,寄居邻人某媪家,言为翁姑所虐,暂出亡。其缝纫绝巧,便为媪操作,媪喜而留之。踰数日,自言能于宵分按摩[3],愈女子瘵蛊[4]。媪常至生家,游扬其术[5],田亦未尝着意。生一日于墙隙窥见女,年十八九已来,颇风格[6],心窃好之。私与妻谋,托疾以招之。媪先来,就榻抚问已,言:"蒙娘子招,便将来。但渠畏男子,请勿以郎君入。"妻曰:"家中无广舍,渠侬时复出入[7],可复奈何?"已又沉思曰:"晚间西村阿舅家招渠饮,即嘱令勿归亦大易。"媪诺而去。妻与生用拔赵帜易汉帜计[8],笑而行之。

　　日曛黑,媪引女子至,曰:"郎君晚回家否?"田曰:"不回矣。"女子喜曰:"如此方好。"数语,媪别去。田便燃烛展衾,让女子先上床,己亦脱衣隐烛[9]。忽曰:"几忘却,厨舍门未关,防狗子偷吃也。"便下床启门易生,生寨窣入[10],上床与女共枕卧。女颤声曰:"我为娘子医清恙也[11]。"间以昵词[12]。生不语。女即抚生腹,渐至脐下。停手不摩,遽探其私,触腕崩腾。女惊怖之状,不啻误捉蛇蝎,急起欲遁。生沮之[13],以手入其股际,则擂垂盈掬,亦伟器也。大骇呼火[14]。生妻谓事决裂,急燃灯至,欲为调停。则见女赤身投地乞命,妻羞惧趋出。生诘之。云是谷城人王二喜[15],以兄大喜为桑冲门人[16],因得转传其术。又问:"玷几人矣?"曰:"身出行道不久,只得十六人耳。"生以其行可诛,思欲告郡,而怜其美,遂反接而宫之[17],血溢陨绝[18]。食顷复苏,卧之榻,覆之衾,而嘱曰:"我以药医汝,创瘥平[19],从我终焉可也,不然事发不赦。"王诺之。

明日,媪来。生绐之曰:"伊是我表侄女王二姐也,以天阉为夫家所逐[20],夜为我家言其由,始知之。忽小不康,将为市药饵,兼请诸其家,留与荆人作伴。"媪入室,视王,见其面色败如尘土,即榻问之。曰:"隐所暴肿,恐是恶疽。"媪信之去。生饵以汤,糁以散[21],日就平复。夜辄引与狎处,早起则为田提汲补缀,洒扫执炊,如媵婢然[22]。

居无何,桑冲伏诛[23],同恶者七人并弃市[24],惟二喜漏网。檄各属严缉。村人窃共疑之,集村媪隔裳而探其隐,群疑乃释。王自是德生,遂从马以终焉。后卒,即葬府西马氏墓侧,今依稀在焉[25]。

异史氏曰:"马万宝可谓善于用人者矣。儿童喜蟹可把玩,而又畏其钳,因断其钳而蓄之。呜呼,苟得此意,以治天下可也。"

据《聊斋志异》二十四卷抄本

------

[1] 东昌:府名,治所在今山东省聊城县。
[2] 伉俪:夫妻。
[3] 宵分:深夜,半夜。
[4] 瘵蛊(zhài gǔ债古):病毒入内而腹部肿胀的一种疾病。
[5] 游扬:传扬,宣扬。
[6] 颇风格:颇有风度。

〔7〕 渠侬：他。古吴方言。此指代其夫。
〔8〕 用拔赵帜易汉帜计：此指夫妻调换之计，用以欺骗对方。《史记·淮阴侯传》：韩信、张耳带兵数万东下，于井陉地方击赵。先把赵军精锐部队引出，然后以轻骑突入赵军营地，"拔赵帜，立汉赤帜"，终于大破赵军。
〔9〕 隐烛：灭烛。
〔10〕 窸窣（xī sū 悉苏）：触动、摩擦的细微声音。
〔11〕 清恙：称他人患病的敬辞。
〔12〕 昵（nì 溺）辞：亲昵之辞。
〔13〕 沮（jǔ 矩）：阻止。
〔14〕 呼火：唤人点灯。
〔15〕 谷城：古县名，治所在今山东省平阴县西南之东阿镇。
〔16〕 桑冲门人：桑冲的徒弟。桑冲，明石州人。以男饰女，又巧习女红，自称女师，借以接近妇女，潜行奸污。后伪为丐妇，至大同、顺天、济南、东昌等数十州县，污辱良家女子百馀人。成化年间事发，凌迟处死。
〔17〕 反接：反绑双手。宫，刑名，又称腐刑，为古代阉割生殖机能的一种酷刑。
〔18〕 陨绝：昏死过去。
〔19〕 创痏（wěi 伟）：创伤。
〔20〕 天阉：生来无生殖能力。
〔21〕 糁（sǎn 伞）以散：撒上药粉。散，药面。
〔22〕 媵婢：侍婢、奴仆。
〔23〕 伏诛：被处死刑。
〔24〕 弃市：陈尸于市，即杀人示众。
〔25〕 依稀：仿佛。

【附 录】

蛰　蛇

予邑郭生，设帐于东山之和庄，蒙童五六人，皆初入馆者也。书室之南为厕所，乃一牛栏；靠山石壁，壁上多杂草蓁莽。童子入厕，多历时刻而后返。郭责之。则曰："予在厕中腾云。"郭疑之。童子入厕，从旁睨之，见其起空中二三尺，倏起倏堕；移时不动。郭进而细审，见壁缝中一蛇，昂首大于盆，吸气而上。遂遍告庄人共视之。以炬火焚壁，蛇死壁裂。蛇不甚长，而粗则如巨桶。盖蛰于内而不能出，已历多年者也。

龙

博邑有乡民王茂才,早赴田。田畔拾一小儿,四五岁,貌丰美而言笑巧妙。归家子之,灵通非常。至四五年后,有一僧至其家。儿见之,惊避无迹。僧告乡民曰:"此儿乃华山池中五百小龙之一,窃逃于此。"遂出一钵,注水其中,宛一小白蛇游衍于内,袖钵而去。

爱　才

仕宦中有妹养宫中而字贵人者,有将官某代作启,中警句云:"令弟从长,奕世近龙光,貂珥曾参于画室;舍妹夫人,十年陪凤辇,霓裳遂灿于朝霞。寒砧之杵可掷,不捣夜月之霜;御沟之水可托,无劳云英之咏。"当事者奇其才,遂以文阶换武阶,后至通政使。

后　记

本书原收入《世界文库》,"前言"简短,未涉及所用版本。兹扼要说明于书后。

蒲松龄《聊斋志异》有诸多抄本和刻本。抄本在文字上虽不免有"鲁鱼亥豕"之误,但无刻本避忌径改之弊。所以我们这个新校本,底本和校本均用抄本,只个别文字讹误参校刻本。这样或可从总体上保持原著面貌。

一九五〇年冬发现半部《聊斋志异》手稿本。我们这个校本,即以一九五五年文学古籍刊行社影印的这半部手稿,作为底本之一。(其中《鸦头》、《云萝公主》虽有残缺,仍以残文为主,用他本补全,作为底本。)其余部分,则采用其他抄本为底本。

《聊斋志异》的抄本,以历城张希杰的"铸雪斋抄本"和一九六二年在山东省淄博市周村区所发现的"二十四卷抄本"最为完整。两者相较,铸雪斋抄本用作另一底本,比较合适。这个本子抄自济南朱氏。济南朱氏抄本,是根据蒲氏原稿过录的本子。铸雪斋抄本"总目"的篇次,虽不尽合该本抄文的实际次序(特别是第四卷和第九卷),但与手稿本及山东博物馆藏711号抄本比勘,则基本一致。因此,我们这个校本,手稿本以外的篇目,决定采用铸雪斋抄本为底本。铸雪斋抄本未收或有目无文的少数篇目,则以山东博物馆藏抄本或二十四卷抄本为底本。二十四卷抄本以及新近发现的《异史》，无从断定其抄录的确切年代。而且其篇次的排列，与手稿本、铸雪斋本"总目"以及山东博物馆藏抄本的现存目录相较，也有差异。因此，尽管都是比较完整的抄本，具有重要校勘价值，但未便贸然以之作为主要底本。

新校本共收四百九十四篇。其中以手稿本为底本者二百三十六篇，以铸雪斋抄本为底本者二百四十三篇，这是全书的主体部分。余下的，以山东博物馆藏抄本为底本者六篇，以二十四卷抄本为底本者九篇。上述四抄本未收而散见于他本者三篇，作为附录，列于卷末。

关于《聊斋志异》的卷数、卷次、篇次问题，近几年来，学术界曾提出过某些推断，但尚无定论。所以我们这个新校本仍依铸雪斋抄本"总目"所标明的卷数、卷次及篇次。铸雪斋抄本的"总目"所列篇次与手稿本现存篇目的篇次基本一致，但是铸雪斋抄本分为十二卷，则未必符合手稿本的原定卷数。

我们曾对山东省博物馆藏711号抄本，作过一番简略的考察，觉得此抄本卷册的厘订，可以作为原稿分为八册(卷)的参证。此抄本抄写时不避雍正和乾隆讳，仅避康熙讳。无疑它是康熙年间抄写的。第二卷录有王士禛和张历友的题辞，表明它是康熙四十七年后的抄本。这个抄本现存四册，抄本目录共收二百四十七篇，原文缺少两篇，实存二百四十五篇。这四册抄本，有两册标卷。有《聊斋自志》的一册，目录页标有"志异卷一目录"；而该册正文首页则标为"聊斋志异一卷"，与影印手稿本相同。《王者》篇开头的一册，目录前半残缺，不知是否标卷，但在所录正文的首页，则标有"聊斋志异卷二"字样。据此可以推定，这个抄本一册即为一卷，现存四册即为四卷。这四册所收目二百四十七篇，约当全书之半，全书当为八册，也即八卷。山东博物馆藏这四册抄本，其中有两册与古籍刊行社影印手稿本的第一册和第三册重复。手稿本第一册与此抄本相应的一册几乎完全相同；其中"高序"、"唐序"、"自志"以及所收篇目及篇次，两者完全相同，仅手稿本比山东博物馆藏抄本多一篇《海大鱼》。手稿本第三册与此抄本相应的另一册篇次也完全相同；仅手稿本多出《鸦头》、《孝子》、《阎罗》三篇。手稿本第二、四两册，与山东博物馆抄本另外两册，所收篇目则全不相同。现存手稿本四册和山东博物馆本四册，每册的篇数，大体相当。手稿本和此抄本，这两组共八册的手抄本，重复两册，实存六册。这六册无有重复篇目，可据以窥见《聊斋志异》六个卷册的原来面貌。这六册共收三百五十四篇。铸雪斋抄本有目四百八十八篇，减去这六册所收，尚余一百三十四篇。按照上述六册平均篇数，此一百三十四篇恰可分两册。由此看来，张元《柳泉蒲先生墓表》、蒲箬《清故显考岁进士候选儒学训导柳泉公行述》和蒲箬等《祭父文》，有关"聊斋志异八卷"或"志异八卷"之说，是符合《聊斋志异》卷册厘订的原始情况的。这个问题值得进一步研究和论证。但是，在学术界未有定论之前，为慎重起见，我们这个新校本，暂仍按照铸本"总目"，分为十二卷。

　　本书依据铸雪斋抄本"总目"排定卷次和篇次。以手稿本为底本的有关篇目，均分别插入该"总目"中的相应位次。铸雪斋抄本卷内各篇实际次第,有不合于该"总目"者,也依据"总目"加以调整。

"总目"未收篇目,凡见于手稿本,且可以推定其位次者,则编入相应卷次。如《牛同人》篇见于手稿本《何仙》之后、《神女》之前,故仍其位次,与《何仙》、《神女》同列于《总目》卷十。手稿本中《海大鱼》篇不见于铸雪斋抄本及其他诸本。其所写内容与《于子游》篇相同。考诸铸雪斋抄本、二十四卷抄本以及拾遗本等所录《于子游》篇,以之与《海大鱼》篇比勘,两者题材虽然相似,但文字繁简则不相同,故仍然保留《海大鱼》篇,维持手稿本原貌,并因其在《丁前溪》之后、《张老相公》之前,故将该篇列入"总目"第二卷的相应位次。《丐仙》、《人妖》二篇,不见于现存的手稿本及山东省博物馆藏抄本,其在二十四卷抄本中的篇次与在十六卷刻本中的篇次,也有很大差异,无法推定其原来位次,因而暂列于"总目"十二卷之末。

铸雪斋抄本有目无文者凡十四篇:《鹰虎神》、《放蝶》、《男生子》、《黄将军》、《医术》、《藏虱》、《夜明》、《夏雪》、《周克昌》、《某乙》、《钱卜巫》、《姚安》、《采薇翁》、《公孙夏》。其中《鹰虎神》见于手稿本。《放蝶》、《男生子》、《黄将军》(附则为《晋人》)、《医术》、《藏虱》、《公孙夏》六篇,用山东博物馆抄本补配,作为底本。《夜明》、《夏雪》、《周克昌》、《某乙》、《钱卜巫》、《姚安》、《采薇翁》七篇,用二十四卷抄本补配,作为底本。

铸雪斋抄本中,《连城》、《折狱附则》、《乐仲》、《龙戏珠》四篇,均缺"异史氏曰"一段。《连城》、《折狱附则》、《乐仲》三篇,用二十四卷抄本补配了"异史氏曰"。《龙戏珠》篇,用山东省博物馆藏抄本补配了"异史氏曰"。铸雪斋抄本《三朝元老》篇,无有"洪经略……"一段附则,据山东省博物馆藏抄本补配;《盗户》篇,无有"章丘漕粮役……"一段附则,据二十四卷抄本补配。铸雪斋抄本《阿宝》篇无有"集痴类十"附则,则根据山东省博物馆藏703号抄本,补配于正文之后;《梦狼》篇无"又邑宰杨公……"一段附则,据《异史》补配于前一附则之后。乾隆间黄炎熙选抄本卷六的《猪嘴道人》、《张牧》、《波斯人》三篇,不见于他本,且均非蒲松龄所作,故附录不收。

朱其铠附记